KB253031

한국현대소설의 시간구조

정재석

새미

서문

*

　본 연구는 한국 현대소설 전반에 나타난 시간 구조를 밝히고, 그 구조적 의미와 효과를 밝히는 데 초점을 맞추었다. 소설의 구성에서 시간의 문제는 근원적이면서도 매우 중요한 문제에 속한다. 모든 이야기는 그 근원 상황이 시간의 흐름을 내포하고 있기 때문이다. 본고에서는 다양한 방식으로 드러나는 소설의 시간 구조 양상을 서사적 방법론을 통해 분석하고, 작가와 독자와의 의사소통 관계를 염두에 둔 의미 효과를 생각해보고자 한다. 현대 소설로 올수록 소설적 형상화의 방식은 다양하게 전개된다. 그러한 형상화의 과정 속에서 텍스트 구성원리의 변천 과정과, 텍스트를 매개로 한 작가(혹은 내포작가)와 독자(혹은 내포독자) 간의 서사적 정보 전달 과정을 입체적으로 조망할 수 있다는 데 본 연구의 의의가 있다.

　대개 시간에 대한 철학적 물음은 인간의 기본적인 경험을 시간과 연관시키는 것에서 비롯된다. 따라서 시간의 문제를 논할 때는 시간을 구성하는 인간의 의식을 파악하는 것이 선행 과제라 할 수 있다. 우리가 일반적으로 구분하는 시간의 단위나 기준들은 주관적일 수밖에 없다. 과거, 현재, 미래로 삼분되는 시간 구분의 논리도 사실상 매우 주관적인 인식에서 비롯된 것이다. 이렇게 객관적으로 측정 불가능한 시간을 문학이나 철학에서 논의할 수 있는 것은 오로지 서술 활동으로 드러날 때 가능하다.

이런 측면에서 서사 '시간'의 문제는 시간의 개념 및 인식의 편차와 역사에 관심을 두기보다는 작가가 시간이라는 인식의 틀을 이용하여 세계를 어떤 방식으로 바라보는지, 혹은 이야기된 시간과 이야기하는 시간, 스토리 시간과 담론 시간 사이의 불일치를 어떻게 미학적으로 조정하는지를 문제삼는 것이다.

서사시간의 변형은 기본적으로 다음의 세 구분을 따른다. 즉 이야기를 이야기 현재를 기준으로 연대기적으로 서술하거나, 과거를 회상하면서 서술하거나, 아니면 현재와 과거 그리고 미래의 사건들을 동시에 서술하는 것이다. 히그던은 이러한 기본적인 서사시간의 구분을 전진적 시간 구조, 역진적 시간 구조, 복합적 시간 구조로 명명한다.

먼저 전진적 시간 구조는 사건에 대한 진술이 이야기 현재를 중심으로 순차적으로 이루어지는 것을 말하며, 전진의 과정, 전개의 과정이 중시된다. 따라서 산발적인 사건들은 결말로 가면서 점차적으로 그 의미의 중요성을 더해 간다. 또한 이 시간 구조의 기술 방식은 연속적인 단계를 이루는 사건의 진행 시간에 초점을 맞추고, 인과율에 의한 결과를 중시하며, 한 인물의 정신적 성숙이 단계적으로 드러나는 특징을 지닌다. 이렇게 볼 때 히그던이 본 전진적인 시간 구조는 발전적이고 전개적인 의미를 띠고 있다고 볼 수 있다.

즉 이러한 시간 구조는 결말에 이를수록 인물이 현실 세계를 새롭게 인식하고 자각하는 구조를 지니게 된다.

역진적 시간 구조는 현재를 중심으로 과거의 한 시간대를 탐색하는 구조를 말한다. 사건의 전개과정이나 그 중요성은 전진적인 시간 구성과는 반대로 '과거←현재←미래'의 진행 방식을 보인다. 대개 이러한 구조는 1인칭 소설인 소설에서 많이 찾을 수 있는데, 3인칭으로 된 보고 형식의 소설이나 서술의 초점이 바뀌는 액자소설들도 이 시간 구조에 속한다. 소설에서 이러한 시간의 전개는 한 인물의 기억이나, 회상, 연상 등의 행위를 통해 드러난다. 회상 속에서 논의되는 과거는 한 인물이 혹은 여러 사람들이 체험한 사건을 현재 속에 연장하는 것이다. 따라서 회상을 나타내는 시제들은 과거를 현재의 영향권 안으로 끌어들이며, 이런 이야기들은 과거를 그 시간 상황에서 벗어나게 한다.

마지막으로 복합적 시간 구조는 작가가 인물과 서술자, 작가와 독자의 시간을 섞음으로써 서사시간의 혼란이 발생하는 구조로, 독자는 간혹 소설에서 제시되는 모든 시간 지시를 알 수 없게 되기도 한다. 이 시간 구조는 현대 소설에서만 찾아볼 수 있는 것으로 주로 인물의 내면 심리를 중시하는 소설에서 사용한다.

작가는 복합적 시간 구조를 사용하면서 세계를 통일적이고 유기적인 것으로 파악하지 않고 다양한 가능성을 가진 세계로 인식한다. 이는 시간 인식의 축이 인물의 심리에 있음으로 해서 다양한 시간적 폭을 그려낼 수 있기에 가능한 것이다. 따라서 시간적 변형은 수평적 이야기 축에서 일어나는 것이 아니라 수직적 이야기 축에서 발생한다. 이 시간 구조의 경우 스토리 시간의 중요성보다 서술 시간이 중요시되는 경우가 많다.

**

서술 활동과 연관지어서 시간의 문제를 검토할 때 현대 서사학에서의 시간 분석은 주목할만하다. 쥬네뜨는 프루스트의『잃어버린 시간을 찾아서』를 분석하면서 서사체의 시간 조작에 관련된 문제를 정치하게 논의한다. 그는 서사 내의 시간 관계에 대해 상세한 목록을 작성하면서 순서, 지속, 빈도의 다양한 효과를 구별하였다. 순서의 항목에서 쥬네뜨는 스토리 속에서의 사건의 연속과 텍스트 안에서의 그것들의 선조적인 배치 관계를 고찰한다. 지속의 항목에서는 사건들이 실제로 발생하는 데 걸린 시간과 그 사건들을 서술하는 데 소요된 분량 사이의 관계를 생각한다.

그리고 빈도의 항목은 한 사건이 스토리 속에서 나타나는 횟수와 그것이 텍스트에서 기술된 횟수를 비교하는 것이다.

　다음으로는 발화 관점을 통해 시간 구조의 양상을 찾을 수 있다. 이는 시점과 서술적 목소리의 국면을 말하는 것으로 서술 상황과 관련된 것이다. 본고에서 발화 관점을 분석하는 것은 다음의 층위에서 논의되는 긴장과 이완의 효과를 보다 입체적으로 설명하기 위해서이다. 시점과 서술적 목소리는 허구적인 서사의 시간, 혹은 허구적 경험을 분석하는 데 있어서 반드시 필요한 요소이다. 여기서 시점은 작중인물이 속한 경험 영역에 관한 시점을, 서술적 목소리는 독자에게 말을 건네면서 이야기된 세계를 제시하는 목소리를 말한다. 서술자는 스토리 시간과 관련해서 나름대로 일정한 방향의 그 자체의 시간을 가지게 되는데, 이러한 서술 행위의 시간이 스토리의 시간과 일치할 수도 있고, 늦어지거나 앞서갈 수도 있는 것이다. 이와 같은 시점과 서술적 목소리의 구분을 통해 스토리 시간과 담론 시간의 관계를 보다 세부적으로 밝힐 수 있다.

　서사적 방법론에 입각한 시간 분석의 다음 작업은 시간에 대한 해석학적 의미를 찾아내는 것이다. 서사적 시간 분석 작업이 텍스트 구성원리로서 시간의 문제를 탐색하는 서술적 형상화에 관심을 두는 것이라면, 두 번째 작업은 텍스트가 세시하는 시간이 독자의 시간 경험과 어떻게 맞닿아 있는가에 관심을 두는 것이다. 즉 서사의 시간 구성과 그 서사를 대하는 독자의 정신적 체험의 관계를 논하는 것이라 할 수 있다.

　이러한 분석을 통해 서사 구성의 역동적인 측면과 이를 수용하는 독자의 정신적 체험의 유동성을 확인할 수 있다.

　긴장과 이완의 효과를 설명할 때 가장 중점을 두는 부분은 정보가 전달되는 방식이다. 정보가 독자에게 전달되는 과정에서 서사는 여타의 글쓰기와 달리 각 개별적인 특징들을 드러내는데 그것은 모든 서사가 다 똑같은 효과를 보이는 것이 아님을 보여준다. 그런데 서사의 효과는 다 달라도 그 질을 결정할 수 있는 요소로 일관성과 충실성이라는 기준을 설정할 수 있다. 이는 이야기가 전달되는 방식에서 잘 전달되는 이야기와 그렇지 않은 이야기의 차이를 구별하는 기준이 되는데 긴장과 이완의 효과는 바로 여기에서 발생한다. 즉 긴장의 효과는 정보제시의 일관성 및 유기성 혹은 통합성을 드러낼 때 발생하며, 이완의 효과는 정보가 지연되며 제시되거나 일탈을 보이게 될 때 발생한다. 즉 서술 순서의 뒤섞음, 다양한 층위에서의 서술자의 발화(현대 심리소설에서 발견할 수 있는 자유간접화법과 같은 기법도 이에 포함된다), 심지어는 사건의 급격한 감속이나 가속을 통해 독자가 정보를 이해하는 과정이 방해를 받을 때도 정신적 이완의 효과가 드러나는 것이다. 따라서 이완은 서사의 지연·우회·중단 그리고 사건의 계속적인 추구를 더디게 만드는 온갖 전략을 통해 드러나는 정신적 체험을 일컫는다고 하겠다.

물론 엄밀한 의미에서의 완전한 긴장이나 완전한 이완을 드러내는 서사는 없다. 전술했듯이 모든 서사는 항상 불협화음의 상태에서 화음의 상태를 지향하는 것이기에 긴장과 이완의 개념은 항상 같이 존재할 수밖에 없는 것이다. 그러나 시간 구조의 양상을 독자의 정신적 체험에 비추어 해석하면 긴장과 이완의 정도를 읽어낼 수 있다고 생각한다. 따라서 본고에서는 '긴장'과 '이완'이라는 용어를 그 각각의 효과에 초점을 맞추어, 서사시간 구조를 해석학적으로 논할 수 있는 핵심적 개념으로 상정했다.

시간구조 연구 뒤에 서사론에 입각한 소설 분석 두 편을 실었다. 한 편은 소설의 '인물'에 관련된 글이고 또 한 편은 '플롯'에 관련된 논문이다. 두 논의는 서사론의 기본적인 연구 쟁점으로 비교적 재미있게 접근했던 기억이 있다. 인물론은 현덕의 소설들을, 플롯론은 오정희의 「옛우물」을 텍스트로 삼아 분석한 글이다. 기왕에 발표했던 부족한 글을 수정해서 다시 싣는다.

***

　여러 길을 돌아 문학을 공부한 지 10여년 만에 박사논문을 쓴 후 아버지께서는 이제야 비로소 학자가 되었다고 말씀하셨다. 아버지의 살아오신 길에 비추어 공부를 한다는 것이 사치로 느껴져 부끄러울 때도, 앞이 보이지 않아 불안할 때도 한결같은 눈으로 지켜보시며 격려하시는 아버지께 이 책을 바친다.

　소설 연구의 길로 접어들 때부터 지금까지 이끌어주시고 늘 자극을 주셨던 이재선 교수님, 서강에서의 출발을 가능케 하신 김학동 교수님, 늘 엄격함으로 균형적인 시각을 갖게 만드신 박철희 교수님, 고인이 되셨지만 많은 가르침을 주셨던 성현경 교수님께도 감사의 인사를 올린다. 그 외 서강에서의 여러 가르침을 주신 교수님들과 선・후배님들께도 감사드린다. 어려운 출판 여건인데도 기꺼이 책으로 묶어주신 국학자료원 사장님 이하 편집부 직원들께도 감사의 인사를 전한다. 끝으로 여러 어려움을 감당하면서도 남편의 연구를 응원하는 아내 양정관에게도 고맙다는 말을 전한다.

목차

한국현대소설의 시간구조
-긴장과 이완의 효과를 중심으로

서사적 논의의 두 양상 - 인물과 플롯

I. 서 론

1. 연구 목적

　본 연구는 현대 소설 전반에 나타난 시간 구조를 밝히고, 그 구조적 의미와 효과를 탐색하는 데 그 목적을 둔다. 서사에서 시간의 문제는 가장 근원적인 문제일 것[1]이다. 시간은 인간 경험의 가장 기본적인 범주의 하나로써

---

1) 인간의 문명사적 측면에서 보면 시간은 단일한 방향으로 진행되고 역전 불가능한 것으로 여겨진다. 서구 역사의 초기에 헤라클리투스가 은유적으로 표현한 시간에 대한 관념, 즉 "같은 강물에는 두 번 들어갈 수가 없다. 왜냐하면 끊임없이 다른 물이 흘러오기 때문이다"라는 생각은 시간의 역전 불가능성에 대한 사고를 드러내는 것이라 할 수 있다. 그러나 오늘날에는 이러한 사고 위에 인간의 경험을 덧붙임으로써 보다 복잡한 시간 의식이 생겼다고 볼 수 있다. 이러한 시간 의식을 사회화하기 위해서는 시간이 계측 가능한 형태로 제시되어야 하는데, 이를 가능하게 하기 위해 물리적이거나 기계적인 도움을 받아 시간을 객관화시키려는 노력이 있어왔다. 후에 니체나 보르헤스는 '순환적 시간(circular time)'라는 개념을 주장하는데 이는 헤라클리투스가 주장했던 시간이 지닌 단일 방향성에

서사의 근거를 이룬다고 할 수 있다.[2] 모든 이야기의 근원상황에는 시간이 문제되고, 이것은 이야기의 형상화 작업이 이루어져야 한다는 것을 의미한다.[3]

　서사에서 시간 구성은 작가의 서술 방식에 따라 연대기적으로 이루어질 수도 있고, 그렇지 않을 수도 있다. 이렇게 시간을 자유자재로 이용하여 줄거리를 구성한다는 것은 허구적 서사만이 누릴 수 있는 특권이라 할 수 있다.[4] 시간 조작에 의해 구성되는 소설의 표현 양식은 무한한 다양성과

　대한 반론으로 제기했던 것이다. 서사 문학에서 시간의 문제는 이러한 인식상의 문제를 구체화시켜서 텍스트에 재현한 것으로, 서사체에서 시간의 문제는 표현 수단(언어)가 되는 동시에 표현된 대상(스토리의 사건들)의 구성 요소도 될 수 있다. 따라서 허구 서사체에서 시간은 스토리와 텍스트 사이의 연대기적 관계로 정의될 수 있다.
　S. Rimmon-Kenan, 최상규 역, 『소설의 시학』, 문학과지성사, 1996, 70～71쪽　참조.
2) 이재선, 「서사 시간의 근대소설적 전환」, 성현경·김경수 공저, 『전환기의 서사 담론』, 서강대학교 인문과학연구소, 1998, 41쪽.
3) 시간은 소설의 내용 차원인 이야기의 현상을 가능케 하는 원인일 뿐더러 이야기의 의미를 결정하고 조정하기도 하는 결정적 요인이다. 시간이라고 하는 인식의 틀 혹은 소설적 요소를 제거해버리고 나면 소설은 구조적으로 와해되어 버리기 때문에 시간과 서사는 동전의 양면과 같은 것 …. 이러한 논리적 토대를 바탕으로 하여 시간은 대체로 두 가지 방식으로 분할된다. 서술의 시간과 허구의 시간(장 리카르두), 담론의 시간과 이야기의 시간(채트먼), 연대기적 시간과 의사 연대기적(허구적) 시간(멘딜로우), 말하는 시간과 말해진 대상들의 시간(크리스티앙 메츠) 들과 같은 분류는 소설을 시간의 구조 속에서 이해하고자 하는 구조주의적 관점의 산물들이다. 한용환, 『소설학 사전』, 고려원, 1992, 271쪽.
4) 이런 서사 구성의 방식에서 염두에 두어야 할 점은 시간의 지표를 어떻게 설정하고 찾아내는가 하는 문제이다. 대개 소설 속에서 시간은 언어적인 측면과 심리적인 측면으로 드러나는데, 언어적 측면에서는 시제로 나타나고, 심리적 측면에서는 심상(心象)으로 나타난다.
　벤베니스트는 언어적 측면에서 시간을 동사의 시제 분석을 통해 해석한다. 그는 우선 담론과 이야기를 구분하고 이 두 양태의 언술 행위는 각기 나름의 시제 체계를 지니고 있다고 하였다. 즉 두 언술 행위는 각기 포함되고 배제되는 시제들이 있는데, '이야기'는 세 가지 시제, 즉 아오리스트 (aorist, 또는 한정 단순과거), 반과거, 대과거를 포함한다고 했

유연성을 지니고 있기에 오늘날 인간의 복잡 미묘한 심리 현상을 드러내는 데 매우 적합한 양식이 된다. 본고는 서사시간 구조의 다양한 양상들을 서사론적 방법을 통해 분석하고 그 해석학적 의미와 효과[5]를 살펴보고자 한다. 전자의 방법론은 서사 내의 시간 구조를 텍스트 차원에서 정밀하게 해석하고자 하는 것이고, 후자의 방법론은 텍스트 외재적인 독자의 정신적 차원까지 고려하는 것이다. 즉 텍스트 구성 원리와 독자의 정보 인식 능력 간의 상관관계를 체계적으로 논의하고자 하는 것이다.

다. 이야기는 특히 현재 시제와 다가올 현재인 미래 시제, 그리고 과거에서의 현재인 완료 시제(perfait)를 배제한다. 그와는 반대로 '담론'은 아오리스트라는 한 가지 시제를 배제하며, 세 가지 기본 시제들, 즉 현재·미래·과거를 포함한다. 현재는 발화된 사실과 담론 실현 행위(instance de discours)의 동시성을 표시하기 때문에 담론의 기본 시제가 된다. 따라서 담론 실현 행위의 자기 지시적 성격과 밀접한 관계가 있다고 볼 수 있다. 벤베니스트의 이러한 시간에 대한 시제의 구분은 리쾨르에 의해 조심스레 재검토되는데, 그것은 "시간이라는 개념만으로는 동사 체계 내부에 주어진 어떤 형태의 위치, 심지어 가능성도 결정할 기준을 찾을 수 없다는 것이다." 즉 벤베니스트의 후계자들이 담론과 이야기의 대립보다는 이야기 내에서의 담론의 역할에 더 관심을 갖는다면, 동사의 시제와 체험된 시간 사이의 이러한 모방 관계는 담론에 국한될 수만은 없기 때문이다. 따라서 리쾨르는 함부르거(Käte Hamburger)와 바인리히(Harald Weinrich)의 이론에 따라 벤베니스트의 단점을 보완한다. 이 이론적 전개는 본문에서 작품을 분석하면서 기술하도록 하겠다. Paul Ricoeur, 김한식·이경래 옮김, 『시간과 이야기2』, 문학과지성사, 2000, 129~166쪽 참조

5) 본래 해석학(hermeneutics)은 시·공간적으로 거리가 있는 문헌을 해석하는 과정에서 생긴 학문으로 의미의 해석에 관한 학문이었으나 최근에는 철학적인 의미를 많이 띠고 있는 학문 분야이다. 해석학의 과제는 첫 번째로는 단어, 문장, 구문 등의 정확한 의미와 내용을 파악하는 것이고, 둘째는 상징적 형식에 담겨있는 교훈을 발견하는 것이다. 결국 인간 표현(human expression)이 의미있는 요소를 담고 있다는 인식이 생기면서 주체의 가치나 의미가 생겨나고, 그에 따른 '해석학'의 문제가 대두된다. 그렇다면 본고에서 서사학적 방법도 넓게 보면 해석학의 일종이라 할 수 있다. 본고에서 말하는 해석학적 방법이란 텍스트를 접하는 독자(해석자)의 정신 작용과 관련된 것으로 이해하면 된다. Josef Bleicher, 권순홍 옮김, 『현대 解釋學』, 한마당, 1990. 참조.

2. 기존논의 검토 및 문제제기

서사에서 시간의 구조, 즉 사건의 기술적인 배치가 중요하다는 사실은 많은 연구자가 공감하는 바이다. 최근에 이르러 구조주의적 시각에 입각한 서사론적 시간 연구가 진행되면서 소설에서 시간 연구에 대한 논의의 장은 조금씩 넓어지고 있다.

현대 소설의 시간 연구에 대한 기존의 논의는 대개 세 방향으로 정의된다.

첫 번째는 서사론을 기초로 한 서사시간의 분석이다. 즉 이야기 시간과 담론 시간의 차이에서 발생하는 도치, 역전, 왜곡, 이탈, 반복, 동시성을 정치하게 비교 분석하는 것이다. 이 논의는 시간의 속성을 세분화해서 검토하는 것으로 서사내의 시간의 흐름 과정을 정치하게 바라보는 장점이 있다. 백철·김형자·김병욱·김현·박정규·이재선의 논의[6]가 이 유형에 속한다. 우선 백철은 가장 기본적인 수준에서 이광수의『무정』의 서사

---

6) 백 철, '小說「無情」의 史的인 位置',『李光洙全集』第一卷, 삼중당, 1962.
   이재선,『한국단편소설연구』, 일조각, 1986.
      ,『한국개화기소설연구』, 일조각, 1995.
      ,「서사 시간의 근대소설적 전환」, 성현경·김경수 공저(『전환기의 서사 담론』,
      서강대학교 인문과학연구소, 1998)
      ,『한국소설사』 근·현대편, 민음사, 2000, .23〜33쪽, 66〜68쪽.
   김형자,『韓國近代小說의 文體論的 研究』, 삼지사, 1985.
   김병욱,『한국현대소설의 시간과 공간 연구』, 서강대학교 국어국문학과 박사학위논문,
      1988.
   박정규,『金裕貞 小說과 時間』, 깊은샘, 1992.
   김 현,「現代小說의 時間性및 空間性 研究 : 金東仁과 廉想涉의 短篇을 중심으로」,
      서강대학교 국어국문학과 석사학위논문, 1988.

시간에 대해 논의한다.

　　이제 「無情」에 대하여 좀더 具體的으로 그 作品條件 같은 것을 分析해보
면, 첫째로 注目을 끄는 것은 一種의 나라따즈式으로 作品이 시작된 事實이
다. 即 이 형식이 뒤에 약혼자로 된 김 선형에게 英語를 가르치는 家庭教師의
場面부터 작품이 〈 페이드인 〉을 하는 것인데, 그 場面自體가 하나의 開化
期的인 時代性을 暗示하고 있기도 하지만 그 場面等을 先行시키고 스토리가
後退하여 過去로 돌아가는 테크닉이다. 물론 近代小說에도 나라따즈의 手法
을 전혀 使用한 例가 없는 것은 아니며 또 新小說에서도 이 手法을 쓴 例가
나오지만, 그러나 이 手法은 차라리 二十世紀的인 現代小說에서 더 效用된
作品手法으로 알고 있다. … 勿論 나라따즈라 해도 所謂 現代的인 心理小說
의 意識追求가 아니고 平面的으로 過去의 事實을 逐條審議해간 것이지만,
그러나 이 手法을 씀으로 해서 이 작품의 구조가 立體的인 建築性을 띠게
된 점, 크게 作品成果를 올린 作品條件이라고 보아야겠다.[7]

　　비록 위의 언급은 구체적인 서사 시간론에 대한 분석이나 방법론적 설명
이 아닌 해설 수준의 이해이지만, 서사시간의 변화가 현대소설의 기본적이
면서도 주된 흐름이란 것을 논급하고 있고, 시간의 변화를 통해 소설이 평
면성을 벗어나 입체성을 띠게 되었다고 언급한 대목은 오늘날의 서사이론

---

7) 백철, 위의 논문, 568~569쪽.
　　성현경도 「무정」이 이전의 소설과 '敍述順次'에서 변화를 보이고 있음에 주목하고 그
　　점은 의미있는 것이라 지적한다. 즉 고전소설은 서두가 주인공의 행복한 출생으로부
　　터 시작되는 데 비해서, 신소설은 대체로 성장 후의 고난으로부터 시작되며, 「無情」은
　　성인 이형식의 행복한 고민으로부터 시작되는 것이 '서술순차' 변화의 모습이라고 지적
　　한다. 성현경, '「無情」과 그 以前小說', 『韓國小說의 構造와 實相』, 영남대학교 출판부,
　　1982, 334~358쪽.

과 맞닿아 있는 지적이다. 김형자는 근대소설 전반에 대해 시간착오(時間錯誤)의 서술 기법을 분석한다. 이 연구는 근대소설 전반을 서사론적으로 세밀하게 분석하고 있다는 점에서 높이 살만하다. 그러나 분석을 통해 드러난 시간 구조와 의미 해석 과정에 약간의 괴리를 보이고 있다. 김병욱은 쥬네뜨의 순서·지속·빈도의 구조를 통해 한국 소설의 서사 시간적 특징을 설명한다. 이 연구는 서사시간 연구의 이론적 전개에 있어서 거의 선구적인 업적으로 볼 수 있지만, 풍부한 이론적 전개만큼 분석 대상 작품이 많지 않았다는 것이 아쉬운 점이다. 다음으로 박정규는 김유정 소설에 대한 시간 분석을 하는데「봄·봄」을 순서·지속·빈도의 서사적 분석 틀로 분석을 하고, 다른 작품들은 러시아 형식주의에서 말하는 '낯설게 하기'의 개념으로 '이야기 시간'의 변형과 파괴를 논의한다. 러시아 형식주의에서는 '이야기 시간'이 변형되고 파괴되는 양상을 크게 여섯 가지로 나누어 설명하는데, 논자는 그 중 수평의 논리에 국한시켜 논의를 전개한다는 점에서 그 한계를 지닌다. 박정규의 연구는 김유정이라는 한 작가 작품 전체의 시간 구조를 세밀하게 다루고 있다는 점에서 높이 평가할 만하지만, 각 작품들을 분석하는 방법론적인 틀이 서로 다른 관계로 일관성이 없어 보이는 단점을 지닌다. 다음으로 김현은 김동인과 염상섭의 단편들을 중심으로 인물·시점·플롯·배경·문체 등을 중심으로 한 구성요소들과 주제적인 측면을 통해 두 작가의 시간성 및 공간성을 탐구한다. 김현의 연구는 시간성 및 공간성에 대한 그 형식적 분석뿐만 아니라 작품의 심미적이고 사회적인 가치평가적 의미를 밀도 있게 추구했다는 점에서 높이 살만하다.[8] 이재선은 고소설과 신소설 그리고 근대소설의 구조의 차이 중 서사시간의 변화가 현저하다는 것을 지적하고 특히 소설의 시작부분에 주목하여 그 각각의 특징을 밝힌다. 그리고 현대 소설에 드러난 서사시간의 조작 관계를 구체적으로 설명하는데, 즉 고소설에서 오늘날의 소설에 이르기까지 서사적 시작과 시간 단축의 변천 양상을 구명하고, 서사적 예시 양상, 서사적 역전 양상의 추이를 논의한다. 이 논의는 서사시간의 다양한 양상들을 제시하고 있다는 점에서 주목할만하다.

그밖에 본격적으로 서사시간만 다룬 것은 아니지만 안숙원9), 곽인숙10), 여지영11)의 논의에서 서사시간적 탐색을 엿볼 수 있다.

두 번째 입장으로는 인식론적 차원에서 시간을 이해하고 논의를 전개한 연구가 있다. 인식론적 차원에서 시간을 논한다는 것은 작가가 문학적 시간에 대해 어떠한 인식을 지니고, 그것을 어떻게 표현하고 있는가를 체계적으로 분석하는 것을 말한다.12) 이러한 논의에는 이재선·김종구·유재

---

8) 김현의 『현대소설의 담화론적 연구』(계명문화사, 1995).에서 밝힌 소설의 결말구조에 대한 연구도 이 논의의 연장선상에서 이해될 수 있다.

9) 안숙원은 박태원의 소설을 분석하면서 「소설가 구보씨의 일일」이 현재와 과거의 시간 포개기(superposition)에 의한 구성을 지니고 있다고 지적한다. 이러한 구성은 추억과 현실의 공존, 우연과 충동으로 토막난 사건을 의식의 흐름으로 시간 몽타쥬화함으로써 서사적 시간 구조가 약화되는 대신 개개의 사건이 단순한 자유 연상이나 의식의 혼란이 아닌 동시성 속에서 유의미성을 획득하게 한다고 말한다. 안숙원, 『박태원 소설 연구』-도립의 시학-, 서강대학교 국어국문학과 박사학위논문, 1992, 117~125쪽.

10) 곽인숙은 1910년대의 단편소설을 연구하면서 신소설에서 근대소설로 넘어오는 과도기의 특징으로 서사 시간의 변화를 논의한다. 이 논문에서 필자는 근대소설로 넘어오면서 서술시간이 단축되고, 서술의 역전 기법이 일어나며, '장면'이 확대되고 '현재'적 시간이 우세한 서사시간 기법이 생긴다고 이야기한다. 곽인숙, 「1910년대 단편소설 연구」, 서강대학교 국어국문학과 석사학위논문, 1996.

11) 여지영은 1930년대 심리 소설의 서사적 '정체성'을 탐구하면서 순수한 사건의 배열을 논의하기 위해 쥬네뜨의 서사 분석을 도입한다. 여지영, 「1930년대 심리소설의 서사적 정체성 연구」, 서강대학교 국어국문학과 석사학위논문, 1999.

12) 이승훈은 인식론적 시간 인식을 "텍스트 속에서 시간이 작가에 의하여 어떻게 천명되는

주·김종욱·노지승의 논의가 있다.13)

　먼저 이재선은 이상 문학이 보여주고 있는 "특수한 시간 의식 내지 시간
론"14)을 살피고, 「날개」, 「蜘蛛會豕」, 「失花」 등의 작품에 드러난 시간
의식과 문학적 형상화 과정을 논한다. 이 논의는 시간의 문제를 소설 연구
에 적용한 거의 초기의 논문으로, 이상 문학을 시간의 측면에만 주목하여
분석함으로써 이상 문학의 한 특질을 분명히 밝히는 데 중요한 역할을 했
다. 김종구의 논의는 이상의 「날개」에 드러난 서술 의식과 그 상징 속에서
이상의 시간 의식을 발견하고자 했다. 또한 「날개」에서 작가가 탐색하고
있는 언어표현으로서의 대화적 양상을 시간의 측면을 통해 해석한다. 연구
자는 「날개」가 "현대 도시사회의 디오니소스적 무질서, 가치의 전도 속에
서 사회적 자아의 재생의 의지"와 "그 회복을 위한 탐색이며 고백"15)이라
는 결론을 내린다. 이는 인식론적 측면에서 「날개」의 시간을 분석한 새로
운 시도라 할 수 있다. 유재주는 자연적 시간과 정반대 속성을 지닌 허구적

　　가를 밝히는 방법"으로 이해한다. 또 "이야기의 시간에 관심을 두면서 동시에 작가가
　　시간을 어떻게 인식하며, 형성하며, 개념화하는가를 살피는 방법"이라고 말한다. 이승훈,
　　「문학에 있어서의 시간(1)」, 『문학과 시간』(이우출판사, 1983). 163쪽.
13) 이재선, 「이상 문학의 시간의식」, 『한국소설사』, 민음사, 2000, 447~474쪽.
　　김종구, 「李箱 〈날개〉의 時間·空間 構造」-그 상징적 의미 분석을 중심으로-, 《서강
　　어문》 1집, 1981.
　　유재주, 「소설구조에 있어서의 시간 연구」, 경희대학교 국어국문학과 석사학위논문,
　　1984.
　　김종욱, 『1930년대 한국 장편소설의 시간·공간 구조 연구』, 서울대학교 국어국문학과
　　박사학위논문, 1998.
　　노지승, 「이상 소설의 시간성 연구」, 서울대학교 국어국문학과 석사학위논문, 1998.
14) 이재선, 앞의 책, 448쪽.
15) 김종구, 위의 논문, 82~85쪽.

시간의 특성을 '지속·질서·주관성'으로 나누어 시간의 여러 양상들을 논의한다. 이 연구는 분석 텍스트에 대한 일관성이 없는 관계로 그 한계를 지니나 시간에 대한 초기의 연구로 그 가치를 지닌다고 하겠다. 김종욱은 1930년대의 장편소설에 나타난 시간과 공간의 구조를 '근대성'의 개념에 비추어서 해석한다. 논자는 근대 이전·근대·근대 이후라는 역사적 시간의 선조성을 문학에 표현된 작가의 의식과 비교하면서 시간성을 논한다. 그러나 이 논의는 엄밀한 의미에서 시간 자체에 대한 연구는 아니라고 할 수 있다. 노지승은 이상 소설이 과거에 대한 반성적 판단이 회상에 의존하며 이로써 시간성을 갖는다는 전제하에, 진술 주체에 대한 탐구를 한다. 논자는 이상 소설이 회상을 통해 인식되는 '나'의 모습이 시간적 위치와 진술 동기에 따라 내적 독백의 발화자, 허구적 서술자, 실재적 작가 등의 다양한 목소리로 변형되며, 이러한 변형은 자기 정체성, 개별성의 현시로 요약된다고 말한다. 이 연구는 이상 소설에 나타난 인물의 주체에 대한 탐구를 시간적으로 접근했다는 점에서 주목할만하다.

다음으로 시간 연구를 주제론적으로 접근한 연구[16]가 있다. 이재선의 연구[17]가 여기에 속한다. 이재선은 한국 문학의 상상력에 담긴 인간과 시간의 관계를 다양하게 접근하여 한국인의 '시간관'을 탐색한다. 그 속에서 체계로서의 시간, 시간 현상학, 객관적 시간과 주관적 시간, 순환의 시간과

---

16) 시간을 주제론적으로 탐색할 때 시간의 신화적·원형적 성격이 많이 드러난다. 본고에서는 현대 문학의 시간 구조에 초점을 맞춘 관계로 신화적·원형적 시간에 대해서는 기존논의 검토 및 이론적 배경 설명을 생략한다.

17) 이재선, 「韓國文學의 時間觀」, 『韓國 文學 主題論』, 서강대학교출판부, 1989, 253~271쪽.

직선의 시간, 해결의 시간과 현대의 시간의식 등 시간을 주제로 한 다양한 접근방식을 실험한다. 주제론적 접근은 그 방법론적인 특성으로 인해 시대나 장르에 구애받지 않고 다양하게 텍스트를 선정할 수 있는 매력이 있다. 따라서 주제론적 시간 연구는 각 시대별, 장르별 부분들을 세밀히 연구할 숙제를 남겨둔다는 의미에서 중요[18]하다고 할 수 있다.

최근 들어 활발하게 논의되고 있는 시간 연구는 이상과 같이 세 방향으로 정리될 수 있다. 본고는 각기 다른 방향에서 전개된 시간 논의를 수렴할 수 있는 방향을 제시하고자 한다. 그것은 소설에서 시간에 대한 서사론적 접근과 해석학적 접근을 동시에 고찰함으로써 이루어질 수 있다고 본다. 이를 위해 본고는 한국 소설 전반에 대한 시간 구조 양상을 검토하고자 한다. 그것은 이제까지 단편적으로 이루어져왔던 논의들을 종합하는 방식으로 이루어질 것이다. 텍스트에 대한 정밀한 서사분석과 아울러 그 분석에서 도출된 결과들에 대한 해석학적 의미까지 유추할 것이다.

---

18) 이재선은 "현대의 문학 비평은 문학의 해석에 있어서 주제적 시간론 및 시간의 구조 시학에 대한 모색의 강도를 뚜렷이 하고 있"다고 설명하고 "심리적인 시간에의 관심은 전통적인 소설의 플롯을 무화(無化)시키며, 현재와 과거의 시간 역전(時間逆轉)은 소설 구성의 시간적인 단선현상(單線現象)을 변화시키게" 되었다고 진술한다. 이재선, 위의 책, 270∼271쪽.

3. 텍스트 선정 기준

본고에서는 신소설 이후의 현대소설을 그 분석 대상으로 삼는다. 전술했듯이 소설에서 시간의 문제는 가장 기본적인 문제이면서도 작가들이 가장 다양하게 창작의 과정에 실험할 수 있는 요소라고 본다. 따라서 작가들이 서사 기법적 차원에서 시간을 다룬다면 매우 다양한 양상의 소설들을 창작할 수 있을 것이다. 실제로 현대로 올라올수록 작가들의 서사시간에 대한 기법적 실험들이 다양하게 이루어지고 있음을 확인할 수 있다. 이런 이유로 서사시간의 능숙한 조작에 의한 서사적 형상화의 체계성은 어쩌면 초기의 현대소설에서 찾기를 바라는 것은 무리일지 모른다. 그러나 현대소설의 시작이라고 볼 수 있는 이광수의『무정』에서부터 20~60년대까지의 서사시간의 흐름을 검토함으로써 현대소설의 새로운 시간 구성의 흐름을 살펴볼 수 있으리라 본다. 따라서 본고의 작업은 현대소설 시간 구조의 일단을 살펴보는 시발점일 수 있다.

본고에서 텍스트로 삼은 작품들은 시간구조의 양상들을 잘 보여주는 작품들이다. 물론 복잡하고 다양한 서사시간 구조를 본고에서 제시하는 양상으로 모두 묶을 수 있다고 생각지는 않는다. 본고에서 제시하는 양상 외에 독특한 시간 전개의 소설은 얼마든지 이론적으로 가능하다. 그러나 서사에서 시간을 서술 형상화의 중요한 기능으로 생각할 때, 그리고 그것을 통해 독자와 다양한 의사 소통을 이루어 낸다고 할 때, 본고에서 제시하는 시간 구조 양상들은 그 대표성을 갖는다고 하겠다.

실제 텍스트 분석 과정에서 어떤 시간 구조 유형의 작품들은 상당량을 차지하고 어떤 유형은 극히 드문 경우도 있다. 그것은 서술의 일반성이나 독특성의 문제로, 모든 작가가 사건 배열 문제에만 집착해서 창작을 하는 것이 아니기에 나타나는 현상이다. 구체적인 분석 텍스트의 제목은 3장을 분석하면서 언급하기로 한다.

Ⅱ. 시간 구조 분석의 방법론적 모색

1. 현대소설 시간 구조의 서사론적 이해

시간에 대한 철학적 물음[1]은 인간의 기본적인 경험[2]을 시간과 연관시키

---

1) 시간에 대한 형이상학적 인식론에 대한 성찰에서 베르자예프(Nicholas Berdyaev)의 논의
는 주목할만하다. 그는 시간을 크게 세 가지 범주로 나눈다. 자연과 사물의 무한한 반복을
가리키는 우주적 시간. 직선적이고 선조적인 흐름, 즉 국가와 문명과 종족들의 경과를 말
하는 역사적 시간. 딜타이(Dilthey), 짐멜(Simmel), 베르그송(Bergsong) 등에 의해서 인식
된 창조적 시간 혹은 비약으로서의 시간 개념과 연관을 가지는 실존적 시간이 그것이다.
세 번째 범주의 시간은 하이데거(Heidegger)에 의해 '모든 존재 의미의 현상학적 지평'이
라고 규정되는 존재론적 시간이기도 한, 실존의 절대적 근거로서의 시간을 가리킨다. 한
용환, 앞의 책, 270쪽
2) 한스 마이어호프는 시간을 인간의 '특수한 경험 양식' 중의 하나라고 정의했는데, 여기서
특수하다고 한 것은 인간이 다른 생물체들과 달리 자신의 현존재(Dasein)를 인식하고 있
음을 의미한다고 할 수 있다. 또한 그는 문학에서 시간을 논할 때 발생하는 주요한 문제를
논하면서 문학의 시간에는 여섯 가지의 특징이 있다고 하였다. 즉 ① 주관적 상대성 또는

는 것에서 비롯된다. 따라서 시간의 문제를 논할 때는 시간을 구성하는 인간의 의식을 파악하는 것이 선행 과제이다.[3] 시간의 문제를 그것을 제약하고 있는 의식의 문제로 환원시키는 것은 인간의 의식은 실제로 활동할 때에 시간의식으로 규정될 수 있음을 의미하는 것이다. 따라서 우리가 일반적으로 구분하는 시간의 단위, 혹은 기준들은 주관적일 수밖에 없다. 과거, 현재, 미래로 삼분하는 시간 구분의 논리마저 사실은 매우 주관적인 행위에 속하는 것이다. 따라서 개인이 시간을 어떻게 경험하느냐에 따라서 삶의 양태는 달라질 수 있다.

베르그송은 시간은 현재를 기준으로 한 개인에게 있어서 지속이든지 아니면 경과로 경험되는 것이라고 하였다. 이러한 시간의 지속과 경과는 여러 면에서 동일한 시간 운동이겠지만, 그것을 경험하는 사람들에게 있어서 그러한 운동은 생성과 소멸에 대치되는 하나의 삶의 운동인 것이다. 따라서 한 인간이 시간을 지속으로 경험하든가, 아니면 경과로서 경험하든가는 아무래도 좋을 문제는 아닌 것이다. 왜냐하면, 어느 쪽의 시간 경험을 가질 것인가에 의해서 그 자신의 삶에 대한 본질적 국면이 드러나 그 시간 경험이 결정적인 자기 경험이 되기 때문이다.[4] 이런 시각에서 보면 시간의 경

균등하지 않은 배려, ② 연속적 흐름 또는 지속, ③ 경험과 기억에 있어서 인과적 질서의 동적 융합, ④ 자아동일성에 관계되는 지속성과 기억의 시간구조, ⑤ 영원성, ⑥ 무상성 또는 죽음을 향하는 시간의 방향성 등이 그것이다. Hans Meyerhoff, 김준오 역, 『文學과 時間現象學』, 心象社, 1979, 44~126쪽 참조.

3) 이러한 주장과 동일한 입장에서 퀴멜(Kümmel)은 "시간이 무엇인지 분명히 말할 수 있기 위해서는 동시에 자유와 의식이 무엇인가를 분명히 말"해야 한다고 주장한다. 또한 이 세 가지는 동일한 뿌리를 가지고 있으며 근원적으로 관련되어 있어서 분리될 수 없다고 생각한다. Friedrich Kümmel, 權義武 譯, 『時間의 槪念과 構造』, 계명대학교 출판부, 1986, 165쪽.

험을 객관적으로 결정해서 말한다는 것이 전혀 불가능하다는 사실을 알 수 있다. 아우구스티누스의 시간관에 내포된 '시간의 아포리아는 자아의 아포리아'라는 개념은 우리가 시간에 대해 쉽게 결정지을 수 없는 이러한 특징을 암시하는 것이다.

칸트(Kant)는 시간을 공간과 대응시킨다. 그는 직관을 선험적으로 규정할 때 시간을 "내감(內感)의 형식"이라 정의하고 공간을 "외감(外感)의 형식"이라고 규정했다. 이러한 시간과 공간의 구분에 대해 쉘링(Schelling)은 순수한 "강도(强度)"와 "너비"로 규정한다. 즉 강도는 "절대적 한계(absolute Grenze)"로서의 '점(點)'이라고 하는 像으로 정의될 수 있다. 그런데 강도는 저절로 생기 있게 작용하는 힘, 확충에의 힘, 근원적인 활동을 의미한다. 그래서 행위하는 주체(자아)와의 관계에 있어서는 "활동"의 개념이 "강도"에 대신된다. 이렇게 볼 때 시간은 자아와는 독립하여 흘러가는 뭔가로서가 아닌, 활동하고 있는 자아 자신을 읽을 수 있다.[5]

포스트모더니즘은 무수한 반복과 지연 속에서 시간을 보존하고 영원화한다는 미명하에 시간을 매장하는 가장 섬세한 이론적 형태이다. 해체주의 입장에서 본다면 시간 자체는 과거와 미래로부터 해방될 수 있는 끝없이 늘어진 지연으로 이해할 수 있다. 이 지연이라는 것은 바로 시간이 존재하지 않는 공허 속에, 좌우로 극도의 늘여진 현재 속에 걸려 있음을 말한다. 데리다의 차연(différence)은 공간적이면서 시간적인 간격이 조성되는 개념

---

4) Friedrich Kümmel, 앞의 책, 19쪽.
5) 이에 비해 공간은 "점(點)과 대비되는 것으로 절대적 넓힘은 모든 강도의 부정이 되며 무한의 공간이 되고 이것은 이완(弛緩)된 자아로 읽을 수 있다. Friedrich Kümmel, 앞의 책, 67쪽.

이다. 즉 시간은 한 시점에서 다른 시점으로 존재를 이동시킴으로써 형성된다. 지연은 공허하고 아무 것도 담지 않은 시간을 의미하며, 그 속에서 다음 순간은 단지 그 전 순간의 지연일 뿐이다.[6]

그러나 이렇게 객관적으로 측정 불가능한 시간을 문학이나 철학에서 논할 수 있는 것은 오로지 서술 활동을 통해서이다. 철학적으로 시간에 관해 사색한다는 것은 결론내릴 수 없는 의식의 '되새김질'과 같지만, 그러한 시간에 관한 물음에 응답할 수 있는 것은 '서술적 활동'에 의해 가능[7]해진 것이다.

서사에서 일반적으로 '시간'에 대해 이야기할 때는 시간의 개념 및 인식의 편차, 혹은 역사에 관심을 두는 것이 아니라 작가가 시간이라는 인식의 틀을 이용하여 이 세계를 어떤 방식으로 바라보는지, 혹은 이야기된 시간과 이야기하는 시간, 스토리 시간과 담론 시간, 사이의 불일치를 어떻게 미학적으로 조절할 수 있는지를 문제삼는 것이다.[8] 서사는 대개 단일한

---

6) 엡스타인은 현대 사회에서 시간의 살인(tempocide), 인종학살(genocide), 환경파괴(ecocide) 등이 무차별하게 일어나고 있다는 점을 지적하고, 그러한 현상은 추상적인 미래의 이름으로 과거의 사상들을 살인하는 행위라고 설명한다. 따라서 시간의 살인은 바로 자신이 살고 있던 시간 속에서 벗어나려는 사람들, 과거로부터 자신을 해방시키려 하는 사람들의 의식 속에서 일어나는 눈에 보이지 않는 개혁이라는 것이다. 이러한 사고는 인류 문명은 끝없이 발전한다는 '발전론적' 사고 속에서 비롯된 것이다. 엡스타인은 또 포스트모더니즘 이론가들은 어떤 식이 되었던 간에 시작이라는 것을 부정하면서 영원한 현재 속에 머물고 싶어하는 사람들이라 주장한다. 그러므로 그들이 꿈꾸는 것은 현재의 유토피아, 즉 지연으로서의 시간을 영위하려 한다는 것이다. Mikhiail N. Epstein, 「시간의 살인(tempocide)」, 『시간으로부터의 해방』, 자인, 2000, 112~115쪽 참조.
7) Paul Ricoeur, 김한식·이경래 옮김, 『시간과 이야기1』, 문학과지성사, 1999, 31~32쪽.
8) 소설 연구의 초기 이론가인 퍼시 러보크(Percy Lubbock)도 소설에서 시간의 효과와 기능을 논의하는데, 그는 소설에서 시간의 문제를 '작품 전체의 구성에 관한 문제'로 인식하고 톨스토이의 『전쟁과 평화』에서 '시간의 경과와 시간의 효과'는 주제의 핵심에 속하는 문

줄거리 속에서 사건들이 일관성 있게 조직되어 있다. 작가는 줄거리의 일관성을 염두에 두고 서사를 구성해야 하고, 따라서 사건의 진행 과정인 시간의 문제를 매우 심각하게 고려해야 한다. 서사에서 시간에 대한 연구는 플롯 연구와 겹치기도 하다. 플롯은 물리적 시간성에서의 탈피를 내포하며, 그래서 '현실'이라는 규범으로부터 어느 정도 이탈하게 되는 것이기 때문이다.[9] 플롯은 간단히 말해 사건의 의도적인 배열, 구성의 형식이라 말할 수 있다. 즉 이야깃거리들이 최대한의 효과와 주제적 흥미를 가져 올 수 있도록 그것들을 조직화하는, 일보 전진한 정교화 작업이라 할 수 있다.[10] 이는 서사상에서 이미 제시된 것과 이에 이어지는 것들 사이에 존재하는 개연성이나 상호작용을 염두에 둔 것이다. 따라서 플롯을 구성하는 것은 개연성을 필연성으로 바꾸는 작업인 것이다.[11] 플롯론에서의 이러한 작업

제라고 언급한다. Percy Lubbock, 송욱 역, 『小說技術論』, 일조각, 1984, 46쪽.

9) Frank Kermode, 조초희 옮김 『종말의식과 인간적 시간』, 문학과지성사, 1993, 63쪽.

10) Kieran Eagan, "What is a Plot?," New Literary History Vol. I X, No.3(1978) pp.455-473.
  「플롯이란 무엇인가」, 『현대 소설의 이론』, 김병욱 편, 최상규 역, (예림기획, 1997), 286쪽에서 재인용.

11) 러시아 형식주의자들은 '파불라(fabula:fable)'와 '슈제트(sjužet)'로 스토리와 플롯을 구분한다. 파불라는 기본적인 이야기 재료, 소설 작품내에서 관계를 가지게 될 사건들의 총합계, 또는 '이야기 구성을 위한 재료'를 의미한다. 반면 슈제트는 실제로 이야기된 줄거리나 또는 사건들이 함께 연결된 방법을 의미한다. 이렇게 보면 파불라는 스토리로 슈제트는 플롯의 의미로 생각할 수 있는데, 쉬클로프스키의 플롯의 의미는 아리스토텔레스의 플롯의 의미와는 약간 다르다. 쉬클로프스키는 문학적 시간의 규약들을 강조하면서, 파불라와 슈제트의 차이점은 "자연적인 연대기적 순서로부터의 교묘한 이탈들과 일시적인 환치(displacement)에 있다"고 지적한다. 슈클로프스키에게 있어서 플롯은 명백히 단순하게 이야기 재료를 예술적으로 배열한 것이 아니고 이야기를 전하는 과정에 사용된 '기법들'의 총체였다. Victor Erlich, 박거용 譯, 『러시아 形式主義』(문학과지성사, 1983), 308~312쪽. 참조.

은 시간, 공간, 인물 등 서사를 구성하는 모든 부분을 고려하면서 이루어진다. 플롯론에서 볼 때 시간과 공간 그리고 인물은 상호 복잡하고 긴밀하게 연결되어 하나의 사건을 유발하며, 이러한 사건들이 모여 완결된 작품을 구성하게 된다고 본다.[12] 위의 세 가지 요소 가운데 사건의 흐름을 결정하는 가장 중요한 것은 아마도 시간일 것이다.

현대의 많은 소설들은 사건 배열의 연대기적 질서를 거부한다. 즉 현대소설에서 서술 순서의 변화없이 단선적으로만 진행되는 소설은 드물다는 것이다. 슈람케(Jürgen Schramke)의 표현대로라면 현대소설의 사건은 "시간에 대한 투쟁"에서 실현될 수 있는 것이다.[13] 즉 현대의 소설은 다양한 시간의 층위를 두어 이야기의 형식을 복합적으로 구성하며, 이를 통해 이야기를 입체적으로 조망할 수 있게 한다.[14] 어떻게 보면 서사시간은 일종

---

12) 패트릭 오닐은 실제로 시간, 공간, 인물 사이의 상호 관계들에 대해 분석을 하고 사건 구성에 있어서 시간의 중요성을 강조한다. Patrick O'Neill, *Fictions of Discourse* : Reading Narrative Theory, University of Toronto Press, 1994, pp.42~54.

13) Jürgen Schramke, 원당희·박병화 옮김, 『현대소설의 이론』 문예출판사, 1995, p.161.

14) 프랭크 커머드는 서사의 스토리가 분명한 결말을 향해 전개될 때 이는 신화에 가깝다고 언급하면서 현대 서사의 특징을 '반전(peripeteia)'의 서사에서 찾았다. 이는 오늘날 대부분의 서사가 종말을 향한 직선적인 과정으로 되어있지 않고 복잡한 플롯화를 이루고 있다는 것에서 발견할 수 있다. 오늘날의 '반전'은 우리가 결말을 신뢰하는 심리에서 출발하는데, 이는 우리의 기대가 어긋남으로써 느끼는 흥미가 예상치 않은 교훈적인 경로를 통해 발견이나 깨달음에 도달하려는 우리의 욕구와 관계 있기 때문이다. 그래서 커머드는 반전을 통해 우리의 종말에 대한 기대를 재조정하고 있다고 말한다. 또한 커모드는 실제 시계의 '똑딱'거리는 소리를 통해 시간의 체계적인 지속의 형태를 규정하는데, '똑'은 초라한 기원(genesis)이며, '딱'은 미약한 최후(apocalypse)라고 본다. 그래서 '똑'-'딱'을 기본적인 플롯으로 설정하고, 이 형태가 너무나 단순한 허구로 보일 수 있으므로 '똑'과 '딱' 사이에 여러 시간적 조작을 만들어야 한다고 주장한다. 그리고 현대 서사의 복잡한 구조는 더 이상 '똑'-'딱'의 구조로만 이루어지지 않고 '딱'-'똑'의 구조로 이루어질 수도 있음을 제임스 조이스의 『율리시스』의 플롯을 예로 들어 설명한다. 그러나 실제

의 선적인 시간이지만 이야기 발생의 시간은 입체적이다. 이는 서사에서 몇몇 사건들은 동시에 발생할 수도 있지만 서술할 때는 하나씩 차례로 써야 하기 때문에 생긴 현상이라 할 수 있다. 이러한 현상을 설명하기 위해 서사시간을 분석하는 서구의 이론가들은 서술하는 시간(Erzählzeit)과 서술된 시간(erzählte Zeit)을 나누어 그 두 시간 간격에서 발생하는 효과들을 설명한다.[15]

동양에서도 이러한 서사 내에서의 시간의 분리 현상을 설명하려는 시도가 있었다. 중국에서는 일찍이 사건 발생 순서에 따라 기술하는 순차적인

커머드가 중요하게 생각한 것은 '똑'과 '딱' 사이의 간격 내에 있는 시간, 즉 종말을 기다리는 시간인 카이로스(kairos)의 시간이다. 이 시간이야말로 종말과의 관계에서 비롯된 의미로 차 있는 시간이라는 것이다. 본고에서 작가와 독자간의 의사소통과정에서 발생하는 긴장과 이완의 효과를 논할 때 작가의 의도와 독자의 기대치, 그 사이에서 찾을 수 있다고 보았는데, 이는 커모드가 현대서사의 복잡성을 논의하면서 정리한 시간의식이 뒤집히는 과정과 일면 맥을 같이한다고 볼 수 있다. Frank Kermode, 조초희 옮김, 『종말의식과 인간적 시간』, 문학과지성사, 1993, 31∼59쪽 참조.

15) 서술하는 시간(Erzählzeit)과 서술된 시간(erzählte Zeit), 즉 이야기하는 시간과 이야기된 시간에 대한 구분을 가장 먼저 한 사람은 귄터 뮐러이다. 그는 "이야기한다"는 사실과 "이야기된" 내용은 현재화라고 하는 행위를 통해 구별한다. 그에 따르면 이야기하는 모든 행위는 그 자체로는 이야기가 아닌 무엇인가를 이야기하기(erzählen von)이다. 다음으로 쥬네뜨도 이러한 시간 구분을 통해 정치한 서사시간 분석을 하게 된다. 그런데 리쾨르는 뮐러나 쥬네뜨가 엄밀한 의미에서의 허구적 서사시간 분석을 하고 있지 못하다고 비판한다. 그는 쥬네뜨가 뮐러 보다 두 서술적 시간을 구분하는 데는 엄격했지만 놓치고 있는 부분이 있다고 언급한다. 리쾨르가 생각한 서사시간 분석은 '언술행위-언술-텍스트 세계'라는 세 층위를 다 검토해야 하는 것으로, 그 각각에는 서술하는 시간(Erzählzeit)과 서술된 시간(erzählte Zeit), 그리고 이 두 시간들간의 여접/이접에 의해 투사된 허구적 경험이 대응하는 것이어야 한다는 것이다. 그러나 뮐러는 두 번째 층위를 세 번째 층위와 구분하지 못하고 있으며, 쥬네뜨는 두 번째 층위를 위하여 세 번째 층위를 배제하고 있다고 리쾨르는 비판한다. Paul Ricoeur, 『시간과 이야기 2』, 문학과지성사, 157∼158쪽.

서술을 거부해 보려는 움직임이 있었다. 청대(淸代) 이전의 중국 작가들은 "단(斷)", "쇄(鎖)", "협(夾)", "천삽(穿插)" 등의 기교[16]를 써서 순차적인 서술시간의 구조를 깨뜨려 보고자 했던 것이다. 그러나 이러한 기법들은 주요한 이야기에 부차적으로 잠시 삽입되어 주요 이야기를 잠시 지연시킬 수는 있어도 전적으로 주요 이야기의 시간을 바꿀 수는 없었다. 이는 청대 이전의 중국의 많은 작가들이 어느 정도 서사 문법의 변화를 꾀하기는 했지만 진정한 '플롯'의 변화는 꾀하지 못했다는 것을 말한다. 그러나 청대(淸代)에 왕원(王源)은 이전의 서사 기법들에 비해 매우 정교한 서술 이론을 제시하는데, "릉공도탈법(凌空跳脫法)"의 기교가 그것이다.

중간의 이야기나 뒤의 이야기를 앞에 두며 앞의 이야기는 중간이나 뒤에 두어, 독자들이 서두를 본다면 바로 중간이나 끝 부분을 보는 듯 할 것이며, 중간이나 끝 부분을 본다면 서두나 중간 부분을 보는 듯 할 것이다. 신령스러운 뱀이 운무 속으로 치솟듯이, 서술에 일정한 순서가 없게 된 후에 비로소 살아 숨쉬는 글이 될 수 있다.[17]

위의 진술은 서사에서 시간의 변화를 바꾸어 서사 효과를 부각시키자는 것으로, 실제로 고대의 중국 서사문학에서 이러한 서사시간을 역전시키는 도치서술은 부분적으로 있어왔지만, 중국도 20세기 서구 소설에 대한 영향

---

16) 斷(끊을 단), 鎖(잠글 쇄), 夾(낄 협), 穿插(뚫을 천, 끼워 넣을 삽). 이 용어들은 단어 의미 그대로 일정한 스토리 라인에 삽입되는 서사들을 말한다. 즉 삽화나 에피소드 같은 일시적으로 연속적인 스토리 라인을 파괴하는 기능들을 말하는 것이다.

17) "唯中者前之, 後者前之, 前者中之後之, 使人觀其首, 乃身乃尾, 觀其身與尾, 乃首乃身. 如靈蛇騰霧, 首尾都無定處, 然後方能活潑潑也." 「左傳·文工 11년」 평어, 『左傳評』. 陳平原, 이종민 譯, 『中國小說 敍事學』살림, 1994, 67쪽에서 재인용.

을 받기 전까지 대부분의 서사는 순차서술 방법을 사용했다고 할 수 있다.[18] 우리의 경우도 마찬가지로 고전소설 가운데서 시간의 역전을 통해 연대기적 질서를 깨뜨린 예는 간혹 있지만[19] 그러한 서사 기법이 텍스트 전반적인 구조를 바꾼 소설은 거의 찾아보기 어렵다.[20]

---

18) 중국소설사에서는 도치서술 기법을 쓴 최초의 작품으로 오견인(吳趼人)의 『구명기원(九命奇寃)』을 들고 있다. 진평원은 서사시간을 역전시켜 서술하는 도치서술의 예술적 효과를, "분명히 도치서술은 긴장감에 의지하여 독자를 사로잡고, 이야기를 복잡하게 하여 신비감이 충만하도록 만드는 데 더욱 용이"하다고 설명한다. 실제로 서사시간의 사용이 다양해진 20세기 초 많은 이론가들은 전대의 중국 소설이 '평면적인 서두와 단순한 결말'을 사용했다면 당대의 소설은 '뜻밖의 서두와 대범한 결말'로 된 것이 많아져 서사시간을 다양화한 기법이 서사의 예술적 효과를 높이게 되었다고 진술한다. 陳平原, 위의 책, 76~77쪽.

19) 최경환이 『六美堂記』를 분석하면서 '서사시간의 역진(逆進)'을 설명한 것이 이에 해당한다. 최경환은 고전소설의 서사시간이 역진되는 경우 다양한 인물의 일대기가 병렬적으로 진행되어 각 인물의 독특한 플롯선(plot-line)이 제시된다고 하였다. 또한 이러한 구성은 선조적인 서사 진행이 지체되는 효과를 얻어내고, 전체 서사가 공간적으로 확산된다고 하였다. 또한 저자는 이러한 역진적 시간 구조가 장편고전소설의 보편적인 특성들이라고 하였다. 최경환, 『〈六美堂記〉의 텍스트 생성과정 연구』, 서강대학교 국어국문학과 박사학위논문, 1997, 130~141쪽.

20) 우리 고소설 가운데 시간 역전에 의한 서사 효과는 간혹 찾을 수 있지만 대개의 소설은 스토리의 계기적인 진행을 염두에 두고 연대기적 질서를 따라가는 것이 일반적이라 할 수 있다. 그러나 고소설에서 서사시간의 변형을 생각한다면 서사시간의 단축이나 지연을 통해 극의 효과를 변화시킨 예는 다양하게 찾을 수 있다. 특히 고소설에는 서두 부분과 결말 부분의 요약 서술을 통한 시간 단축의 기법이 주로 사용된다. 이는 실제 담화 시간이 스토리 시간보다 현저히 짧은 것으로, 대부분의 고소설이 전기적인 양식을 지니고 있기 때문에 주인공의 일대기를 일정한 분량의 지면에 기록하기 위해 필연적으로 중요한 부분만을 강조, 확대하다보니 생긴 현상이다. 이재선은 고소설의 서사시간을 분석하면서 탄생(유년)과 행복한 만년으로 대표되는 서두와 결말 부분보다, 고난의 기복이 있는 중간 부분이 상대적으로 길다는 것을 이야기하는데, 이 길어진 부분은 형식적으로는 '계기적이고 보행적인 형태'이고 내용적으로는 고진감래, 권선징악의 교훈적인 서사를 만들기 위해 의도적으로 사용되었던 패턴으로 파악한다. 이재선, 「서사시간의 근대소설적 전환」, 『전환기의 서사 담론』, 서강대학교 출판부, 1998, 43~59쪽.

시간의 층위가 나뉘어진 서사에서 이야기하는 행위, 즉 서술하는 행위는 이미 이야기된 사건에 대해 '반성하는'것이라고 말할 수 있다. 이는 허구적 서사를 구성하는 행위, 형상화하는 행위가 이미 반성적인 판단[21]에 속한 행위이기 때문이다.[22] 이렇게 서술적 시간의 허구적 자질은 형상화 행위 자체가 갖고 있는 반성적 특성에서 비롯된, 다양한 층위 사이의 관계에 의해 드러난다.

러시아의 문학이론가 리하초프는 서사에서의 시간 문제를 예술적 시간의 문제로 설명한다. 이러한 관심은 시간 문제에 대한 관점에서가 아니라 예술 작품에서 재현되고 묘사되는 것으로서의 시간을 연구하는 데서 비롯된다. 여기서 예술적 시간이란 문학 작품 자체의 예술적 조직의 현상으로써, 작가 자신의 예술적 과제들에 문법적 시간과 시간에 대한 철학적 이해를 결합한 것을 말한다. 서사에서 시간 구성이 담론 차원에서 연대기적으로 구성되지 않는 것은 바로 이러한 작가의 예술적 시간에 대한 계획에 따라서 이루어지기 때문이다. 작가는 '시간의 짧거나 긴 간격을 묘사할 수 있고 시간으로 하여금 천천히 혹은 빠르게 흐르도록 할 수 있으며, 중단되지 않게 혹은 중단되게, 순차적으로 혹은 비순차적으로(뒤로 되돌아가게, 먼저 앞서게 등등) 흐르는 모습으로 묘사'할 수 있는 것이다. 이러한 인식은 예술적 시간이 객관적으로 주어진 시간과 달리 작가의 주관적인 시간

---

21) 반성적 판단은 칸트가 결정을 내리는 판단에 대비해서 구별한 것이다. 결정을 내리는 판단에서는 모든 것이 그 판단이 만들어내는 객관성에 집중되지만 반성적 판단은 사건들의 인과 관계의 사슬에 따라 미적이며 유기적인 형식이 만들어지게 하는 활동을 반성하는 것이다. 이런 의미에서 서술 형식들은 반성적 판단, 즉 미적이며 유기적인 실체들이 형성되도록 하는 목적론적 성질을 활동을 대상으로 삼을 수 있는 것이다.

22) Paul Ricoeur, 김한식·이경래 옮김, 『시간과 이야기2』, 문학과지성사, 2000, 128쪽.

인식을 중요하게 생각하고 있음을 보여주는 것이다.[23]

위에서 언급한 것처럼 현대 소설에서 서사시간의 변화, 혹은 조작은 거의 필연적으로 일어나고 있다고 보아도 무방하다. 소설에서 시간의 변화만큼 소설 구성을 다양하게 할 수 있는 것도 드물기 때문이다. 서사시간의 구분은 먼저 서술 순서에 따라서 구분할 수 있다. 이야기를 연대기적으로 서술하느냐, 과거를 회상하며 서술하느냐, 아니면 현재와 과거 그리고 미래의 사건들을 섞어서 서술하느냐에 따라 서사시간은 구분된다.[24] 이러한 구분은 쥬네뜨의 방식대로라면 '순서'에 의한 구분으로, 현대의 모든 서사는 이 세 범주에 다 포함된다고 할 수 있다. 히그던(D. L. Higdon)은 영국 소설의 시간을 위의 세 구분 외에 '장벽 시간(barrier time)'을 두어 서사시간의 층위를 네 층위로 구분한다.[25] 히그던의 구분은 가장 일반적인 서사시간의 층위에 대한 구분으로 본고에서는 '장벽의 시간'을 제외한 세 층위에서 논의를 전개하겠다.[26]

---

23) 드미뜨리 리하초프, 러시아시학연구회 편역, 「예술적 시간의 시학」, Lotman, Jurij M 외, 『시간과 공간의 기호학』, 열린책들 1996, 179~192쪽.

24) 본고에서는 서사에서의 시간 구조를 셋으로 구분했으나 연구자에 따라 더 세분화시키기도 한다. 예를 들어 로테(Jakob Lothe)의 경우 서술과 스토리 사이의 시간적 관계를 서술의 순서에 따라 넷으로 구분한다. 즉 그는 역진적 서술(retrospective narration), 예시적인 서술(pre-emptive narration), 동시적인 서술(contemporary narration), 삽입된 서술(embedded narration)로 서사의 시간 구조를 이야기한다. Jacob Lothe, *Narrative in Fiction and Film,* Oxford University Press, 2000, pp.52~53.

25) David Leon Higdon, *Time and English fiction,* Totowa, N.J. : Rowman and Littlefield., 1977.

26) 히그던의 시간 구분에서 '장벽 시간'은 매우 특이한 시간 층위이다. 이 시간은 설화에서 인물이 어떤 행위를 하기 위해 '금기'를 두는 시간을 의미한다. 이 시간 구조는 작품 전체를 통어하는 시간적 기능을 한다기보다는 서사 진행의 한 부분을 담당하는 기능을 하는 경우가 많다. 따라서 장벽의 시간이 발생하는 그 시간은 서사에서 가장 흥미있고 기

    본고는 먼저 서사시간의 구분을 사건의 서술 순서에 따라 전진적 시간
구조, 역진적 시간 구조, 복합적 시간 구조 세 층위로 설정한다.[27]

    우선 첫 번째 논의하는 것은 전진적인 시간(process time) 구조로 이러한
구조는 대개 현재를 중심으로 사건에 대한 기술을 순차적으로 하는 것을
말한다. 이것은 사건이 발생하는 과정을 '과거→현재→미래'로 표시할 수
있는 것으로 전진의 과정, 전개의 과정이 중시된다. 따라서 산발적인 사건
들은 결말로 가면서 점차적으로 그 의미의 중요성을 더해가는 가장 일반적
인 구조라 할 수 있다. 또한 이 시간 구조의 기술 방식은 연속적인 단계를
이루는 사건의 진행 시간에 초점을 맞추고, 인과율에 의한 결과를 중시하
며, 한 인물의 정신적 성숙이 단계적으로 드러나는 특징을 지닌다. 이렇게
볼 때 히그던이 본 전진적인 서술 시간은 다소 발전적이고 전개적인 의미
를 띠고 있다고 볼 수 있다.[28] 즉 이러한 시간 구조는 결말에 이를수록
현실 세계가 새롭게 인식되고 자각되는 구조를 지니게 된다. 그런 의미에
서 이 시간 구조가 단순히 서술 순서에 초점을 맞추는 연대기적인 시간
구성의 의미만이 아님을 알 수 있다.

억할 만한 사건이 일어난다고 할 수 있다. 따라서 장벽의 시간은 서사에서 가장 중요한
순간을 강조할 때 사용되고, 이야기의 진행에서 인물의 의식이 변화하는 중반부보다 결
말부분에 이르렀을 때 그 중요성이 드러난다.(Higdon, 위의 책, p.74) 히그던은 이 시간
의 예를 설화나 동화 그리고 현대의 텔레비전 드라마의 대본에서 찾는다. 우리나라에서
도 설화나 고전소설에서는 이 '장벽 시간'을 많이 발견할 수 있다. 하지만 현대 소설에서
는 장벽 시간에 대한 예가 거의 없기 때문에 본고에서는 '장벽 시간'의 구분은 설정하지
않았다.

27) 히그던의 구분이 언뜻 보면 사건을 서술하는 순서에 따른 구분처럼 보이지만, 그 각각의
    시간 구조가 의미 효과까지 영향을 미친다는 사실을 염두에 두고 있다는 것을 알 수 있
    다.

28) Higdon, Op. cit., pp.4～5.

두 번째 시간은 역진적인 시간(retrospective time) 구조이다. 이 시간 구조
는 말 그대로 현재를 중심으로 과거의 한 시간대를 탐색하는 것을 말한다.
사건의 전개과정이나 그 중요성은 전진적인 시간 구성과는 반대로 '과거←
현재←미래'의 진행 방식을 보인다. 대개 이러한 구조를 가진 소설은 1인
칭 소설인 경우가 많은데[29], 3인칭으로 된 보고 형식의 소설이나 1, 3인칭
시점이 섞인 액자소설들도 이 시간 구조에 포함된다고 할 수 있다. 키에르
케고르는 삶은 단지 앞날(미래)을 보면서 유지되고, 과거를 보면서 이해된
다고 하였다. 이 말의 의미처럼 한 개인의 삶을 반추해보면 그 사람의 변화
과정을 볼 수 있는 여러 사건들이 존재한다. 이는 전술한 한스 마이어호프
의 '자아동일성과 관계되는 지속성과 기억의 시간구조'에서 그 특징을 유
추할 수 있다. 기억은 자아에 대한 적극적인 조정 기능을 갖는다. 기억의
창조성에 의하여 통일된 구조로서의 자아가 제시되는 것이다. 또한 창조성
은 상상력을 토대로 한다. 따라서 한 인물의 삶이 통일적 구조를 가지기
위해서는 기억과 상상력의 행위가 필연적으로 수반된다. 따라서 기억·상
상력·자아의 상호 의존 관계에 의하여 진정한 자아가 재창조되는 것이
다.[30]

소설에서 이러한 시간의 전개는 한 인물의 기억, 회상, 연상 등의 행위를
통해 드러난다. 대개 역진적인 시간 구조는 단순히 과거의 한 때를 밝히기
위해 사용되는 것은 아니다. 회상 속에서 논의되는 과거는 한 인물의 혹은

---

29) 이 경우를 1인칭 서술자의 분리로 설명한다. 즉 서술하는 자아와 서술되는 자아의 분리
　　가 그것이다. 시간의 층위에서 본다면 앞에서 설명한 것처럼 이야기하는 시간과 이야기
　　되는 시간이 구분되는 것이다.
30) 이승훈, 『문학과 시간』, 이우출판사, 1983, 56쪽 참조.

여러 사람들이 체험한 사건을 현재 속에 연장하는 것이다. 따라서 회상을 나타내는 시제들은 과거를 현재의 영향권 안으로 끌어들이며, 이런 이야기들은 과거를 거기서 벗어나게 한다. 히그던은 역진적인 시간은 다시 세 부분으로 나뉜다고 말한다. 즉 '그때(then)', '지금(now)', 그리고 '그 사이(in-between)'의 시간적 구분이다. 이 구분은 인물의 삶 혹은 특별한 사건을 기준으로 본다면 변형(transformation)의 시간을 중심에 두고 그 전과 후로 다시 생각할 수 있게 한다. 히그던은 역진적인 시간 구조는 마치 오늘날 우리가 신문이나 잡지에서 보는 무수한 광고 더미에서 우리에게 필요한 것만을 취하듯, 한 인물의 삶에 있어서 중요한 사건 더미들을 구조적이고 종합적으로 파악할 수 있게 해준다고 설명한다. 따라서 1인칭 자전적 서사에서 이 시간 구조를 주로 사용하는 것도 그러한 이유에서라고 볼 수 있다.

　세 번째는 복합적 시간(polytemporal) 구조[31]이다. 이 시간 구조에서는 작가가 인물과 서술자, 작가와 독자의 시간을 섞음으로써 독자가 간혹 소설에서 제시되는 모든 시간 지시를 알 수 없게 되기도 한다. 이 시간 구조는 현대 서사에서만 찾아볼 수 있는 것으로 주로 인물의 내면 심리를 중시하는 소설에서 사용한다. 작가는 복합적 시간 구조를 사용하면서 세계를 통일적이고 유기적인 것으로 파악하지 않고 파편적으로 인식한다. 이는 시간 인식의 축이 인물의 심리에 있음으로 해서 다양한 시간적 폭을 그려낼 수 있기에 가능한 것이다. 따라서 시간적 변형은 수평적(horizontal) 이야기 축

---

31) 사실 'temporal'은 '시간성'으로 번역될 것으로 단순한 '시간(time)'의 의미와는 다르다. 그러나 히그던은 서사시간을 구분하면서 'time'과 'temporality'의 의미를 거의 동일하게 사용하고 있다. 본고는 선행하는 구분 즉 전진적 시간, 역진적 시간의 구분과 같은 층위에서 이 시간을 논하기 때문에 'temporal'을 시간으로 번역했다.

에서 일어나는 것이 아니라 수직적(vertical) 이야기 축에서 발생한다. 이 시간 구조의 경우 스토리 시간의 중요성보다 서술 시간이 중요시되는 경우가 많다. 또한 복합적 시간 구조는 종종 공적인 시간과 사적인 시간의 관계를 설정하는 것을 거부한다. 그러다 보니 현대 심리 소설의 미묘한 내적 독백이나 의식의 흐름 속에서 부유하는 시간 현상들이 생기게 된다. 복합적 시간 구조는 때로 독자들을 당황하게 하거나 짜증나게 할 때도 있지만, 시간에 대한 문제를 매우 세밀하게 접근함으로써 참된 존재 가치, 본질적 자아를 성찰하게 하게 한다.[32]

서술 활동과 연관지어서 시간의 문제를 검토할 때 현대 서사학에서 사용하는 시간의 분석은 주목할만하다. 이에 대표적인 이론가는 쥬네뜨이다. 쥬네뜨는 프루스트의 『잃어버린 시간을 찾아서』를 분석하면서 서사체의 시간 조작에 관련된 문제를 정치하게 논의한다.[33] 그는 서사 내의 시간 관계에 대해 상세한 목록을 작성하면서 순서(order), 지속(duration), 빈도(frequency)의 다양한 효과를 구별하였다. 쥬네뜨는 우선 서사체의 구성은 이야기와 담론으로 되어있다고 본다. 그는 이야기는 이야기되는 스토리와의 관계로, 담론은 이야기하는 서술 행위와의 관계로 설명한다.[34] 쥬네뜨

---

32) Higdon, Op. cit., pp.11~12.

33) Genette, Gérard, 권택영 역, 『서사담론』, 교보문고, 1992.

34) 이러한 이야기와 담론의 구분은 후에 채트먼에게서도 받아들여지는데, 이 범주는 쥬네뜨가 벤베니스트의 구분을 일단 받아들인 것이라 할 수 있다. 실제로 서술 이론은 이분법과 삼분법 사이에서 많이 망설여왔다. 러시아 형식주의자들은 슈제트(Sjužet)와 파불라(Fabula)로 구분하고, 토도로프는 담론(discours)과 스토리(histoire)로 브르몽은 서술하는 이야기와 서술되는 이야기로 구분한다. 반면에 체자레 세그레(Cesare Segre)는 담론(기표), 줄거리(문학적 구성의 질서에 따른 기의), 파불라(사건들의 논리적이고 시간적인 질서에 다른 기의)라는 삼분법을 제안한다. 세그레의 구분은 불가역적인 연속적 질서로 느

는 서술의 층위를 논하면서 시간적 특징들을 재구성하는데 그는 일단 독자
의 시간적 체험은 논의에서 제외한다. 그는 서사 텍스트의 내적인 관계,
즉 언술 행위, 언술 그리고 스토리(디에제시스diesesis, diégèse[35])의 세계)
사이의 관계만을 문제 삼는다. 여기서 순서(order), 지속(duration), 빈도
(frequency)라는 세 가지 규정이 생기게 되는데, 이들은 디에제시스에서의
사건들의 시간적 특징과 그에 대응하는 이야기의 특징 사이의 불협화음을
명확하게 드러내준다.[36]

껴지는 시간에 따른 구분이라 할 수 있다. 즉 담론의 시간은 독서의 시간을, 줄거리의
시간은 문학적 구성의 시간을, 파불라의 시간은 이야기된 사건의 시간을 말하는 것이다.
리쾨르는 이러한 삼분법의 구분이 생기게 된 원인이 스토아 학파의 삼분법, 즉 의미하는
것, 의미되는 것, 일어나는 것으로의 복귀가 아닌가 하는 의문을 제기한다. Paul Ricoeur,
『시간과 이야기2』, 169쪽 참조.

35) 이 용어는 에티엔 수리오에게서 빌려온 것이지만 쥬네뜨는 새롭게 정의한다. 그는 형용
사 'diégètique'가 플라톤의 '디에제시스'와 관계없이 명사 'diégèse'에서 만들어진 것임
을 밝히면서 플라톤의 디에제시스와 자신이 주장하는 디에제스와는 전혀 다른 이야기라
고 말한다. 그는 '스토리가 전개되는 세계' 혹은 '서사에 구현된 시-공간적 세계'를 디에
제시스의 세계'라 정의한다. 쥬네뜨는 불어의 diégès와 diégésis를 영어에서는 모두
diegesis로 번역했는데 이는 구분해야 한다고 주장한다. Gérard Genette, *Narrative
Discoursed Revisited,* Translated by Jane E. Lewin, Cornell University Press, 1988. pp.17~
18.

36) 이 세 가지 항목 중에서 실제 분석에서 가장 곤란한 문제를 불러일으키는 것은 지속의
문제이다. 순서나 빈도의 경우 시간의 기본적인 성격에 관계없이 스토리 시간에서 쉽게
텍스트의 선조성으로 전환될 수 있지만 지속의 경우 텍스트의 지속과 스토리의 지속을
병행해서 기록할 수 없기 때문이다. 그것은 텍스트 시간에 내포된 지속의 시간을 계측할
방법이 없기 때문이다. 이것을 분명히 하기 위해서는 실제 독서 시간을 측정하는 것인데
그것은 독자들 간의 개인차가 있기 때문에 객관적으로 표시할 수 없는 것이다.
쥬네뜨는 지속의 문제가 이전 구술 문학에서는 측정 가능한 것이었지만, 기술 문학에서
는 엄밀하게 측정할 수 없는 것이라고 진술한다. 실제 구술 문학은 연행 현장성과 결합
되어 연행자의 연행이 곧 텍스트의 시간적 지속성을 결정하지만, 기술 문학에서는 독자
의 능력에 따라 독서의 시간이 달라질 수 있으므로 정확한 측정을 하기가 어려운 것이
사실이다. 따라서 쥬네뜨는 구술 문학의 연행에서 암송하는 행위, 침묵하는 행위 등에서

서사 텍스트 내에서 발생하는 순서, 지속, 빈도의 문제는 다음과 같이 설명할 수 있다. 순서는 사건이 '언제(when)' 발생했느냐에 대한 질문에, 지속은 사건이 '얼마 동안(how long)' 발생했느냐는 질문에, 빈도는 사건이 '얼마나 자주(how often)' 발생했는가 하는 질문에 답을 하는 것이다. 즉 순서의 항목은 스토리 속에서의 사건의 연속과 텍스트 안에서의 그것들의 선조적인 배치 관계와의 관계를 고찰하는 것이다. 지속의 항목은 사건들이 실제로 발생하는 데 걸린 시간과 그 사건들을 서술하는 데 소요된 분량 사이의 관계를 생각하는 것이다. 빈도의 항목은 한 사건이 스토리 속에서 나타나는 횟수와 그것이 텍스트에서 기술된 횟수를 비교하는 것이라 할 수 있다.

쥬네뜨의 구분에서 가장 주목할 것은 '순서'의 항목에 해당하는 것으로 텍스트-시간과 스토리-시간 사이에서 발생하는 시간의 불일치에 초점을 맞추어 소급제시(회상, analepses)와 사전제시(예상, prolepses)를 시간 조작의 주요 동인으로 생각한다는 점이다. 이를 바탕으로 쥬네뜨는 사건과 그 사건에 관한 이야기 사이의 수치상의 관계를 설명하며, 이러한 분류에 서술의 '태(voice)', '서법(mode)'의 문제처럼 초점화의 문제를 결합시킴으로써 시간의 문제에 대한 서사론적 수단을 완성하게 된다.

지속은 스토리 시간 폭과 서술 시간의 길이를 표시하는 척도이다.[37] 스토리의 시간과 서술의 시간이 반드시 일치할 필요는 없다. 서술은 지속

실제 측정되는 지속의 시간을 기술 문학에서 설명하려고 할 때는 '의사-시간성(pseudo-temporality)'이라는 개념을 내세운다. Ibid., p.33.

37) Steven Cohen & Linda Shires, 임병권 · 이호 옮김, 『이야기하기의 이론』, 한나래, 1997, 128쪽.

에 의해 스토리의 핵사건(kernel event)을 강조하면서 위성 사건(satellite event)들과의 변별을 드러낼 수 있다. 그러나 쥬네뜨는 지속의 문제를 이야기의 유기적 구성과 그 내적인 연대기적 시간성을 염두에 두면서 서사 속도의 문제에 초점을 맞춘다. 즉 서사 속도의 가속(acceleration)과 감속(deceleration)의 효과를 얻어낼 수 있는 방식들을 생각하는 것이다. 요약(summary), 생략(ellipsis), 연장, 휴지(pause), 장면(scene) 등의 구분이 그것[38]이다. 이렇게 텍스트의 길이와 이야기된 사건들의 지속 시간의 규모를 비교해보는 것은 결국 우리에게 서사에 대한 이해력을 높이는 데 도움을 준다.

다음으로 논의할 빈도의 문제는 쥬네뜨 이전에 서사 분석에서 다루어져 본 적이 없다. 빈도는 한 사건이 스토리 속에 나오는 횟수와 그것이 텍스트 속에 서술되는 횟수와의 관계를 말하는 것이다. 이는 서사에서 1회 또는 n회 일어나는 어떤 사건을 1회 혹은 n회 이야기하는 것을 말한다. 서사시간에서 빈도의 문제는 사건의 중요성에 대한 정도를 알아보는 데 유용하다. 이렇게 볼 때 빈도의 중요성은 반복의 개념에서 찾을 수 있다. 반복이란 하나 하나의 발생의 특성을 제거하고 여러 발생의 공통적 특성만을 남겨 놓음으로써 획득될 수 있는 정신적 구조물이다.[39] 빈도를

---

38) 쥬네뜨는 이 네 가지 지속의 시간 형식을 다음과 같이 설명한다.

　　멈춤 : $NT=n$, $ST=0$ 따라서 $NT\infty>ST$,

　　장면 : $NT=ST$,

　　요약 : $NT<ST$,

　　생략 : $NT=0$, $ST=n$　따라서 $NT<\infty ST$

　　G. Genntte, 권택영 역, 앞의 책, 84쪽.

39) S. Rimmon-Kenan, 최상규 역, 『소설의 시학』, 문학과지성사, 1996, 89쪽.

서사 내의 정신적 구조물로 볼 경우 대개 세 경우로 구분할 수 있다. '단회 서술(Singulative)', '중첩 반복(Repetitive)', '유추 반복(Iterative)'이 그것이다. 단회 서술은 한 번 일어났던 일을 한 번 이야기(1N/1S)하거나 혹은 드물지만 n번 일어난 사건을 n번 서술(nN/nS)하는 것을 말한다. 한 번 일어난 일을 한 번 서술하는 것은 가장 흔한 서술 형태라 할 수 있다. 중첩 반복은 한 번 일어났던 일을 n번 반복하는 것(nN/1S)이다. 이 방법은 대개 어떤 사건의 중요성을 강조할 때 사용된다. 또 어떤 한 인물의 의식 속에 담긴 반복되는 기억을 서술할 때도 이 방법을 사용한다. 그러나 동일한 사건이 반복될 때 그 서술 형식도 동일한 것은 아니다. 즉 사건 내용은 같지만 화자, 초점화 요인, 지속, 문체 등이 바뀌면서 서술되는 내용의 성격을 달라지게 할 수는 있는 것이다. 유추 반복은 n번 일어났던 일을 한 번에 이야기하는 것(1N/nS)으로 한 개인의 일상적인 습관이나 태도를 말할 때, 또는 어떤 한 집단 내에서 세대와 세대간의 순환적인 성질을 암시할 때 많이 사용한다.

이러한 쥬네뜨의 서사론적 시간 분석에 리쾨르는 독자의 독서 행위에 대한 논의를 덧붙임으로써 시간 연구에 대한 논의를 확대시킨다. 리쾨르는 시간의 문제를 텍스트 내부에서만 찾으려 하지 않고 독자와 그의 시간, 즉 독자의 '시간체험(Zeiterlebnis)'에까지 논의를 시간 분석의 범주를 넓힌 것이다. 미셸 피가르는 이와 같은 리쾨르의 논의에 힘입어 이야기하는 시간과 이야기되는 시간의 구분에 '독자의 현실에 속하는 시간'을 덧붙일 것을 요구한다. 이는 일반적으로 시사론에서 제외되었던 독자의 문제를 전면에 부각시키는 것이다. 이전 서사론자들의 분석에서는 작가들이 독자로 하여금 자신의 시간을 잊어버리고 설화의 시간을 살아가도록 강요했던 것을 분석했던 것이라면, 피가르는 독자가 그 자신의 상황을 명철하게 의식하고, 독서의 작용 속에 일종의 불쾌감, 놀람, 불편 같은 것을 도입하는 것을 덧붙여 분석한다. 이러한 분석이 가능하기 위해서 피가르는 정신분석학적 방법을 이용한다.[40] 이럴 경우 텍스트에서 제시되는 회상이나 기억의 구조에 대해 보다 입체적으로 설명할 수 있다.

다음으로는 발화 관점을 통해 시간 구조의 양상을 추구할 수 있다. 이는 시점과 서술적 목소리의 국면을 말하는 것으로 서술 상황과 관련된 것이다. 본고에서 발화 관점을 분석하는 것은 다음의 층위에서 논의되는 긴장과 이완의 효과를 보다 입체적으로 설명하기 위해서이다. 시점과 서술적 목소리는 허구적인 서사의 시간, 혹은 허구적 경험을 분석하는 데 있어서 반드시 필요한 요소이다. 여기서 시점은 작중인물이 속한 경험 영역에 관한 시점을, 서술적 목소리는 독자에게 말을 건네면서 이야기된 세계를 제시하는 목소리를 말한다. 이 두 양상은 일단 서술자와 작중인물의 범주에서 논의가 된다. 이야기된 세계가 곧 그들의 세계이기 때문이다. 서술자는 스토리 시간과 관련해서 나름대로 일정한 방향의 그 자체의 시간을 가지게 되는데, 이러한 서술 행위의 시간이 스토리의 시간과 일치할 수도 있고, 늦어지거나 앞서갈 수도 있는 것이다.

쥬네뜨는 '시점'이라는 '보여주기'와 '말하기' 양자를 구분하여 설명하

---

40) 피가르의 기본 입장은 문학의 활동이 본질적으로 읽기 위주이기 때문에 이를 놀이의 한 형식으로 간주할 수 있다는 것이다. 그는 문명이 가져다 줄 수 있는 가장 복잡하고 효과적인 놀이를 독서로 보고있기 때문에 놀이에 적극적으로 참여하는 독자의 행위에 대해 주목한 것이다. Michel Picard, 조중권 옮김, 『文學 속의 時間』, 부산대학교출판부, 1998, 93~151쪽 참조

는 데 한계가 있음을 지적하고 초점화(focalization)라는 용어를 사용하는데, 이는 보여주기와 말하기 양자를 종합적으로 설명하는 데 보다 유용하게 적용된다. 그는 초점화의 양상을 크게 삼분한다. 첫 번째 유형은 '비초점 서술' 혹은 '제로 초점화로 된 서술'이다. 이는 일반적으로 이야기하는 전지적 서술과 비슷한 의미를 지닌다. 즉 텍스트 내의 한 인물에 초점이 맞추어진 것이 아니라 전지적 서술자에 의해 모든 것이 진술된다. 두 번째 유형은 '내적 초점화로 된 서술'을 말한다. 이는 서술의 초점이 한 인물에게 고정된 것으로 세부적인 인물의 경험을 서술할 때 주로 사용된다. 이 유형은 다시 세 가지로 구분되는데, 초점이 '고정된 경우'와 초점이 '가변적인 경우' 그리고 마지막으로 동일한 사건을 여러 사람의 시각에서 재현하는 '복수의 초점화'가 그것이다. 마지막으로 세 번째 유형은 초점화가 텍스트 외부에 있는 '외적 초점화'로 된 서술 유형이다.[41] 물론 모든 서사가 단일한 초점으로만 서술되는 것은 아니다. 현대 소설로 오면 내적 초점화와 외적 초점화가 한 작품 안에서 교묘히 결합되어 드러나는 경우도 많이 찾아볼 수 있다. 이런 초점화의 구분이 중요한 것은 현대 소설의 복잡한 양상들을 보다 명료하게 해석할 수 있게 해준다는 데 있다. 또한 우스펜스키(B. Uspenski)의 시점 구분은 서술 상황을 보다 입체적으로 해석할 수 있게 한다는 점에서 시사하는 바가 크다.[42]

---

41) G.Genette, Op. cit., pp177~182.

42) 우스펜스키는 시점을 네 수준에서 분류하는데 이데올로기적 차원, 어법적 차원, 시·공간적 차원, 심리적 차원이 그것이다. 우선 이데올로기적 차원은 가치 평가의 차원에서 구체화되는 것으로, 여기서의 이데올로기는 작가의 것일 수도 있고 작중인물의 것일 수도 있다. 이 층위에서는 시점과 목소리가 동의어가 된다. 즉 한 텍스트는 그 속에 다양한 목소리를 담고 있으며 그 것은 다양하게 전개되는 시점의 변화와 같은 것이다. 어법적

2. 현대소설 시간 구조 이해의 해석학적 전제 : 긴장-이완의 효과

전장에서 했던 작업이 텍스트 구성원리로서 시간의 문제를 탐색하는, 서술적 형상화에 관심을 두는 것이라면, 두 번째 층위는 텍스트가 제시하는 시간이 독자의 시간 경험과 어떻게 맞닿아 있는가에 관심을 두는 해석학적 시각이다. 즉 서사의 시간과 그 서사를 대하는 독자의 정신적 체험의 관계를 논하는 것이라 할 수 있다. 이는 해석학적 작업으로 텍스트와 작가 그리고 독자에 대한 실천적 경험을 제공하는 작업들에 대한 전반적인 탐색이라 할 수 있다.[43] 이러한 분석을 통해 서사 구성의 역동적인 측면과 이를

차원은 서사에서 서술자의 담론이 우위에 있는지 작중인물의 담론이 우위에 있는지를 검토하는 것이다. 이 차원에서는 작가의 담론과 인물의 담론의 상관관계 속에서 생겨나는 다양한 양상들을 살펴볼 수 있다. 다음으로 시·공간적 차원은 시사하는 바가 크다. 특히 시간적 차원은 인물들 간의 시간적 위치, 인물과 서술자의 시간적 위치 등이 보여주는 복잡성의 정도를 살펴보는 것이다. 여기에서 다양한 시간적 관점이 드러날 수 있다. 서술자는 우선 서술 행위의 현재를 인물의 현재와 일치시키고 그럼으로써 한계를 인정하고 다 알지 못한다는 것을 받아들이면서 인물을 그대로 따라가기도 한다. 반면에 그 반대로 앞이나 뒤로 움직이면서 시점의 현재를 회상된 과거의 예견이나 예견된 미래의 지나간 추억 등을 서술하기도 한다. 심리적 차원의 시점은 객관적 시점과 주관적 시점에 관련된 것이다. 즉 묘사된 상황을 누가 보더라도 당연하게 받아들이게 서술하는가, 아니면 어떤 한 개인이 느끼는 인상인 것처럼 다루는 가에 따라 그 특징이 나뉠 수 있다는 것이다. 관찰자에 의해 보여지는 외적인 시점과 인물 심리 묘사 같은 내적인 시점의 대비가 이 차원을 통해 구별될 수 있다. 이와 같은 시점과 서술적 목소리의 구분을 통해 우리는 이야기하는 시간과 이야기되는 시간 사이의 관계를 보다 세부적으로 밝힐 수 있다. Uspenski, Boris, 김경수 역, 『소설 구성의 시학』, 현대소설사, 1992, 참조.

43) 리쾨르는 텍스트 상에 진술된 스토리를 이해하는 것을 '서술적 이해력'으로, 그리고 이야기 속에서는 잠재적 의미 작용, 단순히 용도적 능력만을 지녔던 용어들이 줄거리가 행동 주체들과 그 행동, 그리고 그 시련에 부여하는 일련의 연쇄 덕분에 실제적인 의미

수용하는 독자의 정신적 체험의 유동성을 확인할 수 있다.

　본고에서는 리쾨르가 정의한 정신의 긴장과 이완의 개념을 시간 구조를 바라보는 해석학적 인식으로 설정하고자 한다.

　리쾨르는 아우구스티누스의 『고백록』에 담긴 '시간성'을 해석하면서 정신의 '긴장'과 '이완'으로 그 시간성을 이해한다.[44] 아우구스티누스에게 있어서 시간은 물리적이고 객관적인 시간이 아닌 정신적이고 현상학적인 시간이다. 따라서 아우구스티누스의 시간을 이해한다는 것은 그의 정신적 체험을 이해한다는 것이다. 그러나 리쾨르는 아우구스티누스 시간에도 순수한 현상학은 존재하지 않는다는 주장을 펼친다. 그에게 있어서 시간은 외부에 있는 대상이 아니라 인간의 정신이 체험한다는 것이다.

를 갖게 되는 것을 '실천적 이해력'으로 규정한다. 이는 행동을 모방하거나 재현하는 것 자체가 인간의 행동 즉 그 의미론과 상징성 그리고 시간성이 어떠한 것인지를 미리 이해해야 가능한 것이다. 따라서 이야기의 구성, 텍스트와 문학의 재현성은 작가와 독자에 공통된 전-이해를 바탕으로 세워진다고 하였다. 이는 아직 텍스트로 형상화되기 이전의 과정으로 리쾨르는 이를 미메시스 I (préfiguration)로 설정한다. 미메시스 I 단계를 거쳐 실제 형상화의 과정을 수행하는 것은 미메시스 II (configuration)가 된다. 이는 이야기되기 이전의 이야기, 의미있는 행동으로 체험된 시간에 질서와 형상을 부여하는 것을 말한다. 이 단계에서는 나름대로 이야기라는 일정한 틀(코드)를 염두에 두어야하므로 '자가-구조화(auto-structuration)'의 과정을 거친다고 할 수 있다. 마지막으로 리쾨르는 미메시스 III 단계를 설정하는데 이는 재형상화(refiguration) 단계로 독자의 역할이 비로소 수행되는 단계이다. 여기에서 텍스트의 세계와 독자 세계는 교차하게 된다. 즉 독자는 서사내의 뜻을 해석하여 나름대로의 삶의 방향을 찾는다. 독자가 서사를 읽는 것은 잠재적 현실의 세계, 질서를 갖춘 세계를 경험하는 것이다. 이것은 단순히 언어적 경험으로 끝나지 않는다. 이러한 과정은 독자의 경험과 상호 작용을 일으키고 허구적 경험을 실제적 경험으로 변형시키는 역할을 하게 된다. 따라서 리쾨르의 미메시스 I, II, III의 과정을 통해 서사내의 시간은 실제 독자의 삶의 시간과 연관성을 맺을 수 있는 것이다. Paul Ricoeur, 『시간과 이야기』, 문학과 지성사, 11999, 128～162쪽 참조.

44) Paul Ricoeur, 위의 책, 28～80쪽 참조.

리쾨르는 시간에 관한 물음에 답하기 위한 서술활동을 강조하면서 현재의 시간을 중심으로 과거와 미래를 이야기한다. 과거는 지나간 것으로, 현재는 지나가고 있는 것으로, 미래는 아직 오지 않은 것으로 체험하는 것이다. 여기서 체험된 시간은 불협화음을 이루고 균열된 시간의 체험이다. 균열은 무의미와 혼돈을 의미한다. 리쾨르는 이를 정신의 '이완(distentio)'이라고 말한다. 그런데 인간에게는 그러한 불협화음과 균열을 극복하려는 '의지'가 있다. 이러한 체험은 균열을 통합하고 불협화음에 화음을 부여하려는 정신의 '긴장'(intentio)으로 또 다른 시간 체험을 만든다. 그래서 시간 체험이란 현재를 중심으로 과거와 현재, 미래의 균열을 통합하려는 정신의 긴장으로 나타난다.

여기에서 현재의 정신을 중심으로 과거와 미래를 재정립하는 새로운 시간관이 생긴다. 즉 과거는 현재의 과거, 미래는 현재의 미래, 현재는 현재의 현재로 규정한다. 이는 "세 겹의 현재"로 이야기될 수 있는데, 리쾨르의 유명한 진술 "과거는 현재의 기억이며, 현재의 현재는 직관이며, 미래의 현재는 기다림"이 바로 그것이다.[45] 이러한 시간의 구분 속에서 리쾨르는

---

45) Paul Ricoeur, 앞의 책, 42쪽.
　　리쾨르의 이 진술은 로만 인가르덴(Roman Ingarden)의 "현실성(Aktualität)"의 개념과 유사하다 볼 수 있다. 잉가르덴은 이 의미를 "작용중(in actuesse)"이라는 의미로 이해되어야 한다고 했는데, 현재에서 과거적인 것과 과거, 미래적인 것과 미래가 규정될 수 있다는 것이다. 그래서 잉가르덴은 인생에서 "수많은 현재들의 각개는 그 현재에 특유한 어떠한 다른 것으로도 환원될 수 없는 색깔(Färbung)을 갖는데, 이러한 색깔은 그러한 현재 속에서 아주 특정한 그 무엇이 전개되고, 또 현재 자체에는 이미 지나간 그리고 이전을 현재로 하는 것과 같이 과거를 <지금>으로 특유하게 색깔을 띠게 하는 다른 현재가 후속하고, 또 우리들에게 있어서 처음에는 다만 기대 속에서만 접근될 수 있는 미래적인 <현재>에 선행하는 까닭에 이러한 색깔이 현재에 부여된다"고 하였다. 이러한 진술은 베르그송의 논의와 일치한다. Roman Ingarden, 이동승 역, 『문학예술작품』,

"긴장"과 "이완"의 개념을 발견하는데 그것은 "세 겹의 현재" 속에 담긴 인간 정신의 문제를 지적하는 것이다. 즉 긴장은 기다림과 기억 그리고 주의력이 결합된 행동이라 할 수 있고, 이완이란 행동의 세 가지 양태의 균열과 불일치를 의미한다.[46]

좀더 정확히 말하자면 현재란 어떤 점, 더구나 흘러가는 어떤 점이 아니다. 그것은 '현재의 긴장(praesens intentio)'으로 시간이 흘러가는 동안 그 시간을 관찰하여 측정하는 것이다. 그래서 '기억'과 '기다림'이라는 의미를 이용하여 과거와 미래를 현재에 위치하게 한다. 이러한 정신적 체험의 시간을 인정한다면 우리가 재고 있는 것은 과거도 현재도 미래도 아니다. 이미 없고, 지금 지나가고 있으며, 아직 오지 않은 것을 잴 수는 없기 때문이다. 우리는 지나가고 있는 현재의 의식상태에서 단지 과거의 기억이나 미래의 기다림을 재고 있을 뿐이다. 그래서 미래는 '기다림(expectat)'으로 현재는 '주의력(adtendit)'으로 과거는 '기억(meminit)'으로 정의된다. 이런 의미에서 기억이나 기다림이 없다면 시간 체험도 있을 수 없다 현재의 긴장은 지속이 되고 그것을 통해 있을 것(미래)은 없어질 것(과거)으로 나아간다. 즉 미래는 현재를 거쳐 과거로 흘러든다고 말할 수 있다.

이렇게 볼 때 아우구스티누스의 시간관은 기다림, 기억, 그리고 주의력 상호간의 변증법이라고 할 수 있는데 여기서 전술한 정신의 긴장과 이완의 문제가 대두된다. 리쾨르는 기다림, 주의력, 기억의 세 가지 행동 양태가 조화롭게 결합되어 이루어지는 것을 정신의 긴장이라 했고, 이들의 균열,

---

민음사, 1985, 266~276쪽.
46) Paul Ricoeur, 앞의 책, 59쪽.

불일치를 정신의 이완이라 정의한다.[47] 리쾨르의 표현을 빌리면 시간 경험
은 '화음을 이루는 불협화음(discordance concordante)', 즉 균열 속에서 통합
을 찾는 것이 된다. 물론 정신의 긴장(의지)을 통해 이완(균열)을 완전히
극복할 수는 없다.[48]

---

47) 사실 정신의 긴장과 이완에 대한 문제는 그리 간단하게 정리될 문제는 아니다. 단지 아
우구스티누스가 생각한 시간을 정신적으로 체험하는 한 방식에서 끌어들인 개념일 뿐이
다. 정신의 긴장과 이완의 문제가 많은 난제를 안고 있다는 것을 리쾨르는 인정하면서
다음과 같은 사실을 받아들인다면 시간에 대한 모순점이 다소 없어질 것이라고 이야기
한다. 즉 1) 우리가 측정하는 것은 미래나 과거의 일이 아니라 그것에 대한 기다림과 추
억이다. 2) 그것은 바로 어떤 독특한 종류의 측정 가능한 공간성을 제시하는 느낌들이
다. 3) 이러한 느낌들은 나아가고 또 나아가는 정신 활동의 이면과 같다. 4) 이 행동은
그 자체가 세 겹이며, 그리하여 긴장됨에 따라 이완된다.
그러나 위에 제시한 네 가지 사실도 어느 정도의 의문점을 안고 있음을 인정한다. 즉
1)에 대한 의문으로 움직이는 물체가 거쳐간 공간을 한정하는 '표지들'에 의존하지 않고,
즉 움직이는 물체가 공간 속을 거쳐가게 물리적 변화를 고려하지 않고 어떻게 기다림과
기억을 측정하는가 하는 의문. 2)에 대해서는 흔적의 연장이 순전히 정신 안에 있다고
한다면 거기에 이르기 위해 우리는 어떠한 독자적인 통로를 가지고 있는가 하는 문제.
3)에 대해서는 기다림과 주의력, 그리고 기억이 가로질러가는 지점들에 대한 은유를 점
진적으로 역동화시키는 것 외에 느낌과 긴장 사이의 관계를 표현할 수 있는 다른 어떤
방법이 있는지에 대한 의문. 마지막으로 4)에 대한 의문으로 정신이 '긴장'됨에 따라 '이
완'된다는 것이 무엇을 의미하는지 정확히 드러나지 않는다는 의문점이 있다는 것이다.
그러나 리쾨르는 이러한 측정의 모순이 가진 수수께끼 때문에 해결이 값진 것이라고 이
야기한다. 아우구스티누스의 발견이 더없이 귀중한 것은, 그것이 시간의 연장을 정신의
이완으로 환원시킴으로써 세 겹의 현재의 한가운데, 즉 미래의 현재와 과거의 현재, 그
리고 현재의 현재 사이에서 끊임없이 생겨나는 균열과 그 이완을 연결시켰다는 것이다.
그래서 기다림, 주의력, 기억은 끊임없이 '화음(concordance)'을 지향하지만 실제로는 균
열과 '불협화음(discordance)'이 생긴다는 것이다. Paul Ricoeur, 앞의 책, 60~61쪽.
48) 아우구스티누스는 이러한 것이 인간이 존재론적으로 영원한 절대자에 비해 현저히 불안
정하기 때문에 어쩔 수 없이 발생하는 것이라고 하였다. 리쾨르는 아우구스티누스에게
있어서 '영원성'은 시간의 '타자'가 된다고 하였다. 즉 아우구스티누스가 영원성과 시간
을 대조하는 것은 시간의 경험을 단지 부정성으로 감싸는 데 그치지 않고 바로 그 부정
성으로 시간 경험을 새롭게 하고자 하는 데 있다고 보는 것이다. 그래서 생긴 이완의

리쾨르는 이 지점에서 아리스토텔레스의 '시학'과 아우구스티누스의 시간 체험을 대비하게 된다. 리쾨르는 형식적인 측면에서 아리스토텔레스의 뮈토스를 "다양한 사건들로부터 하나의 통일되고 완전한 스토리를 끌어내는, 말하자면 다양성을 하나의 통일되고 완전한 스토리로 변형시키는 통합적 역동성"으로 규정한다. 이러한 형식적인 규정에 따라 '이질적인 것의 종합'이라는 개념이 생긴다. 다시 말해서 아리스토텔레스는 상황·목적·수단·상호 작용 그리고 원하거나 원치 않던 결과 등 이질적인 것을 시간적으로 종합하는 것이다. 이를 통해 이야기는 시작과 중간 그리고 끝을 갖는 '완결되고 전체적인' 스토리가 된다. 여기에서 아우구스티누스의 시간 구조와 아리스토텔레스의 플롯의 개념[49]이 시간성의 측면에서 주목할만한 대조를 이루고 있다는 사실이 발견된다.

아우구스티누스의 시간 체험이란 정신의 긴장과 이완이며, 균열된 시간을 극복함으로써 불협화음에 화음을 부여하려는 인간정신의 활동이라면, 아리스토텔레스의 플롯 구성 행위는 이리저리 흩어진 사건들을 하나의 일

경험은 실존적 차원에서 강화되어 탄식의 층위로 올라간다. 그래서 정신의 이완은 영원한 현재의 안정성을 박탈당한 정신의 '균열'이 되는 것이다. 리쾨르는 영원성과 시간이 대조될 때 "이완은 다수성에로의 분산', 늙은이의 방랑과 동의어가 되는 반면 긴장은 내적 인간의 결집과 동일화되는 경향"이라고 하였다. Paul Ricoeur, 앞의 책, 69~75쪽.
49) 아리스토텔레스는 플롯을 비극의 제1원리로 보고 그 의미를 '사건의 결합'이라 일컬었으며, 그 형식적인 구성은 '시초와 중간과 종말을 가지고 있는 것'이라는 너무도 유명한 정의를 내린다. 아리스토텔레스는 또한 플롯의 통일성을 중시하는데 전체적으로 일관성이 있고 완결된 구조를 가진 플롯을 중요시했다. 그러나 사건들 상호간에 개연성이나 필연적 인과관계 없이 이어질 때 이를 '삽화적 플롯'이라고 했는데 이를 최악의 플롯으로 생각했다. 이것은 아리스토텔레스가 '삽화'를 부정했다는 의미는 아니다. 아리스토텔레스는 전체 플롯에 의해 통제되는 삽화는 이야기를 풍부하게 한다는 의미에서 인정되었다. Aristotle, 천병희 역, 『시학』, 문예출판사, 1989, 46~61쪽 참조.

관된 행동의 시간적 단위로 묶는 것이다. 경험된 시간의 균열은 이야기하는 행위를 통해 일관성을 유지하며 통합된다. 일상에서 체험하는 시간 경험, 즉 아우구스티누스의 시간 경험과는 달리 모든 이야기에는 처음과 중간 그리고 끝이 있다. 이야기는 다양한 사건들을 모아서 창조적 상상력을 통해 새로운 질서를 만들어 내는 것이다. 따라서 이야기를 따라가는 시간 체험은 일상의 체험과는 다른 체험이다. 여기서 이야기가 갖는 시간적 통일성은 체험된 이질적인 사건들의 균열보다 우세한 것으로 드러나며, 리쾨르는 이러한 상관 관계에 주목하여 이야기하는 행위와 시간 경험 사이에 근본적인 유사성을 설정한다. 즉 체험된 시간은 이야기의 구성을 통해 형상화되며, 그곳에서 사건들은 줄거리라는 새로운 논리에 따라 배치된다는 것이다. 시적 이야기의 본질은 행동을 재현하는 것이며, 줄거리를 꾸미는 것은 행동이 만들어낸 사건을 체계적으로 배치하는 것이라 할 수 있다.

체험된 시간의 균열은 이야기 특유의 질서 앞에서 사라진다. 그러나 완전히 사라지는 것은 아니다. 모든 서사에서 이야기되는 행동들은 그 자체로 이질적이며 따라서 과거와 현재와 미래 사이의 균열이 있기 때문이다. 모든 사건들을 시간적 순서에 따라 남김없이 이야기한다는 것은 불가능할 뿐더러 그것은 이야기가 아니다. 그래서 이야기는 어느 정도 불협화음과 균열을 내포하게 마련이다. 이렇게 해서 리쾨르는 아우구스티누스의 현상학적 시간을 정신의 긴장과 이완에 따라 '화음을 이루는 불협화음'으로 아리스토텔레스의 이야기의 시간을 고유의 질서에 따라 '불협화음을 내포한 화음(concordance discordante)'으로 규정한다. 또한 이 '불협화음을 내포한 화음'의 모델로 가장 합당한 것으로 비극[50]을 그 예로 드는데, 바로 그 점에서 비극은 정신의 이완과 대응하게 된다.[51] 아리스토텔레스의 비극 모델은 공포와 연민을 불러일으켜 독자에게 카타르시스를 유발하게 하는 모델이다. 여기서 '공포와 연민'이라는 단어에 주목하면 비극 모델 자체가 뜻하지 않은 사건들의 연속에 의해 구성되어있음을 알 수 있다. 급작스러운 사건의 변화를 통한 '놀라움의 효과'는 바로 '불협화음을 극대화하는 효과'라 할 수 있다. 이를 달리 말하면 '반전의 효과'라고도 할 수 있는데, 리쾨르는 시간을 필요로 하면서 작품의 범위를 조정하는 것이 바로 '반전'이라고 말한다. 반전을 사용하여 서사를 구성하는 것은 바로 '불협화음이 화음을 이루는 것처럼 보이게 하'[52]려는 데 있는 것이다. 다양하고 복합적인 사건들의 결합을 시간의 축에서 풀어내고자 하는 비극 모델은 이러한 반전을 자연스럽게 구현하는데, 반전은 사건의 '급전'과 '인지(認知)' 그리고 '강렬한 효과(pathos)'를 수반한다. 비극 모델이 이처럼 반전의 효과로 정신의 긴장을 이완의 상태로 변형시킨다는 사실은 매우 중요하다.

　서사는 기본적으로 작가와 독자(내포작가나 내포독자)가 텍스트를 매개로 해서 의사소통을 한다. 그것은 게임의 형식일 수도 있고 일방적인 의사전달 형식일 수도 있다. 본고에서 서사적 분석을 통해 긴장과 이완의 효과를 찾아보려는 이유도 이러한 의사소통 관계의 역동성에 담긴 여러 양상을 살펴보려는 데 있다.[53][54] 전통적으로 서사는 논증과는 다른 장르로 이해되

---

50) 아리스토텔레스는 비극을 '진지하고 일정한 크기를 가진 완결된 행동을 모방하는 것으로 … 연민과 공포를 환기시키는 사건에 의하여 감정의 카타르시스를 행'하는 것으로 정의했는데, 공포와 연민을 불러일으키는 뜻하지 않은 사건들이 바로 불협화음의 시작이 되는 것이다. 아리스토텔레스, 앞의 책, 46쪽.

51) Paul Ricoeur, 앞의 책, 104쪽.

52) Ibid., 106쪽.

53) 소설에서 '플롯의 문제'를 작가와 독자의 의사소통 관계를 전제로 한 '지연과 탐색'의

면서 비이성적인 것으로 간주되었다. 그러나 피셔(Fisher)는 이러한 전통적인 입장과 달리 서사는 항상 합리성을 수반하고 있다고 생각했다. 또한 피셔는 의사소통의 맥락에서 서술행위가 단순히 가공의 이야기가 아닌 사건의 연속성을 가지며 청자들이 의미를 부여한 어떤 언어적 혹은 비언어적 설명으로 정의했다. 이런 과정에서 서사는 여타의 글쓰기와 달리 각 개별적인 특징들을 드러내는데 그것은 모든 서사가 다 똑같은 효과를 보이는 것이 아님을 보여준다. 그런데 피셔는 서사의 효과는 다 달라도 그 질을 결정할 수 있는 요소로 일관성(coherence)[55]과 충실성이라는 기준을 설정한

과정으로 해석한 장소진의 논의는 이런 의미에서 주목할만하다. 장소진, 『현대소설 플롯론』, 보고사, 2000.

54) 펠란(J. Phelan) 또한 서사의 역동성을 텍스트 내적 구성 원리와 독자의 반응, 두 층위를 통해 발견할 수 있다고 언급한다. 펠란은 사건 진행의 측면에서 텍스트가 함축하고 있는 기본 원리를 '불안정성(instabilities)'-'긴장'(tension)-'해결(resolution)'의 과정을 따른다고 진술하는데, 본고에서 말하는 '긴장', '이완'의 의미와 일면 맥을 같이 한다고 할 수 있다. 펠란의 주장은 모든 서사는 불안정한 사건의 나열 속에서 점차로 긴장된 사건이 부각되며, 그 사건이 해결되면서 끝이 난다고 보는 것이다. 펠란의 논의가 사건 내용의 진행과정에 중점을 둔 것이라면, 본고에서 설명하는 긴장과 이완의 의미는 정보의 제시 방식에 중점을 둔 것이다. 즉 작가가 독자에게 이야기를 어떻게 전달하느냐를 문제 삼는 것이라 할 수 있다. 그러나 결국 이 문제도 사건의 진행을 해석하는 가운데 설정될 수 있는 것이므로 펠란이 브룩스(Peter Brooks)의 논의를 나름대로 재해석하면서 서사의 '불안정성'과 '긴장'을 논의한 것과 의미 맥락을 같이한다고 할 수 있다. Jamesn Phelan, *Reading People, Read Plots,* Character, Progression, and the Interpretation of Narrative, The university of Chicago Press, 1989, pp.111~116. 참조

55) 피셔는 일관성을 세 가지로 구분하는데 첫째는 '내적인 일관성'으로 이는 논증상 혹은 구조상의 일관성이라 말할 수 있다. 이것은 이야기의 요소들이 조화를 이루는 정도라고 할 수 있다. 두 번째는 '외적인 일관성'으로 피셔는 이를 실질적인 일관성(material coherence)이라 하였다. 이것은 한 이야기와 다른 이야기 간의 적합성, 즉 다른 자료로부터 이전에 학습된 사건에 대해서 이야기를 완성할 수 있는 정도를 말한다. 세 번째는 '성격학상의 일관성(characterologial coherence)'으로 이야기상에 존재하는 모든 인물, 즉 서술자와 행위자 모두의 신뢰성에 대한 것이다. 이러한 이야기의 일관성을 바탕으로 이

다. 이는 이야기가 전달되는 방식에서 잘 전달되는 이야기와 혼란스러운 이야기의 차이를 구별하는 기준이 된다.[56]

　　현대 서사의 많은 작품들은 '반전'과 같은 효과를 얻기 위해 여러 가지 방법을 모색한다. 즉 '기다림, 직관, 기억'의 정신적 체험이 일관적인 흐름을 갖는 긴장 상태를 끊임없이 뒤흔들며 이완의 상태로 몰고가려는 것이다.[57] 이는 사건들의 새로운 결합 방식을 통해 드러난다. 서술 순서의 뒤섞음, 다양한 층위에서의 서술자의 발화(현대 심리소설에서 발견할 수 있는 자유간접화법과 같은 기법도 이에 포함된다), 심지어는 사건의 급격한 감속이나 가속을 통해 독자가 정보를 이해하는 과정이 방해를 받을 때도 정신적 이완의 효과가 드러나는 것이다. 이는 독자로 하여금 끊임없이 재독(rereading)하게끔 유도하는 것이라고도 할 수 있다. 따라서 이완은 서사의 지연·우회·중단 그리고 사건의 계속적인 추구를 더디게 만드는 온갖 전

　야기가 잘 전달되는지 혹은 혼란스러워지는지가 결정되는 것이다. 본고에서 논의하는 '긴장'과 '이완'의 효과도 기본적으로 이를 기준으로 설정된다. Stephen W. Littlejohn, 김홍규 역, 『커뮤니케이션이론』, 나남출판사, 1996, 227쪽 참조.

56) 본고의 논의대로 한다면 전자는 긴장의 효과를 담고있는 이야기이고 후자는 이완의 효과를 드러내는 이야기가 될 것이다.

57) 전술한 펠란의 논의에서도 언급했지만, 서사는 기본적으로 긴장에서 이완으로 혹은 이완에서 긴장으로 이동하면서 의미와 효과를 확장시킨다. 채트먼은 이와 유사한 '긴장과 놀라움'이라는 용어로 서사 전개의 특징을 설명한다. 이는 서사의 '중핵', '위성'과 관련된 것으로 독자로 하여금 독서하게 하는 추동력은 다름 아닌 '긴장'이라는 것이다. 어떤 〈불확실성〉에 대한 기대감을 가지고 독자는 독서를 진행시키고 그것이 해결되었을 때 놀라움을 느끼며 심리적 안도감을 얻는다는 것이다. 따라서 대부분의 서사에서 "일련의 사건들은 놀라움으로 시작해서 긴장의 패턴을 이루며, 기대된 결과의 좌절인 〈꼬임〉 즉, 또 다른 놀라움으로 끝"을 맺는다는 것이다. 채트먼이 말한 '긴장'과 놀라움 또한 본고에서 말하는 '긴장'과 '이완'의 의미와 차이는 있지만 서사 전개의 과정을 설명하는 부분에서는 어느 정도 공통점도 찾아볼 수 있다. Seymour Chatman, 김경수 옮김, 『영화와 소설의 서사구조』, 민음사, 1994, 69~71쪽 참조.

략을 통해 드러나는 정신적 체험을 일컫는다고 하겠다.[58] 이러한 긴장과
이완의 효과를 설명할 때 엔트로피(entropy)의 개념과 네겐트로피
(negentropy)의 개념은 매우 적절하게 적용된다. 본래는 물리학의 열역학에
서 사용했던 엔트로피의 개념은 의사 소통 이론이나 정보이론에서 무질서
도의 정도를 측정하는 개념으로 도입되었다. 즉 정보 제공 정도가 희박할
수록 엔트로피가 높다고 말할 수 있고, 그 반대로 정보의 양이 지나게 많을
경우 잉여성(redundancy)이 높다고 할 수 있다. 따라서 엔트로피가 증가하
면 텍스트는 이완의 효과가 증대하는 것이라 할 있다. 반면에 정보 이론에
서 말하는 네겐트로피는 질서를 회복하려는 속성을 의미한다. 따라서 네겐
트로피가 증가할 때는 긴장의 효과도 증가한다고 본다.[59]

그러나 아무리 서사가 이완되어 있어도 결국 그 지향점은 긴장을 이루는
데 있다. 그렇기에 독자는 결말에서 밝혀질 어떤 기다림의 안내를 받아 우
연적이고 돌발적인 사건들을 뚫고 나가는 것이다. 이렇게 독자를 결말로
이끌고 갈 수 있는 것이 바로 '긴장-이완'의 변증법에 의한 서사 구성의
능력이라 할 수 있다. 서사 구성의 목적은 바로 이러한 불협화음의 여러
요소들을 필연적이고 사실임직하게 만드는 것에 있다.

본고는 이러한 점에 주목하여 전진적, 역진적, 복합적 시간 구분의 하위
에 긴장과 이완 효과를 해석학적 의미 층위로 설정한 것이다. 이 논의는
어떤 스토리를 이야기한다는 서술 층위에서의 시간과 인간 경험의 시간적
특성 사이에 존재하는 상관관계를 밝히는 것으로, 텍스트의 시간 구조와

---

58) Paul Ricoeur, 『시간과 이야기2』, 문학과지성사, 2000, 105쪽.
59) Marie Maclean, 임병권 옮김, 앞의 책, 23~26쪽 참조

그것을 체험하는 독자의 정신을 긴장과 이완의 효과로 읽어낸 것이다. 물론 엄밀한 의미에서의 완전한 긴장이나 완전한 이완의 드러내는 서사는 없다. 전술했듯이 모든 서사는 항상 불협화음의 상태에서 화음의 상태를 지향하는 것이기에 긴장과 이완의 개념은 항상 같이 존재할 수밖에 없는 것이다. 그러나 시간 구조의 양상을 독자의 정신적 체험에 비추어 해석하면 긴장과 이완의 정도(degree)는 읽어낼 수 있다고 생각한다. 따라서 본고에서는 '긴장'과 '이완'이라는 용어를 그 각각의 효과에 초점을 맞추어, 서사시간 구조를 해석학적으로 논할 수 있는 핵심적 개념으로 상정한다.

3. 시간 구조 이해를 위한 서사론과 해석학적 전제의 결합 양상

이 절에서는 앞 절에서 제시한 서사적 방법론과 해석학적 전제의 결합 양상을 살펴보고자 한다.

우선 긴장과 이완의 효과는 전절에서 텍스트가 독자에게 제시되는 방식에 따라 드러난다고 설명했다. 즉 정보가 제시되는 방식이 일관성을 지니면서 유기성과 통합성을 띤다면 긴장의 효과를 불러일으키는 것으로, 그 방식이 산만하거나 혼란스러울 경우에는 이완의 효과를 드러내는 것으로 보았다. 그러나 이러한 긴장과 이완의 효과를 설명하기 위해서는 보다 구체적이고 세부적인 서사적 분석이 뒤따라야 할 것이다. 왜냐하면 정보의 일관성이나 유기성, 혹은 산만성이나 혼란스러움 등은 어쩌면 독자의 주관적인 해석에 따라 결정될 수도 있는 것이기 때문이다. 본고에서는 사건이나 정보가 제시되는 방식이 독자에게 순차적으로 제시되면서 결말로 갈수록 정보가 통합적 질서를 보이게 되면 긴장의 효과가 발생하는 것으로, 반면에 정보가 계속적으로 독자의 기대를 벗어나거나, 혹은 지체되면서 산만한 모습을 드러내게 되면 이완의 효과가 발생하는 것으로 보았다. 이를 위해서는 먼저 기본 서사(first narrative)를 따라 사건이 어떻게 진행되는 지를 논의해야 한다. 모든 서사는 그 서사적 중요성의 위계에 따라 중핵(kernel)과 위성(satellite)[60]으로 나뉘는데, 긴장과 이완의 효과를 논의할 때는 두 요소의 결합 양식을 기준으로 설명해야 한다. 그러나 기본적으로 중핵 서사를 중심으로 위성 서사들이 어떻게 결합되는지를 살펴보는 것이므로 서사시간의 분석이나 발화 관점의 양상도 중핵 서사를 중심으로 논의될 수밖에 없다.

　우선 서사시간의 측면에서 본다면 긴장의 효과는 서술 순서의 일정함에서 먼저 발생한다. 즉 사건의 제시가 연대기적이고 계기적인 흐름 속에서 제시될 때 가장 기본적인 긴장의 효과가 발생한다. 이는 이야기하기(telling stories)의 기본적인 방향으로 시작, 중간, 결말의 과정을 발전 단계에 따라 차례대로 기술하는 것이다. 전진적인 시간 구조에서는 기본 서사에 대한

---

60) 이 용어는 채트먼이 쓴 것으로 프랑스 구조주의자들이 쓴 noyau/catalyse를 영어식으로 바꾼 것이다. 중핵이란 '사건들에 의해 취해진 방향에서 요점들을 야기시키는 서사적인 순간'으로 중핵이 생략되면 서사적 논리는 파괴되는 것이다. 이와 반대로 위성은 부차적인 플롯 사건으로 플롯의 논리를 파괴하지 않고서도 생략될 수 있다. 위성의 기능은 부족한 내용을 채워 넣거나, 중핵을 보다 정교화기 위해 설정된다. 그러나 위성들이 꼭 중핵들과 인접성을 가질 필요는 없다. Seymour Chatman , 김경수 옮김, 앞의 책, 민음사, 1994, 62~63쪽.

정보가 점진적으로 제시되며 결말로 갈수록 통합되는 양상을 보인다. 이는 사건 구성의 완결성을 담보하는 것이기도 한다. 역진적 시간 구조는 앞 절에서 설명한 바 서술의 동기화가 문제시된다. 즉 이야기 현재의 '어떤 상황'이 왜 발생하게 되었는지를 과거의 사건들을 통해 확인하는 것이 중요한 것이다. 따라서 순서의 측면에서 보면 과거의 사건이 현재에 가까워질수록 수렴될 때 역시 통합적인 긴장의 효과가 발생하는 것이다. 복합적 시간 구조는 인물의 의식이 서술의 과정을 결정지으므로, 인물의 의식이 통합의 과정으로 가는지, 아니면 지속적인 분리의 모습을 보이는지에 따라 긴장과 이완의 효과가 각각 드러난다. 복합적 시간 구조는 그 자체로 복잡한 시간의 혼재를 전제하므로 사실 긴장의 효과를 발생시키는 작품이 그리 많은 편은 아니다. 복합적 시간 구조는 인물의 의식에 흐름을 중시함으로써 순서적인 의미에서의 시간 전개는 중요하지 않다고 할 수 있다.

지속의 측면에서 볼 때는 긴장과 이완의 효과가 순서에서처럼 명확히 구분되지는 않지만, 서술이 중단되는 정도에 따라 긴장과 이완의 효과를 어느 정도 발견할 수 있다. 즉 서사가 일관성, 통합성을 얻기 위해서는 기본 서사의 내용을 벗어난 사건들에 대한 서술의 양이 적을수록 좋은 것이다. 즉 위성이나, 소음의 요소들이 적을 때 긴장의 효과가 발생한다.

빈도의 측면에서 볼 때 전진적 시간에서의 긴장 효과는 주로 '단회 서술'일 때 주로 발생하고, 역진적 시간 구조나, 복합적 시간 구조에서는 '유사 반복'적인 서술에 의해 발생한다. 단회 서술이 사건의 점진적 전개를 위해 가장 필요한 부분만을 서술한다는 의미에서 긴장의 효과를 발생시킨다는 것은 쉽게 이해할 수 있지만, 유사 반복적인 서술이 긴장의 효과를 불러일으킨다는 점은 생각해보아야 한다. 유사 반복의 의미는 동일한 상징성을 지닌 사건이나 의식이 반복됨을 의미한다. 따라서 동일한 사건을 반복해서 서술한다는 것과는 그 의미가 다르다. 텍스트의 중핵이 상징성을 띠며 점차 그 중요성을 노출할 때 독자는 그 의미들을 유추할 것이며, 점차적으로 정보를 통합적으로 인지할 것이다. 따라서 유사 반복적인 서술을 통해 긴장의 효과가 발생한다고 보는 것이다.

발화 관점에서 볼 때 긴장의 효과는 전진적 시간 구조에서는 '단일 초점화' 특히 '고정된 내적 초점화'에 의해 전개될 때 발생한다.[61] 역진적 시간 구조에서는 '단일 초점화'와 더불어 동일한 초점자이긴 하지만 서술의 층위를 달리하는 서술에서 긴장의 효과가 발생한다. 즉 동일한 서술자가 서술하는 자아와 서술된 자아로 분리되면서 자전적인 서술을 담당할 때 점차적으로 이야기가 정돈된다는 점에서 긴장의 효과가 발생한다. 복합적 시간 구조에서도 단일하면서도 텍스트 내적으로 초점화 될 때 긴장의 효과가 잘 발생한다.

이완의 효과가 발생하는 것은 서사 구조적으로 다음과 같을 때이다.

우선 서사시간에서 전진적 시간 구조의 이완의 효과는 순서의 측면에서는 긴장의 효과와 별반 다를 게 없다. 그러나 지속의 측면에서 삽입 서사가 무차별적으로 제시되면서 서술의 일관성을 중단시키는 경우가 빈번할 때 이완의 효과가 발생한다. 이 경우 기본 서사의 흐름은 방해를 받게 되며,

---

61) 쥬네뜨는 서술자의 서술 위치에 따라 동종 이야기 구조와 이종 이야기 구조를 구분을 하는데, 전자는 서술자가 텍스트의 내용에 참여하는 경우이고 후자는 그것과 상관없이 일정한 거리를 두고 서술하는 경우를 말한다. 이 양자의 경우는 특별히 긴장과 이완의 효과와 개별적인 관계를 드러내지는 않지만 텍스트마다 독특한 서사적 효과를 위해 사용될 때는 긴장과 이완의 효과와도 연관시킬 수 있을 것이다.

무수한 위성의 서사들이 전개된다. 또한 독자의 기대는 점차로 커지게 되는 반면에 기본 서사를 중심으로 한 정보는 지속적으로 지연되는 모습을 보이게 된다. 역진적 시간 구조에서 이완의 효과는 회상의 과정이 일정한 질서에 의해 제시되지 않고 혼돈스럽게 제시될 때 발생한다. 이 경우 독자가 정보를 발견하는 과정은 매우 복잡한 양상을 띠게 된다. 전진적 시간구조에서와 마찬가지로 결말에 이르기까지 독자의 기대를 계속적으로 전복시키면서 사건을 진행시킨다. 지속의 측면은 위의 전진적 시간 구조와 비슷한 모습을 보인다. 복합적 시간 구조는 의식의 복잡한 과정을 드러내기에 이완의 효과가 발생하는 것은 당연하다고 할 수 있다. 인간의 의식 자체가 본래 무질서하고 환상적이며, 일정한 방향의 통일성을 갖지 않기 때문이다. 현대 사회의 복잡성이 노출될수록 그를 대하는 인간 의식은 복잡한 양상을 띠게 되는데, 그에 대한 소설적 형상화가 인간 의식을 탐구하는 것으로 연결된다. 사건의 이동은 시간적 질서를 지니지 않고 인물 의식에 떠오르는 연상이나 상상에 의해 전개되는 특징을 지닌다. 빈도의 측면에서 이완의 효과를 살펴보면, 반복의 요소들이 많이 보이지만 긴장의 효과를 낳을 때와 같은 일정한 패턴은 보이지 않는다.

발화 관점에서 볼 때 전진적, 역진적 시간 구조에서의 이완 효과는 전지적인 서술자가 대개 텍스트를 전체적으로 통제하고 있고, 초점자가 다양하게 등장할 때 발생한다. 그러나 복합적 시간 구조에서는 단일한 초점자라 하더라도 그 의식의 분열 양상이 극도로 혼란스럽게 전개될 때 이완의 효과가 발생한다.

긴장 – 이완의 효과가 발생할 때 서사시간 구조는 다음과 같다.

순서의 측면에서 보면 시간의 흐름은 몇 겹의 형태로 되어 있다. 각각의 시간적 흐름이 한편으로는 질서화된 모습을 보이고, 다른 한 편으로는 무질서한 모습을 보이게 된다. 따라서 기본적으로 긴장의 효과와 이완의 효과가 동시에 발생할 수 있는 것이다. 전진적 시간 구조에서는 전혀 다른 차원의 두 시간의 흐름이 존재하는데, 현대 소설에서 그렇게 많이 보이는 구조는 아니다. 역진적 시간구조에서는 당연히 시간적 차원이 다른 둘 이상의 이야기 전개가 있을 수밖에 없기 때문에 이러한 형태의 작품을 종종 발견할 수 있다. 복합적 시간 구조에서는 이러한 형태를 많이 발견할 수 없다. 복합적 시간 구조에서도 층위를 달리한 다양한 사건들 속에서 한 인물의 의식이 점진적으로 통합되는 모습에서 '이완→긴장'의 효과를 발견할 수 있다. 지속의 측면에서는 대개 암시적인 상황을 설명하기 위한 요약적 장면이나, 의식의 일면을 드러내기 위한 '휴지(pause)'의 사용이 많다. 따라서 서사의 속도는 급작스런 변화를 보일 때가 많다. 빈도의 측면에서는 '유사 유추 반복적 서술'[62]이 주를 이룬다. 이는 층위를 달리한 몇 겹의 시간대에서 보이는 사건의 전개 양상이 유사한 모습을 보이며 전개될 때 생기는 서술 방식이다.

발화 관점에서 볼 때 긴장-이완의 효과는 둘 이상의 서술자나, 초점자가 등장할 때 발생한다. 이는 이야기 전개 방식이 둘 이상으로 나뉨에 따라 발생하는 현상이다. 이러한 발화 양상은 중심 이야기, 즉 기본 서사를 보다

---

[62] '유추 반복 서술'은 "동일한 사건이 여러번 발생한 것을 한 번에 표현하는 것"을 말하고 '유사 유추 반복(pseudo-iterative)'는 "불완전한 시제" 속에서 "유추 반복"의 형태를 취하는 것을 말한다. 이 경우 장면 묘사가 정확하고 생생하기 때문에 쉽사리 반복의 형태인지 알아차릴 수 없다. G. Genette, 권택영 역, 『서사담론』, 교보문고, 1992, 106~109쪽 참조.

입체적으로 설명하는 데 유용하게 사용된다.

　이상과 같이 서사시간과 발화 관점의 시각에서 긴장과 이완의 효과가 발생하는 경우를 상정해 보았다. 작가에게서 독자에게로 정보가 전달되는 과정에 따라 긴장과 이완의 효과를 발생시키는 것은 다르다고 할 수 있는데 서사시간과, 발화 관점에 따라 그 각각을 세부적으로 설명할 수 있다.

Ⅲ. 한국현대소설 시간 구조의 양상

1. 전진적 시간 구조와 현실세계의 발견

전진적 시간 구조(process time)는 말 그대로 기본 서사의 진행이 전진적으로 이루어지는 구조를 말한다. 그런데 대부분의 이야기 구조는 사실상 전진적으로 이루어질 수밖에 없다고 할 수 있다. 이 시간 구조는 이야기하기 전통에 충실한 것으로써 이야기 현재를 중심으로 사건을 점차적으로 진행시키는 것을 의미한다. 따라서 서술의 과정은 '그리고-그래서(and-than-and-than)…'의 형태로 이루어진다. 이러한 시간 구조는 다양한 서사의 양상 중에서 가장 많은 양을 차지한다고 할 수 있는데, 고전 서사의 대부분은 이 형태를 지니고 있다.

본고에서 전진적 시간 구조를 설정하고 분석할 때는 이야기 현재를 중심으로 연속적인 사건의 전개가 점진적으로 이루어지는 것을 기준으로 삼았다. 전진적 시간 구조는 단순히 이야기가 순차적으로 이루어지는 것만을 의미하지는 않는다. 이야기의 중심이 현재에 있는 것은 분명하지만 점차적으로 사건의 발전을 보이는 구조를 전진적 시간 구조로 설정하는 것이다. 그랬을 때 결말로 갈수록 사건의 중요성이 더해지게 된다. 즉 사건이 발생하는 과정은 '(과거) → 현재 → 미래'로 전개된다. 따라서 이 시간 구조의 기술 방식은 연속적인 단계를 이루는 사건의 진행 시간에 초점을 맞추고, 인과율에 의한 결과를 중시하며, 한 인물의 정신적 성숙이 단계적으로 드러나는 특징을 지닌다. 또한 내용적으로 전진적 시간 구조는 인물이 맞닥뜨린 현실 세계의 발견이 주된 내용이 된다. 독자는 점진적으로 전개되는 시간 구조 속에서 주요 인물들의 세계관이 점진적으로 확장되는 것을 발견하게 된다. 이렇게 볼 때 전진적인 시간 구조는 발전적이고 전개적인 특징을 지닌다고 할 수 있다. 성장소설은 전진적 시간 구조를 지닌 전형적인 소설이라 할 수 있다.

전진적 시간 구조는 그 서사적 효과에 따라 긴장, 이완, 긴장 - 이완의 세 하부 층위로 다시 나누어 볼 수 있다. 전진적 시간 구조에서 긴장의 효과는 서술이 과정에서 큰 일탈이 일어나지 않는 데에서 찾아볼 수 있다. 스토리 시간과 서술의 시간은 거의 일치한다. 물론 과거의 사건에 대한 기억이나 회상이 서술될 수도 있으나 그것은 삽입된 서사 이상의 의미를 가지지는 않는다. 이야기의 무게 중심은 항상 스토리 현재에 있는 것이다. 따라서 독자에게 제공되는 정보는 점진적이면서 통합적인 구조를 지닌다. 서술은 단일 초점에 의해 이루어진다. 이는 정보 제시의 일관성을 염두에 둔 것으로 이야기 전체의 균형을 맞추는 데 적합한 서술 방식이라 할 수 있다. 따라서 통일적이고 유기적인 서사 전개가 이루어진다.[1] 여기에 해당하는 작품은 많은 양을 차지하는데, 본고에서 분석 대상으로 삼을 작품은 염상섭의 「만세전」과 김동인의 「감자」이다.

전진적 시간 구조에서 이완의 효과는 맨먼저 서술 시간이 스토리 시간과 일치하지 않음으로써 발생하는 정보제시의 지연에서 찾을 수 있다. 모든 서사는 기본적으로 결말에 가까워질수록 정보가 구체화되고 확증되는 것이지만, 전진적 시간 구조에서의 이완의 효과는 정보의 잉여성이 많아짐으로써 발생된다. 초점화의 측면에서도 다초점적인 서술로 동일한 사건을 다양한 시각에서 제시함으로써 독자가 정보를 확인하는 과정은 순차적이고 점진적인 과정을 보이지 않는다. 이는 전지적 서술자의 권위가 강조되면서 다양한 측면에서 모든 것을 서술하려는 태도에서 나온다고 할 수 있다. 따라서 서술 상황에서도 정보 제시의 잉여성이 드러난다. 이러한 텍스트를 대하는 독자는 작가가 다소 무질서하게 제시하는 다양한 관점들의 이야기들을 전체 서사의 구성에 맞는 것을 취사 선택해야 하는 수고를 해야 한다. 여기서는 이광수의 『무정』을 분석대상으로 삼는다.

전진적 시간 구조에서의 긴장-이완의 효과는 두 이야기 시간과 두 초점자에 의해 서술되면서 발생된다. 이러한 서사는 두 이야기 층위가 갈라진

---

1) 조동일은 문학적 장르를 초월한 시간적 질서를 논하면서 그 양상을 셋으로 구분한다. 삽화적 질서 연쇄적 질서, 유기적 질서가 그것이다. 삽화적 질서는 각 단락의 순서를 바꿀 수도 있고, 단락을 몇 개 더 보태거나 빼도 작품이 유지되는 것을 말하고, 연쇄적 질서는 각 단락이 일정한 선후 관계를 가지고 있어서 단락의 순서를 바꾸거나 어느 단락은 더 길게 늘이고 어느 단락은 짧게 줄일 수는 있는 것으로 정의한다. 그러나 유기적 질서는 각 단락이 선후 관계 뿐만 아니라 인과 관계도 가지고 있어서 어느 단락을 길게 늘이고 어느 단락을 짧게 줄이는 것도 허용될 수 없게끔 완벽하게 짜여져 있는 것이라고 말한다. 본고에서 말하는 '유기성'도 위의 시간의 유기적 질서의 정의와 맥을 같이 한다고 할 수 있다. 조동일, 『문학연구방법』, 지식산업사, 1980, 160~162쪽.

다는 점에서 서사시간이 나뉘어진 복합적 시간 구조로도 볼 수 있으나, 본고에서 살펴볼 이상의 「날개」는 프롤로그를 제외한 기본 서사의 부분, 특히 초점 인물이 '외출'을 하면서 전개되는 부분은 서사시간이 점진적으로 구성되어 있어 전진적 시간 구조 속에 포함시켰다.

1.1 긴장 효과 : 서사적 현재의 점진적 통합과 화음의 유지

「萬歲前」(≪신생활≫7∼8호, 1922, 7∼8)은 이인화라는 동경 유학생이 우연한 기회로 조선에 돌아와 식민지하의 여러 상황을 목격하고 새로운 깨달음을 얻는다는 내용으로 되어 있다. 특히 이 작품은 초점자인 '인화'가 동경에서부터 서울에 이르는 그 이동 경로에 따라 새로운 자각의 눈을 뜨게 되는 과정이 중요하다. 따라서 시간적 흐름에 따른 인식의 변화도 중요하지만 공간적 이동에 다른 인식의 전환도 눈여겨 볼 필요가 있다.

우선 논의 전개의 편의상 이야기 단락을 나누어 설명하겠다.

1. 시간적 배경은 1918년으로 동경에서 유학을 하던 '나'는 아내가 위독하다는 편지를 받고 고민을 하다가 조선으로 돌아가기로 결정한다.
2. 조선으로 돌아오는 길에 위선적인 자신의 모습을 비판한 '정자'의 편지를 읽고 자신을 돌아보게 된다.
3. '나'는 神戶에 내려 乙羅를 만나고 그곳에서 하루를 보낸다.
4. '나'는 下關으로 가는 배를 타고 욕탕에 들러 조선인 노동자를 일본에 팔아 넘기려 히는 조선인들의 궁리를 듣고 놀라게 된다. 또한 배안에서 일본 경찰의 조사를 받으면서 조선인으로서의 굴욕감을 느끼게 된다.
5. 배에서 삼등실에 모인 사람들을 보고 불쾌감은 증폭되고 '나'는 그들을

소원하게 여긴다.

6. '나'는 부산에 내려 조선인 노동자를 보고 반가운 마음을 가지지만 곧
   이어서 파출소에서 또 한번 조사를 받으면서 조선인으로서의 '구차함'을
   느낀다.

7. '나'는 부산 시가지를 구경하면서 조선인의 불쌍한 운명을 생각하고, 일
   식으로 변해가는 모습을 관찰한다.

8. '나'는 김천에 내려 형님을 반갑게 만나지만 세계관의 차이를 드러내며
   형님에 대한 비판적인 시각을 드러낸다.

9. '나'는 밤차를 타고 서울로 가는 도중 기차 안에서 여러 군상들을 목격한
   다.

   1) 금테 안경과 순사의 관계를 통해 어릴 적 목격했던 김의관의 태도를
      기억.

   2) 갓 쓴 村老와의 대화를 통해 조선인의 비애를 느낌.

   3) 자정이 넘은 시간에 대전역에 삼십분간 정차하는 동안 순사에게 끌려
      가는 조선인들을 보고 조선을 '구덱이가 끌는 무덤'으로 생각한다.

10. '나'는 서울 집에 도착하여 병든 아내를 만난다. 또한 자기 집 곁방살이
    를 하는 김의관을 보고 실망한다.

11. (3~4일 후) 아버지와 김의관이 다니는 同友會를 비판한다.

12. (며칠 후) 현실의 상황을 지긋지긋하게 느낄 즈음 '靜子'를 떠올린다.

13. (며칠 후) 동대문에 사는 병화의 집을 찾아 간다.

14. '나'는 집에 돌아와 형과 술을 마시면서 조선인들의 피동적인 인생관에
    대해 부정적 시각을 노출한다.

15. (며칠 후) 아내가 죽고 본래 아내에게 정이 없던 '나'는 아내의 죽음을
    보며 아무런 생각도 떠올리지 않는다.

16. 자식 문제도 김천 형님과 의논하여 정리하고 '나'는 자유로움을 느낀다.

17. 초상을 치른 이틀 후 떠날 준비를 하며 乙羅를 사이에 두고 병화와 갈등
    하다가 정리함.

18. '나'는 정자에게 편지를 쓰면서 무덤에서 빠져 나온 듯한 느낌을 가지고
    일본으로 떠난다.

「萬歲前」 서두의 정보 제시는 다음과 같다.

　　朝鮮에 萬歲가 니러나든前해ㅅ 겨울이엇다. 그째에 나는 半쯤이나보든 年
終試驗을 中途에 내어던지고 急작시리歸國하지안흐면 안이될 일이잇섯다.
그것은 다른째문이안이엇다. 그해ㅅ가을부터 解産후더침으로, 시름시름알튼
나의妻가, 危篤하다는 急電을 바든까닭이엇다.
　　그째ㅅ일은 只今도 눈에 서—ㄴ히보이는듯하지만, 내가 東京에서 쩌나오
든날은 마츰試驗을 始作한지 第二日되든날이었다. 그날 나는 네 時間동안이
나, 試驗場에서 휘달니다가 새로한時가 지나서 겨오 下宿으로 허덕허덕 돌아
오라니까, 시퍼렇게 얼은 찬밥생이(밤낮 찬밥생이만 갓다가주는 하녀이기째문
에내가 지여준別名이다)가, 두손을 겨드랑이에다 찌르고 쮜어나오는것하고
동구모통이에서 딱마조쳣다.　　(11쪽)2)

　　위의 서두 부분만을 보면 「萬歲前」은 1인칭 회고 형식으로 되어 있음을
알 수 있다.3) 그러나 본고에서는 「만세전」을 전진적 시간 구조에 넣었다.

---

2) 본고에서 인용하는 텍스트는 『염상섭전집』1(민음사, 1987) 에 실린 「萬歲前」을 기준으로
　삼는다.
3) 서두 부분 이외에 다음의 대목에서도 역진적인 특징이 드러나지만 여기에서도 서술의 동
　기화는 발견할 수 없다.
　　"나는 言下에 許諾허얏다. 事實 그속에는, 집에서오 最近외片紙몃張과 小說草稿와 몃
　가지原稿外에는아모것도업섯다. 애를써서 記錄한 書類이라야, 元來 나에게는, 社會主
　義라는 社字나 레—닌이라는 레字는勿論이려니와, 獨立이란 獨字도업슬것은, 나의專攻
　하는學科만보아도 알것이엇다. 아니 設令내가 쌜쓰빅크에 關한書籍을 몃百卷가젓거나
　社會主義를 硏究하거나, 그것은 學問의硏究라 勿論自由일것이오, 비록 獨立思想을가

그 이유는 서두 부분에서 제시된 회고의 이유가 사건이 전개되면서 제대로 드러나지 않기 때문이다. 즉 서술의 동기가 불분명하다고 할 수 있다. 자전적인 회고의 형식을 드러내고 있기는 하지만 사건이 이야기 현재의 시간 특성을 지니며 점진적으로 전개되는 모습을 보이는 등 서술의 형태상 전진적 시간 구조로 보는 것이 타당하다고 생각한다.

서사는 초점자 '나'(이인화)가 동경 유학 중에 마지막 시험을 치르던 중 처가 위독하다는 소식을 듣고 갈등하는 것에서 시작한다. 조선으로 돌아가야 하는지 아니면 시험을 마치고 가야하는지에 대한 갈등은 '명분과 실리' 사이에서 갈등하는 것이다. 사랑은 없지만 6, 7년간 살아온 아내에 대한 정을 생각하다가도, 일본의 술집 작부 '정자'를 떠올리며, 또한 집에서 얻어 쓰는 생활비를 셈하는 모습은 '인화'라는 인물의 현실적이고도 속물적인 면을 잘 드러낸다. 그러나 '인화' 자신은 자신의 그러한 계산적이고도 현실적인 모습을 잘 알고 있었고, 그에 따르는 자기 모순을 극복하기 위해 고민하기 시작한다.

自己의內面에깁게파고드러안즌「結縛된 自己」를 解放하라는 欲求가, 猛烈하면 猛烈할사록, 그發作의程度가 한층더하얏다. 말하자면, 有形無形한 모든覇絆 모든矛盾 모든繫累에서, 自己를救援하야내지안으면, 窒息하겟다는 自覺이分明하면서도, 그것을 실행할수업는 자기의 弱點에對한 憤懣과煩悶과 辨明이엇다. (22쪽)

진 나의腦ㅅ속을, X光線갓흔것이나 心寫法으로 알앗다할지라도, 實行이업는다음에야 調査하기로, 所用이무엇인가.—이러한생각은 나종에생각한것이지만, 그當場에는 何如間 無事히 放免되어 배에 오르게된것만 多幸히 넉이어, 厥者들과갓치 허둥지둥 行具를 收拾하야가지고 나섯다." (45쪽)

위에서 보는 것처럼 초점자 '인화'의 자기 해방의 욕구와 현실적 무기력함에 대한 갈등은 '정자'의 편지를 통해 극으로 치닫는다. 즉 인화는 자신을 '정신적인 娼婦'라고 여기고 정자에 대한 생각도 접게 된다. 우유부단하고 위선적인 태도를 지닌 '인화'에게 정자의 편지는 하나의 자극이 되고, 거기에 친구 X의 충고를 듣고 인화는 서울행을 마지못해 결정하게 된다.

인화가 동경에서부터 서울에 도착하기까지의 이동 경로를 살펴보면 '神戶 → 下關 → 부산 → 김천 → 대전 → 서울'의 과정을 겪는데, 전술한 바 이러한 여로의 과정에서 드러나는 초점자 '인화'의 인식의 변화는 매우 중요하다 할 수 있다. 가장 먼저 '인화'의 인식의 변화를 가져온 곳은 '下關'으로 가는 배 안이다. 인화는 배에 타기 전에 일본 경찰의 조사를 받으면서 조선인으로서의 비애감을 느끼던 중, 욕탕에 모인 조선 사람들의 이야기를 들으면서 분노를 느끼게 된다. 같은 조선인으로서 조선인 노동자들을 일본에 팔아 넘기려는 궁리를 들은 인화는 자신의 내부에 잠재되어 있던 '반항심과 적개심'을 불러일으킨다. '망국민'으로서의 한 개인임을 자각은 하고 있었지만 뚜렷한 민족적 관념이 없었던 인화에게 배 안에서의 경험은 새로운 경험이었다. 그때까지 '冊床島令任'으로서 인생과 사회에 대해 탁상공론만을 되풀이 해왔던 자신을 발견하는 것은 인식의 새로운 전환을 보이는 것이라 할 수 있다. 또한 조선인으로서 경찰의 미행이 지속됨을 느낄 때에 굴욕감을 느끼며 눈물을 보이기까지 한다.[4] 인화는 동경에서 하관까지 오면서 자신이 자라오면서 느꼈던 모든 가치나 관념이 순간적으

---

4) "外套폭케트에다가 두손을 찌르고, 어느째까지 우둑헌이섯는 나의눈에는, 어느덧 쓱근
   근한눈물이비저나와서, 上氣가된左右쌤으로 흘너나렷다. 찬바람에 산득산득 슴여드러가
   는 것을, 나는 씨스랴고도 아니하고 如前히섯섯다."(46쪽)

로 무너짐을 경험한 것이다. 그러나 다음 날 삼등실의 조선인들을 보며 그
들을 자신과는 다른 사람들로 취급하며 소원히 여기고, 일본인인 척하는
모습은 인식의 자각이 본질적인 데까지 이르지 못했음을 노출하는 것이라
할 수 있다.

부산에 내려 파출소에서 조사를 받으며 또 한 번 구차함을 느낀 인화는
부산에 대해 새로운 감회에 젖는다. 부산을 '조선의 유일한 대표'으로 생각
하고 '조선을 縮寫'한 것으로 여기는 인화의 눈에 분주히 항구를 오가는
사람들의 모습은 새롭게 다가온다. 인화는 그들을 보며 배 안에서 들었던
조선인들의 운명을 새롭게 떠올리게 된다. 또한 부산 거리를 돌아다니다
일본식으로 변해가는 가옥 구조며 거리 풍경을 보며 서글픈 비애의 심정을
노출하는데, 여기에 이르러 인화의 인식이 개인적인 관심에서 사회적인 관
심으로 확장되고 있음을 볼 수 있다. 이러한 인식은 조선인들이 일본인에
게 모든 것을 내어주고 쫓겨가는 비참한 모습을 통해 그 본질적인 측면을
발견하는 것이라 할 수 있다.

여귀에는 여러 가지理由가잇슬것이다. 그러나 이것만은事實이다.— 朝鮮
사람은外國人에게對하야 아모것도 보여주지안엇스나, 다만 날만새이면, 자리
ㅅ에서부터 담배를 피어문다는 것, 아츰부터 술집이 奔走하다는 것, 父母를처
들거나 내가 네애비니, 네가 내孫子니하며 弄지거리로 歲月을 보낸다는 것,
겨오입을쩨어놋는 어린애가 엇먹는말부터 배운다는 것, 주먹업은 입씨름에 밤
을새이고 이튼날에는 대낫에야 니러난다는 것……, 그대신에 科學的知識이
라고는 소당쑥경이 묵어워야 밥이 잘무른다는것도 모른다는 것을, 外國사람
에게 實物로敎育을하얏다는것이다. 하기때문에 그들이 朝鮮에 오래잇다는것
은 그들이 우리를 輕蔑할수잇다는 理由와原因을 만히蒐集하얏다는 意味밧게

안이되는 것이다. (57쪽)

　　朝鮮사람어머니에게 길리어자라면서도 朝鮮말보다는 日本말을하고, 朝鮮
옷보다는 日本옷을입고, 딸자식으로태어낫스면서도 朝鮮사람인어머니보다는
日本사람인 아버지를 차저가겟다는것은 父母에對한 子息의 情理를超越한
어쩌한利害關係나 一種의追勢라는 打算이 압흘스기때문에 離別한지가 벌서
七八年이나된다는 애비를 定處도업시 차자나스랴는것이라고생각할제, 이계
집애의 八字가 가엽슨것 보다도 그에미가 한층더 가엽다고 생각지안을수업섯
다. (58쪽)

　　그러나 위의 비판적인 인식은 대시회적인 자가인은 분명하지만 그것은
자신을 배제한 인식으로 완전한 자각을 한 것은 아니라고 할 수 있다. 인화
의 조선인들에 대한 비판 의식은 김천에 도착해 형님을 만나면서 구체화된
다. 중간 기착지로 김천에 내려 형님을 만난 인화는 자신과 다른 세계관을
지닌 형님과 심한 논쟁을 벌이게 된다. 인화는 전형적으로 보수적인 형과
"無理想한 感傷的 遊蕩的 氣分이 濃厚"한 자신을 비교하면서, 형의 축첩
문제와 부모님의 산소를 쓰는 문제로 다투게 된다. 집안의 대소사를 걱정
하는 형과 이를 아무렇지도 않게 생각하는 동생 사이의 갈등은 당대 전형
적인 보수적 중산층의 갈등의 일면을 제시하는 것으로 읽을 수 있다.
　　이야기 단락 9는 서울로 올라오는 기차 안에서 인화가 여러 군상들과,
그들이 겪는 상황을 목격하고 인식의 변화를 보이는 부분이다. 우선 조선
인 관혀들의 태도를 보고 그들이 조선인들에게 대하는 태도를 비판적인
시각으로 바라보고, 갓 쓴 村老와의 대화를 통해 그리고 대전 역에서 끌려
가는 조선인들의 모습을 보고 비애를 느끼게 된다. 특히 인화가 '村老'와의

대화에서 조선인들이 지닌 "姑息, 彌縫, 假飾, 屈服, 卑怯" 등의 모습을 그들의 잘못이 아닌 "재래의 정치의 죄"라고 인식하는 것은 부산에서 보다 더 확장된 사고를 지니게 되었음을 보여주는 것이다. 이 지점에 와서 인화는 조선의 모습을 "구덱이가 끌는 무덤"으로 인식하게 된다. 조선 사회의 모습을 모두 공동묘지로 인식한 인화는 무거운 가슴을 안고 서울 집으로 돌아오는데, 병든 아내를 보고 측은함을 느끼기도 전에 곁방살이를 하는 김의관을 보고 실망감을 느끼게 된다. 또한 아버지와 김의관이 다니는 "同友會"에 대한 야유 섞인 비판적 시각을 지닌다. 시대와 사회가 변하면서 '공동묘지'처럼 변해버린 조선은 인화에게 아무런 희망조차 주지 못하는 곳이었다. 그것은 개인, 가정, 사회 모두 마찬가지였다. "어서 씃장"나기를 바라기도 하지만, 다른 한편 자신의 내부에 잠재해 있는 개인적 욕망은 그 가운데서도 분출된다. 가장 심각한 상황에서도 '정자'와 '을라'에 대한 개인적 관심을 노출시키는 것은, 아직도 인화의 인식이 개인적 자각과 사회적 자각 사이에서 흔들리고 있음을 증명하는 것이다. 이성과 감성이 통합되지 못하며 분열되는 모습은 자신의 내부와 외부의 모습이 통합되지 못하고 있음을 나타내는 것이다.

① 여러 사람들은 눈을 한층더크게쓰며 고개를 압흐로 내미는듯하고 드려다보앗다. 어머님은 如前히念佛을 부르시면서 벼개위로 넘어가랴는 머리를 처들어노흐셧다. 버개를 만즈시든 어머님의 손이 쩌러지자 쌀짝하는소리가 겨오들릴만치 숨소리도업는 환한房에 구석구석히 잔잔하게 波動을치며, 門틈으로 흘러나갓다. …… 이것이 모든 것이엇다. 이以上아모것도업섯다. 다만 나는 異常할쓴이엇다. 대관절 이것이 죽엄이라는것인가하며 눈을쪽감은 하얀얼굴을 물그럼히 드려다보고안것다. 가엽슨지 슬픈지 아모생각도 머리에 쩌올으

지는 안엇스나, 나를 치어다보든 그눈! 방긋한平和스런입이 머리ㅅ속에서 오
락가락하는—便에 내손으로 미음을쩌너허준 것이 무슨큰일이나 한것가티 愉
快하얏다. 어머님은 웃입슐을 쓰다듬어서 입을 담게하야주시고 가만히드려다
보시더니, 念珠를노코 눈물을 뚝뚝흘리셧다.　(98쪽)

　② 다른것은 고만두드라도 나의周圍는 마치共同墓地 갓습니다. … 중략…
눈에 쩨이는것 귀에 들리는 것이 한아나 나의마음을 보드럽게어루만저주고
氣分을 愉快하게 돗아주는것은업습니다. 이러다가는 이弱한나에게 차자올것
은 아마窒息밧게업겟지요. 그러나, 그것은 芳醇한 薔薇꼿송이에 파뭇치서 强
烈한香氣에醉하는 버레의窒息이 안이라 大氣와絶緣한무덤속에서 化石하는
것과가튼窒息이겟지요.
　**그러나 나는 스스로를求하지안으면 안이될責任이잇는 것을 쌔다랏습니
다. 스스로의길을 차자내이고 開拓하야나가지안으면안이될 自己自身에
게 스스로 賦課한義務가 잇는것을 쌔다랏습니다.** 나의妻는 기어코 모진목
숨을끈엇습니다. 그러나 그는 決코 죽엇다고는생각할수업습니다. 웨그러냐하
면 그男便되는나에게 「너를 스스로求하여라! 너의길을 스스로開拓하여라!」
는 貴엽고重한 敎訓을 주고가기쌔문이올시다. …중략…
　死라는 것이 滅亡을意味하든 永生을意味하든 어쩌한指數를가르치든 그것
은 우리로서 조금도干涉할權利가 업겟지요. **우리는다만 呼吸을하고 意識이
남아잇다는 明瞭하고 嚴肅한事實을對할쩨에 現實을正確히洞察하며 스
스로의길을 힘잇게밟고 굿세게살아나가야할 自覺만을 스스로 自己에게
강요함을 쌔다라야할것이외다.** (105쪽)

　인용 ①은 아내가 죽는 과정이 인화의 관찰자적인 시선으로 냉정하게
진술된다. 아내의 죽음을 무덤덤히 받아들이며, 무덤도 "共同墓地"에 쓰
기로 결정하는 등 인화는 자신에게 주어진 어떤 의무를 행하는 모습을 보
일 뿐이다. 이를 계기로 인화는 아들을 형님께 맡기고 모든 외적인 의무감

을 벗어버리고 자유로운 느낌을 갖는다.[5] '을라'나 '정자'에 대한 일말의
사랑의 감정이나 의무감도 모두 정리한다. 그리고 '정자'에게 보내는 편지
에서 자신의 관심이 이제 내적인 면으로 돌아와야 한다는 고백을 한다. 자
신을 둘러싼 모든 것들이 "공동묘지"로 보였던 인화는 그것을 그렇게 바라
보았던 자신의 모습을 아내의 죽음을 계기로 다시금 돌아보게 된 것이다.
②의 인용에 그 내용이 잘 드러나는데 외부적인 환경이나 조건에 의식이
휩쓸리던 인화가 시선을 자신의 내면으로 돌리는 모습이 서술되는 것이다.
이는 주체적인 자신의 모습으로 탈바꿈하게 되는 계기를 보여주는 것이다.
그는 아내의 죽음을 무덤덤히 받아들이기는 했지만, 이 사건을 계기로 결
정적인 인식의 전환을 하게 된 것이다.[6]

　이상에서 본 것처럼 「만세전」의 이야기 시간은 순차적이면서 전진적으
로 진행됨을 알 수 있다. 비록 사건들은 계기적으로 일어나지 않지만, 각
사건들이 초점자 '이인화'의 의식에 미치는 영향은 계기적으로 작용하고
있다고 할 수 있다. 동경에서부터 서울에 이르기까지 이인화가 그 여로를
거치면서 마주치는 수많은 사건들은 그의 의식의 성장을 자극하는 촉매제
가 되는 것이다. 스스로도 인정하듯이 "無理想的", "感傷的", "遊蕩的"
기분을 지녔던 모습이 자신에게 의무가 있고 생활이 있음을 자각하는 인물

---

5) "簡單한일이지만, 이러케 穩順하게 끗치나닛가, 한시름니즌것갓고 새삼스럽게 自由로운
　　天地에 뛰어 나온것갓타얏다." (99쪽)
6) 조남현은 「만세전」의 초점자 이인화는 "＜밖＞(일본)에서 ＜안＞(조선)으로 들어오는 그
　　사이에 ＜안＞의 형편과 실상을 잘 파악하기는 하였으나 ＜우리＞를 목격하고 깨닫는 차
　　원에 머물렀"다고 주장하면서, 이인화가 "＜나＞를 새롭게 인식하고 그 인식 내용을 행동
　　의 차원으로 밀어내는 힘을 보여주지 못"해 그 한계점을 지닌다고 설명한다. 조남현, 「廉
　　想涉小說의 문학사적 자리매김을 위한 試論」, 『염상섭문학연구』, 민음사, 1987, 80~81
　　쪽.

로 변화되는 과정은 시·공간의 이동과 맞물려 전개되는 것이다. 따라서 결말에 이를수록 이인화의 인식은 서두 부분과 큰 편차를 드러내게 된다. 이처럼 서사의 전개가 이야기 현재의 시간을 중심으로 점진적으로 이루어지면서 결말에 이를수록 통합의 과정을 보이게 되는 것은 가장 일반적인 이야기하기(telling story) 전통과 맞닿아 있다고 할 수 있다. 독자의 입장에서 볼 때도 정보가 제시되는 과정이 점진적으로 이루어진다는 점에서 이해하는 데 무리가 없다고 생각한다.

또한 서술 태도에 있어서도 「만세전」은 1인칭 주관적 시점을 사용하면서도 많은 부분 객관적인 관찰의 모습을 보여준다. 이는 당대 식민지 시대의 정황을 냉정하게 제시하는 데 거리 감각을 유지하는 유효성을 획득하기 위한 한 방편으로 볼 수 있다.[7] 따라서 이러한 이야기 구조는 서사의 내용을 유기적이면서도 명료하게 제시할 수 있는 긴장효과를 드러낸다고 할 수 있다.

김동인의 「감자」[8](≪朝鮮文壇≫, 1925. 1) 또한 서술의 과정이 전진적인 특징을 지니면서 사건이 점진적인 통합의 과정을 보이는 작품이다. 「만세전」과 다른 점이 있다면 서술 시간이 요약적으로 제시되면서 서사의 진행이 급격한 가속의 특징을 보인다는 것이다.

「감자」의 이야기 단락을 나누어보면 다음과 같다.

---

7) 유병석은 이러한 관찰자적인 시각으로 "당대 현실의 의미 있는 사항을 하나도 빼놓지 않고 정공법으로 묘출하고 있으면서도 소설적 형상화에 성공한 작품"으로 「만세전」의 가치를 평가한다. 유병석, 「廉想涉의 초기 장편소설」, 『염상섭문학연구』, 민음사, 1987, 123쪽.

8) 본고에서 텍스트로 삼은 것은 『김동인전집』1(조선일보사, 1987)에 실린 「감자」이다. 이후 본문에서 인용하는 부분은 이 텍스트를 따른다.

1. 복녀는 시집가기 전 도덕적인 품성이 있었던 가난한 농가의 딸이었다.
   (과거)

2. 복녀 나이 열 다섯 살 때 자신보다 스무 살이나 많은 게으른 홀아비에게
   팔십 원에 팔린다.(과거)

3. 복녀는 게으른 남편 때문에 '막벌이'도 못하고 결국 칠성문 밖 빈민굴로
   밀려나 그곳에서 비참한 생활을 한다. (과거)

4. 열 아홉 살 복녀는 선비의 집에서 자라난 터라 험한 일을 하지 못한다.

5. 그렇지만 먹고살기 위해 복녀는 기자묘 솔밭의 송충이를 잡는 일을 시작
   한다.

6. 하루는 자신보다 일을 적게 하고 놀면서도 자신보다 임금을 많이 받는
   사람들을 보고 의아해 한다.

7. 감독에게 불려갔다 온 복녀는 ' 일 안하고 공전 많이 받는 인부' 중의
   한 사람이 된다.

8. 감독과의 관계 후 복녀는 인생관과 생활 태도가 바뀌게 된다.

9. (일년 후) 복녀는 거지에게까지 몸을 팔 정도로 처세가 바뀌고 남편은
   이를 묵인한다.

10. (그해 가을) 복녀는 빈민굴 사람들과 함께 중국인의 밭에 감자를 훔치러
    갔다가 붙잡힌 후 왕서방과 관계를 맺고 삼원을 얻어 자랑스레 돌아온
    다.

11. 그 뒤부터 왕서방은 노골적으로 복녀의 집에 찾아와 남편의 묵인 하에
    관계를 갖거나 복녀가 왕서방을 찾아가 관계를 가지면서, 복녀는 빈민
    굴에서 부자가 된다.

12. (이듬해 봄) 왕서방은 한 처녀를 마누라로 데리고 온다.

13. 왕서방이 결혼하던 날 밤늦도록 기다린 복녀는 신부 앞에서 왕서방에게
    강짜를 쓴다.

14. 낫을 들고 위협을 하던 복녀는 도리어 왕서방 손에 죽게 된다.

15. (며칠 후) 복녀의 죽음을 놓고 남편, 한의사, 왕서방 간에 음험한 거래가

이루어진다.

위의 단락 구분에서도 알 수 있듯이 기본 서사는 '어느 정도 도덕을 지녔던 복녀가 가난 때문에 매춘을 하게 되고 결국은 파국을 맞이한다'로 압축될 수 있다. 위에서 알 수 있듯이 모든 사건의 전개는 복녀를 중심으로 서술된다. 서술상황은 전지적 서술자에 의해 이루어지면서 복녀에 대한 입체적인 조망이 가능하게 된다. 우선 1~3은 복녀의 과거에 대한 서술로 서사시간의 급격한 가속이 일어나고 있다. 이는 복녀라는 인물이 과거에 지녔던 운명적 조건을 암시하면서, 요약적으로 복녀라는 인물을 입체화시키는 데 기여한다.

　싸움, 간통, 살인, 도적, 구걸, 징역, 이 세상의 모든 비극과 활극의 출원지인, 이 칠성문 밖 빈민굴로 오기 전까지는 복녀(福女)의 부처는 (사농공상의 제이 위에 드는) 농민이었었다.
　<u>복녀는, 원래 가난은 하나마 정직한 농가에서, 규칙 있게 자라난 처녀였었다. 이전 선비의 엄한 규율은 농민으로 떨어지자부터 없어졌다 하나, 그러나 어딘지는 모르지만, 딴 농민보다는 좀 똑똑하고 엄한 가율(家律)이 그의 집에 그냥 남아 있었다.</u> 그 가운데서 자라난 복녀는 물론 다른 집 처녀들과 같이 여름에는 벌거벗고 개굴에서 멱감고, 바짓바람으로 동리를 돌아다니는 것을 예사로 알기는 알았지만 그러나 얼마간 <u>그의 마음속에는 막연하나마 도덕이라는 것에 대한 저픔을 가지고 있었다.</u> (347쪽)

위의 정보는 복녀라는 인물이 지닌 성격적 특징을 단적으로 드러내주는 부분이다. 복녀(福女)라는 이름의 명명부터, 본래는 엄한 가율(家律)의 분

위기에서 자란 탓으로 "도덕이라는 것에 대한 저픔"을 지닌 보통 이상의 여인이었음이 기술된다. 이러한 모습을 지녔던 결혼 전의 복녀는 가난 때문에 게으른 홀아비에 팔리면서 그 운명의 변천을 겪는다. 「감자」의 진행은 도덕적으로 결함이 없던 복녀가 도덕적인 감각을 상실하며, 결국 살기 위해 어떤 일이라도 서슴지 않는 과정이 중심적인 내용임은 앞서도 밝힌 바다. 따라서 텍스트 서두에 복녀의 과거를 요약적으로 서사시간을 가속시키면서 제시되는 부분은 이어지는 이야기 현재의 사건과 대비되면서 그 비극적 효과를 만들어낸다.

4~8까지의 정보는 이야기 현재의 정보로 칠성문 밖 빈민굴의 생활을 시작하면서 복녀가 여러모로 변하게 되는 과정이 제시된다. 서사시간의 전개는 다소 감속되고 있으며, 점진적으로 제시된다. 이 부분의 정보는 복녀가 도덕적인 타락을 경험하게 되는 구체적인 계기를 드러내고 있다. 선비의 집에서 자라 험한 일을 하지 못했던 복녀는 칠성문 밖 사람들의 정업(正業)인 구걸과 도적질과 매음의 세계로 조금씩 빠져들게 된다.[9] 어떤 험한 일도 해보지 않은 복녀가 '송충이'를 잡는 일을 서슴지 않는 모습과, 감독에게 불려갔다 온 후 새로운 돈벌이를 하게 되는 모습 등은 복녀가 육체적, 정신적으로 현실 세계에 눈을 뜨게 되는 과정을 보여주는 것이다. 감독관에게 불려갔다 온 사건은 복녀에게 인생의 새로운 전환점을 가져오게 한다. 이후 도덕적 판단이 급격히 흐려진 복녀는 같은 칠성문 안에 사는 거지에게까지 몸을 팔게 된다.

---

9) "칠성문 밖을 한 부락으로 삼고, 그곳에 모여 있는 모든 사람들의 정업(正業)은 거러지요, 부업으로는 도적질과 (자기네끼리의) 매음, 그 밖에 이 세상의 모든 무섭고 더러운 죄악들이었었다. / 복녀도 그 정업으로 나섰다."(348쪽)

9~15의 정보는 복녀의 삶이 급격하게 변화되는 과정을 드러내는 것으로 시간의 급격한 가속이 이루어진다. 이 부분은 새로운 인생관을 지니게된 복녀가 운명적 파국을 맞게되는 사건이 기술되는데, 그것은 1~3에서 기술된 과거 복녀의 모습과 극단적인 대조를 이루는 순간에 이루어진다. 즉 감독관과의 부정 이후로 급격한 도덕적 타락을 보인 복녀는 감자밭의 왕서방과 공공연한 매음을 하고 결국 질투심 때문에 자신이 죽게되는 결과를 초래한다. 이 부분에서 더욱 더 비극적인 상황은 그 죽음마저도 음험한 뒷거래로 처리되는 것이다.

이렇게 볼 때 「감자」의 전개는 복녀라는 한 인물의 비극적인 운명이 결혼을 전후로 해서 급격한 변화를 일으키며, 결국 죽음을 맞게되는 비극적 상황이 점진적인 과정을 보이며 통합의 형태를 보인다고 할 수 있다.

「만세전」이나 「감자」 같이 서사적 전개가 순차적 통합 과정을 보이며 질서를 추구하는 소설들은 대개 전통적 서사의 전개 방식을 따르면서 정보의 일관성을 중요시한다는 점에서 의미가 명료해지고, 독자들이 정보를 가장 빠르게 인지할 수 있는 장점을 보인다.[10]

---

10) 서사의 점진적 전개에 따라 통합적 질서를 추구하는 「만세전」, 「감자」와 같은 구조를 지닌 다른 작품으로 황순원의 「소나기」와 같이 성장소설의 구조를 지닌 소설들을 들 수 있다. 그 이유는 인물이 세계를 점차적으로 인식하는 과정이 중요시됨으로써 서사의 전개도 그 변화 과정을 중점적으로 조명하기 때문이다.

1.2. 이완 효과 : 서사적 현재의 불연속적 분리와 불협화음의
생성

이광수의『무정』은 근대 장편소설의 출발점이 되는 소설로 그 문학사적
가치가 매우 큰 작품이다.[11]『무정』을 근대소설의 시작이라고 보는 견해는
대개 그 사상적인 면에서 전대의 소설과 다른 면모를 보이고 있다는 점을
든다.[12] 즉 신소설 등에서 관념적으로 제시되었던 윤리관들이『무정』에

---

11) 본고에서 분석하는 텍스트 중 장편소설은『무정』한 편이다. 나머지 분석 대상이 단편소
설인 반면 전진적 시간 구조에서 장편소설인『무정』을 대상으로 삼은 것은 그 소설사적
의의 때문이기도 하고, 시간 구조 양상이 전대의 소설과 현격히 다른 특징을 지니고 있
기 때문이다. 물론 단편소설과 장편소설은 그 양식적 차이 및 구조적 차이를 보이는 것
은 당연하다. 그럼에도 불구하고 본고에서 분석하는 방법론상의 특성을 생각하면『무
정』을 텍스트로 선정해도 큰 무리는 없을 듯하다.

12) 일찍이 〈춘원연구〉를 통해 이광수를 비판하고 나섰던 김동인도 다음의 글을 통해『무
정』의 출현을 새로운 소설의 출발점으로 인식하고 있었음을 알 수 있다.
　“대체로 조선의 소설은 급히 일어섰다가 넘어진 셈입니다. 春園의「無情」시대에서 기
미년 이후의 소설들이란 너무 시간적으로 현격하게 급발달이 됐었읍니다. 그래서 민중
들은 읽어도 맛을 모를 정도였읍니다. … 춘원은「무정」으로 조선의 신소설을 확실한
제일보를 내어딛게 했으면서도 제이보적 작품을 쓰지 못하고「再生」이니「許生傳」이
니 하는「무정」보다 덜어지는 작품을 쓰기 시작하여 민중을 다시「무정」이하 수준으로
끌고 내려겄읍니다. 그래서 조선 소설은 갑자기 불쑥 솟았다가 먼저 섰던 수준보다 더
낮은 데로 떨어지고 말았지요. … 조선 문학은「무정」수준에서 재출발을 해가지고 차
츰차츰 독자를 끄을고 올라가야겠읍니다.”
　김동인, 〈「無情」水準에서 재출발해야 한다〉, ≪조선중앙일보≫, 1935. 5. 9.
　또한 임화도『무정』의 가치를 긍정과 부정 양면적으로 바라본다.
　“춘원의 문학은 위선(爲先) 그 자신이 소위 ‘발아기를 독점’하는 존재일 뿐 아니라 이해
조, 이인직으로부터의 진화의 결과이고 동시에 동인·상섭·빙허 등의 자연주의 문학
에의 일 매개적 계기였다는 변증법(진실로 초보적인!)의 견지에서 이해되어야 하며, …”
　(≪조선중앙일보≫ 1935. 10. 15.)
　“… 춘원이 이인직으로부터 구별되는 본질적인 것은 그 형태에 있어 실로 평화적이다.
물론 제재의 범위, 그 근대성, 묘사의 일층 풍다화(豊多化)·정밀화와 시대적 정신을

와서 구체적으로 형상화되고 있다는 점이 근대소설로의 발전을 의미한다
고 볼 수 있는 것이다.[13] 그런데『무정』은 그 구조적인 면에서도 근대소설
로의 발전을 보여주고 있다. 즉 새로운 문체의 실험[14], 시간의 역전화 기법,
내면성의 추구 등 소설 시학적인 면에서도 그 근대성을 노출하고 있는 것
이다.[15] 본고는 후자의 견해, 즉 소설 시학적인 면에 주목하여『무정』의
시간 구조[16]를 분석하고자 한다.『무정』은 ≪每日申報≫(1917.1~6)에

일층 명확히— 지극히 한정된 의미에서나마—반영하였다는 점에서 커다란 진보이나
동인씨가『춘원연구』가운데서 지적한 바와 같이 '이러라' '이로다' '하더라' '하노라'
등 구시대의 문어체의 유물이 그대로 잔존해 있을 뿐만 아니라 세계관상에 있어서도
이인직의 그것(불철저한 근대정신)의 단순한 연역 부연(付椽)의 역(域)을 넘지 못하고
제재를 구성하는 데서도 낡은 권선징악 소설의 여훈(餘薰)을 채 탈각치 못하였었다
…"(≪조선중앙일보≫ 1935.10.16)
　임 화,「춘원 문학의 역사적 가치」,『新文學史』,한길사, 1993, 324~337쪽.
13) 백　철,『新文學思潮史』, 신구문화사, 1972, 96~100쪽.
　　　　,「〈無情〉의 미학」,「崔南善과 李光洙의 문학」, 새문사, 1986, 김열규·신동
욱 편, 59~73쪽.
구인환,『李光洙小說研究』, 삼영사, 1983, 34~41쪽.
조연현,『韓國現代文學史』, 성문각, 1989, 130~141쪽.
성현경,「無情과 그 以前小說」,『韓國小說의 構造와 實相』,영남대학교출판부, 1989,
　　　　334~358쪽.
이재선,「교화주의자의 문학」,『한국소설사』근·현대편, 민음사, 2000, 221~234쪽.
이외 다수의 언급이 있다.
14) 김우종,『韓國現代小說史』, 성문각, 1994, 79~84쪽.
김윤식·김현,『한국문학사』, 민음사, 1984, 125쪽.
김윤식·정호웅 공저,『한국소설사』, 예하, 1994, 76쪽.
15) 이재선, 앞의 책, 222쪽.
16)『무정』의 구조에 대한 분석은 김현과 김형자에 의해 많은 진척을 보았다.
김형자,『韓國近代小說의 文體論的 研究』, 삼지원, 1985, 136~165쪽.
김　현,「『무정(無情)』의 담화론적 연구」,『현대소설의 담화론적 연구』, 계명문화사,
1995, 185~220쪽.

실린 126장으로 된 신문연재소설로 그 구조를 전체적으로 조망하기가 쉬운 일은 아니다. 따라서 본고에서는 논의 전개의 편의상 행위 단락을 나누어 설명하기로 한다.

* 첫째 날 (1회~17회)

1. 경성학교 영어교사 이형식은 선영과 순애의 가정교사가 된다.(1~3회)
2. 형식은 그날 저녁 집으로 찾아온 영채를 만난다.
    - 과거(10여 년 전) 영채의 집에서 사숙하던 것 기억.(5회)
    - 영채의 과거사를 듣는다. (7회~15회) ; 영채의 초점으로 서술된다.
    - 영채의 이야기를 듣고 갈등하는 형식의 모습이 서술된다(16회~17회)

* 둘째 날(18회~)

3. 배학감(배명식)의 사건으로 어수선한 분위기의 학교.- 학감이 기생집에 드나드는 문제로 학생들이 동맹퇴학을 결의한다.
    - 배학감에 대한 설명이 장황하게 서술된다. 과거의 사실 (인간적인 측면과 교육자적인 측면이 동시에 서술된다)(20회)
    - 형식은 배학감에게 오해를 받게 된다.(22회) ; 배학감이 과거부터 형식을 탐탁치 않게 생각했던 일이 서술된다.
4. 배학감과 관련된 기생 월향이 영채가 아닌가 생각하는 형식은 자신의 빈한함을 탓한다. (24회)
    - 형식은 영채에 대한 고민을 하다가 선형과 순애를 보고 다시 갈등을 일으킨다.
5. 형식은 영채의 일을 잠시 잊고 삶에 새로운 눈을 뜨게 된다.(28회)
    - 형식은 '희경'을 앞세워 월향의 집을 찾아 나선다.(29)
6. 영채가 초점자가 되어 서술됨(30회~35회)
    - 평양에서 기생 계월화와의 관계가 서술된다(31~34)
    - 영채는 전날 형식을 찾아갔던 일을 회고한다.(35) ; 영채는 형식이 자

신을 구원할 만한 능력이 없음을 목격하고 자신의 신세를 한탄하며 죽을 결심을 한다. - 영채는 자신의 인생에 있어서 수동적인 모습을 보인다.

7. 형식의 초점으로 돌아옴(36회~)

  - 형식은 '신우선'과 함께 영채를 찾아나선다.(36회~)
  - 신우선이 월향에게 반했었던 일을 서술(과거의 사건)
  - 김현수와 배명식에 겁탈당한 영채를 데리고 온다(39회~40회)

8. 주인 노파의 초점으로 서술됨(41회)

  - 영채와 주인 노파가 화해함. ; 영채를 초점자로 하여 서술된다.
  - 형식의 집주인 노파에 대한 서술 ; 노파의 초점으로 서술된다.
  - 형식은 영채의 순결함에 회의를 품으며 고민한다.(44회~45회)

* 세째 날

9. 다음 날 일찍 형식은 우선과 함께 영채를 찾아가나 영채는 평양으로 떠난다.

  - 떠나기 전 영채가 남긴 편지를 읽고 형식과 우선, 노파는 눈물을 흘린다.(49회~50회)
  - 형식은 편지 봉투에서 발견된 장지 조각을 발견하고 십여 년 전의 일을 떠올린다.(51회)
  - 영채의 결심에 대해 우선과 형식의 생각이 다름이 드러난다. 서술자는 형식의 생각을 옹호하는 입장에서 서술한다. (53회)

* 넷째 날

10. 형식은 노파와 함께 영채를 찾으러 평양으로 간다.

  - 형식은 평양에 도착하여 과거의 기억을 떠올리고 영채와 자신이 같은 운명을 타고난 듯 생각한다.(56회)
  - 노파가 예선에 머물던 기생집에서 아침을 먹고 형식은 계향과 함께 평양시내로 영채를 찾으러 다닌다.
  - 형식은 박진사와 그의 아들들의 무덤을 찾아가서 과거를 회상하고

여러 가지 생각에 잠긴다.

- 그날 저녁 찾기를 포기하고 형식은 혼돈된 생각을 지니고 서울행 기차를 탄다. (64회~66회)

* 다섯째 날

11. 형식의 과거가 노출된다. (67회~70회)

- 자신의 주위에서 좀처럼 친구를 사귀지 못했던 형식의 유년 시절이 서술된다.

12. 형식은 교사 생활을 시작하면서 그의 이상을 펼칠 자신감을 보이지만 끝내 사 년 간의 교사 생활이 실패의 생활이었다고 고백한다.

13. 형식은 학생들에게 조롱을 당하고 학교를 그만 둔다.(71회~72회)

- 형식은 사오 년의 성심껏 가르친 학생들에게 조롱을 당하고 참담한 심정을 지니게 된다.

14. 형식은 영채가 죽었다고만 생각하고 그 이유가 자신에게 있다고 탓한다.(74회~75회)

15. 형식은 영채를 더 찾지 않고 돌아온 것이 마음에 걸려 시체라도 찾겠다고 마음먹는 순간, 김장로가 다니는 교회의 목사가 찾아와 형식에게 '선영'과의 혼담 문제를 의논한다.(75회~76회)

- 형식은 영채와의 의리와 선형과의 현실적 결합 사이에서 갈등한다.
- 저녁때 김장로의 집에 가기로 약속한다.(77회)

16. 김장로에 대한 묘사와 그에 대한 비판. - 작가의 적극적인 개입이 드러난다.

17. 그날 저녁 형식은 김장로 집에서 저녁식사를 하면서 약혼을 승낙한다. (80회)

- 목사가 배석한 자리에서 약혼을 한다.(82회~83회)
- 형식은 선형과의 약혼과 미국 유학의 꿈에 부풀어 기쁨을 드러낸다. (84회)

18. 영채의 관점에서 서술된다. (초점자가 영채), (86~94회)

* 셋째 날

19. 자살하러 평양으로 향하던 영채는 기차 안에서 병욱을 만나 감화를 받고 새로운 삶을 살기로 결심한다.

20. 영채는 병욱을 따라 황주에서 내려 그녀의 집에서 생활을 하게 된다.

* 십여 일 후

21. 부자간, 부녀간의 갈등이 심한 병욱의 집안 묘사.

  - 갈등의 원인은 자유 연애, 신식 결혼 등의 급진적 사고 때문.

* 며칠 후 (형식의 초점으로 돌아옴)

22. 선형과의 결혼과 유학생활의 꿈에 젖어 있는 형식은 모함을 받게 된다. (95회)

23. 선형은 부모가 말하는 것을 엿듣고 마음이 움직인다. (96회) ; 선형의 초점으로 서술됨.

24. 형식은 선형의 마음을 얻기에 급급해 하고 선형에게 사랑의 확신을 받고 싶어한다.

* 근 한달 후

24. 영채는 병욱과 일본으로 유학을 떠난다. (102회)

  - 영채는 급변한 자신의 삶을 돌아본다.

25. 남대문에서 병욱과 영채는 선형을 만난다.(104~105회)

26. 형식은 선형에게 영채의 이름을 듣고 괴로워하다가 영채와의 관계를 고백한다.(105~106회)

27. 형식은 선형과의 사랑에 회의를 품지만 곧 화해한다.(107-8회)- 김장로 부부가 형식을 탐탁치 않게 생각하고 형식도 약혼을 거절하려 했던 과거의 사실이 서술됨.

28. 형식은 홍수 소식을 듣는다.(109회)

  - 신우선의 영채에 대한 생각이 장황히게 서술된다.(110회)- 작기의 결혼관이 노출된다.

29. 영채는 형식의 약혼 소식에 괴로워한다. (111회)

30. 영채와 형식이 만나고 선형을 포함한 세 사람 사이에 갈등이 생긴다.
    (112~113회)
    - 형식은 선형과 영채 사이에서 갈등하다가 깨달음을 얻는다.(114~
      115회)
    - 선형은 영채를 찾는 형식을 보고 가슴 아파한다.(116~117회)
31. 삼랑진에 이르렀을 때 홍수를 만나 네 시간 동안 기차가 정차하고 일행
    은 모두 기차에서 내린다.(118회)
    - 홍수로 쑥대밭이 된 풍경과 그것를 바라보는 네 사람의 심경 묘사.
      (119~120회)
32. 병욱의 요청으로 네 사람은 수재민 돕기 자선 음악회를 연다.(121회~
    123회).
33. 형식은 수재민들을 보고 새로운 결심을 하게 된다.
    - 우선까지 포함한 다섯 사람은 장래의 꿈을 서로 이야기한다. (125회)
34. 후일담 (4년 후)

   다소 길게 인용된 위의 이야기 단락들을 통해 무수히 변환되는 서사시간
을 볼 수 있다.[17] 전술한 백철의 논의에서 보았듯이 『무정』은 그 서두 부분
부터 전통적인 소설과 궤를 달리한다. 전통소설의 시작은 대개 본 이야기
의 전사가 되는 배경을 설명하는 것이 일반적[18]이지만 『무정』의 경우는

---

17) 물론 『무정』은 장편소설로써 그 전개 양상이 단편의 양식과 다른 것은 인정해야 한다.
18) 이재선은 전통소설의 서두 부분이 거듭되는 시간지표와 시간부사에 의한 분절기능으로
    시작된다는 점을 지적하면서, 근대소설은 이와 달리 시간화의 측면보다 공간화의 측면
    이 강조되고 따라서 서사적 단위와 단위 간의 연계적인 접점에 있어서 시간부사와 같은
    시간단위적 성분이 자주 사용될 필요가 없게 되었다고 말한다.
    이재선, 「서사 시간의 근대소설적 전환」, 성현경·김경수 공저, 『전환기의 서사 담론』,
    서강대학교 인문과학연구소, 1998, 46쪽.
    『한국소설사』 근·현대편, 민음사, 2000, 23~33쪽.

첫 대목부터 형식이 가정 교사로 들어간 장면으로 시작한다.

우선 순서의 측면에서 『무정』을 살펴보면 시간 역전 현상이 빈번히 일어남을 볼 수 있는데, 위의 이야기 단락 대부분에서 과거로의 시간 역전이 일어나고 있다. 『무정』의 기본 서사(first narrative)를 시간의 흐름에 따라 보면 사건은 대략 한 달 남짓의 기간동안 발생한다. 그러나 담화 시간은 매우 긴 기간을 포함하고 있다. 이는 사건이 진행되면서 인물의 기억 속에, 혹은 서술자의 적극적인 간섭에 의해 과거의 일들이 무차별적으로 삽입되기 때문이다. 사실 고전소설에서도 시간의 역전 현상이 드러나는 것을 간혹 볼 수 있다.[19] 그러나 시간의 역전 현상이 하나의 전체적인 구조로 통합되기까지는 조직적인 유기성이 발견되어야 한다. 그런 의미에서 볼 때 『무정』에서 보이는 무수한 시간의 역전 현상은 전체적으로 유기적인 회상의 구조에 통합되지 않는다고 볼 수 있다.[20] 회상의 많은 부분이 기본 서사와 상관없이 제시되고 있기 때문이다. 물론 대부분의 회상은 기본 서사와 밀접한 관계 하에서 유기적인 관련성을 지니고 있지만 그렇지 않은 경우가 많다는 것이다.

다음의 예문을 보자.

(1) 그 부인은 평양 명기 부용이라는 인물 좋고 글 잘 하고 가무에 뛰어나 평양 춘향이라는 별명 듣던 사람이었다. 이십여 년 전 김 장로의 부친이 평양

---

19) 이는 전술한 최경환의 논의에서 살펴볼 수 있다.
20) 본고에서 『무정』을 역진적인 시간 구조가 아닌 전진적 시간 구조의 장에 넣은 이유도 여기에 있다. 기본 서사를 중심으로 해서 볼 때 『무정』은 전진적이고 발전적인 서사로 보는 것이 타당하다고 생각한다.

에 감사로 있을 때에 당시 이십여 세 풍류 남아이던 책방 도령 이도령—아니라 김 도령의 눈에 들어 십여 년 김 장로의 소실로 있다가 본부인이 별세하자 정실로 승차하였다. (12쪽)[21]

   (2) 노파는 젊었을 때에 어떤 양반의 집종이었다. 그러다가 그 양반의 집 대감의 씨를 배에 받아 한참은 서슬이 푸르렀었다.

   그 대감의 사랑은 극진하여 동무들도 자기를 우러러보고 자기도 동무들에게 자랑하였었다. 그러나, 노파는 그 늙은 대감에게 만족치 못하여 몰래 그 대감 집에 다니는 어떤 젊고 어여쁜 문객과 밀통하다가 마침내 대감에게 발각되어, 그 문객은 간 곳을 모르게 되고 자기는 인두로 하문을 지지게 되어 그만 사오삭의 영화가 일조에 한바탕 꿈이 되고 말았다. 그러므로 노파는 벼슬하는 양반의 세력 좋음을 잘 보았다. (113쪽)

   (3) 영채가 평양서 기생이 되어, 맨 처음 「형님」하고 정들인 기생은 계 월화라 하는 얼굴 곱고 소리 잘하는 사람이었다. 그 때에 평양 화류계에 풍류 남자들의 눈은 실로 이 월화 한 사람에게 모였다.

   월화는 단률도 잘 짓고 묵화도 남지지 아니하게 쳤다. 그래서 매우 자존하는 마음이 있어서 여간한 남자는 가까이하지도 아니하였다. (…중략…)

   뒤에 알아본즉, 이 때에 이 좌석에 월화의 마음을 끄는 어떤 신사가 있었다. 그는 어떠한 사람이며, 그와 월화의 관계는 장차 어찌 될는고. (…중략…)

   한 번은 영채와 월화가 연회에서 늦게 돌아와 한 자리에서 잘 때에 영채가 자면서 월화를 꼭 껴안으며, 월화의 입을 맞추는 것을 보고 월화는 혼자 웃으며, …

   하루 저녁에는 월화가 영채를 찾아와서 연설 구경을 가자고 한다. 그때에 평양에는 대성 학교라는 새로운 학교가 일어나, 사방으로부터 수백 명 청년이 모여들고, 대성 학교장 함 상모는 그 수백 명 청년이 진정으로 앙모하는 선각

---

21) 앞으로 인용 부분은 『이광수전집 1』(삼중당, 1962)에 실린 것을 기준으로 삼는다.

자이었다. (…중략…)

　영채는 아는 듯도 하면서도 말할 수는 없어 잠자코 앉았다.

　월화는 영채를 이윽히 보더니,

「온 조선 사람이 다 자고 꿈을 꾸는데, 함 교장 혼자 깨어 일어났구나. 우리
를 찾아오는 소위 일류 신사님네는 다 자는 사람들인데, 그 속에 깨어 일어난
것은 함교장뿐이로구나」… (81~90쪽)

　예문 (1)~(3)은 각기 다른 인물 세 사람의 과거사에 대한 서술이다. (1)
은 선형의 모친에 대한 묘사로 과거 기생이었던 출신 배경을 묘사한 것이
고, (2)는 형식의 주인집 노파의 과거에 대한 묘사이며, (3)은 영채가 평양에
서 기생으로 있을 때 의지하던 계월향이라는 기생의 삶에 대한 서술이다.
사실 위의 과거 사건들은 『무정』의 기본 서사와 별 관계가 없는 사건들이
라 할 수 있다. 특히 (3)의 경우는 몇 장에 걸쳐서 매우 장황하게 설명되어
있다. 전체 서사에서 계월향이라는 인물이 영채에게 주었던 영향이 컸다는
사실은 인정하지만 그녀의 행적이 전체 서사에 장황하게 기록될 일은 아니
었다. 영채가 후에 각성을 하게 되는 계기도 병욱이라는 인물을 통해서이
지 계월향을 통해서 이루어진 것이 아니라는 사실도 이를 잘 증명한다. 오
히려 (3)부분에서는 작가의 세계관이 강하게 드러나는 정도일 뿐이다. 위의
예문과 같이 기본 서사와 관련없이 장황하게 회고되는 부분이 『무정』에는
다수 나온다. 쥬네뜨는 이런 회상을 이종 이야기 구조(heterodiegetic)라 명
명하였는데, 서술자의 적극적인 인물 해석 차원에서 자주 사용된다.[22] 그
리고 이종 이야기 구조는 기본 서사의 내용과는 별개의 이야기를 느러내면

---

22) G. Genette, 권택영 역, 『서사담론』, 교보문고, 1992, 9~10쪽.

서 기본 서사의 시간과도 아무런 관련성을 갖지 않는다.

영채가 기생으로 있던 집 노파가 자신의 과거를 회상한다거나, 그의 영감을 설명하는 장면(47~48회), 형식의 제자 김종렬의 성품을 설명하는 장면(18회)[23], 신우선이 영채를 마음에 두었던 장면(36회), 배학감의 과거가 자세히 드러나는 장면(20회) 등은 생략되거나 간략히 서술될 필요가 있는 부분이다. 특히 후일담 부분(126회)에서 『무정』에 등장하는 거의 모든 인물들의 장래에 대해 설명하는 것은 거의 불필요한 일이라 할 수 있다.[24]

이러한 부분들은 정보제시의 과잉, 즉 정보의 잉여성(redundance)[25]을

---

23) "…다른 학생의 이름은 김 종렬이니, 겨우하여 낙제나 아니하고 따라 올라오는, 역시 경성학교 사년생이다. /그러나 이 김 종렬은 낫질이 많고 또 공부에 재주는 없으면서도 무슨 일을 꾸미는 수단이 매우 능란하여 이년급 이래로 그 반의 모든 일은 다 제가 맡아하게 되고, 그뿐더러 이 김 종렬이가 무슨 의견을 제출하면 열에 아홉은 전반 학생이 찬성한다. / 전반 학생이 반드시 그를 존경하거나 사랑함이 아니로되, 도리어 그의 성적이 좋지 못한 방면으로, 그의 행실이 다정하지 못한 방면으로, 그의 성질이 괄괄하고 심술이 곱지 못한 방면으로 전반 학생의 미움과 비웃음을 받건마는, 무슨 일을 하는데 대하여는 전반 학생이 주저하지 아니하고 그를 신임하며, 그를 복종한다. …(49쪽)"

24) 『무정』의 경우 그 잉여성이 서술자의 과도한 설명에서 기인, 전체 내용의 유기성을 떨어뜨리는 결과를 초래한다. 그러나 이것은 현대소설 초기의 현상으로 전대의 소설과 일정 정도의 친연성을 지니고 있음을 보이는 것이기도 하다. 특히 후일담 같은 경우는 전대소설의 형식을 되풀이하고 있는 것이다. 『무정』에서 보이는 과도한 서술의 잉여성은 신문 연재소설이었다는 점과 작가의 소설적 형상화의 미흡성에서 그 원인을 찾을 수 있다. 그러나 잉여성이 소설의 형상화에 부정적인 작용만을 하는 것은 아니다. 모더니즘 소설이나 최근의 소설을 보면 작가가 의도적으로 잉여성을 확대시키는 것을 볼 수 있다. 예를 들어 안정효의 「낭만파 남편의 편지」(민음사, 1994)는 『무정』과 같은 전진적 시간구조에 이완의 효과를 드러내는 작품으로, 서술의 잉여성이 매우 높은 작품이다. 이 작품의 경우 작가의 의도적이고도 노골적인 사건 지연의 한 방식으로 서술의 잉여성을 극대화시킨다. 또한 동일한 문장이나 단락을 심하게는 10여 회 반복함으로써 독자가 텍스트를 해석하는 데 어려움을 겪도록 '덫'의 하나로 잉여성을 이용하고 있다. 이런 경우 외형적으로는 동일한 잉여성을 보이고 있지만, 작가의 이야기하기 방식은 큰 차이를 보이고 있는 것이다.

드러내는 것이다. 정보의 잉여성이 생기는 이유는 여러 가지로 생각해 볼
수 있는데, 가장 큰 이유는 작가가 소설 내용에 대해 모든 것을 설명하고자
하는 의욕에서 비롯되었다고 할 수 있다. 텍스트의 모든 등장인물, 모든
사건들을 독자에게 자세히 전달하고자하는 의욕이 지나칠 경우 정보의 잉
여성이 증대되는 것이다. 또 다른 이유로는 『무정』이 신문 연재 소설이자,
장편소설이라는 데 있다. 단편소설처럼 중요한 사건이나 인물들만을 기술
하는 것이 아니라 보다 다양하고 방대한 인물과 사건을 서술하려다보니
어쩔 수 없이 서술의 잉여성이 발생했다고 생각할 수 있다. 모든 서사가
조직적이고 유기적으로 구성될 수는 없는 일이지만, 소설을 쓰고 읽는 행
위가 하나의 의사소통 과정이라고 할 때, 정보의 잉여성이 크게 되면 그만
큼 정보전달 과정이 지연되고 느슨해진다고 할 수 있다.

그 반면에 다음의 예문은 기본 서사와 직접적인 관련이 있는 회상으로
텍스트 전체 서사와 유기적으로 밀접한 관련을 맺고 있는 부분이라 할 수

---

25) 어떠한 발화상황에서든 정보제시의 잉여성은 발생한다. 잉여성이라고 했을 때 주로 다양
한 형태의 메시지를 반복적으로 제시하거나 청자에게 제시해야 하는 정보와 무관한 것
들을 제시할 때 발생하는데, 이는 화자와 청자간의 의사소통 관계에서 엔트로피와 반대
되는 개념으로도 볼 수 있다. 즉 엔트로피는 정보가 무질서하게 나열되는 것으로 정보의
일관성과 유기성을 중시하는 청자에게 있어서는 매우 많은 곤혹감을 준다. 반면에 잉여
성은 청자가 지루할 정도로 정보가 많은 상태를 의미한다. 그러나 이 또한 청자의 입장
에서 볼 때 정보가 조직적이고 유기적으로 전달되지 않는다는 점에서 청자의 정신을 이
완시키는 역할을 한다. 따라서 엔트로피나 잉여성은 모두 의사소통 관계에서 이완을 일
으키는 요소라 할 수 있다. 내개 의사소통 관계에서 엔트로피, 잉여성, 피드백은 필연적
으로 발생하는 것으로 그 정도의 차이가 있을 뿐이다. 엔트로피가 큰 경우 청자의 피드
백을 강력히 요구하고, 잉여성이 클 경우 또한 청자가 그것을 중요한 것과 그렇지 못한
것으로 구분할 수 있는 정신적 능력을 요구하게 된다. Marie Maclean, 임병권 옮김, 『텍
스트의 역학』-연행으로서 서사, 한나래, 1997, 24~27쪽 참조

있다.

　여자는 은근하게 예하고 올라온다 데리고 온 계집아이도 올라앉는다. 형식
도 앉았다. 노파는 건넌방에 불도 아니 켜고 담배를 피우면서 이 광경을 본다.
형식은 불빛에 파래보이는 여자의 얼굴을 이윽히 보더니, 무슨 생각나는 일이
있는지 고개를 기울이고 눈을 감는다.
　「저를 모르시겠읍니까?」
　「글쎄올시다. 얼굴이 혹 뵈온 듯도 합니다마는.」
　「박 응진을 기억하시겠습니까?」
　「예! 박응진!」
하고 형식은 눈이 둥글해서 말이 막힌다. 여자도 그만 책상 위에 쓰러져 운다.
형식의 눈에서는 굵은 눈물이 뚝뚝 떨어진다.
　(…중략…)
　**벌써 십여 년 전이다. 평안남도 안주 읍에서 남으로 십여 리 되는 동네에
박 진사라는 사람이 있었다. 사십여 년을 학자로 지내어 인근 읍에 그 이름
을 모르는 사람이 없었다.**
　**원래 일가가 수십여 호 되고, 양반이요 재산가로, 고래로 안주 일읍에
유세력자러니, 신미년 난에 역적의 혐의로 일문이 혹독한 참살을 당하고,
어찌어찌하여 이 박진사의 집만 살아남았다. 하더니 거금 십 오륙년 전에
청국 지방으로 유람을 갔다가 상해서 출판된 신 서적을 수십 종 사 가지고
돌아왔다. 이에 서양의 사정과 일본의 형편을 짐작하고 조선도 이대로 가
지 못할 줄 알고 새로운 문명 운동을 시작하려 하였다.**
　(…중략…)
　이렇게 학교 경비를 전담하는 외에도 여전히 십여 명 청년을 길렀다. 이
이 형식도 그 십여 명 중의 하나이다. 그때 형식은 부모를 여의고 의지가지
없어 돌아다니다가 박 진사가 공부시킨다는 말을 듣고 찾아갔던 것이다.
　(…중략…)

그 해 가을에 거기서 십여 리 되는 어느 부잣집에 강도가 들어 주인의 옆구리를 칼로 찌르고 현금 오백여 원을 늑탈한 사건이 일어났다. 그 강도는 박진삿집 사랑에 있는 홍모라, 자기의 은인인 박 진사의 곤고함을 보다 못하여, 처음에는 좀 위협이나 하고 돈을 떼어 올 차로 갔더니 하도 주인이 무례하고 또 헌병대에 고소하겠노라 하기로 죽이고 왔노라 하고 돈 오백 원을 내어놓는다.

박진사는 깜짝 놀라며,

「이 사람, 왜 이러한 일을 하였는가. 부지런히 일하는 자에게 하늘이 먹고 입을 것을 주나니……아아, 왜 이러한 일을 하였는가.」

하고 돈을 도로 가지고 가서 즉시 사죄를 하고 오라 하였더니, 중도에서 포박을 당하고 강도, 살인, 교사 급 공범 혐의로 박 진사의 삼 부자는 그 날 아침으로 포박을 당하였다.

박진사의 집에 남을 것은 두 며느리와 영채와 형식뿐, <u>**영채의 모친은 영채를 낳고 두 달이 못 되어 별세하였다.**</u>

<u>**그 후에 박 진사의 사랑에 있던 학생도 몇 사람 붙들리고 형식도 증거인으로 불려 갔다 이틀만에 놓였다.**</u>

두어 달 후에 홍모와 박진사는 징역 종신, 박진사의 아들 형제는 징역 십오년, 기타는 칠년 혹은 오년 징역의 선고를 받고 평양 감옥에 들어갔다. (…중략…) (16~19쪽)

다소 길게 인용된 부분은 영채가 형식을 찾아오고 난 후 과거 영채 집안과 형식과의 관계를 드러내는 부분이다. 즉 기본 서사에 직접적인 관련성이 높은 회상 부분인 것이다. 회상 기간의 범위는 매우 길게 잡혀 있고 그만큼 사건 내용은 요약적으로 제시되어 있다. 이 부분은 앞에 나왔던 과거 회상보다는 전체 서사와의 유기성을 어느 정도 지니고 있는 회상이라 할 수 있다. 인용문에서 형식이 영채를 알아보지 못하다가 '박응진'이라는 이름을 들으면서 과거의 일들을 떠올리게 되는 부분이 보이는데, 이는 엄밀히 말해 형식의 기억에 의한 회상이라기 보다 서술자가 요약해서 설명하는 부분이라 볼 수 있다.[26] 서술자는 긴 회상의 범위를 두어 박진사와 형식, 형식과 영채와의 관계를 처음으로 설명하고 있다. 이 부분은 영채와 형식의 관계를 처음 보여주는 회상으로 매우 중요한 부분이라 할 수 있다. 형식과 영채 사이의 관계는 서술이 진행될수록 보다 구체적으로 드러나는데 서술자는 미리 전체적인 윤곽을 제시하고 있는 것이다.[27] 그런데 이 부분에서도 서술의 잉여성은 드러나고 있다.

서술자는 영채 아버지 박진사의 삶을 전체적으로 조망하면서 형식을 거두어들인 일이며, 뜻 있는 젊은이들을 가르쳤던 일을 기록하고 오해를 사서 집안이 망하게 되었다는 사실을 독자에게 요약적으로 제시하고 있다. 그런데 밑줄 친 부분은 독자에게 필요 이상으로 제공된 정보로 볼 수 있다. 즉 밑줄 친 부분은 쥬네뜨의 구분대로라면 '외적 회상'의 부분으로 결코 『무정』의 기본 서사를 방해하지는 않는다. 외적 외상은 '외적'이라는 말 자체에 이미 기본 서사와 연관이 없다는 것을 의미한다. 이러한 회상의 유일한 기능은 "이런 저런 '먼저 일어난 사건'을 독자에게 전함으로써 기본 서사를 보태주는" 역할을 하는 것이다.[28] 사실 '영채의 모친이 영채를 낳고

---

26) 『무정』에서 회상이나 예시의 부분은 대개 서술자의 적극적인 해석 하에서 이루어진다. 『무정』의 서술자가 전지적인 서술자이니 만큼 인물이 감당할 수 없는 부분이 많기 때문에 이러한 현상은 필연적인 것이다. 간혹 인물의 회상이 보인다 하더라도 서술자의 간섭 하에서 이루어짐을 볼 수 있다. 이러한 전지적 서술자의 권위가 두드러지게 드러나는 특징들의 예는 더 후술되겠지만, 이러한 특징은 이야기하기(telling story) 전통에 가까운 서술 방식이라 할 수 있다.

27) 이후 형식과 영채의 과거의 사건들은 보다 구체성을 띠며 산발적으로 드러난다.

두 달이 못 되어 별세하였다'는 진술은 사실 이 부분에서는 필요 없는 서술
이다. 즉 영채와 두 며느리만 남은 박진사의 집을 설명하려다보니 독자들
이 지닐 의혹까지 미리 염려하여 설명한 것이다. 이 진술은 보다 앞서서
회상의 서두 부분에서 이루어졌어야 했다.

『무정』에는 서술의 역전이 회상 뿐 아니라 예시적인 모습도 드러난다.
이는 서술자가 적극적으로 독자에게 정보를 전달하면서 발생한다.

   ① 이 세 사람의 가슴은 마치 장차 오려는 폭풍을 기다리는 바다와 같다.
지금은 물결도 없고 거품도 없고 흐름도 없는 편편한 바다다.
   이제 하늘로서 큰 바람이 내려와, 이 바다의 물을 온통 흔들어, 거기 물결을
만들고 거품을 만들고 흐름을 만들지니, 그 때야말로 비로소 참바다가 되리로
다.
   <u>모르쾌라. 그 바람이 무엇이며 그 바람을 보내는 자가 누구뇨. 지금 형식의
가슴에는 이 바람이 불어 오려는 전조로 이상한 구름이 하늘가에 배회한다.</u>
(73쪽)
   ② 이 신사는 그 때 한창 월화에게 미쳤던 평양 일부 김윤수의 맏아들이니,
지금 나이 삼십여 세에 여태껏 하여 온 일이 기생 오입 밖에 없었다.
   월화는 물론 이 사람을 천히 여겼다. 그래서 이 사람 앞에서도 「솔이 솔이
하니」를 불렀었다.
   이때에 월화는 너무 불쾌하여
   「왜 이러하오?」
하고 몸을 뿌리쳤다.
   <u>뒤에 알아본즉, 이 때에 이 좌석에 월화의 마음을 끄는 어떤 신사가 있었다.
그는 어떠한 사람이며, 그와 월화의 관계는 장차 어찌 될는고.</u> (84쪽)

---

28) G. Genette, 앞의 책, 9쪽.

위의 예문은 서술자가 앞으로 일어날 일들을 독자들에게 암시적으로 제시하고 있음을 보여준다.

예문 ①은 형식이 '깬 사람'이 되어 새로운 느낌을 느끼는 부분 다음에 오는 대목으로 형식의 완전한 자각이 아직 이루어지지 않았음을 암시한다고 할 수 있다. 사랑과 의리, 현실과 이상 사이에서 끊임없는 갈등을 보이는 형식이 하루 아침에 '깬 사람'으로 거듭날 수 없음을 서술자는 예언하고 있는 것이다.[29] 실제로 형식은 이후에도 선형과 영채, 사랑과 의리, 현실과 이상, 보수적인 사고와 진보적인 사고[30] 사이에서 지속적으로 흔들리며 우유부단한 모습을 보이게 된다. 형식이 완전한 자각을 하게 되는 것은 결말에 이르러서야 이루어진다고 할 수 있다.[31]

---

29) 볼프강 카이저(Wolfgang Kayser)는 소설에서 '예시(Vorausdeutung)'가 지니는 기능 가운데 하나는 독자에게 시적인 세계의 통일과 짜임새에 대한 선명한 인상을 주는 것이라고 했는데, 이는 독자가 독서를 하는 동안 각 장들을 예시된 것과 비교하면서 정리할 수 있는 기회를 제공하기 때문이다. 물론 예시가 빈번하게 등장하는 작품은 사건이 진행되면서 발생되는 긴장감이 줄어들 수도 있지만, 카이저는 서사 예술의 긴장감이 결말에 대한 요약적 예시로 인해 저해 받지는 않을 것이라고 단언한다. Wolfgang Kayser, 金潤涉 옮김, 『言語藝術 作品論』, 시인사, 1994, 319쪽.

30) 이형식은 다양한 모습에서 이중적인 모습을 보이지만 거의 무의식적으로 보이는 이중적 사고는 보수적 사고와 개량적(혹은 진보적) 사고 사이에서 갈등할 때 드러난다. 자유 연애와 결혼을 주장하면서도 여성의 정조에 대해서는 보수적인 태도를 드러낼 때 이러한 모습이 잘 드러난다. 형식은 영채의 과거사를 들으면서 안타까움과 연민을 표시하지만, 영채가 기생이 되었다는 사실에 일단 그녀의 정조를 의심하고 "버린 계집"으로 여기는 것이 바로 그러하다. 또 영채가 김현수와 배명식에게 겁탈을 당했을 때도 이형식은 위의 갈등을 되풀이한다.

31) 사실 결말 부분에서 형식이 이룬 정신적 자각도 이형식 개인의 깨달음에서 온 자각은 아니다.『무정』 전반에서 이형식은 끊임없이 개인적 욕망과 사회적 요구에서 갈등하며, 혼란된 모습을 보이다 삼랑진 홍수 현장에 도착해서 갑자기 대사회적인 인물로 급변하는 모습은 우찬제의 지적대로『무정』이 지닌 "추상적 낙관주의"를 드러낼 뿐이다. 즉 개인적인 욕망의 발현은 대사회적인 계몽의 요구에 묻혀 드러날 수 없는 것이다. 따라서

『무정』의 서사시간을 지속의 측면에서 살펴보면 다음과 같은 특징이 드러난다.『무정』의 이야기 시간의 길이는 전술했듯이 한달 남짓밖에 되지 않지만 서술의 시간은 매우 긴 범위를 보이고 있다. 그만큼 인물의 현재 행위에 과거의 사건들이 무수히 삽입됨을 알 수 있다.『무정』의 기본 서사는 현재의 이야기에 중점이 맞추어져 있다고 할 수 있다.『무정』에는 과거로의 회상 장면이 비일비재하게 등장하지만 그러한 장면은 이야기 현재의 인물들이 갈등하거나 방황할 때 혹은 전술했듯이 서술자가 서사 내의 모든 사건과 인물을 설명하고자 하는 의욕을 적극적으로 드러낼 때 이용된다. 따라서 순서의 측면에서 볼 때 이야기 현재의 상황을 중심으로 해석하는 것이 옳은 방법이라 할 수 있다.『무정』은 전지적 서술자 혹은 권위적 서술자에 의해 서술된다. 주초점자는 형식과 영채로 전체 서사 내용은 대개 이 두 사람의 초점자를 중심으로 이루어진다.[32] 위의 이야기 단락을 나눈 것도 그에 따라서 나눈 것이다. 우선 형식이 선형의 가정교사로 들어간 것을 이야기 현재의 첫째 날로 설정하면 앞에서 나눈 이야기 단락의 구분처럼 나눌 수 있다. 앞에서 보듯이『무정』의 핵심 사건은 5일 정도에 걸쳐 발생한다. 전체 내용의 3/4 이상이 5일 동안의 일을 서술하는 것이다. 이렇게 볼 때 이야기 현재의 시간은 매우 지연되고 있다고 할 수 있다. 이는 서술 시간과 이야기 시간의 불일치가 큰 까닭인데 앞서 보았던 빈번한 과거 회

이형식은 근대적 개인의 모습을 드러낼 수 있는 인물이었음에도 불구하고 대 사회적 당위 명제에 매몰되는 모습을 보이게 된 것이다. 우찬제,「한국 소설의 고통과 향유」,《문학과 사회》통권 12권 제 4호, 1999 겨울. 참조

32) 형식과 영채가 주 초점자로 설정되기는 했지만 사실 본 내용에서는 많은 인물들의 관점에서 서술되기도 한다. 필자는 영채나 형식이 초점자로 등장하지 않는 부분은 앞서 말한 서술의 잉여성, 정보제시의 잉여성과 관련되어 있다고 본다.

상 장면이 등장한다든가, 인물의 심리 묘사가 매우 자세히 설명되는 등 권위적인 서술자의 잦은 간섭으로 인해 서술 시간이 매우 길어진 때문이다. 그런데 102회를 넘어서면서 이야기 시간은 급격한 변화를 보이기 시작한다. 그때까지 매우 지연되어왔던 사건의 진행은 시간적으로 수직적인 비약을 보이며 전개된다. 이러한 변화는『무정』의 주초점자라고 할 수 있는 형식의 의식의 변화와 같은 선상에 있다. 많은 논자들이『무정』의 문제점을 지적할 때 가장 많이 언급하는 부분이 바로 이 부분이다. 이야기 속도의 급격한 변화는 그렇다고 치더라도 그때까지 번민과 갈등으로 자기 중심을 잡지 못했던 이형식이 삼랑진 홍수 사건 이후 급작스런 의식의 변화를 보이며 계몽의 이념을 열렬하게 토로하고, 모든 인물들이 감화를 받고 변화한다는 설정은 다소 무리가 있다는 것이다. 특히 텍스트의 3/4정도까지 개인적 욕망과 사회적인 당위(계몽의 의지) 가운데서 방황하던 형식이 결말에 이르러 계몽운동의 전도사로 급변하는 모습은『무정』이 '근대적 인간형'을 그려내는 데 실패하고 있음을 드러내는 것이다.[33]

　　『무정』의 서술 상황은 매우 복잡하게 얽혀 있다. 물론 전지적 서술자의 절대적 제어 하에 모든 발화가 이루어지지만, 초점자가 다양하게 드러나는 것이라든가, 실제 작가의 목소리가 실제 독자를 염두에 두고 하는 발화라든지 또는 인물의 발화와 서술자의 발화가 혼용되어 드러나는 것들은『무정』이 지닌 서술상의 다양성을 보여주는 것이다. 이 부분에서 생각해 볼 점이 있다. 다양한 발화 상황을 통해 서사의 총체성을 제시하는 것은 "장면을 실감 있게 보여"주고 "인물의 모습이나 행동 및 의식을 핍진하게 제

---

33) 우찬제, 앞의 글, 참조.

시"[34]하는 장점을 지닐 수 있으나, 작가의 목소리가 생경하게 드러나는 부분은 오히려 서사적 형상화의 미흡성을 노출하는 것이라 할 수 있다.

말이 좀 곁가지로 들어가지마는, 이 기회를 타서 형식의 지나간 동안 교사 생활을 좀 말할 필요가 있다. 사년간 형식의 경성 학교 교사 생활은 일언이폐 지하면 사랑과 고민의 생활이었다. (176쪽)

이제는 영채의 말을 좀 하자. 영채는 과연 대동강의 푸른 물결을 헤치고 용궁의 객이 되었는가.

독자 여러분 중에는 아마 영채의 죽은 것을 슬퍼하여 눈물을 흘리신 이도 있을지요, 또 고래로 어떤 이야기 책에나 나오듯, 늦도록 일점 혈육이 없던 사람이 아들 아니 낳은 자 없고, 아들을 낳으면 귀남자 아니 되는 법 없고, 물에 빠지면 살아나지 않는 법 없는 모양으로, 영채도 아마 대동강에 빠지려 할 때에 어떤 귀인에게 건짐이 되어 어느 암자의 승이 되어 있다가 장차 형식 과 서로 만나 즐겁게 백년가약을 맺어, 수부귀다남자하려니 하고, 소설 짓는 사람의 좀된 솜씨를 넘겨보고 혼자 웃으신 이도 있으리다. 혹 영채가 빠져 죽는 것이 마땅하다 하여 영채가 평양으로 간 것을 칭찬하신 이도 있을지요, 빠져 죽을 까닭이 없다 하여 영채의 행동을 아깝게 여기실 이도 있으리다. 이 렇게 여러 가지로 독자 여러분이 생각하시는 바와 내가 장차 쓰려하는 영채의 소식이 어떻게 합하며 어떻게 틀릴지는 모르지마는 여러분이 하신 생각과 내 가 한 생각이 다른 것을 비교해 보는 것도 매우 흥미 있는 일일 듯하다. (221 쪽)

혹 독자 여러분이 기억하시는지 모르거니와 형식이가 사랑하던 이 희경군 은 아까운 재주를 품고 조세하였고 …중략… 기쁜 웃음과 만세의 부르짖음으

---

34) 우찬제, 「서술 상황과 작가의 욕망」, 『현대소설 시점의 시학』, 새문사, 1996. 200쪽.

로 지나간 세상을 조상하는 「무정」을 마치자."(318쪽)

위의 예문에서는 누가 보더라도 실제 독자(혹은 내포 독자)에게 말을 건네는 실제 작가(혹은 내포 작가)의 목소리가 문면에 드러나고 있음을 알 수 있다. 이러한 발화는『무정』이 신문 연재 소설이라 당시 독자의 주의를 환기하려는 의도와, 작가 이광수의 계몽이념을 적극적으로 드러내고자 하는 의지에서 나온 것이라 할 수 있다. 또한 전대의 소설에서 보여온 이야기하기의 전통을 아직 탈피하지 못하고 있음을 볼 수 있다. 전술하였듯이 독자에게 이야기 내의 모든 상황을 전달하고 등장 인물들이 결국 어떻게 되었는지를 설명한다는 것 자체가 전대 소설의 이야기하기 방식을 탈피하지 못한 것이다.[35] 이러한 권위적 서술자에 의한 서술 상황의 제어는『무정』으로 하여금 수많은 정보의 잉여성을 가져왔다고 할 수 있다. 이러한 잉여성 때문에『무정』이 독자에게 정보가 전달되는 과정에 있어서 이완의 효과가 발생한다고 생각한다.[36][37]

---

35) 이러한 현상은 장일구의 지적대로 독자의 해석 공간이 서술자에 의해 침해당하고 결국 서사적 공간의 입체성을 가져올 수 없다는 결론에 이르게 한다. 이는 작가와 독자, 서술자와 피서술자 간의 의사 소통이 원활히 이루어질 수 없는, 즉 서사 자체가 지닌 역동성이 많이 사라지는 현상을 낳게 된다. 장일구,『한국 근대 소설의 공간성 연구』, 서강대학교 국어국문학과 박사학위논문, 1998. 53~55쪽.

36) 그러나『무정』이 이완의 효과를 심하게 보인다고 해서 소설적 형상화가 전적으로 실패했다고 보기는 어렵다. 오늘날의 시각으로『무정』을 해석한다면 형상화의 측면에서 미흡한 점이 많이 눈에 띄겠지만 당대의 시각으로 본다면 내용상으로나 형식상으로 매우 새로운 작품이었을 것이다.

37)『무정』과 같이 전진적 시간 구조를 보이며 이완의 효과를 드러내는 소설의 예는 대개의 고전소설에서 찾아볼 수 있다. 예를 들어 사건의 전개를 더디게 만드는 장황한 장면 묘사라든가, 다양한 등장인물에 대한 상세한 설명 등은 서사의 잉여성을 증대시키면서 정보제공을 지연시키는 역할을 한다. 또 작가적 실험이 강한 최근의 소설에서도 간혹 서술

1.3 긴장-이완 효과 : 서사적 현재의 이중적 제시에 의한 통합과 분리의 변주

　이상(李箱)의 텍스트는 작가와 독자와의 의사소통이 절연되어 있음을 단적으로 보여준다. 특히 시에 있어서 그 정도는 매우 심하다고 할 수 있다. 이는 이상이 독자와의 의사소통을 스스로 단절하고 있음을 보여주는 것이다. '秘密이 없다는 것은 財産 없는 것처럼 가난할 뿐만 아니라 더 불쌍하다'[38)는 명제는 이상의 글쓰기를 해석하는 중요한 단서가 되는 명제이다.[39) 이상의 글을 해석한다는 것은 이상 자신이 감추어 둔 '비밀'[40)을 찾아내는 작업이라 할 수 있다.[41) 본고는 「날개」의 시간 구조 분석을 통해 그 서사적 비밀을 탐색해보고자 한다. 「날개」(≪朝光≫, 1936. 9)는 이상의 소설 가운데 가장 많은 주목을 받고 논의가 이루어졌던 작품이다.[42)

　의 잉여성을 통해 정보를 지연시키는 경우를 찾아볼 수 있다.

38)「十九世紀式」,『이상문학전집』3, 문학사상사, 1995, 182쪽.
　「실화」에는 위의 언급에서 한걸음 더 나가 "나는 臨終할 때 遺言까지도 거짓말을 해줄 決心입니다."라고 말하고 있다.

39) 동일한 언급이 소설 「失花」에도 반복되어 나타난다. 「실화」에 대한 구체적인 논의는 절을 달리해서 하겠다.

40) 한 텍스트의 비밀에 대한 논의는 칼리네스쿠에 의해 심도있게 논의되었다. 칼리네스쿠는 텍스트 상의 비밀은 외부인들(비밀을 공유하지 못한자들, 즉 독자)에게 가장 흥미있는 부분이라고 하였다. Matei Calinescu, *Rereading*, New Haven and London;Yale University Press, 1993. p.242.

41) 이재선은 이상 문학의 특징을 그 이전의 우리 문학사에서 어떠한 "친족관계도 찾을 수 없다는 데"서 찾는다. 그것은 이상 문학이 전통의 시학을 파괴하고, 고립되고 분열된 개인(자아)들과 가치의 내면적인 공동을 진술하는 등 일련의 지적 실험을 감행했다는 데서 발견된다.
　이재선, 「이상 문학의 시간 의식」,『한국소설사』, 민음사, 2000, 447쪽.

42) 오늘날 모더니즘 소설의 대표작으로 분류되는 이 소설을 최재서는 리얼리즘이 심화된

다양한 방식으로 연구되었던 「날개」를 시간 구조의 측면에서 검토한 연구 성과도 몇몇 있다.[43]

　우선 「날개」는 서술의 층위를 달리하는 두 이야기가 결합되어 있다. 그 하나는 전체 내용을 암시하는 프롤로그 부분이고 다른 하나는 인물의 행위를 중심으로 전개되는 기본 서사(first narrative)이다. 프롤로그를 제외하면 「날개」의 기본 서사는 아내와 '나'의 관계가 전도된 비정상적인 부부관계의 이야기를 중심으로 전개된다. 이렇게 전도된 관계를 당연시하고 그 생활에 만족하는 '나'는 몇 번의 외출을 통해 새로운 일상을 깨닫고 잊었던 과거에의 회귀[44]를 꿈꾸며 소설은 결말을 맺는다. 일단 프롤로그 부분을

소설로 보았다. 그는 박태원의 「천변풍경」과 이상의 「날개」에 대해 전자를 객관을 객관적으로 그린 소설로, 후자를 주관을 객관으로 그린 소설로 보고 리얼리즘을 확대시키고 심화시킨 작품으로 평가했다.　최재서, 〈리아리즘의 擴大와 深化〉, (≪조선일보≫, 1936.10.31〜11.7.)

43) 이재선, 위의 책, 447〜474쪽.
　　이승훈, 「이상 소설의 시간 분석」-〈날개〉를 중심으로, 『문학과 시간』, 이우출판사, 1983, 327〜366쪽.
　　김형자, 「이상 소설의 문체 분석」, 『韓國近代小說의 文體論的 研究』, 三知社, 1985, 290〜396쪽.
　　정덕준, 「〈날개〉, 李箱의 자유의지」, 『한국현대소설연구』, 서종택/정덕준 엮음, 새문사, 1990, 453〜462쪽.
　　김진석, 『한국 심리소설 연구』, 태학사, 1998.
　　노지승, 「이상 소설의 시간성 연구」, 서울대학교 국어국문학과 석사학위논문, 1998.
　　이　호, 『한국 현대 심리소설의 반복 구조 연구』: 1930년대 심리소설을 중심으로, 서강대학교 국어국문학과 박사학위논문, 1998.
44) 이재선은 이상의 시·소설·수필을 종합적으로 검토하면서 이상이 지녔던 시간 의식을 총체적인 시각을 가지고 접근한다. 그래서 이상이 자아를　폐쇄·분열·소모시키면서 파멸시키려는 일상의 객관적인 시간을 무화시키거나 부정했던 이유를 세 가지로 정리한다. 그 첫째는 "시간을 생의 보편적인 조건으로서 그리고 인간화 사회에 관한 지식의 끊을 수 없는 요인으로서 의식하는 현대 정신의 반영"이라는 것이고, 두 번째는 이상

제외한 기본 서사를 인물의 행위 단락을 중심으로 세분화해서 나누어보면
다음과 같다.

1. '나'는 구조가 흡사 유곽 같은 三十三번지에 산다.
2. '나'는 그곳의 누구와도 '놀지 않고' 아내에게 매달려 산다.
3. '나'의 방과 '아내'의 방이 대비된다.
4. '나'는 아내가 나가고 없는 낮엔 아내의 방에서 유아기의 아이와 같은
   놀이를 한다.
5. '나'는 아내와 내객에 대해 의문을 갖기 시작한다.
6. 아내에게 내객이 있는 날이면 '나'는 쥐 죽은 듯이 있어야하고, 내객이
   가고 나면 아내는 은화를 준다.
7. '나'는 아내가 주고 가는 은화의 쓰임새를 알지 못하고 돈에 대해 연구하
   기 시작한다.
8. '나'는 내객이 아내에게 돈을 놓고 가는 것, 그리고 아내가 자신에게 돈을
   놓고 가는 것에 대한 쾌감을 느끼고 싶어한다.
9. 첫 번째 외출. '나'는 외출을 하고 돈을 쓰고 싶어하지만 그 쓰임새를
   알지 못하고 피로에 지쳐 귀가한다.
10. 집에 돌아왔을 때 내객이 있었고 아내는 매우 화를 낸다.
11. '나'는 두 번째 외출을 하고 돌아와 '5원'을 아내에게 주고 33번지에
    산 이후에 처음으로 아내 방에서 잠을 자게 된다.

자신의 개인사적인 병적 징후에 그 원인이 있다는 것이고, 세 번째는 식민지 시대의 불
건강한 사회적 상황에 있다는 것이다. 이런 이유로 이상의 텍스트에 보이는 특수한 시간
들은 "순환적인 반복 구조나 연대기적이고 직선적인 연속 구조도 아니며 무상이 개념도
공적 객관적인" 개념이 아닌 "주관적이고 사적이며 통일되지 않는 파쇄된 시간"으로 읽
을 수 있다고 지적한다. 논자는 위와 같은 인식 하에 이상의 「날개」에서 보이는 시간
의식은 "유폐와 잃어버린 시간으로의 비상"이라고 정의한다. 이재선, 앞의 책, 449~467
쪽.

12. 세 번째 외출. '나'는 경성 역에서 자정이 지난 것을 확인하고 집으로
    돌아와 2원을 주고 아내의 방에서 또 잠을 잔다.
13. '나'는 다음 날 아내와 식사를 하면서 자신에게 돈이 없다는 사실을
    알고 슬퍼한다.
14. '나'는 네 번째 외출에서 비를 맞고 돌아와 감기에 걸리고 한 달 가량
    아내가 주는 약을 먹고 죽은 듯이 잠에 빠진다.
15. 감기약인 아스피린 대신 아달린을 먹었던 사실을 안 나는 다섯 번째
    외출을 감행하고 산에 올라 아달린을 먹고 깊은 잠에 빠진다.
16. 일주일 후 집으로 돌아온 '나'는 아내에게 몹시 야단을 맞고 다시 외출,
    미쓰고시 옥상에 올라가서 살아 온 스물 여섯 해를 돌아볼 때 정오의
    싸이렌이 울리고 그때 '나'는 '다시 한 번' 날기를 희망한다.

우선 서사시간을 순서를 기준으로 볼 때 프롤로그의 시간은 불분명하다.
이 부분은 무시간성 혹은 초시간성을 지니면서 전체 서사를 지배한다. 따
라서 본고에서는 프롤로그 부분은 기본 서사의 시간에서 제외시켰다. 그러
나 프롤로그 부분은 전체 서사의 내용을 암시하는 중요한 부분으로「날개」
의 전개 과정을 이해하기 위해서는 자세히 살펴볼 필요가 있다. 프롤로그
에서 서술자가 독자에게 전달하는 주관적인 의식의 진술은「날개」전체의
내용을 이해하는 중요한 단서가 된다.

「剝製가 되어버린 天才」를 아시오?
肉身이 흐느적흐느적하도록 疲勞했을 때만 精神이 銀貨처럼 맑소. 니코틴
이 내 蛔ㅅ배 앓는 뱃속으로 스미면 머리속에 으레히 白紙가 準備되는 법이
오. 그 위에다 나는 위트와 파라독스를 바둑 布石처럼 늘어놓소. 可憎할 常識
의 病이오.

굳 빠이. <u>그대는 이따금 그대가 제일 싫어하는 飮食을 貪食하는 아이러니를</u>
<u>實踐해 보는 것도 좋을 것 같소. 위트와 파라독스와 ……</u>.
<u>十九世紀는 될 수 있거든 封鎖하여 버리오 …</u> (318~319쪽)[45]

위에 인용된 부분은 어쩌면 본문 내용과 아무런 관련성이 없어 보이기도
한다.[46] 정보제시에 있어서 소음으로 가득 차 있는 듯한 이 부분은 독자에
게 심한 당혹감을 준다. 독자에게 정신적 이완의 효과를 불러일으키는 것이
다. 그러나 우리는 "위트와 파라독스를 바둑 포석처럼 늘어놓"은 작가적
욕망을 읽어내야 한다. 그것은 보통의 독서로는 해독하기 힘든, 재독
(rereading)을 요구하는 작가적 전략을 읽어내는 것이다.[47]

위의 진술에서 「날개」의 작가적 전략을 어느 정도 엿볼 수 있는데, 그것
은 위트와 패러독스로 일관하는 서술의 전략을 의미하는 것이다. 기본 서
사에서 찾을 수 있는 남편과 아내의 전도된 관계나 유아기적인 자아와 성
년으로서의 자아의 이중적 노출 등은 바로 위트와 패러독스를 늘어놓기
위한 하나의 서사적 장치가 되는 것이다. 스스로를 "위조"해서 제시하는
인물의 전도된 모습이나 분열된 모습은 천재와 박제의 거리만큼의 차이를

---

45) 「날개」, 『이상소설전집』2, 문학사상사, 1991, 318-319쪽. 앞으로 날개의 인용 부분은 이
   책을 기준으로 한다.
46) 최재서는 프롤로그 부분을 두고 「날개」가 지닌 "구성상의 결함"이라고 평가한다.
   최재서,〈 리아리즘의 擴大와 深化 〉, 《조선일보》, 1936.11.7.
47) 독서 행위는 작가와 독자 간의 서사적 게임의 장에서 고두의 지적인 게임을 수행하는
   것이다. 그것은 마치 비밀을 만들고자하는 작가와 비밀을 풀고자 하는 독자의 의식이
   긴장을 유지하며 게임을 하는 것이다. 즉 독자는 텍스트의 의미를 가능케 하는 형식들의
   코드를 찾아내는 것이다. 「날개」의 프롤로그는 독자가 정보를 알아채기 어려운 비유들
   로 기술되면서 '이완'의 효과가 극대화된 경우라 할 수 있다.

드러내기 위한 하나의 수단이 되는 것이다. 또한 19세기와 20세기에 대한 인식을 비교하는 것도 정신적 불구의식을 극단화시켜서 드러낸 것이라 볼 수 있다. 스스로를 "가증할 상식의 병"을 지닌 자로 치부하는 이상은 19세기와 20세기의 의식에 양다리를 걸치고 있는 불구의 의식을 드러낸다. 이러한 이상의 의식은 기본 서사에 그대로 반영된다. 20세기에 살면서, 아니 20세기를 추구하면서 19세기의 사고에 매여있는 이상의 의식은 그의 어느 쪽에도 속하지 못한 정신적 불구의 모습을 보여주는 것이다.[48]

그러면 기본 서사의 내용을 중심으로 서사시간을 정리해보자. 우선 1~8까지의 내용은 이야기 시간을 정확히 알 수 없다. 단지 첫 번째 외출을 하기 전의 과거 일들이라는 것만 알 수 있을 뿐이다. 특히 1~4까지 내용의 순서를 정한다는 것은 불가능할뿐더러 그리 중요한 문제는 아니다. 즉 1~8까지의 내용은 1인칭 주인공 서술자 '나'의 주변 환경에 대한 서술이기 때문에, 위의 순서가 뒤바뀐다고 해서 전체 서사 내용이 달라지지 않기 때문이다.[49] 그러나 1~8까지의 부분에서 서사시간의 측면에서 주목할 수 있는 부분도 있다. 그것은 반복되는 서술의 모습에서 '나'의 생활을 전면적으로 제시한다는 점이다. 즉 '나'는 창부인 아내에게 기생해서 살고 있으며 그 속에서 유아기적인 삶을 반복하고 있다는 '나'에 대한 기본적인 정보를

---

48) 이러한 의식의 불구성은 「실화」에도 그대로 드러난다.
　　"二十世紀를 生活하는데 十九世紀의 道德性밖에는 없으니 永遠한 절름발이로다. 슬퍼야지-만일 슬프지 않는다면- 나는 억지로라도 슬퍼해야지-슬픈 포우즈라도 해 보여야지… 나는 形骸다. 나라는 正體는 누가 잉크 짓는 약으로 지워버렸다. 나는 오직 내 痕迹일 뿐이다." 「실화」, 『이상문학전집』2, 문학사상사, 1996, 369쪽.
49) 물론 1~8까지의 부분에서 시간 역전이 발생하는 것을 발견할 수도 있고, 그것들을 이야기의 시간에 맞게 정리할 수 있는 부분도 있지만 그러한 순서의 재배치가 내용 전개의 변화에 큰 의미를 지니지 못한다는 것이다.

사실을 독자에게 알리는 것이다. 독자는 이러한 정보를 통해 과거로부터 이야기를 하는 지금까지의 '나'의 모습을 일목요연하게 정리할 수 있는 것이다.

> … 나는 밤이나 낮이나 잠만 자느라고 그런 것은 알 길이 없다. 三十三번지 十팔 가구의 낮은 참 조용하다.
> 조용한 것은 낮뿐이다. 어둑어둑하면 그들은 이부자리를 걷어 들인다. 전등불이 켜진 뒤의 十八가구는 낮보다 훨씬 화려하다. 저무도록 미닫이 여닫는 소리가 잦다. 바빠진다. 여러 가지 내음새가 나기 시작한다. …중략…
> 그러나 이런 것들보다도 그들의 문패가 제일로 고개를 끄덕이게 하는 것이다. 이 十八가구를 대표하는 대문이라는 것이 일각이 져서 외따로 떨어지기는 했으나 있다. 그러나 그것은 한 번도 닫힌 일이 없는 한 길이나 마찬가지 대문인 것이다. …중략…
> 나는 그러나 그들의 아무와도 놀지 않는다. 놀지 않을 뿐만 아니라 인사도 않는다. 나는 애 아내와 인사하는 외에 누구와도 인사하고 싶지 않았다. …중략…
> …나는 내가 행복되다고도 생각할 필요가 없었고 그렇다고 불행하다가도 생각할 필요가 없었다. 그냥 그날그날을 그저 까닭없이 편둥편둥 게을르고만 있으면 그만이었던 것이다. (319~321쪽)

위의 인용 내용에서 중요한 것은 시간적 순서가 아니라 반복되는 일상의 단면으로, 밑줄 친 부분은 습관적으로 지속되는 삶의 양상을 보여주고 있다. 즉 "낮이나 밤이나 잠만"자는 모습이나 매일 밤 분주히 돌아가는 '三十三'번지의 풍경을 묘사하는 것, 그리고 그 속에서 아무 일도 하지 않고 자신만의 세계에 갇혀있는 '나'의 모습이 잘 드러난다. 여기까지의 내용은 기본 서사의 배경을 설명하는 것으로 주인공 서술자 '나'의 변화 과정에 초점을 둔다면 서사시간의 순서는 어떠하든 관계가 없다는 것이다. 이승훈은 이 부분에서 「날개」의 사건은 시간적 방향이 없는 '순간'의 구조로 드러난다고 했다.50) 따라서 「날개」는 계기적 흐름이 없다51)고 했는데, 1~8의 부분까지만 보면 그렇다. 그러나 필자가 보기엔 「날개」의 중심적인 내용은 주인공 '나'가 외출을 시작하면서 본격화된다고 생각한다.52)

위의 이야기 단락 9에서 16까지의 내용은 자의 반, 타의 반으로 외출을 감행하는 '나'의 모습이 나온다. 텍스트에는 총 다섯 번의 외출이 나오는데 그 외출의 횟수에 비례해서 변해가는 '나'의 모습을 읽을 수 있다. 1~8까

---

50) 이승훈은 「날개」의 시간 구조를 순간의 시간 구조로 정의하고 이러한 시간 구조는 수평적 시간 구조를 부정하고 수직적 혹은 순환적 시간을 지향한다고 하였다. 또한 그는 수평적 시간을 거부하는 정신적 배경을 두 가지로 해석하는데 첫 번째는 세기말적 개념으로 과거로의 회귀를 꿈꾸는 인식에서 나왔다고 보는 것이고, 두 번째는 20세기적 불신에서 나온 것으로 과거에의 집착을 극복하자는 인식에서 나왔다는 것이다. 그러나 논자는 「날개」의 시간 구조를 "세기말적인 개념과 20세기적인 개념의 어중간한 지대에 서 있다"고 말한다. 그것은 「날개」의 주인공이 과거에의 집착도 보이지 않고, 그렇다고 구체적인 비젼도 보이고 있지 않기 때문이라고 언급한다. 그리고 논자는 "순간"의 시간 구조에 대한 설명을 세 가지로 정리한다. 즉 「날개」가 구현하는 순간은 오직 초월의 의미로만 나타난다는 것이고, 이러한 새로운 시간의 획득은 사물과 상상력의 마술적 결합에 의해 가능할 뿐이며, 따라서 「날개」의 시간 구조는 황홀과 공포와 전락이 겹치는 다층적인 순간의 구조가 된다는 것이다. 그러나 「날개」가 실존적 시간의 참된 의미를 보여주기는 하지만 그 실존적 시간이 실존적 시간에만 머물러 있어, 인간 조건의 극복이나 승화의 문제가 보이지 않는다는 단점을 지닌다고 지적한다. 이승훈, 〈이상소설의 시간 분석 (1)〉, 『문학과 시간』, 이우출판사, 1983, 339~345쪽.

51) 이호 또한 이상이 인간의 시간 의식을 통시적인 차원이 아닌 "공시성의 차원"에서 "시간의 구분을 뛰어넘은 다양한 내적 욕구들의 공존과 그것들 간의 긴장관계에서 빚어지는 자아의 심리적 분열상을 압축적으로 제시"했다고 주장했다. 이 호, 앞의 논문, 75쪽.

52) 본고에서 「날개」를 전진적 시간 구조에 포함시킨 것도 이런 이유 때문이다.

지의 전개가 시간적으로 무시간적이라면, 9~16까지의 전개에서는 시간의 순서적인 흐름을 읽을 수 있다. '얼결에' 이루어진 첫 번째 외출에서 자의식의 성장을 보여주는 다섯 번째 외출까지의 과정은 점진적이면서도 발전적인 특징을 잘 드러내고 있다.

「날개」는 프롤로그 부분과 본 내용 부분의 서술의 초점이 다르다고 전술한 바 있다. 프롤로그와 기본 서사의 서술 층위가 다름은 쉽게 구분할 수 있다. 그러나 기본 서사 내에서도 같은 서술자에 의해 서술되지만 그 차이를 보이는 부분이 발견된다. 즉 유아적인 자아와 성년의 자아로 분리되는 부분이다. 같은 문단 내에서도 둘로 분열된 자아는 각기 다른 서술의 양상을 보이며 등장한다. 이러한 모습을 보이는 이유는 프롤로그에서 밝힌 '자아의 위조'와 관련지어서 생각해볼 수 있다. 프롤로그의 서술자와 비슷한 정도의 지적 능력을 지닌 서술자와 유아적인 지적 능력만을 지닌 것처럼 위조된 서술자 둘로 나뉘는 것이다.[53] 이런 측면에서 「날개」의 전개를 생각해본다면 「날개」는 위조된 자아가 본질적인 자아를 찾아가는 과정을 그린 소설이라고 읽을 수도 있을 것이다. 위조된 서술자가 본래의 서술자로 돌아가는 첫 과정이 바로 외출인 것이다. 그것은 갇힌 공간에서 열린 공간으로 나아가는 행위이며, 이러한 행위 속에 담겨진 정신적 의미는 탈출과 해방을 의미한다고 할 수 있다.[54]

---

53) 이호는 프롤로그의 초점자와 본 이야기의 초점자를 완전히 다른 것으로 보아서는 안된다는 주장을 하면서 담화적 차원에서 세밀히 검토한다. 이 호, 앞의 논문, 59~75쪽.

54) 외출의 전과정과 그에 따른 변화상에 대한 논의는 몇몇 연구자들에 의해 지적되어 왔다. 이승훈은 「날개」의 주인공이 외출과 귀가를 반복하며 제시하는 것은 텍스트 전반에 내재한 대립상을 보여주는 것으로 인식한다. 그는 「날개」에 내재한 무수한 대립 구조는 의미상으로 공포와 황홀의 대립으로 치환될 수 있다고 지적하고, 이러한 대립적 요소의

그러면 다섯 번의 외출과 4번의 귀가가 되풀이되면서 '나' 의식의 변화
가 어떻게 이루어지는지 살펴보겠다. 다섯 번의 외출은 대략 40여 일에
걸쳐 이루어진다. 그 중 첫 번째에서 세 번째까지의 외출은 3일 동안에
이루어지지만 네 번째 외출을 하기까지는 한 달의 시간이 걸린다. 첫 번째
의 외출은 "쾌감의 유무를 체험하고 싶"어 아내가 외출한 틈을 타서 감행
된다. '나'는 내객이 아내에게 돈을 놓고 가는 쾌감과 아내가 자신에게 돈
을 주는 쾌감의 의미를 외출을 통해 체험하고 싶어했던 것이다. 그러나 첫
번째 외출에서 '나'는 돈을 쓰지도, 아무런 쾌감도 느끼지 못한 채 피곤에
지쳐 돌아온다. 집에 돌아와 아내의 방에 내객이 있음을 보고 외출한 것을
후회하며 이불을 뒤집어쓰고 눕는다. 아내는 내객을 보내고 노기 띤 얼굴
로 '나'를 나무란다. 첫 번째 외출을 하기 전에 암묵적으로 설정된 '자정'
전에 들어오면 안 된다는 금기를 깨뜨렸기 때문이다. '나'는 아내에게 '사
죄할' 방도를 찾다가 거의 무의식적으로 5원을 아내에게 건네주고 잠에
빠진다. 다음 날 '나'는 아내와 같이 산 이후 처음으로 아내의 방에서 잠을
깬다. 아내의 방에서 한나절을 보내다가 아내에게 돈을 쥐어 주었던 전날
의 "쾌감"을 떠올린다. 이것이 '나' 첫 번째 외출 후에 얻었던 새로운 깨달
음이었던 것이다.

반복은 단순한 반복이 아닌 발전적 반복이라고 언급했다. 이승훈, 앞의 책, 356~359쪽.
한편 이호는 「날개」의 외출 과정은 서술자의 "자기기만과 위조의 논리"에 기반을 둔
서사적 장치로 이해한다. 텍스트 문면에 드러난 논리로 보면 '나'는 아내의 직업에 대한
호기심과 무지에서 외출을 감행한 것처럼 보이지만 실지로는 아내의 직업을 알면서도
모르는 체 하는 것, 즉 자신을 속이는 과정이 고통스러워 되도록 회피하고 싶은 방어기
제로 작용한 것이 외출이었다는 것이다. 이호, 앞의 논문, 98~101쪽.

정신이 한결 난다. 나는 지난밤 일을 생각해 보았다. 그 돈 五원을 아내 손에 쥐어주고 넘어졌을 때에 느낄 수 있었던 쾌감을 나는 무엇이라고 설명할 수가 없었다. 그러나 내객들이 내 아내에게 돈 놓고 가는 심리며 내 아내가 내게 돈 놓고 가는 심리의 비밀을 나는 알아내인 것 같아서 여간 즐거운 것이 아니다. 나는 속으로 빙그레 웃어 보았다. 이런 것을 모르고 오늘까지 지내 온 내 자시니 어떻게 우스꽝스러워 보이는지 몰랐다. 나는 어깨춤이 났다.
따라서 나는 또 오늘밤에도 외출하고 싶었다. (333쪽)

첫 번째로 아내와 내객의 비밀, 돈과 쾌감의 상관관계에 대한 비밀을 안 '나'는 새로운 쾌감을 위해 두 번째 외출을 감행한다. 두 번째 외출에서는 경성역의 시계가 자정을 넘은 것을 확인하고 집으로 돌아온다. 이는 첫 번째 외출에서는 잊고 있었던 자신에게 주어진 금기의 시간을 확인하는 과정이라 할 수 있다. 여기에서 '나'의 의식이 약간 변해있음을 볼 수 있다. 즉 쾌감을 한 번 맛본 후의 '나'는 자신에게 주어진 여건 하에서 새로운 쾌감을 의식적으로 준비하는 것이다. 주머니에는 2원의 돈이 있고, 자정의 시간을 넘겨 집에 들어가면 내객이 없는 터라 아내와의 쾌감을 또 한 번 느낄 수 있을 것이라는 기대감이 '나'를 의식적인 자아로 만든 것이다. 두 번째 외출 후 '나'는 계획한대로 아내의 환심을 얻고 아내의 방에서 잠을 잔다. 그런데 아내의 방에서 두 번째 잠을 자고 난 느낌은 첫 번째와 사뭇 다르다. 나는 첫 번째 자고 난 후에는 자신이 왜 아내의 방에 있게 되었는지 혼란스러운 가운데 어렴풋한 쾌감의 기억을 더듬지만, 두 번째 잠을 자고 난 후에는 "세상의 무엇과도 바꾸고 싶지 않"은 기쁨을 느낀다. 그날 서녁에는 아내의 방에 가서 밥도 먹게 된다. 이틀동안 굶었다는 사실조차 잊은 채로 쾌감의 미에 젖었던 나는 아내의 돌변한 태도에 당황하며 세 번째 외출을 준비한다.

세 번째 외출을 준비하면서 '나'는 돈이 없음을 알고 뒹굴거리다가[55] 아내에게 지폐를 얻어 기쁜 마음으로 외출을 한다. '나'는 경성역 대합실의 다방에 앉아 새로운 기쁨을 느낀다.[56] 그 기쁨은 그곳에는 자신을 알아볼 이가 없다는 것과 시계가 정확하리라는 확신에서 오는 것이었다. 즉 '나'는 아직 사회화의 준비가 덜 된 상태로 아내가 정한 금기의 시간만을 중요한 의미로 생각하는 것이다. '나'는 33번지 집에서도 아내 이외의 "아무와도 놀지 않았"으며 인간사회의 생활을 "스스롭고" "서먹서먹"하게 생각하던 차였기 때문이다. '나'는 다방에서 나와 자정은 되지 않았지만 비가 오는 관계로 내객이 없을 것이라는 판단을 하고 집으로 돌아온다. 그러나 내객 은 있었고 "아내가 좀 덜 좋아할" 광경을 목격한다. 그러나 '나'는 첫 번째 외출과는 달리 아내 방을 가로질러 자신의 방으로 가서 의식을 잃는다. 첫 번째 외출 후에 내객이 있어 아내의 눈치를 보던 것과는 큰 차이를 보이는 것이다. 세 번째 외출 후에 귀가할 때 '나'는 어느 정도 자신의 행동에 당당 해져 있음을 볼 수 있다. 비가 와서 내객이 없을 것이라는 생각과 아내가 일찍 돌아온 것을 인정할 것이라는 판단은 사실 '나'의 주관적인 생각으로

---

55) 경제적 관념이 없는 나는 두 번째 외출 후에도 이점에 대해서는 새로운 자각을 얻지 못 한다.

"하늘에서 얼마라도 좋으니 왜 지폐가 소낙비처럼 퍼붓지 않나, 그것이 그저 한없이 야 속하고 슬펐다. 나는 이렇게 밖에 돈을 구하는 아무런 방법도 알지는 못했다. 나는 이불 속에서 좀 울었나보다. 돈이 왜 없냐면서……." (336쪽)

56) '경성역'이나 다방에서의 경험은 '나'로 하여금 축축하고 볕 안드는 골방에서의 경험을 새롭게 환기시키는 역할을 한다. 그러나 도시의 근대적 일상에 '나'는 적응할 수 없었고 거기에서 소외될 수밖에 없었던 의식이 이상으로 하여금 새로운 비상을 꿈꾸게 하였는 지 모른다.

그만큼 의식이 발전했다는 것을 암시한다. 세 번째 외출 후에 '나'는 감기에 걸리고 아내가 주는 약을 먹고 근 한달 간을 외출을 못한다. 그러던 중 우연히 아내의 방에서 발견한 수면제 '아달린' 병을 보고 자신이 먹었던 약이 아스피린이 아니었음을 알게 된다. 이후 충격을 받은 나는 아달린 병을 가지고 네 번째 외출을 한다. 네 번째 외출은 앞의 외출들과 다른 목적에서 감행된다.

> 별안간 아뜩하더니 하마터라면 나는 까무러칠 뻔하였다. 나는 그 아달린을 주머니에 넣고 집을 나섰다. 그리고 산을 찾아 올라갔다. 인간 세상에 아무것도 보기가 싫었던 것이다. 나는 아무쪼록 아내에 관계되는 일은 일제 생각하지 않도록 노력하였다. 길에서 까무러치기 쉬우니까다. 나는 어디라도 양지가 바른 자리를 하나 골라서 자리를 잡아 가지고 서서히 아내에 관하여서 연구할 작정이었다. 나는 길가에 돌창, 핀, 구경도 못한 진개나리꽃, 종달새, 돌멩이도 새끼를 까는 이야기, 이런 것만 생각하였다. 다행히 길가에서 나는 졸도하지 않았다.
>
> 거기는 벤치가 있었다. 나는 거기 정좌하고 그리고 그 아스피린과 아달린에 관하여 연구하였다. 그러나 머리가 도무지 혼란하여 생각이 체계를 이루지 않는다. 단 오분이 못 가서 나는 그만 귀찮은 생각이 버쩍 들면서 심술이 났다. **나는 주머니에서 가지고 온 아달린을 꺼내 남은 여섯 개를 한꺼번에 질겅질겅 씹어먹어 버렸다. 맛이 익살맞다. 그리고 나는 그 벤치 위에 가로 기다랗게 누웠다. 무슨 생각으로 내가 그따위 짓을 했나? 알 수가 없다. 그저 그러고 싶었다.** (340쪽)

'나'는 아내에 대한 배신감과 세상에 대한 배신감을 느끼고 자살을 꿈꾸었던 것이다. 외출을 통해 절연되어 있었던 세상과의 화해의 쾌감을 추구해가던 '나'는 한 순간에 모든 것을 포기하는 것이다. 아달린 여섯 알을 "질겅질겅" 씹는 모습이나, 그 맛을 "익살맞다"고 생각하는 데서 세상에 대한 조소와 아내에 야유를 느낄 수 있다. 그곳에서 일주일 동안을 잠을 잔 '나'는 저녁 여덟시 경 아내에게 사과할 말을 생각하며 집으로 돌아온다. 그러나 '나'는 "절대로 보아서는 안 될 것"을 보게 되고 아내에게 심하게 구타를 당한다. 다음 날 아내는 내객이 가고 난 후 '나'의 외박을 의심하고, '나'는 '나'대로 억울함을 속으로 호소한다. 그러나 한마디 하소연도 못하고 주머니에 있던 돈을 주고 다섯 번째 외출을 한다. 거리로 나온 '나'는 지나온 스물 여섯 해를 돌아보고 아내와 자신과의 관계를 새롭게 생각하게 된다. 아내에게 돌아갈 것인지 아니면 자신의 새로운 길을 갈 것인지, 자신의 갈 길을 정하지 못하던 '나'는 정오의 사이렌이 울리는 소리를 듣고 "미쓰고시" 백화점 옥상에서 날개가 돋아 '날기'를 기원한다. 결말에서 보이는 '나'의 이러한 기원은 세상과의 화해를 의미한다. 아내와의 관계를 "숙명적으로 발이 맞지 않았던" 관계로 인정하고 기기에 여타의 변명이나 논리도 붙이지 않겠다는 고백에서 그것을 읽을 수 있다. 그러면서 잊고 살았던 "희망과 야심"으로 빛났던 과거의 날개를 꿈꾸는 것은 갇혀있었던 의식의 해방을 추구하는 것이라 할 수 있다.

이제까지 본 것처럼 「날개」의 기본 서사는 다섯 번의 외출을 통해 새로운 자아를 발견하는 '나'에 초점이 맞추어져 있다고 할 수 있다. 그렇다고 했을 때 프롤로그 부분과 외출하기 전까지의 과정은 이후에 전개될 '나'의 변화 과정을 설명하기 위한 배경이 된다고 할 수 있다.

서사시간의 측면에서 「날개」의 정보제시 과정은 독자의 입장에서 볼 때 혼란스러운 비밀로 가득 찬, 텍스트로 볼 수 있다. 특히 프롤로그의 부분은 매우 복잡한 과정을 거쳐야 해석될 수 있다. 서술의 측면에서도 다양하게 분리되어 등장하는 서술자를 발견할 수 있다. 이 또한 정보가 다양한 방식으로 제시되고 있음을 의미한다. 이렇게 볼 때 「날개」는 이완의 효과를 불러일으키는 텍스트임에 틀림없다. 그러나 기본 서사의 전개 과정은 긴장의 효과를 보이고 있다고 할 수 있다. 주인공 '나'가 다섯 번의 외출을 통해 새로운 자의식을 확립해 가는 과정은 매우 유기적이고 정돈된 형태로 전개된다. 특히 서술자이자 주인공인 '나'가 다섯 번의 외출과 귀가의 경험을 통해 점진적으로 자신을 발견하는 모습은 「날개」가 혼란스러운 비밀로만 가득 찬 소설이 아님을 말해준다. 따라서 본고에서는 「날개」를 긴장과 이완의 효과가 동시에 나타나는 텍스트로 읽는다.[57]

1. 4. 소 결 : 이야기하기 전통의 고수와 위반을 통한 점진적 세계 인식

지금까지 전진적 시간 구조에서의 긴장과 이완의 효과가 어떻게 드러나는지를 보았다. 전진적 시간 구조는 '이야기하기(telling story)' 전통의 기본적인 속성을 가진 구조로 대부분의 고전소설 및 많은 현대소설이 이 구조를 지니고 있다. 본고에서 긴장과 이완의 효과를 나눌 때 설정한 기본적 생각은 정보 전달 방식이었다.

---

57) 전진적 시간 구조에서 긴장-이완의 효과를 보이는 경우의 예는 그리 많지 않다. 그러나 「날개」와 비슷한 구조를 지닌 소설로 고전소설 「구운몽」을 예로 들 수 있다. 즉 꿈과 현실로 양분되는 사건 전개와 꿈속의 환상이 이야기 현재의 상황을 암시적으로 제시하는 부분 등이 긴장과 이완의 효과를 변증법적으로 드러내고 있다고 볼 수 있다.

전진적 시간 구조에서 긴장의 효과를 보일 때는 점진적으로 정보가 제시될 때 발생한다. 그것은 정보의 일관성 및 통합적 효과가 동시에 드러나는 것으로 정보가 점차적으로 제시됨에 따라 독자는 스토리 진행과정을 그대로 따라가면서도 텍스트 구조를 전체적으로 이해할 수 있다. 본고에서 분석 대상으로 삼은 작품은 염상섭의 「만세전」과 김동인의 「감자」였다. 「만세전」은 주초점자 인화가 시·공간적 이동을 하면서 인식의 확장을 보이는 소설로, 서두부터 결말까지 사건이 점진적으로 제시되면서 주인공의 인식의 확대도 단계적 과정을 보이게 된다. 「감자」는 주 초점자 복녀의 일생이 서사시간의 급격한 전개를 통해 제시되는데, 이 소설 또한 사건이 점진적으로 제시되면서 결말에 이를수록 통합적인 질서를 추구하는 모습을 보이고 있다. 즉 두 작품 다 계기적이고 인과적인 흐름을 중시하며 전개되는 것이다. 발화 관점의 측면에서 볼 때 단일 초점자에 의한 서술이 주를 이룬다.

이완의 효과는 정보 제시 방식이 복잡한 형태를 지닐 때 발생한다. 즉 일관성 및 계기성은 긴장의 효과가 발생할 때 보다 훨씬 떨어진다. 텍스트가 진행되면서 기본 서사의 정보는 계속적으로 지연되고 있고, 정보의 잉여성이 넘쳐남에 따라 불협화음이 가득 찬 모습을 보이게 된다. 본고에서는 이광수의 『무정』을 분석했는데, 정보의 제시 방식이 매우 혼란스럽게 전개되고 있었다. 즉 정보의 과잉으로 기본 서사에서 벗어난 삽입된 이야기가 빈번하게 등장하며, 발화 관점도 다양한 초점을 따라가다 보니 사건 전개가 매우 느슨하고 산만한 모습을 보이게 된다. 독자는 정보의 해석과정에서 불필요한 '소음'들을 정리하면서 텍스트를 해석해야하므로 그 정신적 이완의 과정이 자연스레 발생한다고 할 수 있다. 전진적 시간구조에서 이완의 효과가 발생할 때 발화 관점은 대개 전지적인 서술자의 통제에 의해 제시된다.

전진적 시간 구조에서 '긴장-이완'의 효과가 동시에 발생할 때는 보다 복잡한 구조적 양상을 띤다. 이 구조는 말 그대로 혼란스러움과 일관성이 동시에 존재하는 구조로, 서로 이질적으로 보이는 두 이야기가 복잡한 과정으로 얽혀 제시될 때 발생한다. 본고에서는 이상의 「날개」를 대상 텍스트로 분석했는데, 「날개」는 이중의 시간과 이중의 서술자를 지니고 있는 독특한 소설이다. 「날개」의 기본 서사는 초점자가 다섯 번의 외출을 통해 자신을 확인하게 되는 과정이 점진적으로 제시되면서 발전적인 모습을 보임에 따라 전진적 시간 구조에 속하는 작품으로 보았다. 그런데 「날개」는 기본 서사와 그에 대한 비유적 설명으로 가득 찬 '프롤로그' 부분이 각기 다른 모습의 서술 양상을 보임에 따라 두 가지 효과가 발생한다고 본 것이다. '프롤로그' 부분은 전체 내용을 암시하는 비유적인 서술로 가득참에 따라 정보의 암시성, 상징성이 매우 강한 부분이다. 따라서 독자가 정보를 해석하는 데는 몇 번의 재독이 필요한 부분이다. 그러나 기본 서사의 내용은 '신빙성 없는 서술자'의 서술로 진행되지만, 인물의 의식이 점진적인 과정을 통해 발전적인 모습을 보인다는 측면에서 독자는 텍스트가 화음을 지향하며 전개되는 모습을 볼 수 있다. 따라서 「날개」는 이완→긴장의 진행 과정을 보이고, 불협화음으로 시작해서 화음의 구조를 이루며 마무리되는 특징을 드러내고 있다.

2. 역진적 시간 구조와 현실 세계의 복원

역진적인 시간(retrospective time) 구조는 말 그대로 이야기 현재의 시간을 중심으로 과거의 시간들을 탐색하는 구조이다. 이 시간 구조에서 사건의 전개 과정이나 그 중요성은 전진적 시간 구조와는 반대로 '과거←현재←(미래)'의 진행 방식을 보이게 된다. 따라서 사건의 중요성이나 그 무게 중심은 이야기된 시간인 과거에 있다고 할 수 있다. 역진적인 시간 구조를 보이는 소설은 대개 1인칭 소설이 많은데 그 이유는 1인칭 주인공이 자신의 동일성을 찾으려는 노력에서 비롯되는 과거 탐색이 이러한 시간 구조를 보이고 있기 때문이다. 이럴 경우 그 형식적인 측면에서 서술하는 자아와 서술되는 자아(경험 자아)의 분리가 필연적으로 일어나는데, 이는 1인칭 서술자가 자기 자신을 객관적으로 조망하며 서술할 수 있는 이점을 지닐 수 있다.

3인칭으로 된 보고 형식의 소설이나, 1, 3인칭 시점이 섞인 액자 소설 구조에서도 역진적 시간 구조를 찾아볼 수 있다. 3인칭으로 된 경우는 전지적인 입장에서 인물을 매우 객관적으로 바라보며 서술할 수 있는 특권을 가진 서술자가 존재한다.

역진적인 시간 전개는 한 인물의 기억, 회상, 연상 등의 행위를 통해서 이루어진다. 역진적 시간 구조에서 탐색되는 과거는 현재에 미치는 영향을 고려해서 취합된다. 즉 과거의 사건들은 한 인물, 혹은 여러 사람들이 체험한 사건들이 현재 속에 연장되는 것이다. 따라서 회상이나 기억을 통해서 드러나는 과거 이야기는 현재의 영향권에 들어온 것이며, 이러한 이야기들은 과거의 시간에서 현재의 시간으로 자리이동을 한 것이라 할 수 있다. 이런 의미에서 역진적 시간 구조는 현실 세계를 해석하고 이해하려는 한 방식으로 볼 수 있는 것이다. 이는 서술적 동기화의 문제로도 이해될 수 있다.

로테(Lothe)는 쥬네뜨가 역진적인 시간 구조를 근본적으로 역설적이라고 언급한 것과, 캐테 함부르거(Käte Hamburger)가 이러한 역설적 구조가 서사 텍스트를 허구적으로 만드는 데 큰 영향을 미친다는 언급을 통해 역진적인 시간 구조가 허구적 산문을 가장 잘 드러낼 수 있다고 보았다.58) 또한 램메르트(Eberhard Lämmert)는 시간 역전의 양상을 셋으로 나누어 설명한다. '구성적 역전(aufbauende Rückwendung)', '해결적 역전(auflösende Rückwendung)', '삽입적 역전(eingeschobene Rückwendung)'이 그것이다. '구성적 역전'은 소설의 서두 부분에 위치하여 사건의 인과 관계나 필요한 예비 지식을 독자에게 제공하는 역전 구조이고, '해결적 역전'은 작품의 마지막에 위치하여 그때가지 진행되어온 전체 사건의 이면을 설명해 주는 구조이고, '삽입적 역전'은 가장 많은 형태의 역전으로 말 그대로 서사적 현재의 시간 중간에 필요에 따라 삽입되는 역전을 말한다.59)

본고에서 역진적 시간 구조를 다룰 때는 '구성적 역전'과 '해결적 역전'

---

58) 쥬네뜨가 역진적인 서술을 역설적이라고 말한 것은 한편으로는 그것이 말하는 이야기와 관련되어 있고, 다른 한편으로는 그것이 시간의 경과가 드러나지 않는 '비시간적인 요소'를 동시에 포함하고 있기 때문이다. 이에 캐테 함부르거는 모든 발화가 비논리적인 구주일 수 있음을 지적하면서(우리가 큰 무리없이 반아들일 수 있는 문장이 예로 "Morgen war Weihnachten"- Tomorrow was Christmas eve를 들면서) 역진적인 서술이 지닌 역설이 서사를 허구적이게 한다고 언급한다. Jacob Lothe, *Narrative in Fiction and Film,* Oxford University Press, 2000. p.53.
59) 김천혜, 『소설구조의 이론』, 문학과지성사, 1995, 47~52쪽 참조.

을 다룰 것이다. '삽입적 역전'은 현대 소설의 대부분에 나오는 것으로 서사적 현재의 시간과의 관계 속에서 다양한 시간 구조 속에 편입될 것이다.

램메르트의 구분과는 다르지만 쥬네뜨도 시간의 역전 현상을 셋으로 구분한다. 그는 '외적 회상(external analepsis)', '내적 회상(internal analepsis)', '혼합적 회상(mixed analepsis)'로 회상의 시간을 나누는데, '외적 회상'은 역전된 과거의 사건이 기본 서사의 범위를 벗어난 회상을 말하고, '내적 회상'은 기본 서사의 범위 내에 있는 회상이며, '혼합적 회상'은 역전의 내용이 되는 사건이 시간적으로 기본 서사의 범위를 벗어난 것에서 시작해서 기본 서사 내에까지 이어지는 회상을 지칭한다. 세 회상 중에서 가장 많은 양을 차지하는 것은 '혼합적 회상'이다.[60]

역진적 시간 구조를 만드는 기억이나 회상 혹은 연상, 상상의 행위의 구조를 살펴보는 것은 매우 중요하다. 한 인물의 의식에 담긴 과거 사건들은 그 중요성에 따라 나열될 수 있는데, 소설에서 그것이 유기적인 질서를 이루면서 점진적으로 드러날 수도 있고, 무질서하게 드러날 수도 있다. 전자의 경우가 긴장의 효과를 낳는 경우이고 후자의 경우가 이완의 효과를 낳는 경우이다.

본고에서는 역진적 시간 구조에서 긴장의 효과를 드러내는 텍스트로 김유정의 「봄·봄」과 염상섭의 「除夜」를 분석한다. 이완의 효과의 경우는

---

60) 쥬네뜨는 회상뿐만 아니라 예상(prolepsis)에서도 위와 같은 구분을 한다. 한편 '내적 회상'도 둘로 나누어 설명하는데, 기본 서사의 내용과 다른 스토리 노선을 다루는 '내적 회상'을 '이종 이야기 구조(heterodiegetic)'로 기본 서사와 동일한 행동 노선을 취하는 '내적 회상'을 '내적 동일 차원 서술(internal homodiegetic)'로 설명한다. 이러한 구분이 어떤 효과를 드러내는지는 앞 절에서 『무정』을 분석할 때 논의했다. G. Genette, 『서사담론』, 교보문고, 1992, 38~40쪽 참조.

김동리의 「까치소리」를, 긴장-이완의 효과를 드러내는 텍스트로는 김동인의 「광염소나타」를 그 분석 대상으로 삼았다.

2.1 긴장 효과 : 회상의 수렴적 통합과 화음의 유지

역진적 시간 구조에서 긴장 효과는 이야기되는 과거의 사건이 점차로 수렴되면서 현재의 상태를 밝히는 데서 발생한다. 역진적 시간 구조를 가지는 작품들은 과거를 회상하거나 기억하기 위한 어떤 현재적 동기가 필요하다. 이러한 서술적 동기[61]에 의해 과거의 사건은 회상될 수밖에 없는데 그러한 과거 사건의 정보가 녹자에게 제공되는 과정이 점진적이고 수렴적일수록 긴장의 효과가 발생한다. 즉 과거의 사건이 시간의 흐름에 따라 점진적으로 제시되고 결말에 이르면서 수렴되는 모습을 보임으로써 독자들은 서사의 일관성과 통일성을 발견하게 되는 것이다.[62]

김유정의 「봄 · 봄」(《朝光》 1935.12.)은 역진적인 시간 구조이면서 긴

---

[61] 회고의 시간, 기억의 시간에 포착된 과거의 사건들은 대해 현재의 어떤 일을 밝히기 위한 동기에서 떠오르는 것이다. 즉 회고하는 사람 혹은 기억하는 사람의 계획대로 과거의 사건을 조합하는 것이다. 쥬네뜨는 사건이 일어난 순서 대로의 배열이 아닌 기억하는 사람의 뜻대로 배열하는 이러한 행위 속에는 시간에 대한 단순한 착오와 좀더 복잡한 착오(유추 반복)의 두 차원에서 서술을 종적인 흐름으로부터 해방시키는 수단이라고 언급한다. G. Genette, 앞의 책, 143쪽.

[62] 본고에서는 김유정의 「봄 · 봄」과 염상섭의 「除夜」를 분석 대상으로 삼았는데, 비슷한 구조를 가진 작품들로 최서해의 「탈출기」, 김동인의 「목숨」, 이효석의 「石榴」, 선우휘의 「불꽃」 등 여러 작품들이 있다. 이 작품들은 과거 회상의 부분들이 현재의 상황을 설명하기 위해 점진적으로 전개되며 수렴되는 구조를 지니고 있는데, 역진적 시간 구조에서 긴장의 효과를 보이는 이러한 작품들이 많은 양을 차지하는 것은, 이 구조가 역진적 시간 구조에서 가장 기본적인 형태이기 때문일 것이다.

장의 효과를 잘 드러내고 있는 소설이다. 우선 논의 전개의 편의상 인물의
행위단락을 기준으로 나누어보면 다음과 같다.

1. '나'는 삼 년 일곱 달 동안 점순이의 키가 자라면 혼인을 시켜주겠다는
   말만을 믿고 데릴사위로 들어가 일을 한다. (현재의 상황제시, 과거→현
   재)
2. '나'는 어느 순간 계약이 잘못된 줄을 깨닫는다. (기한을 정하지 않았음을
   후회)
3. 언젠가 자를 들고 점순의 키를 재보려 하지만 마주 서보지도 못한다. (과
   거)
   (전날의 기억)
4. '나'는 논에서 모를 심다가 심술이 나 꾀병을 부리고 장인과 싸우게 된다.
5. 사람들에게 인심을 잃을 대로 잃은 장인에 대한 서술된다.(불특정 과거)
6. 술수에 능한 장인의 모습이 서술된다. (화자 자신은 모르고 독자는 앎)
7. 장인은 데릴사위의 뺨을 때려놓고 무색해 한다.
   (1년 전의 기억)
8. 늦잠 잔다고 돌을 던져 발목을 삐게 하고 삼 사일 일을 못하자 안달을
   했던 장인.
9. 가을에 장가들인다는 말에 일어나 일을 했으나 점순의 키가 작다는 이유
   로 거절당한다.
10. (어제) 서술자는 뺨을 맞은 참에 품삯을 요구하고, 장인은 성례를 핑계
    로 또 발뺌을 한다.
11. (그제) 화전밭을 혼자 갈며 있었던 일을 서술.
12. 점심을 가져온 점순의 키가 작은 것을 보고 울화가 치밀어 소를 때린다.
13. 점순의 외모와 행동에 대한 서술.
14. 점순이 점심을 치우며 화자에게 의미심장한 말을 던지고 사라진다.
15. 그 말을 듣고 며칠 사이 부쩍 자란 듯 싶은 점순을 대견해한다.

16. (어제) 장인과 구장을 찾아갔지만 별다른 해결책을 보지 못한 '나'.

17. 장인과 구장이 귓속말을 나누고 난 후 구장은 화자에게 회유와 협박을 한다.

18. (오늘 아침) 그 후 다시 마음을 잡았다가 다시 장인과 싸움을 한 사정을 서술.

19. (어제 밤) 뭉태네 마실을 갔다가 낮에 싸운 일을 이야기하다가 뭉태의 말에 다시 마음이 변한다.

20. 뭉태에게 들은 장인의 내력을 서술한다.

21. '나'는 뭉태의 이야기를 건성으로 들으며 뭉태가 장인의 땅을 부치다가 뺏긴 이후로 장인을 헐뜯는다고 생각한다.

22. (오늘 아침) 간밤의 이야기는 잊고 점순이가 가져올 아침상에만 관심이 있는 화자.

23. 아침 상 앞에서 점순이에게 또 의미심장한 말을 듣는다.

24. 점순의 편잔을 듣고 우울해진 '나'는 일을 나가려다가 그만 둔다.

25. 그 모습을 본 장인은 또 성화를 하고 '나'는 작정을 하고 담판을 하려함.

26. 장인의 매를 참아내다가 점순이 숨어서 보는 것을 알고 장인의 수염을 잡아챈다.

27. 장인과 사위는 사생 결단을 내는 것처럼 싸운다.

28. 예전에는 싸움이 끝나면 장인은 사위의 터진 곳을 닦아주고 가을에 성례를 시켜주겠다는 약속을 하고 '나'는 그런 장인이 고마워 눈물을 흘리면서 일을 나갔던 일을 서술. (과거의 반복된 일)

29. '나'는 장인과의 싸움에서 점순이 자신의 편을 들것이라는 기대가 무너지고 혼란스러워 한다.

30. '나'는 장인이 내리치는 지게 막대기의 매질을 그냥 받아들인다.

「봄 · 봄」은 신빙성 없는 서술자[63] '나'의 진술로 일관된 소설로 '나'와 점순의 혼사에 얽힌 여러 에피소드들이 회상[64]의 방식을 통해 제시된다.

우선 서술자의 신빙성 없음으로 인해 독자에게 제공되는 정보는 일차적인
재해석 과정을 겪어야 한다. 즉 서술자에 의해 제시되는 정보는 신빙성 없
는 것이므로 독자는 여러 전후 상황을 고려해서 새로운 이해과정을 거쳐야
한다는 것이다. 독자는 서술자 '나'가 모르는 여러 상황을 작가와 공범자가
되어 텍스트를 구성해간다.

　우선 서사시간의 순서를 보면「봄·봄」은 이야기 현재 시간의 진행은
매우 더디게 이루어지면서 반면 과거의 여러 사건들은 시간의 가속과 감속
을 보이며 진행된다. 이야기 현재의 시간은 서술자 자신이 장인에게 기만
당하고 있지 않은가 하는 의문을 제기하는 것에서 시작된다. 과거와 현재
로 오가는 서술은 데릴사위를 부리기 위한 장인의 음모와 그것을 알 듯

---

63) 이 용어는 부스(Wayne C. Booth)의 용어로 서술자가 작품의 규범을 따르지 않을 때 신
　빙성 없는 서술자(unrelaiable narraor)라 부른다. 신빙성 없는 서술자는 서술의 상황에서
　독자에게 잠재적인 거짓말을 하게 된다. 텍스트에서 신빙성 없는 서술자가 등장할 경우
　극적인 아이러니를 불러일으키는 거리가 생기게 되는데, 현대소설에서는 의도적으로 이
　런 서술자를 등장시켜 독자와의 거리를 조정하는 역할을 하게 한다. 부스는 대개 신빙성
　없는 서술자가 등장하는 경우 신빙성이 있는 서술자보다 "훨씬 더 강력한 독자의 추리
　력"을 요구한다고 설명한다. 이런 소설은 또 독자에게 그들이 텍스트의 서술자는 모르는
　무언가를 알고 있다는 자부심을 느끼게 하고, 또한 그것을 모르는 서술자를 조소할 수
　있게 하며, 작가와 암묵적으로 공모하고 있다는 의식을 제공한다. 우리 소설의 경우 주
　요섭의「사랑손님과 어머니」의 옥희, 채만식의「치숙」에 등장하는 서술자, 이상의「날
　개」의 서술자 등이 신빙성 없는 서술자의 모습을 지닌다. Wayne C. Booth, 최상규 역,
　『小說의 修辭學』, 새문사, 1994, 202~203쪽 참조.
64) 김형자는 김유정의「동백꽃」과「소낙비」,「산골」을 분석하면서 그의 소설이 생략과 요
　약을 사용하는 대신에 시간의 정지 기법을 사용해서 정태적인 성향을 띠고 있다고 말하
　고 그 문체적 특징을 "추억의 정태성과 정체적 오늘"을 드러내는 것이라 하였다. 특히
　위의 작품들은 회상 속에서 미래를 지향하는 "환상적 지향"의 구조를 보인다고 주장한
　다. 그러나 김형자의 논의로 김유정의 모든 작품들을 일반화 할 수는 없다고 본다. 단적
　인 예로 본고에서 분석하는「봄·봄」의 경우 정태적이고 환상적인 문체의 특징은 찾아
　볼 수 없다. 김형자, 『한국근대소설의 문체론적 연구』, 삼지원, 1985, 246~265쪽 참조

모를 듯 행동하는 우둔한 '나'에 대한 서술도 이어진다. 위의 행위 단락의
구분에서도 알 수 있듯이 대부분의 사건 내용들은 과거에 일어났던 일들이
다.65) 과거 사건들의 내용을 지속의 측면에서 본다면 대개가 감속된다.
즉 대화나 설명이 상세히 서술되고 있는 것이다. 위의 단락에서 1, 28정도
가 시간 가속이 되고 있을까, 대부분의 정보 제시는 자세히 이루어지고 있
다. 그럼 본문의 진행을 따라 정보가 수렴되는 과정을 살펴보자.

　내가 여기에 와서 돈 한푼 안받고 일하기를 삼년하고 꼬박이 일곱 달 동안을
했다. 그런데도 미처 못 자랐다니까 이키는 언제야 자라는겐지 짜증 영문모른
다. 일을 좀더 잘해야 한다든지 혹은 밥을(많이 먹는다고 노상 걱정이니까)
좀덜 먹어야 한다든지 하면 나도 얼마든지 할말이 많다. 허지만 점순이가 안죽
어리니까 더자라야 한다는 여기에는 어째 볼수없이 고만 벙벙하고 만다.」
　이래서 나는 애최 계약이 잘못된걸 알았다. 있해면 있해, 삼년이면 삼년,
기한을 딱 작정하고 일을해야 원 할것이다.
　(…중략…)
　언젠가는 하도 갑갑해서 자를가지고 덤벼들어서 그키를 한번 재볼가, 했다
마는 우리는 장인님이 내외를 해야 한다고 해서 맞우 서 이야기도 한마디 하는
법 없다. 움물길에서 어쩌다 맞우칠 적이면 겨우 눈어림으로 재보고 하는것인
데 그럴적마다 나는 저만침 가서
　"제—미 키두"하고 논둑에다 침을 퉤, 뱉은다. … 개돼지는 푹푹 크는데
왜 이리도 사람은 안크는지, 한동안 머리가 아프도록 궁리도 해보았다. 아하
물동이를 자꾸 이니까 뼉따귀가 옴츠라 드나부다. 하고 내가 넌즛넌즛이 그

---

65) 박정규는 「봄·봄」의 단락들에 대한 순서의 형태를 분석하면서 총 30개의 단락 가운데
　소급제시가 27회 사전제시가 3회 발생한다고 언급한다. 박정규, 『김유정 소설과 시간』,
　깊은샘, 1992, 63쪽.

물을 대신 길어도 주었다. 뿐만 아니라 나무를 하러가면 소낭당에 돌을 올려놓고

"점순이의 키좀 크게 해줍소사, 그러면 담엔 떡갖다놓고 고사드립죠니까" 하고 치성도 한두번 드린것이 아니다. 어떻게 돼먹은 킨지 이래도 막무관해니… (56～157쪽)[66]

위의 인용은 신빙성 없는 서술자의 특징이 잘 드러나는 대목이다. '나'는 아침에 장인에게 혼례를 시켜달라는 말을 꺼냈다가 거절을 당하자 과거의 여러 정황에 대한 정보를 제공한다. '돈 한푼 받지 못하고 삼 년 칠 개월'을 일했다는 대목에서 독자는 '나'가 지적으로 떨어지는 인물이며, 따라서 장인에게 계속 속아왔다는 사실을 알게 된다. 서두 부분에서 제시된 이러한 정보는 이후 전개될 내용이 장인의 속임과 '나'의 속음이 반복적으로 일어날 것임을 암시하기도 한다. 실제로 점순이의 키가 크기만을 바란다거나, 점순의 키가 크지 않아 성황당에 가서 비는 모습 등은 '나'가 앞으로도 계속 속을 수밖에 없는 인물이라는 점을 강조하는 것이다. 이렇게 볼 때 「봄·봄」의 기본 서사는 장인의 속임과 '나'의 속음이 엮이는 과정이 될 것이다.

우선 '나'는 때때로 점순이와의 혼인 문제에 대해 의문을 갖는데, 오늘(이야기 현재) 장인과 담판을 짓기로 마음먹은 것은 전날 있었던 장인과의 다툼 때문이었다. 언제나 그런 것처럼 논일을 하다 심술이 난 '나'는 장인과 다투고 뺨을 맞게 된다. 이를 계기로 '나'는 점순과의 혼인 문제를 심각하게 되새겨보는 계기가 마련되는 것이다. 이 사건을 겪은 이후에 '나'는

---

66) 본문의 인용은 『원본 김유정 전집』(강, 1997)의 쪽수를 따름.

과거 1년 전 있었던 비슷한 사건을 새롭게 떠올리게 된다. 1년 전에도 장인이 던진 돌에 맞아 발목을 다쳐 일을 못하게 되자 장인은 성혼을 핑계로 '나'를 속였었다. 독자들은 1년 전의 상황이나 현재의 상황이나 변함이 없음을 이 대목에서 눈치챌 수 있다. 속고 속임은 수년 동안 지속되었던 일인 것이다. '나'는 어제 일어난 일을 계기로 이번만은 장인과 담판을 지으려 한다. 며칠전 산에서 점순이가 했던 의미심장한 말을 생각하며 장인에게 단단히 따지기로 마음먹은 것이다. 구장에게 가서 사정 이야기를 하고 판결을 받고자 하나 구장은 장인과 짜고 '나'에게 회유와 협박을 한다. 뭉태와의 대화에서도 속시원한 해결책을 찾지 못한다. 오히려 뭉태는 장인을 헐뜯는다고 생각한다. 결국 오늘 아침 '나'는 전날과 마찬가지로 일을 나가려다가 점순의 말을 듣고 장인과 한바탕 댓거리를 한다. 점순이 자신의 편을 들지 않는 것을 본 '나'는 장인의 매를 묵묵히 받아들인다. 이 부분은 앞으로도 얼마간은 '나'와 장인의 관계가 지속적으로 유지될 것이라는 것을 암시한다.

간단하게 서사의 흐름을 본 것처럼 「봄 · 봄」에서 과거의 사건에 대한 서술은 전부 장인의 교활함과 데릴사위의 우둔함을 구체적으로 설명하는 것이다. 따라서 단회 서술의 특징보다는 유추 반복 서술[67]의 특징이 매우 강하게 드러난다. 즉 같은 의미의 갈등이 되풀이되는 것이다.

---

67) 유추 반복 서술이란 쥬네뜨의 용어로 '동일한 사건이 여러 번 발생한 것을 한 번에 표현' 하는 것을 말한다. 즉 '날마다', 혹은 '일주일 전체 동안' 혹은 '일주일 내내 나는 일찍 잠자리에 들었다'와 같이 한 문장 속에 며칠 동안 일어났던 비슷한 일들을 서술하는 것이다. 여러 사건들이 유사한 기능을 표현하는 경우도 유추 반복 서술이라 할 수 있다. 유추 반복의 기능은 G. Genette, 앞의 책, 106쪽.

① "장인님! 인젠 저—"

내가 이렇게 두통수를 긁고 나히가 찻으니 성예를 시켜줘야 하지 않겠느냐고 하면 그대답이 늘

"이자식아! 성예구뭐구 미처 자라야지—" 하고 만다. 이 자라야 한다는것은 내가 아니라 장차 내 안해가 될 점순이의 키 말이다. (156쪽)

② **작년 이맘때도** 트집을 좀하니까 늦잠 잔다구 돌맹이를 집어던저서 지는 놈의 발목을 삐게 해놨다. 사날식이나 건승 끙, 끙, 앓았드니 종당에는 거반 울상이 되지 않었는가—

"애 그만 일어나 일좀해라, 그래야 **올갈에 벼잘되면 너 장가들지 않니**"

그래 귀가 번쩍 띠여서 그날로 일어나서 남이 이틀품 드릴 논을 혼자 삶어놓으니까 장인님도 눈깔이 커다랗게 놀랐다. 그럼 정말로 가을에 와서 혼인을 시켜줘야 온 경오가 옳지 않겠나. 볏섬을 척척 드려쌓아도 다른 소리는 없고 물동이를 이고 들어오는 점순이를 담뱃통으로 가르치며

"이자식아 미처 커야지, 보걸 데리구 무슨혼인을 한다구 그러니 온!"하고 남 낯짝만 붉게 해주고 고만이다. 골김에 그저 이놈의 장인님, 하고 댓돌에다 메꼿고 우리 고향으로 내뺄가 하다가 꾹꾹 참고 말았다. (159쪽)

③ 내가 머리가 터지도록 매를 얻어 맞은것이 이 때문이다. 그러나 여기가 또한 우리 장인님이 유달리 착한 곳이다. 어느 사람이면 사경을 주어서라도 당장 내쫓았지 터진 머리를 불솜으로 손수 짖어주고, 호주머니에 히연 한봉을 넣어주고 그리고

"올갈엔 꼭 성례를 시켜주마, 암말말구 가서 뒷골의 콩밭이나 얼른갈아라." 하고 등을 뚜덕여줄 사람이누구냐. (167쪽)

④ "그럼 봉필씨! 얼른 성엘 시켜주구려, 그렇게까지 제가 하구싶다는 걸—"하고 내 짐작대루 말했다. 그러나 이말에 장인님이 삿대질로 눈을 부라리고

"아 성례구뭐구 기집애년이 미처 자라야 할게 아닌가?" 하니까 고만 멀쓰룩해서 입맛만 쩍쩍 다실뿐이 아닌가—

"그래 거진 사년동안에도 안자랐다니 그킨 은제 자라지유? 다 그만두구

사경내슈—”

“글세 이자식아! 내가 크질말라구 그랬니왜 날보구뗴냐?”

“빙모님은 참새만 한 것이 그럼 어떻게 앨낫지유?”

(사실 장모님은 점순이보다도 귓배기하나가 적다)

… 중략…

“자네 말두 하기야 옳지. 암 나이 찼으니까 아들이 급하다는게 잘못된 말은
아니야. 허지만 농사가 한창 바쁠 때 일을 안한다든가 집으로 달아난다든가
하면 손해죄루 그것두 징역을 가거든!(여기에 그만 정신이 번쩍 났다) … 또
결혼두 그렇지 법률에 성년이란게 있는데 스물하나가 돼야지 비로소 결혼을
할수가 있는걸세. 자넨 물론 아들이 늦일걸염려지만 점순이루 말하면 인제 겨
우 열여섯이 아닌가, 그렇지만 아까 빙장님의 말슴이 올갈에는 열일을 제치고
라두 성례를 시켜주겠다 하시니 좀 고마울겐가, 빨리 가서 모 붓든거나 마저
붓게, 군소리말구 어서 가—” (162~163쪽)

예문 ①은 텍스트의 맨 처음에 나오는 서술로 이야기 현재의 시간으로,
장인과 나의 갈등 문제를 전면에 드러내고 있다. 이 부분은 또한 인물의
특징을 함축해서 보여주는데 장인을 “장인님”이라고 부르는 서술자 ‘나’의
어리석음을, 그리고 ‘키가 커야 성례’를 할 수 있다는 장인의 교활함을 드
러내는 것이라 할 수 있다. ②는 1년 전 사건을 기술하는 것으로 일을 하지
않고 자고 있는 ‘나’에게 장인이 돌멩이를 던져 다리가 삐고 이를 빌미로
장인과 ‘나’의 새로운 ‘흥정’이 일어나는 장면이다. 그러나 밑줄 친 부분처
럼 장인은 가을에 농사가 잘 되면 성례를 시켜준다고 했다가 막상 가을이
되니 점순의 ‘키’이야기를 꺼낸다. ‘나’는 억울해 하면서도 그 닷을 장인에
게 돌리지 않고 점순의 자라지 않는 키만 원망한다. ③은 언젠가 일을 하지
않는다고 장인에게 혼찌검이 나고 이후 정신 없던 자신에게 살뜰히 대해주

는 장인에 고마움을 느끼는 장면이다. 이 부분에서도 유추 반복적인 서술이 보인다. 즉 장인은 "가을에 꼭 성례를 시켜"준다는 약속을 하는 것이다. 이때까지만 해도 '나'는 삼 년 넘게 속아왔던 모습을 그대로 답습하고 있음을 볼 수 있다.

그러나 ④의 장면에 와서 '나'의 생각이 어느 정도 바뀌었음을 볼 수 있다. ④은 전날 낮의 일로 자신이 계속 속고 있다는 사실을 억울해하며 구장에게 담판을 지어달라고 하는 부분이다. 구장은 한편으로는 '나'를 위협하고 한편으로는 '나'를 달래며 무마시키려 한다. '나'는 사년 간의 '세경'까지 요구하며 강경하게 자신의 주장을 펴지만 결국 허사로 돌아간다. '가을 성례'의 약속도 '점순이 스물 한 살'이 되는 때로 연기된다. 이처럼 '나'는 기만적인 현실을 어느 정도 깨닫기는 하지만 그것은 '나'만의 힘으로 깨뜨리기엔 너무 큰 벽이나 다름없다. 이러한 모습은 결말 부분에서 극대화되어서 드러난다. 전날 저녁 뭉태와의 대화와 오늘 아침 점순의 의미심장한 말 때문에 용기를 내서 또 한 번 장인에게 대들어보지만, 자신의 편을 들어주리라고 생각했던 점순이 자신을 원망하는 것을 보며 '나'는 장인의 매질을 묵묵히 받아들인다.[68]

이처럼 「봄·봄」의 시간 구조는 이야기 현재를 중심으로 모든 서술 초점이 과거에 맞추어져 있는 소설이다. 과거 시간의 회상의 범위는 서술자 '나'가 데릴사위로 들어왔던 삼 년 반 전의 시간으로부터 이야기 현재의 아침까지의 이야기로 되어있다. 과거 사건을 환기시키는 이야기 현재

---

68) "그러나 나는 구태여 피할라지도 않고 암만해도 그속일수없는 점순의 얼굴만 멀거니 드려다보았다."(168쪽)

의 사건은 "점순과 '나'의 성례"를 두고 장인과 서술자 '나'가 벌이는 갈등이다. 이는 「봄·봄」의 핵심적인 사건이자 갈등의 중심으로써, 과거 사건의 모든 기억은 이 문제에 집중되어 있다. 따라서 일년 전의 일이나, 불특정 시간을 나타내는 '언젠가'의 일이나, 또는 전날에 있었던 일이나 모든 과거의 사건은 장인과 데릴사위의 갈등문제가 유추 반복적으로 제시[69]되는 것이다.

발화 관점에서 볼 때 독자에게 전달되는 정보는 신빙성 없는 서술자에 의한 진술로 한 번의 재해석의 과정을 겪어야하지만, 독자는 진술되는 정보를 이해하는 데 큰 어려움은 겪지 않는다. 오히려 거의 유사한 사건이 반복됨에 따라 독자는 두 사람간의 갈등의 깊이를 보다 세밀히 관찰할 수 있다. 또한 장인과 사위의 속이고 속는 상황은 지속적으로 되풀이 될 것이라는 암시를 받을 수 있다.

지금까지 본 것처럼 「봄·봄」은 서사 시간적으로 과거의 사건들이 동일한 차원에서 되풀이되면서 독자에게 정보를 함축적으로 정리해서 제시하고 있다고 볼 수 있다. 서사시간의 구조나 서술 층위에서 정신의 이완을 느낄 만한 요소는 별로 없다. 심지어 사건이 결말에 이르러 극적인 반전을 유발시키는 것도 아니다. 따라서 「봄·봄」은 정보 제시의 양상에서 점진적이고도 수렴적인 긴장 효과를 유발한다고 할 수 있다.

---

69) 박정규는 「봄·봄」의 주제는 "현상 변화를 추구하는 정상적인 삶의 의지가 현상 고착을 고수하는 힘에 의해 수없이 좌절되어지는 것"이라고 말하면서 이러한 결과는 구조적으로 요약 반복이 절대적 비중을 차지하기 때문이라고 언급한다. 그런데 필자의 생각은 '요약 반복' 보다 '유추 반복'적인 요소가 더 많은 작용을 했다고 생각한다. 둘은 넓은 의미에서 보면 같은 의미로 보일 수도 있으나 동일한 의미를 가진 사건의 반복이 계속된다는 점에서 '유추 반복'의 의미가 더 적당하리라 본다. 박정규, 앞의 책, 70쪽.

역진적 시간 구조를 지니며 긴장의 효과를 보이는 또 다른 예로 염상섭의 「除夜」를 살펴보자.

「除夜」(≪開闢≫ 20~24호, 1922.2~6.)는 1인칭 서간체로 된 소설로 염상섭 스스로 밝힌 자연주의를 표방한 작품이다. 그는 우리나라 최초의 "자연주의 선언"이라 할만한 〈個性과 藝術〉(≪開闢≫ 22호, 1922.4.)을 발표하면서 그에 대한 소설적 실험을 한다. 그의 초기 3부작이라 일컬어지는 「표본실의 청개구리」(≪開闢≫ 14~16호, 1921.8~10), 「闇夜」(≪開闢≫ 19호, 1922.1), 「除夜」는 모두 이러한 실험의 연장선상에 있는 작품들이다. 이 당시는 "자연주의를 의식적으로 표방하고 나선"[70] 시기였고, 3·1 운동 이후의 좌절감, 암울, 세기말적 풍조, 식민수탈에 따른 궁핍화, 새로운 성 윤리의 대두 등 정신사적으로 혼란한 시기[71]였다. 이러한 시대적 배경을 바탕으로 창작된 것이 「除夜」이다.

「除夜」의 형식적 특징은 전술한 바 유서 형식을 빌린 1인칭 서간체로 되어있다. 그러다 보니 서술 방식은 '보여주기' 보다는 '말하기' 위주의 서술로 일관된다. 또한 고백체와 서간체의 혼합 형태를 띠면서, 또한 작가 자신과 인물들간의 거리를 좁히면서 작가의 기본적인 생각과 느낌을 직접적으로 전달하는 데 여러 이점을 드러내고 있다.[72] 중심적인 내용은 '정인'이라는 성적으로 개방적이었던 한 여성이 자살을 결심하게 된 과정에서 보이는 현실의 여러 봉건적인 모습 및 그 속에서 희생된 자신의 처지를

---

70) 김학동, 『한국문학의 비교문학적 연구』, 일조각, 1972, 127쪽.

71) 서종택, 「초기작 〈除夜〉에 대하여」, 『염상섭 연구』, 새문사, 1994, II-16쪽.

72) 조남현, 「廉想涉小說의 문학사적 자리매김을 위한 試論」, 『염상섭문학연구』, 민음사, 1987, 77쪽.

고백하는 것으로 되어있다.[73] 이야기 시간은 만 하루이지만 서술시간은 매우 긴 범위를 보이고 있다.

논의 전개의 편의상 행위 단락을 나누어 설명하겠다.

1. '나'(정인)는 자살을 준비하며 죽기 전에 자신에게 있는 사명을 느끼고 25년간의 삶의 기록을 남기기로 한다.
2. 부친의 강요로 인습적인 결혼을 했던 '나'는 파경에 이르게 된 원인을 돌이켜 본다.
3. 결혼을 약속했던 배경에 대한 설명.
4. '나'는 자신의 탄생에서부터 금년 3월까지의 성장과정을 이야기하면서 자신이 부정했던 원인을 설명하고자 한다.
5. 자신이 결혼하기 전에 이미 처녀가 아니었다는 고백과 P와 E 사이에 있었던 관계를 고백한다.
6. E와의 관계를 고백한다.
7. E에게 배신을 당하고 남편을 피난처로 생각했던 자신을 고백한다.
8. 신혼의 단꿈에 젖어있던 '나'는 몸에 이상이 생기고 남편은 이를 눈치챘다. (7월 그믐께)
9. 모든 것을 고백한 후 9월 15일 남편에게서 헤어지자는 말을 듣는다.
10. 집으로 돌아온 '나'는 홀로 출산 준비를 하던 중 크리스마스 이브에 남편에게서 용서하겠다는 편지를 받는다.
11. 두 생명을 구하는 길은 자살밖에 없다는 결론을 얻고 '除夜'에 자살하기로 마음 먹는다.

---

73) 염상섭은 「除夜」의 내용을 "自殺에 依하야 自己의 淨化와 純一과 甦生을 어드려는 解放的젊은女性의 心的徑路를 告白한 것"이라고 말한 바 있다. 『牽牛花』(박문서관, 1923), 自序. 『염상섭 전집』9 (민음사, 1987), 422쪽에서 재인용.

1의 부분은 이야기 현재의 부분으로 서술자 '나'가 자살을 결심하게 된 동기를 말하고 있다. 먼저 서두 맨 처음 문장에서 '나'는 자살을 "가장 중대한 사명을 수행"하는 것으로 인식한다는 점에서 독자들의 호기심을 자아내고 있다. 서술자 '나'는 편지를 써야 할지 말아야 할지 망설이다가 "運命이 나리우는 채쩍의낫낫을 하나도 拒絶하지안코 방어하지 안코 바들覺悟"[74]로 편지를 쓴다고 고백한다. 또한 '나'는 <죽음→공(空)→영원한 안주→절대적 해탈→진순→신성→至善>의 과정으로 자살에 대한 의미를 부여하고 있다. 이어서 '나'는 25년간의 생활을 정리하면서 자신이 자살에 이르게 된 동기를 구체적으로 설명하기 시작한다.

2에서 10까지의 내용은 과거로부터 현재에 이르기까지 정인의 변화에 초점을 맞추어 서술되는 부분이다. 2～10까지 사건이 발생한 순서대로 나열한다면 4 - 5 - 6 - 7 - 3 - 2 - 8 - 9 - 10 으로 정리할 수 있다. 여기에서 중요한 것은 서술자 '나'는 스스로 중요하다고 생각하는 요소들, 즉 자신이 자살을 선택하게 된 이유를 가장 잘 설명할 수 있는 방식을 택하는 것이다. 그 이유를 2～10까지의 서술 순서대로 살펴보자. 2는 주인공 정인이 자살을 결심하게 된 가장 큰 원인인 결혼생활이 파경에 이르게 된 원인을 서술하는 부분이다. 4개월 남짓의 결혼생활은 정인에게 인생의 "전국면"을 드러내주는 계기가 된다.

> 아! 四個月동안! 한生命은 內面的으로 凝縮하야가고 한生命은 外部로向하야 不可抗拒의勢力으로 伸張하고 擴大하야나오든時間이엇습니다. 偉大한것

---

74)『염상섭전집』9 (민음사, 1987), 60쪽. 앞으로 인용은 이 책을 따르기로 한다.

은 生命의힘이외다. 모진것은 목숨이라하지 안슴니까.

(…중략…)

아—人生의全局面을 縮小하야다가 一時에 맛보게한 四個月동안! 내가 웨 안이미칫던가 疑心납니다. 어째 意識이 남아잇는가. 感覺이 남아잇는가. 良心이 남아잇는가. 엇지하야 한우님은 아즉것 살려두시나? 恩寵인가? 刑罰인가?……

(…중략…)

이와가티생각하는—便에 나에게는 큰使命이잇다고 自任하얏슴니다. 에— 에 큰使命이올시다. **自己自身에 對한 復讐, 한男子에對한復讐的成功, 그리고 이社會에向한 反抗, 挑戰, 復讐**…… 이것이올시다.

(…중략…)

何如間 이가티하야 괴롭은목숨은 오늘까지 부터왓슴니다. 누구를爲하야 무엇을爲하야 이처럼苟苟히 할랴는지 果然復讎을爲함인지 不斷의伸張을繼續하는 한生命의새롭은萌芽를 爲아야서인지는 自己도 몰랏슴니다만은.

그러나 크리쓰마쓰 이—브에보내신 그意外의글월은 나에게 스스로 自己를 裁斷할만한 叡智와 聰明과決心을주엇슴니다. 족으만 하얀손이쥐어주고간그 福音! 그것은 天女가傳하는 最後의審判의判決文이엇슴니다. 地上에서 쪽한 번들은 人子의입으로서 나온 神의복음이엇나이다. 아! 同時에 淨케씻긴 十字架이엇나이다. (63~64쪽)

정인에게 있어서 4개월의 결혼 생활은 어떠한 '의식'도 '감각'도 남지 않았던 절망적인 상태였음이 진술된다. 이미 임신한 몸이었던 정인은 뱃속의 생명을 생각하며 자신에게 마지막 '사명'이 남았다고 고백한다. 이는 이이를 혼자 낳아 자신을 비린 한 남자와 자신을 인징치 않는 봉건직 사회에 대한 '반항, 도전, 복수'를 하는 것이다. 그러나 그러한 생각도 잠시, 크리스마스이브에 남편이 보낸 화해의 편지 때문에 새로운 갈등이 생기게

된다. 정인의 고백대로 남편의 화해의 편지는 일견 "복음"과도 같은 것이
었다. 그러나 다음의 서술에서 정인은 그 결혼의 출발이 아무런 "動機도
手段도 條件도 없"었던 "因襲的 結婚"이었기에 자신은 결혼생활에 대한
아무런 미련이 없음을 고백한다. 이 부분은 남편과 자신이 파경에 이르게
된 근본적인 원인은 자신의 부정에 있었던 것이 아니라 인습적인 결혼에
있었다는 사실을 주장한다는 점에서 인물의 세계에 대한 인식을 전경화하
고 있다고 볼 수 있다. 이는 정인 자신이 아무리 자유 연애, 자유 결혼과
같은 신사상을 주장한다 해도 받아들여지지 않는 사회의 편견에 대한 거부
감을 드러내는 것이다. 나아가서 정인은 그러한 사회적 편견을 극복하지
못한 자신, 결혼 생활을 제대로 이끌지 못한 남편, 그리고 가장권의 남용으
로 폭군적 위압을 가했던 부친에 대한 원망도 늘어놓는다. 이 대목에 이르
러 독자는 정인의 자살 결심 이유를 어렴풋하게나마 확인할 수 있다. 그러
나 남편과의 관계, 폭군적인 부친의 행위, 그리고 정인 자신의 부정에 대해
서 구체적인 언급은 그 뒤에 이어진다.

다음의 정보는 정인 자신이 남편과 결혼을 하게 된 이유에 대해서 설명
하는 부분이다. 정인은 남편의 동경 유학 약속에 차선책으로 결혼을 받아
들인다. 이 과정을 설명하면서 정인은 남편의 결혼 파탄 책임을 추궁한다.
또한 자신이 남편에게 애정이 없었음을 진술한다. 자신은 남편과 "個性의
共鳴安協點과 靈魂의結合線을 엇지 못하"여 사랑을 이룰 수 없었던 것이
라고 고백하는 것이다. 그러면서 정인은 자신의 출생의 처음부터 잘못되었
음을 되돌아본다. 이 지점에서 서사의 정보는 보다 구체화되며 독자는 정
인의 성장 과정에 담긴 고민의 깊이를 목격하게 된다.

정인은 자신의 탄생을 "肉의 盤石 우에 선 父親과, 破倫的 더구나 性的

密行에 대하야 怪異한 흥미와 習性을 가진 모친 사이에서 비저 만든 不義의 象徵", "肉의 咀呪바든 因果의 子", "姦父姦婦가 만들어 놓은 참혹한 고기쩡어리"로 인식하고, 부모의 존재에 대한 부정, 자신에 대한 부정을 고백한다. '정조의 가치'마저 없던 집은 정인에게 심각한 혼란을 주었고, 정인은 여학교를 졸업한 후 자유분방한 생활을 하게 된다. 그 후 6년 동안의 동경 생활을 하고 그 곳에서 정조에 대해서도 자유분방했음을 고백하며 P, E와의 관계를 설명한다. 여기까지는 결혼을 파경으로 이르게 한 일부분의 책임이 있는 정인 자신의 부정을 설명하기 위한 서술이었다고 할 수 있다.[75] 「除夜」가 자연주의적 성향을 보인다고 한다면 이 부분에서 그것을 찾을 수 있다.[76] 정인이 성적으로 자유분방한 것은 바로 부모에게서

---

75) 사실 「제야」에서 정인은 주체적이고 적극적인 행동을 보여주지 못한다. 그녀가 추구했던 자유는 즉흥적인 감정에 치우친 행동이었으며, 겉으로 드러난 대사회적인 비판 역시 추상화된 관념만 제시된다.

76) 정명환은 「除夜」의 서두 부분에서 정인이 한 발언, "大體 돌을 던질 者가 누구냐? 무엇이 罪냐. 墮落! 그것은 自由戀愛를 渴望하는 어린 處女에게만 씌우는 絞首臺上의 死刑囚의 覆面巾을 이름이냐?"라는 생각과 〈개성과 예술〉에서 제기된 염상섭의 선언, 즉 "近代人이 自我를 覺醒함으로써 各個의 個性을 發見, 確立하고 그 偉大와 尊嚴을 自覺하며 主張함도 또한 生命的 勇躍이 아니면 안될 것이다"라는 주장을 비교하면서 「除夜」가 지닌 자연주의적인 속성을 새롭게 구명한다. 위의 「除夜」에서의 주장을 보면 염상섭의 사상이 진일보되어 "자아의 발견과 확립을 위한 근대인의 노력은 필연적으로 지배적인 사회 관례와 충돌한다는 일반적 공식으로 발전되고, 작가는 1929년대의 한국이라는 상황 하에서 전개될 이 충돌의 비극성과 깊은 뜻을 성을 중심으로 제시할 기세"를 보이는 듯하지만 실지로 소설의 전개에서는 그것을 분명하게 제시하지 못하고 있다고 설명한다. 그러면서 논자는 염상섭의 자연주의는 유전과 환경을 중시했던 졸라의 영향을 받았다고 주장한다. 졸라와 다른 점이 있다면 두 사람 다 유전과 환경에서 인물의 행위의 원인을 찾지만 졸라의 경우 유전과 환경에 대한 언급이 "작가의 외부적 객관적 시점"에서 이루어지는 데 반해 염상섭의 경우는 "주인공이 스스로 자신에게 작용하는 양자의 작용을 인식하는 것"이라고 하였다. 정명환, 「廉想涉과 졸라」-性에 대한 見解를 중심으로, 『염상섭문학연구』, 민음사, 1987, 328~329쪽 참조.

유전된 것이며, 성장 환경이 그녀를 그렇게 몰아갈 수밖에 없었다는 논리는 유전과 환경을 중시하는 자연주의 정신과 맞닿아 있기 때문이다.[77] 다음은 정인이 자신과 깊은 관계에 있었던 E에 대해 자세히 진술한다. E와 결혼을 하고 유학 갈 꿈에 부풀었던 정인은 자신이 E의 아이를 갖자 그에게 버림을 당하고 피난처로써 현재의 남편을 선택한다. 그리고 남편이 그 사실을 알고 헤어진 후 유서를 쓰는 현재까지 세상과 자신의 관계를 돌아보게 된 것이다.

여기까지 보았을 때 유서를 쓰고 있는 정인의 대사회적인 갈등은 단순히 한 순간에 이루어지지 않았음을 알 수 있다. 크게는 근대적 사고를 옭아매는 전근대적인 사회 제도나 전통과의 갈등에서부터 한 개인의 자유로운 연애에 의해 발생되는 여러 갈등 요소들이 제시되고 있다. 이러한 갈등 양상을 제시하는 데 있어서, 「除夜」는 큰 것에서부터 작은 것으로, 추상적인 생각에서 구체적인 사실로 제시하고 있다. 따라서 정보가 제시될수록 구체성이 획득되고 이야기 현재의 시간에 언급했던 상황을 설명하는 것으로 수렴되고 있음을 알 수 있다. 비록 「제야」가 서술자의 장황하고도 설명적인 진술과 국한 혼용체의 난삽함 때문에 이야기 위주의 소설이 지닌 재미

---

77) 전술한 바 염상섭이 「개성과 예술」을 통해 자연주의 선언을 했지만 그 기본적인 논리에 있어서는 '지나친 추상화'의 논리를 펴고 있다. 염상섭이 이해한 자연주의 사상은 "자아 각성에 의한 권위의 부정, 우상의 타파로 인한 환멸의 비애를 愁訴"하고 "현실 폭로의 비애, 환멸의 비애 또는 인생의 암흑 추악한 일반면으로 여실히 묘사함"을 목적으로 삼고 있다. 이는 자연주의에 대한 보편적 의미를 개진한 것이라 볼 수 있지만 다소 추상적인 성격을 띠고 있다고 할 수 있다. 서종택은 염상섭의 「개성과 예술」에서 드러낸 사상이 '자연주의 선언'으로 보기엔 지나치게 추상화의 단계로 치달은 오류를 범하고 있다고 지적하고 이러한 추상성이 「제야」에 그대로 반영되어 있다고 지적한다. 서종택, 앞의 논문, II-21쪽.

를 보여주지는 못한다고 해도, 정인의 치열한 갈등 양상을 드러내는 방식
은 유기적인 방식으로 전개되면서 그 소설적 긴장을 유지시키고 있다고
볼 수 있다.[78]

2.2 이완 효과 : 회상의 산발적 분리와 불협화음의 생성

김동리의 「까치소리」[79](<현대문학> 1966.10)는 액자소설[80]로써 역진
적 시간 구조를 지니고 있다. 액자소설인 만큼 당연히 시간 구조는 이중으
로 되어있고 서술자도 이중으로 나뉘어 있다. 이야기된 시간과 이야기하는
시간의 구분이 명확한 만큼 그 시간 흐름의 추이를 살펴보는 것은 매우
중요하다. 논의 전개의 편의를 위해 이야기 단락을 나누어 설명하겠다.

> 1. 액자 밖 서술자 나는 우연히 〈살인자의 수기〉 라는 부제가 붙은 『나의
>   생명을 물려다오』라는 책을 읽고 감동을 느끼고 그 내용을 그대로 소개
>   한다. (도입 액자)

---

78) 물론 「除夜」가 소설적 형상화의 측면에서 볼 때 많은 한계를 노출하고 있는 것은 사실
   이다. 이재선의 지적처럼 20년대 초반의 1인칭 소설이 지닌 서사적 자아로서의 자기 말
   소적 요소가 아직도 빈약한 점, 기법의 미숙성, 자아의 지나친 강조로 객관적 · 중립적인
   비감동적인 태도를 결핍하고 있는 점, 서사적 자아의 현저한 출현 등의 문제점을 「除
   夜」도 되풀이하고 있는 것이다. 이재선, 『韓國短篇小說研究』, 일조각, 1975, 84~87쪽
   참조.
79) 본고에서 텍스트로 사용한 것은 『김동리 전집』(민음사, 1995) 3권에 실린 것을 기준으로
   삼았다. 앞으로 인용하는 부분은 이 텍스트를 따른다.
80) 이재선의 액자소설의 구분에 의하면 「까치소리」는 인증적 액자소설에 속한다. '認證額
   字'는 "서술자가 주로 스스로 소개되고 또 1인칭으로 말을 하게 되는 것으로, '나'가 나
   의 이야기를 保證"하는 것을 말한다. 이는 독일의 프리츠 로케만(Fritz Lockemann)이 구
   분한 6가지 유형 가운데 한 형태이다. 이재선, 앞의 책, 98~99쪽 참조.

2. (내부 액자 내용) - 1인칭 서술.

   (1) 마을 앞 늙은 회나무에 대한 묘사와 까치 울음 소리가 담고 있는
      속신에 대한 설명.

   (2) '나'(봉수)가 군에 갔을 때부터 까치가 울면 '나'의 이름을 부르며
      기침을 토해냈던 어머니의 모습과 그러한 모습을 이해하려는 '나'.

   (3) 어느 날 문득 심경의 변화를 일으켜 '나'는 어머니의 기침소리에 살
      의 충동에 사로잡히고 몇 번의 시도를 하다가 실패한다.

   (4) 그 후로 '나'는 어머니의 기침 소리가 들리면 밖으로 나오고 살의의
      흥분이 가실 때까지 기다린다.

   (5) '나'는 자신이 어머니의 기침 소리에 민감하게 반응하게 된 연유 설
      명. (과거)

      ① '나'는 정혼자였던 '정순'에 대한 그리움으로 고향에 돌아온다.

      ② 동생 옥란에게서 정순이 '상호'와 결혼했다는 이야기를 듣는다.

      ③ '나'는 자초지종을 듣고자 상호의 집을 찾아가지만 만나지 못하
         고 그의 동생 영숙을 만난다.

      ④ 오는 길에 정순의 오빠(윤이 아버지)를 만나 상호가 자신을 전사
         자로 만들어 정순을 가로챘음을 알게된다.

   (6) (일주일 후) '나'는 상호를 만나 정순을 한 번 만나게 해달라고 부탁
      한다.

   (7) (다음 날) 상호는 자신의 집으로 '나'를 초대하고 '나'는 그 제안을
      거절한다.

   (8) (이틀 뒤) '나'는 영숙의 주선으로 정순과 만나게 된다.

   (9) '나'는 정순을 만나기 위해 수색대의 위험을 피해 손가락을 절단하면
      서까지 고향으로 돌아온 사정을 이야기하고 정순은 괴로워한다.

   (10) (며칠 후) '나'는 정순의 연락을 기다리지만 소식이 없어 편지를
      보낸다.

   (11) (닷새 후) 마음의 준비를 마친 정순의 답장을 받는다.

(12) '나'는 편지를 읽고 절망적으로 집을 나오던 중 뒤따라온 영숙을
겁탈하고, 그 순간 까치 소리가 울리고 그녀를 살해하게 된다.

위의 이야기 단락 구분에서 보듯이 이야기 시간의 층위는 크게 둘로 나뉘어 있고, 더 세분화해보면, 여러 겹의 시간이 겹쳐져 있음을 알 수 있다. 우선 도입 액자의 부분은 내부 액자의 주요 사건에 대해 독자에게 호기심을 불러일으키는 기능을 하고 있다. 이야기 시간의 상황은 구체적으로 드러나지 않으며 단지 독자의 심리적 자극을 유도하는 것이다. 그런 면에서 도입 액자 부분은 내용적 길이는 짧지만 전체 서사의 진행을 동기화하는 매우 중요한 기능을 하고 있는 것이다. 우선 도입 액자의 서술자는 우연히 서점에서 발견한 〈살인자의 수기〉 라는 제목이 붙은 『나의 생명을 물려다오』라는 책을 읽고 감동을 받고 그 내용을 직접적으로 소개한다. 서술자는 그 책의 서문에 쓰인 〈나도 어릴 때는 위대한 작가를 꿈꾸었지만 전쟁은 나에게 살인자라는 낙인을 찍어주었다 〉 라는 구절에 가슴 뭉클함을 느끼며 밤새워 그 책을 읽었다고 고백한다.[81] 그리고 나서 내부 액자의 이야기가 되는 책 내용을 설명하는데, 이 점을 독자의 관심을 유도하기 위한 서술자의 책략으로 볼 수 있다. 우선 독자는 도입 액자에 해당하는 부분을 읽었을 때 이후의 진행에 대한 궁금증을 지닐 수밖에 없다. 도입 액자의

---

81) 장소진은 「까치소리」가 전반적으로 작가와 독자 쌍방간의 대화적 합리성을 전제로 하는, 즉 작가의 일방적인 권위적 서술을 탈피하여 대화적 소통을 통해 의미가 형성된다고 보았는데, 위대한 작가를 꿈꾸던 주인공이 전쟁 때문에 살인자가 되었다는 진술은 독자가 주인공에게 도덕적인 면죄부를 부여할 여지를 남겨둔 것으로 지적한 점은 주목할 만하다. 장소진, 「꿈과 현실의 괴리와 일치의 역설, 그 경위의 탐색」, 《한국문학이론과 비평》 8호, 2000.8, 242쪽.

서술자가 느꼈던 감동의 정도를 동시에 체험하고자 하는 욕구가 생기는 것이다.

독자는 먼저 내부 액자 부분에 대해 도입 액자의 서술자가 던진 몇 가지 질문을 염두에 둔다고 했을 때, 도입 액자에서 제기된 문제는 두 가지이다. 그 하나는 내부 액자의 서술자 '나'는 '살인자'라는 사실과 또 다른 하나는 위대한 작가를 꿈꾸어 왔던 '나'가 전쟁 때문에 살인자라는 낙인이 찍혔다는 사실이다. 거기에 『나의 생명을 물려다오』라는 책의 제목까지 겹치면서 몇 겹의 의문점이 제시된다. 독자는 도입 액자의 서술자와 마찬가지로 왜 내부 액자의 서술자 '나'는 살인자가 되었으며, 그것과 전쟁과는 어떤 연관관계가 있는지를 생각하게 된다. 이러한 의문은 「까치소리」가 끝날 때까지 지속되며, 독자를 계속 자극한다.

내부 액자의 이야기는 1인칭으로 서술되며, 서사시간의 흐름은 시간 역전이 간혹 보이는 가운데 순차적인 진행을 보이고 있다. 내부 이야기의 전체 서사시간의 범위는 대략 3~4년 정도로, 이는 주인공 '봉수'가 군에 가기 전부터 군에서 의가사 제대하여 고향으로 돌아와 겪는 시간의 범위이다. 서사시간적으로 볼 때 「까치소리」에서 주목할 점은 어떤 점이 반복적으로 강조되고 있는지를 살펴보는 것이다. 이는 서술의 동기화를 찾는 데 중요한 것으로, 내부액자의 이야기가 전개되는 과정을 총괄적으로 살펴볼 수 있게 한다.

내부 이야기의 정보는 '봉수'가 마을에 돌아오면서 본 회나무에 대한 인상과 까치 울음소리에 대한 생각이 진술된다. 특히 까치의 울음 소리는 매우 중요한 상징성을 띤 것으로 '살의 충동', '죽음' 등 사건의 진행을 예시적으로 암시하는 역할을 한다. 그런 점에서 서사의 초입 부분에 까치 울

음에 대한 속신적 진술과, 어머니의 기침 소리가 연결되는 부분은 의미심
장하다.

　　……아침 까치가 울면, 손님이 오고, 저녁 까치가 울면 초상이 나고……
한다는 것도, 언제부터 전해 오는 말인지 누구 하나 알 턱이 없었다. 그래서
그런지, 아침 가치가 유난히 까작거린 날엔, 손님이 잦고, 저녁 까치가 꺼적거
리면 초상이 잘 나는 것 같다고, 그들은 은근히 믿고 있는 편이기도 했다.
그런대로 까치는 아침 저녁 울고 또 다른 때도 울었다.

　　까치가 울 때마다 기침을 터뜨리는 어머니는 아주 흑흑 하며 몇 번이나 까무
러치다시피 하다 겨우 숨을 돌이키면 으레 봉수(奉守)야 하고, 나의 이름을
부르곤 했다. 그것도 그냥 이름을 부르는 것이 아니라 반드시 <죽여다오>를
붙였다.
　　……쿨룩쿨룩쿨룩쿨룩,　쿨룩쿨룩쿨룩쿨룩,　쿨룩쿨룩,　쿨룩,　쿨룩,　쿨
룩…… 이렇게 쿨룩은 연달아 네 번, 네 번, 두 번, 한 번, 한 번, 여섯 번,
그리고 또다시 세 번이고 네 번이고 두 번이고 여섯 번이고 종잡을 수 없이
얼마든지 짓이기듯 되풀이되곤 했다. …(중략)…
　　어머니의 기침병(천만)은 내가 군대에 가기 일년 남짓 전부터 시작되었으니
까 이때는 이미 삼 년도 넘은 고질이었던 것이다. (282~283쪽)

위의 인용에서 보면 우선 내부 액자의 서술자 나는 까치의 울음소리에
대한 속신을 소개하면서 앞으로 전개될 서사의 음산함을 암시하고 있다.[82]

---

82) 장소진은 내부 액자의 초입에 나오는 마을의 묘사를 운명론적 세계관에 사로잡힌 주인
　　공의 의식을 드러내는 장치로 보면서, 그것을 극복하려는 주인공의 의지가 패배하게 되
　　면서 비극적 정서가 도출되는 과정이 「까치소리」의 전개과정이라고 보았다. 장소진, 앞
　　의 논문.

특히 밑줄 그은 부분은 뒤에서 이어지는 불규칙적이고 무차별적인 어머니의 기침소리와 궤를 같이 하면서 서사의 암울한 분위기를 형성한다. 독자는 앞의 <살인자의 수기>라는 부제와 연관해서 어머니의 <죽여다오>라는 반복된 발화를 동시에 떠올리며 일단 서술자인 '봉수'가 죽인 사람이 어머니가 아닐까 하는 생각을 할 수 있다. 그러나 봉수가 군대에 가기 전부터 생긴 어머니의 기침병은 그가 전쟁상황에서 군대에 가게 되면서 더욱 심해졌고, 돌아온 후에도 지속된다. 특히 까치가 울 때면 어김없이 어머니도 기침을 내뱉는다. 여기서 까치의 울음소리가 담고 있는 속신적 의미가 어머니의 기침소리에 전이되어 불길한 상상력을 더욱 촉발하는 것이다. 그러나 봉수는 처음부터 어머니의 기침소리를 이해한다. <아이구, 봉수야 날 죽여다오>라고 외치는 어머니의 부르짖음은 <오오, 하느님 사람 살려주>의 다른 표현일 뿐이라고 치부한다. 그러나 어느 순간 봉수는 심경의 변화를 보이고 어머니가 <죽여다오>라는 말을 내뱉을 때 살의 충동을 느끼는 것이다. 봉수가 어머니에 대한 살의 충동을 느끼게 된 배경은 뒤에 나오지만, 일단 봉수의 심경이 변화하는 이 지점에서 독자는 '봉수는 어머니를 죽인다'는 상상을 할 수 있는 것이다. 그렇다면 왜 봉수는 어머니의 기침소리를 들으며 살의를 느끼는 것일까. 다음의 인용문을 보자.

　　그런데 다른 사람은 고사하고 내 자신마저 잘 이해할 수 없는 일이 이에 곁들여 생긴 것이다. 그것을 한마디로 말하면 나의 심경의 변화라고나 할까. 나는 어느덧 그러한 어머니를 죽여주고 싶은 충동 같은 것을 느끼기 시작한 것이다. 어머니가 <아이구, 봉수야 날 죽여다오>하고 부르짖는 것은, <오오, 하느님 사람 살려주> 하던 것의 역표현(逆表現)이라기보다도 진한 표현 같은 것에 지나지 않는다는 것은 위에서도 말한대로다. 나는 그것을 충분히 이해하고 있었던 것이다. 그럼에도 불구하고 **나는 왜 그러한 어머니에게 죽여주고 싶은 충동을 느끼게 되었을까.**

그것도 어쩌다 한 번 그런 일이 있었다는 얘기가 아니다. 처음 한 번 그런 일이 있고 나서는 그 뒤부터 줄곧 그렇게 돼버린 것이다. 까치가 까작까작까작 하면, 어머니는 쿨룩쿨룩쿨룩을 터뜨리는 것이요, 그와 동시 나의 눈에는 야릇한 광채가 어리기 시작하는 것이다. (옥란의 말을 빌리면, 옛날 어머니가 까치 소리와 함께 기침을 터뜨리려고 할 때, 그녀의 두 눈에 비치던 것과도 같은 그 야릇한 광채라는 것이다.)어머니가 목에 걸린 가래를 떼지 못하여 쿨룩쿨룩쿨룩을 수없이 거듭하다 아주 까무러치다시피 될 때마다 나는 그녀의 꺼풀뿐인 듯한 목을 눌러주고 싶은 충동에 몸이 부르르 떨리는 것이다.

…(중략)…

여기다 또 한 가지 해괴한 일은 어머니의 기침이 멎어짐과 동시 나의 흥분이 가라앉으면, 나는 어느덧 조금 전데 내가 겪은 그 무서운 충동에 대하여 내 자신이 반신 반의를 일으킨다는 사실이다. **나는 왜 그러한 충동에 사로잡히게 되었던가, 그것은 정말이었을까, 어쩌면 나의 환각이나 정신 착란 같은 것이 아닐까, 적어도 나에겐 이러한 의문이 치미는 것이다.**　(285～286쪽)

위의 인용에서 보면 내부 서술자 봉수 또한 자신이 어머니에 대한 살의를 지니는 이유를 알지 못하고 있다. 봉수의 그러한 충동이 정신 착란이었든지, 환각이었든지 독자는 일단 봉수가 살해한 인물이 어머니일 것이라는 심증을 굳히게 된다. 그러나 바로 다음에 이어지는 내용에서 봉수의 이러한 살의 충동이 단순한 환각이나 정신 착란에서 발생한 것이 아님을 알 수 있다. 위의 이야기 단락의 구분에서 2.(1)～(4)까지는 액자 내부 이야기가 순차적인 서사의 진행을 보이는 부분이다. 즉 액자 내부 서술자 봉수가 자신이 군대에서 돌아온 후 겪게 된 일들을 시간 순서에 따라 기술하는 것이다. 그러나 (5)는 봉수가 고향에 돌아와 자신의 정신이 변하게 된 결정적인 계기를 설명하는 부분으로 과거의 사건이 회상 형식으로 설명된다. (5)의 부분에서 독자는 평범했던 봉수의 모습이 급격한 변화를 보이게 된 경위를 알게된다. 액자 내부 서술자는 독자에게 호기심을 불러일으키며 지연시켜왔던 몇몇 의문점에 대해 일말의 암시를 주는 것이다.

> 지금까지 나는 내 자신의 일에 대하여 <내 자신도 잘 모르겠다>고 몇 번이나 되풀이했지만 이것은 결코 발뺌이나 책임 회피를 위한 전제가 아니다. 그래서 <u>나는 우선 내 자신이 어떻게 해서 어머니의 기침에 말려들게 되었는지 그 전후 경위를 있는 그대로 적어보려고 한다.</u>
> 여기서 미리 고백하거니와 나는 한번도 어머니를 미워한 적은 없었다. 그렇다고 집에 돌아온 뒤 날이 갈수록 어머니가 더 측은해지고 견딜 수 없이 불쌍해졌다는 것도 아니다. 다만 <봉수야 날 죽여다오>가 처음 생각했던 것처럼 그냥 고통을 못 이겨 울부짖는 넋두리만은 아니라고 차츰 깨닫게 되었던 것은 사실이다. 그것은,
> **「내가 죽고 없어야 옥란이도 시집을 가고 네도 색시를 데려오지」**
> 하는 어머니의 (가끔 토해놓는) 넋두리가 어쩌면 아주 언턱거리 없는 하소연만은 아니라고 생각하기 시작했을 때부터다. …(중략)…   (287~288쪽)

전술한 것처럼 봉수는 어머니에 대한 미움이나 원망이 없었다. 군에서 돌아왔을 때 기침이 잦았던 어머니에 대한 생각은 연민과 그리움이었다. 군에서 돌아올 때 마을 어귀에 들어서면서 '늙은 회나무'를 보면서 '어머니와 동생 옥란 그리고 정혼자 정순'을 떠올리며 감회에 젖었던 봉수였다. 그러나 정작 전쟁 상황에서 고향에 돌아왔던 이유는 "정순이에 대한 그리움 하나 때문"이었다. 봉수가 "마련된 죽음"에서 목숨을 "소매치기" 해가

면서까지 동료들을 배반하고 고향에 돌아왔던 이유는 바로 정순에 대한 그리움에 의한 것이었다. 지속적으로 정순의 존재에 대한 그리움을 전하던 서술자 봉수의 진술에서 독자는 이때까지 지녀왔던 의문에 대한 일말의 해답을 추측할 수 있다. 텍스트에 대한 정보가 보다 구체적으로 제공되는 것이다. 이를 정리하면 참여한 누구나 죽을 수밖에 없는 전쟁 상황에서 조국이나 민족이라는 이름의 대의 보다 사랑하던 한 여인을 떠올리며 고향에 돌아왔던 봉수는 점차로 그 기대가 허물어져가고 있음을 제시되는 것이다.

위의 인용에서 암시적으로 제시되지만 어머니의 기침 소리에 살의를 느끼는 과정은 우연적인 심경의 변화가 아닌 필연적인 연유에 의해서 생긴 강박 증세이다. 고향에 돌아온 지 얼마 지나지 않아서 봉수는 동생에게서 정순이 친구 상호에게 시집갔음을 듣게 된다. 그것도 상호가 자신이 죽었다는 가짜 전사통지서를 가지고 정순을 설득했다는 이야기를 듣고 봉수는 그때까지 지니고 있었던 희망이 사라짐을 경험한다. 여기에서 어머니가 자신이 죽어야 된다는 말을 되풀이하며 기침을 토해내는 이유를 깨닫게 되는 것이다. 가난 때문에 징병에 끌려간 봉수는 돈으로 징병을 면한 상호에게 자신의 정혼녀를 빼앗기고, 그에 대한 어머니의 회한을 듣고 있자니 자신도 모르는 사이에 살의를 느꼈던 것이다. 그것은 죽음이 마련된 전장에서 자신의 손가락을 자르면서까지 고향에 돌아오고자 했던 치열했던 정신적 투쟁이 한 순간에 사라졌음을 말하는 것이다. 봉수는 상호가 자신을 전사자로 만들어 정순을 빼앗았다는 사실에 격분하며, 그를 찾아 나선다. 당장이라도 눈앞에 있다면 그를 죽였을 거라고 회고하는 모습에서 독자는 서사의 초입에서 대두되었던 의문을 해소할 수 있을 것이다.[83]

봉수는 상호를 만나 자초지종을 들어보려 하나 쉽지 않고, 어렵사리 상호를 만나 정순을 한 번 만나게 해달라고 부탁을 한다. 그러나 상호는 분명한 대답을 피하고 봉수는 정순을 만날 다른 계획을 세운다. 이 지점에 이르렀을 때 독자는 봉수의 심리에서 일어나는 복수심과 증오심을 발견하게 된다. 가난한 집과 병에 걸린 어머니, 그리고 자신의 정혼녀를 가로챈 상호와 그에게 넘어간 정순 등 봉수 자신을 둘러싼 세계와 인간에 대한 적개심을 드러내는 것이다. 독자는 이를 통해 초입에서 제시된 '살인자' 봉수의 행동을 또 한 번 추측하게 된다. 앞서 제시된 정보에서 봉수가 죽인 사람이 어머니일 것이라는 추측을 확대시킬 수 있게 된 것이다. 봉수가 죽인 사람은 상호나 정순이 아닐까라는 추측을 더할 수 있는 것이다. 이는 앞서 봉수가 어머니에 대해 살의를 느끼는 근본적인 원인이 되는 것으로, 독자는 봉수가 자신의 전부라고 할 수 있는 정순을 빼앗긴 충동으로 상호나 정순을 죽였을 거라는 보다 설득력있는 추측을 할 수 있게 된다. 이러한 사건에 대한 정황을 알고 난 후 독자는 봉수의 살의 충동이 우연적인 것이 아닌, 필연에 의한 충동이었음을 인식할 수 있게 된다.

봉수는 어릴 때부터 자신을 잘 따랐던 동생 옥란의 친구이자 상호의 동생인 영숙의 도움으로 정순을 만나게 된다. 봉수는 정순을 만나 자신이 전장에서 손가락을 자르면서까지 돌아온 상황을 설명하고 자신에게 돌아오기를 바라지만 정순은 쉽게 결정을 내리지 못한다.

---

83) "「오빠가 전사를 했다고, 무슨 통지서래나 그런 것까지 갖다 뵈더래나」 / 옥란도 이미 분을 참지 못하는 목소리였다. / <u>순간, 나는 눈앞이 팽그르르 돌아감을 느꼈다. 그때 만약 상호가 내 앞에 있었다면, 당장에 달려들어 그의 목을 졸라 죽였을 것이다. 다음 순간, 나는 어디로 누구를 찾아간다는 의식도 없이 삽짝 쪽으로 부리나케 뛰어나 갔다.</u> (293쪽)

「… 나는 생각했어. 정순이를 두고는 죽을 수 없는 몸이라고. 내가 번번이 죽지 않고 살아 돌아온 것도 정순이 때문이라고. 거기서 나는 결심을 했던 거야, 사람의 힘과 운이란 아무래도 한도가 있는 이상, 기적도 한두 번이지 결국은 죽고 말 것이 뻔한 노릇 아닌가. … 나는 내가 꼭 죽기로 마련되어 있는 운명을 내 손으로 헤쳐 나가야 한다고. … 국가 민족이니, 정의, 인도니 하는 건 집어치고라도, 우선 분함고 고통을 견딜 수 없어서라도 얼마든지 죽고 싶었어, 죽어야 했어. 정순이가 아니더라면 물론 그랬을 거야」

　…(중략)…

「그런데 지금부터가 문제야. 나는 어떻게 하느냐 하는 문제야. 내 목숨을 말야. 나는 이렇게 해서 스스로 훔쳐낸, 그렇지 소매치기 같은 거지. 그렇게 해서 훔쳐낸 내 목숨이 이제 아무짝에도 쓸데가 없이 됐거든. 내가 이 목숨을 가지고 이대로 산다면 나는 하늘과 땅 사이에 용서받을 수 없는 국가 민족에 대한 죄인인 것은 말할 것도 없지만, 그 불쌍한, 그 거룩한, 그 수많은 전우들, 죽어 넘어진 놈들에 대해서, 내가 어떻게 산단 말인가. …」(308∼309쪽)

봉수는 자신이 전장에서 살아 돌아왔던 절박함을 호소하고, 정순은 자신의 잘못된 선택에 후회를 하지만, 선뜻 봉수의 계획에 동의하지 못한다. 며칠 후 봉수는 영숙을 통해 정순의 편지를 받고서 결정을 미루는 정순을 원망하며 마음의 갈피를 잡지 못한다. 절망적인 심정으로 집을 나와서 길을 걷던 봉수는 한참 후 자신을 따라 나섰던 영숙을 발견하고 충동적으로 몸을 빼앗는다. 어릴 적부터 자신을 잘 따랐던 영숙을 범하고 난 후 혼미한 상태에서 까치의 울음 소리를 들으며 봉수는 전율을 느끼며 영숙의 목을 누르게 된다. 이와 같은 결말을 마주한 때 독자는 당황스러움을 느끼게 된다. 서사의 초입에서 지속적으로 지연되어 왔던 봉수의 살인 충동과 계기가 한 순간의 충동에 의해 전혀 예상 밖의 인물을 죽이게 되는 모습에서 독자의 기대는 순간적으로 허물어지면서 충격을 받는 것이다.

도입액자에서 제시된 몇 가지 의문점, 즉 내부 서술자 봉수는 전쟁 때문에 살인자라는 낙인이 찍혔다고 하는데 그 과정이 어떻게 이루어지는지가 서사를 이끄는 추동력이었다. 정보가 조금씩 제시되면서 독자는 몇몇 가능성을 예상하면서 그것이 구체화되기만을 바라고 있었지만, 결과적으로 결말에 이르러 한 순간의 충동에 의한 비극적 정서가 드러남으로써 정신의 이완이 극대화되는 경험을 하게 된다. 물론 까치소리와 어머니의 기침소리와의 상관성, 그리고 기침소리를 통해 느꼈던 살의 충동 등이 순간적으로 영숙을 범하는 순간에 연결되어 살인을 저지르게 된 것이다. 이렇게 볼 때 「까치소리」의 서사시간의 전개는 독자에게 지속적인 정보의 의문점을 남기면서 결말의 반전을 유도하는, 그래서 정신의 이완 효과를 유도하는 구조를 지니고 있다.

발화 관점의 측면에서 볼 때도 「까치소리」는 정보를 최대한 지연시키면서 독자의 호기심을 자극하는 모습을 드러내고 있다. 전술했듯이 「까치소리」는 인증 액자의 형식을 지니고 있으며, 개방형의 형식을 띠고 있다. 이는 서술의 초점이 점차로 밖에서 안으로, 주변적인 사건에서 중심적인 사건으로 모이는 구조를 보이는 것이다.[84]

도입 액자의 서술자는 자신이 우연히 서점에서 발견한 『나의 생명을 물려다오』라는 책에 대한 강렬한 충동을 제시하면서 독자의 호기심을 자극

---

84) 김종구는 「까치소리」의 서술 양상은 "우회적인 시작"과 "의도적인 지연"을 드러내는 구조를 지녔다고 언급하며 이러한 서술 양상은 일종의 서사전략으로 이해할 수 있다고 지적한다. 김종구, 「金東里 일인칭 단편소설 서술상황 연구」, 『김동리』, 살림, 1996, 유기룡 편, 116~121쪽.

하는 역할을 한다. 그러나 도입 액자의 서술은 그 이상의 역할을 수행하지 않는다. 그것은 액자가 한 면에만 존재하는 개방형의 구조이기 때문에 내부이야기를 정리하는 서술을 담당하지 않는다. 「까치소리」는 "서사의 정점에서 서술이 종료"[85]되는 구조를 지니면서 도입 액자보다는 내부 이야기가 중요시되는 특징을 노출하고 있다. 액자 내부의 이야기는 「까치소리」의 중심이야기이면서 1인칭 시점의 자기 확인의 서사 형식을 띰으로써 독자에게 사건의 정황을 보다 확실하게 전달하는 강점을 보여주고 있다. 그런데 내부 서술자 봉수는 자신의 경험을 토대로 서술함으로써 어느 정도 주관성을 띤 서술을 하고 있다. 독자에게 전달하는 정보는 객관적 상황과 주관적 상황이 혼합되어 드러난다. 대화를 서술할 때 직접화법을 쓰거나, 편지 내용을 그대로 드러낸다는 점에서는 서술의 객관성을 담보하고 있지만 자신의 살의 충동을 설명하는 부분에서 보이는 심리적 갈등은 매우 주관적으로 서술된다. 특히 수기 형식을 지니고 있기에 1인칭 서술자 자신의 고백적이면서도 변명적 느낌이 강하게 드러나는 특징을 지니는 것은 당연하다. 앞선 인용에서 내부 이야기의 서술자 봉수는 이와 같은 정보 제공을 지연시킴을 볼 수 있었다. 어머니에 대한 살의 충동이 왜 생겼는지에 대한 설명은 금새 제시되지 않는다. 정보를 지연시킨 연유를 "발뺌이나 책임 회피를 위한 전제"가 아니라고 진술하는 부분에서 내부 이야기의 서술자는 정보를 조금씩 흘리면서 독자의 호기심을 자극하며 독자를 유인한다고 할 수 있다.

---

85) 김종구, 위의 논문, 121쪽.

㉮ 지금까지 나는 내 자신의 일에 대하여 <내 자신도 잘 모르겠다>고 몇 번이나 되풀이했지만 이것은 결코 발뺌이나 책임 회피를 위한 전제가 아니다. 그래서 나는 **우선 내 자신이 어떻게 해서 어머니의 기침에 말려들게 되었는지 그 전후 경위를 있는 그대로 적어보려고 한다.** (287쪽)

㉯ **하여간 나는 여기서 그 경위를 처음부터 애기할 차례가 된 것 같다.**
내가 군에서 (명예제대를 하고) 돌아왔을 때, — 그렇다, 나는 내가 첨으로 집에 돌아왔을 때부터 애기하는 것이 순서일 것 같다. 그러니까 내가 우리 동네에 들어서면서부터의 이야기가 된다. 그렇다, 내가 우리 동네 어귀에 들어섰을 때 제일 먼저 내 눈에 비친 것은 저 두 그루의 늙은 회나무였다. (288쪽)

㉰ 나는 지금 <어머니와 옥란이와 그리고 정순이>라고 했지만, 사실은 정순이와 어머니와 옥란이라고 차례를 바꾸고 싶은 것이 나의 솔직한 심정이었을지도 모른다. 왜 그러냐 하면, 내가 그렇게 살아서 고향으로 돌아올 수 있은 것은 오로지 정순이에 대한 그리움 하나 때문이라고 해도 좋았기 때문이었다. …
그러나 그 <마련된 죽음>과 거기서의 <탈출> 이야기는 다음으로 미루자.
하여간 나는, 나를 구세주와도 같이 기다리고 있는 어머니와 누이동생들 앞에 나타났다.   (289쪽)

위의 인용을 보면 서술자가 정보를 제시하는 과정이 철저히 자의적이고 주관적임을 알 수 있다. 문장 상에서도 봉수의 무질서한 생각의 나열을 읽을 수 있다. 또한 자신의 감정을 극단적으로 표출하는 감탄사의 남발, 특히 ㉯에서 "그렇다"라고 자기 확신적인 감탄을 되뇌이는 것은 오히려 자신의 생각에 대한 끊임없는 회의를 드러내는 것이기도 하다.[86] 이는 이야기의 전개의 일관성을 위협하는 것으로, 서술 상황이 안정되지 못하다는 인상을 준다. 사실 이야기를 형상화하는 문제는 독자의 기대치를 계속적으로 확인하는 것과 관련성을 갖는다. 작가는 일정한 독자의 기대치를 상정하고, 독자는 독서 행위를 통해 그것을 현실화하는 것이다. 그렇다면 「까치소리」의 서술을 따라가면서 독자의 기대치를 확인하는 작업은 잘못된 길도 들어설 가능성을 항상 내포하고 있다고 할 수 있다. 「까치소리」의 서술자의 화행은 주관적인 인식의 노출에 따라 지각과 해석상의 오류[87]를 내포하고 있기 때문이다.

「까치소리」의 발화 관점을 통해서도 정보가 체계적이며, 일정한 질서를 지니고 제시되지 않는다는 점을 확인할 수 있었다. 초점자이자 서술자인 봉수의 주관적인 감정에 의한 서술이 주를 이룸에 따라 서술의 상황은 독자의 기대치를 어긋나게 하고 있다. 이는 「까치소리」의 서술이 지니고 있는 특징 중의 하나로 독자의 기대치를 허물어뜨림으로써 새로운 놀라움의 효과를 만들어내고자 하는 의도를 읽어낼 수 있다. 독자가 전혀 예상치도 못했던 상황이 벌어짐에 따라 정신의 이완 작용은 극명하게 발생된다.[88][89]

---

86) 물론 내부 이야기의 진행이 수기 형식을 지니고 있으므로 서술자인 봉수가 과거를 재구성하는 가운데, 확증하고자 하는 부분을 강조하는 것일 수도 있다.

87) 김종구, 위의 논문, 118쪽 참조.

88) 리쾨르에 의하면 아리스토텔레스적 의미의 '반전'은 "시간을 필요로 하면서 작품의 범위를 조정"한다고 하였다. 이는 텍스트 전개상에서 독자에게 미치는 "놀라움의 효과"를 말하는 것으로 "급전, 인지, 강렬한 효과"를 통해 발생한다. 「까치소리」의 사건 전개 또한 결말에 이르러 독자의 기대를 뒤집는 급전을 보이는 구조를 보임으로써 줄거리의 일관성을 위협하는 이완의 효과를 보인다고 하겠다. Paul Ricoeur, 김한식·이경래 옮김, 『시간과 이야기』1-줄거리와 역사 이야기, 문학과지성사, 1999, 104~108쪽.

89) 역진적 시간 구조에서 이완의 효과를 보이는 작품들은 대개 미스테리 소설과 같이 끊임없이 독자의 기대를 유보시키며 정보를 지연시키는 소설에서 많이 찾아볼 수 있다.

2.3 긴장-이완 효과 : 다층적 회상에 의한 통합과 분리의 변주

김동인의 「狂炎소나타」(〈 中外日報 〉, 1929, 1.1∼1.12)[90]는 액자소설
로 그 서술적 층위가 다양하게 나뉘어져 있다. 독자는 도입 액자의 서술자,
그리고 음악 비평가 K씨, 백성수 이렇게 세 서술자를 만날 수 있다. 이는
초점화의 변환과는 또 다른 양상으로 세 서술자는 각기 다른 층위에서 서
술의 몫을 담당하고 있다. 도입 액자 부분의 서술자는 작가적 목소리를 내
는 서술자로 실제 독자에게 이야기를 건네고 있다. 이는 텍스트 전반을 제
어하는 서술자로 독자의 흥미를 유발시키는 역할을 하는 서술자이다. 음악
평론가 K씨는 「狂炎소나타」의 기본 서사를 이끌어가는 서술자이다. 이는
액자 내의 서술을 담당하면서 사회교화자 모씨와의 대화를 통해 '백성수'
에 대한 이야기를 자연스럽게 풀어 나간다. 다음으로 백성수는 '편지' 속에
서 자신의 서술을 담당하고 있다. 이러한 서술의 다층적 성격으로 인해 서
사시간도 다양한 양상을 보이고 있다. 우선 인물의 행위를 기준으로 이야
기 단락을 구분하여 서사시간의 변화 양상을 살펴보겠다.

1. (액자 밖 서술자에 의한 서술) 독자의 호기심을 끌어내는 작가적 서술자
   의 발화.
2. (어떤 여름날) 음악 비평가 K씨와 사회 교화자 모씨의 대화.
   음악 비평가 K씨는 어떤 '기회'를 통해 천재가 될 수도 있고, 범죄자가
   될 수도 있음을 '백성수'의 예를 들어 사회교화자의 의견을 구한다.
3. (K에 의한 서술)

---

90) 본고에서 사용하는 텍스트는 『김동인전집』 2(조선일보사, 1988)으로 인용 면은 이 텍스
    트를 기준으로 삼는다.

(1) K는 동창인 백성수의 아버지가 '야성'을 지닌 음악가로 그 야성적
    힘이 그의 예술을 더욱 풍부하게 했음을 이야기한다.
(2) 백성수의 아버지는 학교를 졸업한 후 그 양성이 다른 곳으로 발전하
    여 술에 탐닉한다.
(3) 그가 술을 마신 후 취용에 겨워 연주하는 음악은 귀기(鬼氣) 그 자체
    였다.
(4) (칠팔 년 후) 백성수의 아버지는 폐인이 된다.
(5) K는 그가 아까운 천재였다고 고백한다.
(6) 그러던 중 그는 양가의 처녀와 관계를 맺고 유복자로 태어난 이가
    백성수이다.
(7) K를 비롯한 친구들은 그 이후의 사실을 알지 못한다.
(8) (삼십 년 후) K는 음악 비평가로 어느 정도의 위치를 지니게 된다.
(9) (재작년 이른 봄 어떤 날) K는 그 때 가끔 조용한 밤 중 몇 시간을
    oo 예배당에 가서 피아노를 치며 명상을 하는 습관을 지니고 있었음.
(10) (그날 밤, 두 시가 지났을 무렵) 조용히 묵상하고 있을 즈음 어떤
    집이 불에 휩싸여 있음을 목격한다.
(11) 그 때 어떤 이가 예배당으로 뛰어 들어와 피아노를 치는 모습을
    본 '나'는 묘한 긴장과 흥분 상태에 이른다.
(12) 그 자유로운 소나타를 듣고 K는 30년 전에 심장마비로 죽은 백OO
    를 떠올린다.
(13) K는 그에게 다가가 그가 백OO의 아들임을 확인한다.
(14) (그날 밤) K는 백성수를 집으로 데려와 남은 악보를 그리기 위해
    교회당에서 했던 연주를 시켜보지만 그 느낌(야성, 힘, 귀기)를 얻
    지 못한다.
(15) K는 기록해두었던 악보로 연주를 하고, 그것을 듣던 백성수는 흥분
    하여 그 뒤를 이어가는데 이를 듣고 K는 전율에 빠진다.
(16) K는 백성수에게서 그의 과거에 대해 듣는다.

① 백성수의 어머니는 그를 임신한 후 친정에서 쫓겨난다.

② 교양이 있던 어머니는 백성수에게 어릴 때부터 음악을 들려주고, 여섯 살 나던 해에는 피아노를 사준다.

③ 피아노를 늘 가지고 놀던 백성수는 자라면서 음악에 대한 동경을 키워간다.

④ 그러나 백성수는 가정 형편상 학교를 그만 두고 공장의 직공이 된다.

⑤ 늘 음악의 열정이 넘쳤던 백성수는 비상한 감흥으로 연주하던 것을 악보로만 옮겨놓으면 싱거운 음계가 된다.

⑥ (십년 후) 백성수의 어머니는 몹쓸 병에 걸린다.

⑦ 어머니의 병으로 몇 년 동안 모아둔 돈은 다 쓰고 우연히 담배가게 옆을 지나다 돈을 훔친다.

⑧ 여섯 달 동안 재판소와 감옥을 드나든 백성수는 어머니의 안위를 걱정한다.

⑨ 백성수는 반년 전에 어머니가 자신을 찾으며 길에까지 기어 나왔다는 이야기를 듣는다.

⑩ 백성수는 공동묘지를 찾아가나 분묘조차 발견하지 못하고 예배당으로 뛰어 들어 간다. (K씨와 사회교화자의 대화로 돌아옴)

(17) K는 사회교화자 모씨를 자신의 집에 데리고 가서 이삼일 전 백성수에게서 온 편지 한 통을 보여준다.

(18) 백성수에 의한 서술 (편지 내용)

백성수는 밤을 지낼 집을 구하던 중 오십 원을 훔쳤던 담배 가게를 보는 순간 복수심이 타올라 불을 지르고 교회로 도망한 것이라고 말한다.

(19) (액자 내 이야기 현재와 편지 내용이 오가면서 서술됨)

K는 백성수의 비상한 열정과 감성이 어머니의 교육에 의해 감추어져 있다가 어느 순간 돌발적으로 드러난 것이라고 이야기한다.

(20) (백성수의 편지)

    ① K씨는 백성수가 체계적인 음악보다는 광기 어린 음악을 만들도
록 여러 방면으로 도와줌.

    ② 백성수는 음악을 열심히 만들어보지만 과거의 열정과 흥분은
느끼지 못함.

    ③ K씨는 자연스럽게 감흥이 나오도록 기다림.

    ④ (몇달 후) 백성수는 산보를 하던 중 볏짚 낟가리에 불을 붙이고
흥분하여 '성난 파도'를 작곡한다.

    ⑤ 그 후 백성수는 몇 차례의 방화를 통해 음악적 열정을 토해냈다
고 고백한다.

    ⑥ 백성수는 불에 대한 흥분이 차로 줄어들자 음악을 작곡할 수
없어 잠시 음악을 잊고 지낸다.

(21) (K의 시각에서 다시 서술됨)

    ① K는 백성수의 '성난 파도'를 들을 때를 기억하며 사회교화자
모씨에게 그 때 상황을 설명한다.

    ② 그 후 십여 일 건너 방화가 일어날 때마다. 한 곡씩 탄생된다.

(22) (백성수의 편지 내용)

백성수는 우연히 송장을 발견하고 묘한 흥분을 느끼고 '피의 선율'
을 작곡한다.

(23) 사회교화자 모씨는 백성수의 심리를 예술가적 측면에서 어느 정도
이해하려고 한다.

(24) (백성수의 편지 내용)

어떤 죽은 여자의 무덤에서 시체를 꺼내 시간을 한 뒤 '사령(死靈)'
을 작곡한다.

(25) (K씨와 교화사의 내화)

이 이야기를 듣고 사회교화자는 말을 잃는다.

(26) (백성수의 편지)

그 뒤로 한 사람씩을 죽인 후에 음악을 만들어 낸다.
(27) (K씨와 사회교화자의 대화)
　　① 사회 교화자는 백성수의 행동을 인정하지 않는다.
　　② K씨는 예술가적 입장에서 백성수를 옹호한다.

「광염소나타」의 기본 서사는 천재적인 음악성을 타고났으면서도 광기에 휩싸이지 않고서는 작곡을 할 수 없었던 '백성수'의 생애에 대한 이야기이다. 그의 삶의 과정을 두고서 음악비평가 K씨는 도덕적 기준과 예술적 기준으로 보았을 때 백성수의 삶을 어떻게 판단할 것인지를 사회 교화자 모씨와의 대화를 통해 해답을 찾아보려 한다.

그러면 위에 다소 길게 나눈 인물의 행위 단락을 기준으로 논의를 전개해보겠다.

우선 1은 액자 밖 서술자의 발화로 독자의 호기심을 끌어내려는 서술로 되어 있다. 시간적 배경은 알 수 없으며, 단지 텍스트 외적인 전지적 서술자의 발화만을 확인할 수 있을 뿐이다. 이 부분은 실제 독자를 염두에 둔 작가의 목소리로 읽을 수도 있다.

독자는 이제 내가 쓰려는 이야기를, 유럽의 어떤 곳에 생긴 일이라고 생각하여도 좋다. 혹은 사십 오십 년 뒤에 조선을 무대로 생겨날 이야기라고 생각하여도 좋다. 다만, 이 지구상의 어떠한 곳에 이러한 일이 있었는지도 모르겠다, 있는지도 모르겠다, 혹은 있을지도 모르겠다, 가능성 뿐은 있다— 이만치 알아두면 그만이다. …(중략)…
이러한 전제로서 자 그러면 내 이야기를 시작하자. (33쪽)

밑줄 친 부분을 보면 전혀 허구적으로 형상화되지 않은 서술자의 생경한 목소리를 들을 수 있을 것이다. 작가는 단지 자신이 바라보는 세계의 일부를 그릴뿐이라는 어쩌면 무책임하게 보일 수도 있는 발화를 하고 있다.[91] 다소 일방적이면서도 독자에게 호기심을 증폭시키는 액자 외부의 서술은 전술한 바 내부 서사와는 일정한 시간적 거리를 둔 부분으로 무시간성을 지니고 있다. 즉 기본 서사의 방향만을 잡아주는 역할을 하고 있는 것이다.

본격적인 서사는 위의 이야기 단락 2에서부터이다. 「광염소나타」의 서술은 대부분 음악비평가 K가 담당하고 있는데, 이는 액자 내부 서술자 K에 의해 이야기가 적극적으로 조정되고 있다는 것을 의미한다.[92] 우선 서사시간의 구분에 따라 사건의 진행을 본다면, 정보 제시의 순서는 매우 혼란스럽게 이루어지고 있다고 해도 과언이 아니다. 급격한 시간상의 변화와 초점의 변화로 인해 사건의 진행은 급격한 변화를 동반한다. 이야기하는 시간은 하루 정도이지만, 이야기된 시간은 40년에 가까운 시간의 범위를 지니고 있다. 이는 회고적 시간의 구조를 단적으로 보여주는 것인데, 전체적으로 사건 진행은 K의 회고에 의해 재정립된다. 수십 년의 시간 간격이

---

91) 심진경은 이 부분에서 외부 액자 서술자의 자신감을 읽을 수 있다고 언급하면서, 이러한 자신감을 통해 서술자는 "자신이 이끌어갈 이야기의 정보를 최대한 자제하면서, 독자의 흥미를 유발"시키고 있다고 진술한다. 심진경, 「액자소설의 시점」, 『현대소설 시점의 시학』, 새문사, 1996, 224쪽.

92) 심진경은 음악비평가 K가 다분히 주석적 해석자로서의 적극적인 모습을 보이는 서술자라고 언급한다. K의 거의 일방적인 태도에 의해 백성수의 이야기가 진술되거나 사회교화자와의 대화가 이어진다고 말한다. 특히 심진경은 사회교화자 모씨는 「광염소나타」에서 거의 불필요한 인물로 인정하며, 논객으로서의 역할을 상실한 인물로 해석한다. 이는 액자 내부 서술자 K의 절대 권위를 드러내는 척도가 된다고 할 수 있다. 심진경, 위의 논문, 221쪽.

K의 기억에 의해 다시 전달되는 것이다. 이 과정에서 다분히 K의 취사선택
에 의한 정보 제시가 생길 수밖에 없다. 대개 기억 속의 일을 서술하는
것은 일단의 목적 하에 사건을 취합하는 것이기 때문이다. 따라서 사건 제
시의 순서는 큰 의미가 없다. 내부 서술자 K의 의도대로 모든 것이 서술되
기 때문이다.

> "기회(찬스)라 하는 것이 사람을 망하게도 하고 흥하게도 하는 것을 아시
> 오?"
> …(중략)…
> "또 한 가지— 사람의 천재라 하는 것도 경우에 따라서는 어떤 '기회'가
> 없으면 영구히 안 나타나고 마는 일이 있는데 그 '기회'란 것이 어떤 사람에게
> 서 그 사람의 '천재'와 '범죄 본능'을 한꺼번에 끄을어내었다면 우리는 그 '기
> 회'를 저주하여야겠읍니까 축복하여야겠습니까?"
> "글쎄요."
> "선생은 백성수란 사람을 아시오?"
> "작곡가로서 그—."
> "네 생각납니다. 유명한—'광염 소나타'의 작가 말씀이지요?"
> "녜. 그 사람이 지금 어디 있는지 아십니까?"
> "모릅니다— 뭐 발광했단 말이 있었는데—."
> "녜. 지금 XX정신병원에 감금돼 있는데 그 사람의 일대기를 이야기할게
> 들으시고 사회 교화자로서의 의견을 말씀해 주십쇼." (33~34쪽)

위의 서술은 음악비평가 K가 사회 교화자 모씨에게 어떤 '기회'를 통해
'천재'와 '범죄자'고 나뉠 수 있다는 점을 설명하면서 의견을 구하는 대목
이다. 이는 「광염소나타」의 주 초점자인 백성수의 행위에 대해 의견을 구

하는 것으로, 사회 교화자뿐만 아니라 독자에게도 호기심을 불러일으키는 서술이다.93) 또한 내부 액자 이야기의 내용에 대한 방향을 설명하는 서술이 된다. 우선 음악비평가 K는 우선 백성수의 아버지에 대한 정보를 제시한다. 위의 이야기 단락 3의 (1)에서 (7)까지가 백성수의 아버지에 대한 정보이다. 이 부분에서 독자는 백성수의 아버지는 '야성'을 지닌 천재적인 음악가로 술을 너무 많이 마신 탓에 그 천재성이 시들어버린 사람임을 알게 된다. K를 비롯한 친구들은 우연한 기회에 양가집 처녀와 관계를 맺어 백성수를 낳았다는 사실은 알지만 그가 이후에 어떻게 되었는지 알지 못한다. 이 부분의 서사시간의 범위는 대개 7-8년 정도로 K는 30여 년 전의 일을 회상하는 것이다. 회고의 시간을 서술하는 것이므로 서술의 속도는 매우 빠르게 진행된다. K씨가 사실 백성수의 아버지에 대해 회고를 하는 것은 백성수가 아버지로부터 물려받은 유전적인 요인과, 평범하게 태어나지 않았다는 것으로 강조하기 위해 서술하는 것이다. "야성", "귀기(鬼氣)", "유복자" 등이 바로 백성수의 천재성이나 남다름을 암시하는 것이 된다.

사건은 다시 30년의 시간을 뛰어 넘는다. (9)~(15)까지의 내용은 2년 전 어떤 여름 밤의 일로 사건의 정황이 매우 자세하게 설명된다. 어느덧 사회에서 인정받는 음악 비평가로 성공한 K는 우연히 예배당에서 어떤 이가 치는 피아노 음률을 듣고 '묘한 긴장과 흥분'에 빠진다. 그 순간 K는 백성수의 아버지를 떠올리며 그가 백성수임을 알게 된다. K는 백성수를 집으로 데리고 와서 교회에서 했던 연주를 듣고자 하나 그 때 느꼈던 '야성,

---

93) 위에서도 언급했지만, 「광염소나타」에서 사회 교화자는 논객으로서의 역할을 하지 못하고 있다. 그는 단지 K가 주장하는 것을 듣는 청자의 역할만 할 뿐이다. 이는 독자를 대신한 한 인물로 볼 수도 있다.

힘, 귀기'는 느끼지 못한다. 그러나 K는 자신이 채록했던 악보로 연주를 하고 뒤를 이은 백성수의 연주에 전율을 느끼게 된다. 여기까지의 내용은 K가 그때까지 잊고 있었던 백OO의 천재성이나 광기를 백성수를 통해 확인하는 과정이다.

다시 사건은 과거로 돌아가는데 이는 백성수에 의해 설명된 과거의 사건이 K에 의해 재구성된다. 이 부분은 백성수의 기억과 K의 기억이 동시에 겹쳐져 서술되지만, 전술한대로 내부 서술자 K의 의지대로 재구성한 것으로 볼 수 있다. 이는 다음의 예문에서 잘 살펴볼 수 있다.

그날 밤이 새도록, 그는 흥분이 되어서 자기의 그 새의 일을 일일이 다 이야기하였습니다. <u>그 이야기에 의지하면 대략 그의 경력이 이러하였습니다.</u> …(중략)…

때때로 비상한 감흥으로 오선지를 내어 놓고 음보를 그려 본 적도 한 두 번이 아니었읍니다. 그러나 이상한 것은 그만치 뛰놀던 열정과 터질 듯한 감격도 음보로 그려 놓으면 아무 긴장도 없는 싱거운 음계가 되어 버리고 하였읍니다. 왜? 그만치 천분이 있고 그만치 열정이 있던 <u>그에게서 왜 그런 재와 같은 음악만 나왔느냐고 물으실 테지요. 거기 대하여서는 이따가 설명하리다.</u>

감격과 불만 열정과 재—비상한 흥분과 그 흥분에 대한 반비례되는 시원치 않은 결과 이러한 불만의 십 년이 지났읍니다. (40∼41쪽)

밑줄 친 부분을 보면 K는 백성수에게서 들었던 이야기를 간접적으로 전하는 역할을 담당하고 있음을 알 수 있다. (16)에서 요약한 대로 백성수의 30년 생은 고난과 어려움의 시기였는데, 이는 K에 의해 재구성된 것이다. 여기에서 K는 이미 객관적인 보고자의 역할을 잃어버렸다고 하겠다.

이는 K 자신이 느꼈던 예술적 희열을 백성수를 통해 확인하고, 그것을 사회 교화자나 독자에게 전달하고자 하는 욕망에서 비롯된 것일 수도 있다. 그리고 "거기 대하여 이따가 설명하리다"라는 부분을 통해 K가 서술의 속도를 적극적으로 조정하고 있음도 볼 수 있다. 이는 앞서 본 사회 교화자와의 관계에서도 설명한 것처럼 내부 서술자 K의 적극성에 의한 서사의 조절이라고 할 수 있다.

서사시간은 다시 이야기 현재로 돌아와 K씨가 사회 교화자를 집으로 데려와 백성수의 편지를 보여주는 부분으로 옮겨진다. (17)~(26)의 부분은 「광염소나타」에서 가장 중요한 정보가 제시되는 부분으로 이전까지 의문점으로 지속된 백성수의 행위가 구체적으로 드러난다. 서사시간의 특징은 이야기 현재와 과거가 번갈아가며 서술되고 점진적으로 내용적 긴장이 확대되는 방향성을 지닌다. 발화 관점의 차원에서도 K씨와 백성수가 동등하게 서술의 역할을 담당하고 있다. 이는 위에서 보았던 백성수의 이야기가 K라는 매개자를 통해 서술되는 것이 아니라, 편지 내용을 통해 백성수 자신의 목소리로 자신이 겪은 사건을 직접 서술하는 것이다. 서사시간의 변화는 급격하게 변화하며 그에 따라 서사적 긴장감은 고조된다. 서사시간의 범위는 2년 전 K와 백성수가 예배당에서 만난 이후부터 이야기 현재까지에 이른다. 백성수는 자신의 광기를 이해하고, 음악계에 자신을 소개시킨 K에게 감사의 말과 함께 자신이 극단적으로 변화하는 과정을 자세하게 설명한다. 백성수는 우연한 기회에 복수심에 방화를 하고 그에 흥분된 감정으로 '광염 소나타'를 작곡하고, 뒤이어 더 큰 방화를 통해 '성난 파도'를 작곡하며 나중에는 십여일 건너 방화를 하며 작곡을 한다. 이러한 광기는 결국 시체를 보며 흥분하여 '피의 선율'을 작곡하고, '시간(屍姦)'을 하고 난 후의 흥분으로 '사령(死靈)'을 작곡하기에 이른다. 이 지점에서 텍스트 서두에 제시되었던 '우연한 기회'를 통해 '천재'와 '범죄자'로 나뉘게 된 과정이 구체적으로 확인하게 된다. 이러한 광기 어린 백성수의 고백을 사회 교화자에게 제시하며 K는 자신의 의견을 피력한다. 결국 사회 교화자는 백성수의 행위가 잘못되었다는 판단을 내리지만 K는 예술가적 입장에서 백성수의 행동을 옹호한다.[94]

서사시간의 흐름에 따라 전체 내용을 다시 정리하면 다음과 같다.

1. 도입 액자(시간의 표지 없음)
2. 이야기 현재(음악 비평가 K씨와 사회 교화자 모씨와의 대화)
3. 30여년 전의 백성수의 아버지에 대한 회고(음악 비평가 K씨의 회고)
4. 2년 전 K와 백성수의 만남 회고(K의 회고에 의한 서술)
5. 30년 전에서 10년 전까지의 백성수의 삶 (간접적 보고 형식, 두 겹의 기억)
6. 이야기 현재(K씨의 집에서 사회 교화자와 대화)
7. 이야기 현재와 2년 전 과거의 사건이 번갈아 서술됨.(과거의 사건은 백성수가 초점자가 되어 서술함)
8. 이야기 현재.

---

94) "… 예술가에게는 이것이 쓸쓸해요. 힘 있는 예술, 선이 굵은 예술, 야성으로 충일된 예술- 우리는 이것을 기다린지 오랬읍니다. 그런데 백성수가 나타났읍니다. 사실 말이지 백성수의 그 뒤의 예술은 그 하나 하나가 모두 우리의 문화를 영구히 빛낼 보물입니다. 우리의 문화의 기념탑입니다. 방화? 살인? 변변치 않은 집개 변변치 않은 사람개는 그의 예술의 하나가 산출되는 데 희생하라면 결코 아깝지 않습니다. 천 년에 한 번, 만 년에 한 번 날지 못 날지 모르는 큰 천재를 , 몇 개의 변변치 않은 구실로 이 세상에서 없이하여 버린다 하는 것은 더 큰 죄악이 아닐까요. 적어도 우리 예술가에게는 그렇게 생각됩니다." (51쪽)

위의 전개과정을 살펴보더라도 서사시간의 전개가 간단치는 않다. 특히
「광염소나타」의 경우 서사시간의 역전이 초점을 달리한 다양한 수준에서
제시된다는 점에서 그 복잡성은 더하다고 할 수 있다. 그러나 주서술자 K
의 시각으로 그 복잡한 시간 양상이 재구성됨에 따라 전체 내용은 한 곳으
로 집중된다. 그것은 도입 액자에서 작가적 서술자에 의해 제시된 의문점
이 점차적으로 해결되는 과정으로 볼 수도 있다. 독자에게 "유럽의 어떤
곳에 생긴 일"일 수도 있고, 사 오십 년 뒤 "조선을 무대로 생겨날" 수도
있는, 어쩌면 가능성만 존재하는 이야기로 독자를 허구 세계에 끌어들인
도입 액자의 서술은 내부 이야기의 주서술자 K에 의해 '도덕적 가치와 예
술적 가치'에 대한 판단이라는 보다 구체적인 서술로 전환되고, 그러한 의
문을 해결하기 위해 '백성수'의 삶에 대한 조망이 이루어지는 것이다.

전술한 바 「광염소나타」의 주 서술자는 K이다. 그의 조종 하에 모든
사건은 균형을 이루며 서술된다. 심지어 '백성수'의 목소리로 서술되는 부
분조차 K의 간접적인 중재에 의해 제시되는 것이다. 그러면서 다소 복잡한
형태를 띠는 서사시간이나, 발화 관점은 일정한 방향성을 지니게 되는 것
이다. 그런 의미에서 「광염소나타」는 긴장과 이완의 효과를 동시에 불러일
으키는 텍스트가 된다. 중층 액자를 이용해 서사시간을 다층적으로 구성함
으로써, 그리고 정보제시를 다양한 목소리로 제시함으로써 독자에게 사건
이 제시되는 과정은 일정한 거리를 유지시키며 소원화를 느끼게 하는 이완
의 효과를 먼저 드러내게 된다. 그러나 그러한 과정들이 결말에 이르면서
일정한 방향성을 지니게 되고 주초점자인 '백성수'의 삶을 입체적으로 조
망하는 데 기여하면서 긴장의 효과를 발생시킨다고 할 수 있다. [95]

2.4 소 결 : 기억과 회상에 의한 서사적 현재의 재구성

역진적 시간 구조는 서사 구성의 현대적 형태로 서사시간의 조작이 의도적으로 시도된 구조이다. 이 시간 구조에서는 서술적 동기화가 중요한 요인으로 작용한다. 즉 이야기 현재의 특수한 상황을 설명하기 위해 과거의 한 시간대를 탐색하는 것이므로 과거의 사건들을 묶을 수 있는 이야기 현재의 서술적 동기화가 중요하다는 것이다.

역진적 시간 구조에서 긴장의 효과는 전진적 시간 구조에서와 마찬가지로 일관성과 통합성을 드러낼 때 발생하는데, 이 시간 구조에서 일관성과 통합성은 과거의 시간대에 있는 사건이 어떤 방식으로 전개되는가에 따라 결정된다. 과거의 사건들이 현재의 상황을 드러내기 위해 점진적인 과정으로 수렴된다면 이는 긴장의 효과를 낳는 것이라 할 수 있다. 발화 관점의 측면에서 볼 때 이 구조는 서술하는 자아와 서술되는 자아가 확연히 분리되는 모습을 띠게 된다.

본고에서는 김유정의 「봄·봄」과 염상섭의 「除夜」를 분석했는데, 「봄·봄」은 신빙성 없는 서술자인 '데릴사위'와 그를 끊임없이 속이는 '장인'의 대립관계가 지속적으로 반복되며 제시되는 구조를 보인다. 그 사위와 장인의 '속고/속임'의 관계는 과거에서부터 이야기 현재까지 지속되었던 것이며, 앞으로도 계속될 것이라는 암시가 보임으로써, 독자는 연민

---

95) 역진적 시간 구조에서 긴장-이완의 효과를 보이는 작품의 또 다른 예를 든다면 염상섭의 「표본실의 청개고리」나 김동인의 「딸의 業을 이으려」 정도가 이에 해당한다 하겠다. 각 작품들은 초점화 양상이나, 서사시간의 양상이 복잡하게 얽히면서 이완의 효과를 보이지만 결국 서사의 질서를 찾아간다는 점에서 긴장의 효과가 드러나면서 긴장-이완의 효과를 발생시킨다고 할 수 있다.

의 정을 느끼기까지 한다. 「봄·봄」에서 과거에서 이야기 현재까지 지속되는 '속고/속임의' 관계는, 서사시간이 점점 현재에 가까워질수록 장인의 교묘한 술책이 드러남으로써 결말에 이를수록 정보는 통합되는 모습을 보인다고 하겠다.

「除夜」도 마찬가지 구조를 보이는데, '정인'이라는 한 여성이 자살을 하기 전 자신이 자살을 결심하게 된 경위를 설명하는 1인칭 회고적 구조를 지니고 있다. 이 소설은 정인의 개인적이고도, 대사회적인 갈등이 표출되는 양상이 과거로부터 현재까지 시간적 단계를 이루면서 정리되는데, 이를 통해 볼 때 정인의 사고가 단순히 한 순간에 이루어지지 않았음을 알 수 있다. 크게는 근대적 사고를 옭아매는 전근대적인 사회 제도나 전통과의 갈등에서부터 한 개인의 자유로운 연애에 의해 발생되는 여러 갈등 요소들이 제시되고 있다. 이러한 갈등 양상을 제시하는 데 있어서, 「除夜」는 큰 것에서부터 작은 것으로, 추상적인 생각에서 구체적인 사실로 제시하고 있다. 따라서 정보가 제시될수록 구체성이 획득되고 이야기 현재의 시간에 언급했던 상황을 설명하는 것으로 수렴되고 있음을 알 수 있다. 비록 「除夜」가 서술자의 장황하고도 설명적인 진술과 국한문 혼용체의 난삽함 때문에 이야기 위주의 소설이 지닌 재미를 보여주지는 못한다고 해도, 정인의 치열한 갈등 양상을 드러내는 방식은 유기적인 방식으로 전개되면서 그 소설적 긴장을 유지시키고 있다고 볼 수 있다.

역진적 시간에서 이완의 효과는 서술 순서의 측면에서만 보면 긴장의 효과를 낳을 때와 별반 다를 게 없다. 즉 서사의 전개 과정이 이중의 시간으로 되어 있어서 서술하는 시간과 서술되는 시간으로 나뉜다는 것이다. 그런데 긴장의 효과를 낳을 때는 서사의 전개 과정이 점진적 수렴을 보이며 독자가 정보를 인지하는 과정이 통합적으로 전개되는 반면, 이완의 효과를 발생시킬 때는 계속적으로 독자의 기대를 어긋나게 하는 구조를 보인다. 즉 정보가 제시될수록 독자에게 기본 서사의 정보는 계속 지연되며 제시된다. 발화 관점에서 볼 때 긴장의 효과가 발생할 때는 서술하는 자아와 서술되는 자아가 동일한 인물이었지만, 이완의 효과가 발생할 때는 대개 두 서술자가 다른 인물로 등장한다.

본고에서는 「까치소리」를 텍스트로 분석했는데, 「까치소리」는 액자소설로 서술자가 이중으로 되어 있다. 즉 우연한 기회에 서점에서 『나의 생명을 물려다오』라는 책을 본 액자 밖 서술자와 그 책 내용의 서술자로 나뉘게 된다. 기본 서사는 당연히 액자 내 이야기로 가장 중심적인 내용은 액자 내부 서술자 '동호'가 '어떻게 살인자가 되었으며, 누구를 죽였는가'하는 문제이다. 독자는 액자 밖에서 제시된 정보를 통해 '동호'의 행동을 따라가면서 위의 문제를 해석해보려 하지만 정보가 제시됨에 따라 독자의 기대가 계속 어긋남을 경험하게 된다. 결국 결말에서 독자가 맞닥뜨리게 되는 인물은 전혀 예상 밖의 인물이며, 그가 죽게 되는 과정도 독자의 예상을 빗나가게 된다. 이처럼 결말에 이를수록 독자의 기대를 어긋나게 하는 '반전의 효과'는 리쾨르가 말한 "뜻하지 않은 사건의 급작스러운 변화"에서 오는 놀라움의 효과로 독자의 정신을 이완의 현상으로 몰고 가는 서사적 장치라 할 수 있다. 리쾨르는 강렬한 효과를 수반한 반전이 정신의 이완을 극대화시킨다고 했는데 「까치소리」가 이를 잘 보여준다.

역진적 시간 구조에서 긴장-이완의 효과를 보이는 작품은 그리 많지 않다. 서사시간의 측면에서 보면 이 구조는 시간적 거리를 보이는 몇 겹의 이야기가 서술된다. 이는 그 구조 자체만으로 볼 때 매우 복잡한 양상을 띠고 있는 것처럼 보인다. 발화 관점의 측면에서 볼 때도 둘 이상의 초점자 혹은 서술자가 등장함으로써 정보 제시의 양상이 통일성을 상실한 것처럼 보인다. 따라서 기본적으로 정보 제시의 일관성을 상실하고 이완의 효과를 낳는 불협화음의 구조를 지니고 있다. 그러나 기본 서사의 주 초점인물을 중심으로 텍스트 전체를 살펴보면, 다중의 시간 구조와 다중의 발화 관점은 오히려 인물의 변화과정을 입체적으로 설명하며 통합하는 모습을 띠게 된다.

본고에서는 대상 텍스트로 김동인의 「광염소나타」를 분석했다. 「광염소나타」는 삼중의 서술자와 초점화의 다양한 변화, 그리고 서술 시간의 급격한 변화를 통해 소설 형식적인 면에서는 불연속적인 이완의 효과를 드러내고 있지만, '백성수'의 삶을 중심으로 한 기본 서사의 전개는 일정한 질서를 지닌 통합성을 추구한다는 점에서 긴장의 효과도 발생하는 것으로 보았다.

3. 복합적 시간 구조와 현실 세계의 내면화

복합적 시간(polytemporal time) 구조는 현대 서사에서만 찾아볼 수 있는 시간 구조로 주로 인물의 내면 심리를 중시하는 소설에서 발견된다. 이 시간 구조에서는 작가가 인물과 서술자, 작가와 독자의 시간을 섞음으로써 독자가 간혹 소설에서 제시되는 모든 시간 지시를 알 수 없게 되기도 한다. 따라서 복합적 시간 구조는 이야기 시간과 서술 시간이 매우 어긋나는 현상을 보이게 된다. 시간 변형의 축은 '과거 - 현재 - 미래'의 수평적인 (horizontal) 축에서 발생하는 것이 아니라 수직적(vertical) 축에서 발생한다. 따라서 이 시간 구조에서는 이야기 시간 보다 서술 시간에 그 중요성이 주어진다.

또한 복합적 시간 구조는 종종 공적인 시간과 사적인 시간의 관계를 설정하는 것을 거부한다. 현대 심리 소설에서 보이는 '의식의 흐름[96]'이나 '내적독백[97]'에서 발견할 수 있는 시간의 혼효 현상이 그러한 현상을 잘 드러내 준다. 로버트 험프리는 심리 소설이 "사적 내밀성(私的 內密性)의 특성을 유지하면서 의식을 실감"나게 표출하는 특성을 지니고 있다고 했는데, 이를 위해서는 특수한 서사 기법이 필요하다. 로버트 험프리는 이를

---

96) '의식의 흐름'이란 용어는 본래 심리한자들이 사용한 용어로 윌리암 제임스가 만든 말이다. 소설에서 이 용어를 사용할 때는 작중 인물의 심리적 측면을 묘사하기 위한 방법을 가리킨다. 로버트 험프리는 장르론적으로 <'의식의 흐름 소설>이라는 말을 맨 처음 사용한다. 그는 우선 작중인물의 의식이 소설의 핵심을 이루는 소설을 <의식의 흐름 소설>이라 일컫고, 작중인물의 의식을 모습을 그려내기 위하여 언어표현 이전 단계의 의식을 규명하는 데 중점을 둔 형태의 소설이라고 정의한다. 또한 그는 <의식의 흐름>이라는 기법은 없으며 다만 <의식의 흐름>을 묘사하기 위해 몇 가지 새로운 기법이 사용될 뿐이라고 언급한다. Robert Humphrey, 李愚鍵·柳基龍 共譯,『現代小說과 意識의 흐름』, 형설출판사, 1984, 9~15쪽 참조.

97) '내적 독백'이란 내용적으로는 거의 무의식에 가까운 아주 심오한 내면적 사고의 표현이며, 그 형식은 최소한으로 간략화된 문장의 직접적인 어법으로 드러난다. 로버트 험프리는 내적 독백을 직접적인 것과 간접적인 것으로 나누어 설명하는데, 직접 내적 독백은 작가의 개입이 거의 없이 독자에게 직접적으로 인물의 의식을 드러내는 것을 말하는 것인데 청자가 예상되어 있지 않은 특징을 지닌다. 간접 내적 독백은 3인칭 혹은 2인칭 대명사를 사용하여 항상 독자에게 작가의 존재를 느끼게 한다. 즉 간접 내적 독백은 전지적 시점의 작가가 말로 표현되지 않은 소재를 마치 작중 인물의 의식으로부터 직접 나온 것처럼 묘사하고 설명과 서술에 의해서 독자를 이끌어 가는 내적 독백의 유형이다. 이것은 작가가 작중인물의 의식과 독자 사이에 끼어든다는 점에서 직접 내적 독백과는 다르다. Robert Humphrey, 앞의 책, 49~59쪽 참조

세 가지로 정리한다. 즉 첫째, 심리학적 연상의 제법칙에 따라 의식 내용을 부유(浮游)하게 하고, 둘째, 표준적인 수사 문식(文飾)으로 불연속성과 압축성을 나타내며 셋째, 이미지와 상징에 의하여 다양하고 극단적인 단계의 의미를 시사하는 것이 심리소설의 기법적 장치라는 것이다.[98] 따라서 현대 심리소설에 이르러서 서사적 기법은 다양하고 복잡하게 실험되고 있는 것이다. 그 중에서도 인물의 심리에서 떠다니는 다양한 시간적 층위들은 그 구조적 복잡성을 극단적으로 드러내는 것이라 할 수 있다. 즉 전통적으로 서사에서 중요하게 생각했던 이야기의 계기성이나 연속성은 더 이상 심리소설에서 중요한 가치를 지니지 않는다는 것이다. 따라서 작중 인물 심리의 다양한 국면들을 드러내는 소설들은 일관성을 통한 유기성을 독자에게 제시한다기 보다는, 인물 심리의 유동적이고 파편적인 특징들을 독자에게 제시하고 이를 통해 인물의 정체성이 어떻게 통일적으로 형성될 수 있는지를 보여주는 것이 중요한 문제가 된다.

심리소설의 작가는 이러한 유동적인 인물의 심리를 통괄하는 일관성 있는 구조를 구축하는 것[99]이 중요한 과제로 주어지고, 이를 읽는 독자는 그 복잡 미묘한 다양한 요소들을 통합할 수 있는 능력이 요구된다. 따라서

---

98) Robert Humphrey, 앞의 책, p.114.

99) 이러한 과업을 수행하기 위해서 작가들은 '심리학적 연상'의 원리를 이용하는데, 김진석은 이에 대해서는 논란의 여지가 있다고 언급한다. 이는 한스 마이어 호프가 험프리가 사용한 '자유 연상(free association)'을 잘못 사용하고 있다고 지적한 것에서도 찾아볼 수 있다. 즉 심리학에서 사용하는 '자유 연상'이 문학에서, 사용될 때는 다른 의미로 사용되어야 한다는 것이다. 소설에서 인물의 심리에 떠다니는 무수한 의식의 흐름들은 사실 작가에 의해 조직되고 제어되기 때문에 엄밀한 의미에서 자유연상은 문학작품에서는 존재할 수 없다고 할 수 있다. 김진석, 『한국 심리소설 연구』, 태학사, 1998, 29~30쪽.

작가는 말로 표현될 수 없는 개인적 의식이 지닌 비합리적이고 일관성이 없는 성질을 포착하는 동시에 그것을 독자에게 전달[100]해야 하고, 독자는 그 무질서함 속에서 질서를 발견해내야 하는 것이다.

　본고에서 복합적 시간 구조의 대상 텍스트로 삼은 작품은 박태원의 「소설가 구보씨의 일일」, 이상의 「失花」, 장용학의 「요한시집」이다. 이 작품들은 스토리 시간 보다 서술 시간이 강조된 소설들로 인물의 내면 심리에 초점이 맞추어진 소설들이다.

3.1 긴장 효과 : 의식의 계기적 통합과 화음의 유지

　박태원은 소설 작법에 있어서 표현이나 기교 등 소설적 형상화에 많은 관심을 보인 작가이다. 그는 〈表現・描寫・技巧〉(≪조선중앙일보≫, 1934.12.17～31.)에서 단편소설론, 문체론, 여성작가론, 심경소설론 등 다양한 견해를 피력한다. 그의 주장 가운데 주목할만한 것은 새로운 언어관과 기교에 관련된 부분이다. 전자가 여러 가지 문장 부호나 표현들을 동원해서 현대적인 감각을 찾기 위한 현대 작가적 노력이라면, 후자는 소설 문체적인 면에서 다양한 효과를 만들기 위한 시험이라고 볼 수 있다. 그는 소설의 기교적인 측면에서 "映畵手法"에서 배울만한 것이 많다고 생각했다. 그 중에서도 '오버랩(overlap)'의 기법에 흥미를 느끼고 「소설가 구보씨의 일일」에서 실험한다. 이 실험을 통해 박태원은 "現在와 過去의 交涉, 現實과 幻想의 交錯"[101] 등을 효과적으로 보여주게 된다. 본고에서는 「소

---

100) Robert Humphrey, 앞의 책, 111쪽.

설가 구보씨의 일일」을 복합적 시간 구조를 가지면서 긴장의 효과를 보이는 텍스트로 간주했는데, 그 양상들을 살펴보겠다.

논의 전개의 편의상 이야기 단락을 나누어 설명하기로 한다.

1. (어머니가 초점자가 되어 서술됨)

    매일 아침 아무 말 없이 거리로 나가는 아들을 보며 느끼는 어머니의 심정이 현재와 과거의 의식 속에서 서술된다. (현재→과거→현재→과거)

2. 구보가 초점자가 됨.

    (1) (스토리 현재) 구보는 집을 나서며 어머니께 대답을 제대로 하지 못한 것에 대해 뉘우친다.

    (2) 한낮의 거리에서 격렬한 두통을 느낀다. (현재)

    (3) 구보는 자신의 귀에 이상이 있다고 느낀다. (과거 병원에서 진찰받았던 일을 기억) (현재→과거)

    (4) 구보는 종로 거리를 거닐다 자신의 시력도 이상이 있음을 생각한다. (현재)

    (5) 구보는 화신상회를 들어서는 한 가족을 보며 가정의 행복을 생각해 본다.(현재)

    (6) 전차를 타고 '외로움과 애달픔'을 맛보는 구보.(현재)

    (7) 자신이 내릴 곳을 정하지 못한 구보는 전차 속에서 한 여성을 바라본다.(현재)

    (8) 구보는 과거에 한 번 만났던 일이 있었던 그 여성을 보며 여러 가지 심리적 갈등을 일으킨다.(현재→과거)

    (9) 구보는 자신을 아는 채 하지 않고 내린 그 여성을 보며 자신의 대담히지 못함을 탓힌다.(현재)

---

101) 박태원, 「表現・描寫・技巧」, (《조선중앙일보》,1934.12.17~31.)

(10) 과거 그 여자에게 구혼하지 않았던 이유가 서술된다. (과거)

(11) 구보는 전차가 약초정(若草町)을 지날 때 또 다른 한 여성을 발견하고 여러 생각에 잠긴다.(현재)

(12) 과거 친구의 누이를 짝사랑했던 일이 서술된다. (과거)

(13) 몇 년 후 구보는 그 누이를 만나고 그와 결혼하지 않은 것이 불행이 아니었음을 생각한다. (과거→현재)

(14) 구보는 조선은행에 내려 장곡천정(長谷川町)으로 가는 도중 시간을 생각하다 과거 '팔뚝 시계'를 갈망하던 한 소녀를 떠올린다. (현재→과거)

(15) 구보는 다방에 들어가 그곳의 여러 군상들을 관찰하면서 어디로든 여행을 떠났으면 좋겠다고 생각한다. (현재)

(16) 구보는 금전의 가치로 얻을 수 있는 몇 가지 행복을 떠올리다가 갑자기 벗들을 그리워한다.(현재)

(17) 구보는 다방에 들어서는 한 사내를 보고 과거 그 사내와 인사를 했던 것을 기억한다. (현재→과거→현재)

(18) 구보는 다방을 나와 벗들을 떠올려 보다가 '유동의자(遊動倚子)'에 앉아 고궁을 바라본다. (현재)

(19) 구보는 다방 옆 골동품점 친구를 찾아갔다가 만나지 못하고 다시 길에 나와 두통과 피로를 느낀다.(현재)

(20) 구보는 자신의 옆을 지나는 '정력가형'의 사람을 보고 위압감을 느끼며 자신이 건강치 못함이 어렸을 적부터 책을 가까이 한 탓이라고 여긴다. (현재→과거)

(21) 구보는 온갖 병증을 생각하다가 벗 서해(曙海)를 떠올린다. (현재→과거)

(22) 구보는 서해를 기억하다 최서해의 『홍염(紅焰)』을 읽지 않은 것을 기억하고 또다시 3년 정도 독서를 게을리 한 자신을 고백한다. (현재→과거)

(23) 구보는 갑자기 한 젊은이를 발견하고 그가 어릴적 동무였음을
기억한다.(현재→과거→현재)

(24) 구보는 순간 고독을 느끼며 사람들이 많이 오가는 경성역으로 가보
지만 그곳에서도 고독을 느낀다. (현재)

(25) 삼등 대합실에서 한 노파와 중년의 시골 신사, 그리고 40여 세 정도
의 노동자를 보고 흥미를 느낀다. (현재)

(26) **구보는 개찰구 옆에 있는 양복 입은 두 사내를 보고 '황금광시대
(黃金狂時代)'를 생각하며 우울해 한다.(현재→과거)**

(27) 구보는 그곳에서 별 반갑지 않은 중학교 때의 친구를 만나고 함께
차를 마시러 간다.(현재)

(28) 구보는 친구가 '칼피스'를 시키는 것을 보고 끽다점(喫茶店)에서
사람들이 취하는 음료로 그들을 성격, 교양, 취미를 알 수 있지 않
을까 생각한다. (현재)

(29) 친구와 헤어져 나오면서 그와 함께 했던 여자를 생각하며 황금의
힘을 새롭게 느낀다. (현재)

(30) 길에 나와 갈 곳을 몰라 헤매다 친구를 만나기로 하고 다방으로
다시 들어간다. (현재)

(31) **다방에서 신문 기자이며 시인인 친구와 만나 많은 이야기를 나
누지만 대화의 공통점을 찾지 못한다. (현재→과거)**

(32) **구보는 친구와의 대화 중에 혼자만의 사색에 젖는다. (현재→과
거)**

(33) **구보는 자신의 생활로 돌아가는 친구를 보며 부러움을 느낀다.
(현재)**

(34) 구보는 종로 네거리에서 행인들을 보며 외로움을 느낀다. (현재)

(35) **구보는 새로운 벗을 다방에서 기다리다가 동경에서의 생활을
회상한다.(현재→과거)**

(36) **구보는 벗과 저녁을 먹으러 가서 동경에서의 연애와 카페 여급**

을 동일시하며 현재와 과거의 의식을 동시에 진행시킨다. (현재
와 과거가 혼재됨)

(37) 구보는 벗과 헤어지고 동경에서의 연애를 떠올리며 괴로워한다.
(현재→과거→현재)

(38) 구보는 광화문을 거닐며 그녀를 잡지 못했던 것을 후회한다.
(현재→과거→현재)

(39) 구보는 광화문에서 벗의 조카 아이들을 만나서 여러 감회에 젖는다.
(현재)

(40) 구보는 거리에서 전보 배달의 자전거가 지나가는 것을 보고 벗
들에 대한 여러 상념을 드러낸다. (현실과 환상, 의식과 무의식
이 겹침)

(41) 구보는 다방에서 다시 벗을 기다리다가 안면이 있는 사람의 소개로
물질적 사고에 젖은 한 사람을 소개받은 후 언짢은 마음을 갖는다.
(현재)

(42) 구보는 벗과 조선호텔 앞을 거닐며 자조적인 생각을 한다.(현재)

(43) 구보는 벗과 함께 종로로 돌아와 카페를 찾아가고 그곳에서 여급들
을 앉혀놓고 지적 유희를 즐긴다.(현재)

(44) 구보는 여급들을 관찰하며 그들에게 연민을 느낀다.(현재)

(45) 오전 두 시에 카페에서 나와 종로를 걷다가 구보는 문득 어머니를
생각하고 진정한 행복에 대한 깨달음을 얻는다. (현재)

(46) 벗과 헤어지며 다음 날부터는 생활을 가지리라 다짐하고 소설을
쓰기로 결심한다.(현재)

　「소설가 구보씨의 일일」은 3인칭 전지적 시점으로 서술되는데 초점자
는 둘로 나뉘어 진다. 위의 단락 구분에서 본 것처럼 1의 부분은 어머니가
초점자가 되어 아들 '구보'에 대해 걱정을 하며 서술하는 부분과, 2의 구보

가 초점자가 되어 중심 서사를 이끌어가는 부분이 그것이다. 어머니가 초점자가 된 부분은 위의 설명처럼 매일 아침 거리로 나서는 아들에 대한 걱정이 서술된다. 서술 시간은 과거와 현재가 혼재되어 드러나며 유추 반복적인 서술의 특징을 지닌다. 이 부분은 '매일'이라는 반복성과 관계가 깊은데, 구보라는 인물의 특징을 설명하기 위해 설정된 부분이다.

① 직업과 아내를 갖지 않은, 스물여섯 살짜리 아들은, 늙은 어머니에게는 온갖 종류의, 근심, 걱정거리였다. 우선, 낮에 한번 집을 나서면, 아들은 밤늦게나 되어 돌아왔다.

늙고, 쇠약한 어머니는, 자리도 깔지 않고, 맨 바닥에가, 팔을 괴고 누워, 아들을 기다리다가 곧잘 잠이 든다. 편안하지 못한 잠은, 두 시간씩 세시간씩 계속될 수 없다. 잠깐 잠이 들었다. 깰 때마다 어머니는 고개를 들어 아들의 방을 바라보고, 그리고 기둥에 걸린 시계를 쳐다본다.

② **자정— 그리 늦지는 않았다. 이제 아들은 돌아올 게다.** 어머니는 아들이 어서 돌아와지라 빌며, 또 어느 틈엔가 꼬빡 잠이 든다.

그가 두 번째 잠을 깨는 것은 새로 한점 반이나, 두점, 그러한 시각이다. 아들의 방에는 그저 불이 켜 있다. 아들은 잘 때면 반드시 불을 끈다. 그러나, 혹은, 어느 틈엔가 아들은 돌아와 자리에 누워 책이라도 읽고 있는 게 아닐까. 아들에게는 그런 버릇이 있다.

(… 중략…)

③ **어머니는 어디 월급자리라도 구할 생각은 없이, 밤낮으로, 책이나 읽고 글이나 쓰고, 혹은 공연스레 밤중까지 쏘다니고 하는 아들이, 보기에 딱하고, 또 답답하였다.**

"그래두 장가를 들어 놓면 맘이 달러지지."

"제 기집 귀여운 줄 알면, 자연 돈 벌 궁릴하겠지."

④ 작년 여름에 아들은 한 '색시'를 만나본 일이 있다. 그애면 저두 싫다구

　　는 않겠지. 이제 이놈이 들어오 거든 단단히 따져보리라……그리고 어머니는
어느 틈엔가 손주 자식을 눈앞에 그려보기조차 한다.(pp.18~19)[102]

　　'구보'의 외출은 일상적인 것이다. 위의 밑줄 그은 부분을 보면 ①～②
에서는 구보의 반복적인 일상이 요약적으로 제시되어 있는 것을 볼 수 있
다. 구보는 목적이 있는 것도, 어떤 의미가 있는 것도 아닌 늘 습관처럼
거리를 헤매다 '자정'이 넘은 시간에 돌아온다. ③은 어머니의 일상이다.
구보의 일상이 외출이라면, 어머니의 일상은 아무런 직업도 없고, 결혼도
하지 않으며 늘 똑같은 일상을 반복하는 아들을 보며 답답해하는 것이다.
가끔 아들이 소설을 써 얼마간의 돈을 마련해 어머니를 기쁘게 하는 적도
있지만 그런 일은 극히 드문 일이다. 어머니는 동경 유학까지 하고 온 아들
이 일자리를 얻지 못하는 것을 도무지 믿지 못하며 늘 안타깝게 아들을
바라본다. 여기까지의 서술이 어머니가 초점자가 되어 서술되는 부분이다.
이 부분은 전체 내용의 분위기를 전해주는데, 구보의 일상에 대한 개략적
인 설명과 어머니의 구보에 대한 심리적 거리를 제시한다.
　　위의 이야기 단락 2는 구보가 초점자가 되어 진행되는데 전체적으로 중
심적인 부분이 된다. 이러한 초점 양상은 소설의 끝까지 지속되는데, 구보
가 하루의 일과를 보내는 과정이 구체적으로 서술된다. 서사시간의 양상은
이야기 현재와 과거가 구보의 의식 혹은 무의식 속에서 혼재되어 드러난다.
때로는 구보의 기억으로 혹은 연상 작용에 의해 서술 시간의 간극이 발생
한다. 위에서 굵은 글씨로 강조된 부분은 서사시간의 역전이 일어나는 부

---

102) 본고에서 텍스트로 삼은 것은 『소설가 구보씨의 일일』(깊은샘, 1995)이다. 앞으로 인용
　　　면 수는 이 책을 기준으로 한다.

분이다.

우선 「소설가 구보씨의 일일」의 기본 서사(first narrative)는 구보가 초점자가 된 부분, 즉 여느 날처럼 구보가 행복을 찾기 위해 거리를 배회하고, '벗'을 만나는 등 여러 경험 속에서 새로운 깨달음을 얻는다는 내용이 기본 서사가 된다. 이야기 시간으로 보면 단 하루[103]밖에 안 되지만 그 속에서 전개되는 서술시간은 꽤 긴 시간의 범주를 포함한다. 서술적으로 보면 의식 혹은 무의식 속에서 무작위로 떠오르는 과거의 여러 사건들이 현재의 사건들과 중첩되어 드러나면서 새로운 효과를 만들어낸다.

우선 위의 단락 나눈 부분에서 보면 굵은 글씨로 된 부분은 현재와 과거의 시간이 겹쳐 드러나는 부분이다. 과거의 사건은 구보의 의식 속에서 무차별적으로 드러난다. 구보는 현재 의식 속에서 어떤 논리적 일관성 없이 그때 그때 보고 느끼는 속에서 과거의 일들을 현재의 의식과 병치시킨다.[104] 요컨대 구보는 심리적 연상에 의해 현재와 과거의 넘나듦을 경험하

---

103) 안숙원은 「소설가 구보씨의 일일」의 이야기 시간은 만 하루로 되어 있지만, 그 의미가 '日常'이라는 점에서 시간은 정지된 것이나 다름없다고 언급하면서, 시간적 단위는 단지 구보의 의식 속에서 분절된 시간들이 과거와 현재로 드러나는 것이라고 주장한다. 안숙원, 『朴泰遠 小說 硏究』-倒立의 詩學-, 서강대학교 국어국문학과 박사학위논문, 1992. p.122.

104) 로버트 험프리는 의식의 흐름 소설에서 시·공간을 겹쳐 놓는 방법을 영화적 기법으로 설명하는데 '시간과 공간의 몽타아즈(Time and Space Montage)' 기법이 그것이다. 영화에서 말하는 몽타아즈는 여러 가지 사고의 상호 관련이나 연합을 보여 주기 위한 일련의 장치로서 이에는 영상들을 재빨리 연결시키거나 하나의 영상에 다른 영상을 중첩시키거나, 혹은 하나의 영상에 초점을 맞추어 두고 그 주위를 관련이 있는 영상으로 에워싸는 수법들을 말한다. 이러한 기법을 사용하는 이유는 "본질적으로 한 주제에 대해 다양하거나 복합적인 관점"을 보여주기 위한 것이다. 이러한 기법은 박태원도 의식하고 있었던 바 「소설가 구보씨의 일일」에는 그 실험이 빈번히 사용되고 있다. Robert Humphrey, 앞의 책, 90쪽.

는 것이다.

예를 들어 위의 (19)~(22)까지의 단락을 보면 심리적 연상에 의한 서사 시간의 역전 현상이 잘 드러남을 알 수 있다. (19)~(22)의 흐름을 보면 현재에서 과거의 일을 떠올리게 되는 계기는 구보의 두통과 피로다. 거기에다가 자신과는 달리 "정력가형"으로 생긴 어떤 사람을 본 것이 촉매제가 된다. 텍스트의 초반부터 구보는 두통을 느끼고, 귀에도 이상을 느끼는 등 여러 병리적 증세를 드러냈으므로 이는 새로운 정보는 아니다. 그러나 정력가형의 사람과 병약한 자신을 비교하면서 자신이 약한 원인을 떠올리는 부분은 새로운 정보가 된다. 구보 스스로 자신의 병약함을 과도한 독서에서 찾고 있는 것이다. 그런데 많은 병증을 떠올리다가 갑자기 신경쇠약에 걸려서 죽었던 "서해(曙海)"를 생각하는 것은 연상에 의한 회상이라고 할 수 있다. 다시 서해의 『홍염』에 생각이 미치고 그것을 읽지 않음을 기억하며, 최근 3년간 독서량이 부족했다고 느끼는 과정은 구보의 의식이 즉각적이면서도 자유롭게 유동하고 있음을 보여주는 것이다. 구보가 이렇게 연상작용을 통해 과거의 여러 기억들을 끄집어내는 과정은 언어적 측면에서도 독특한 특징을 드러낸다.

> — 구보는, 일종, 위압조차 느끼며, **문득**, 아홉 살 때에 집안 어른의 눈을 기어 춘향전을 읽었던 것을 뉘우친다. (p.37)
> — 그는 저, 불결한 고물상들을 어떻게 이 거리에서 쫓아낼 것인가를 생각하며, **문득**, 반자의 무늬가 눈에 시끄럽다고, …(p.37)
> — 마침내 두 사람의 거리가 한 간통으로 단축되었을 때, **문득** 구보는 어린 시절을 회상하고, … (p.37)
> — **문득** 구보는 그의 얼굴에 부종(浮腫)을 발견하고 그의 앞을 떠났다.

(p.40)

— 구보는 차를 마시며, **문득**, 끽다점(喫茶店)에서 사람들이 취하는 음료를
 가져, 그들의 성격, 교양, 취미를 어느 정도까지 알 수 있을 것이 아닌가,
 하고 생각하여 본다. (p.42)
— **문득**, 구보는, 그러한 여자가 왜 그 자를 사랑하려 드나, 또는 그자의
 사랑을 용납하는 것인가 하고 , 그런 것을 괴이하게 여겨본다. (p.43)
— 그러나, **문득**, 구보는 이러한 때, 이렇게 제 몸을 혼자 두어 두는 것에
 위험을 느낀다. (p.44)
— 또, **문득** 생각하고 둘러보아, 그 벗 아닌 벗도 그곳에 있지 않았다. (p.44)
— **문득**, 창 밖 길가에, 어린애 울음 소리가 들린다. (p.49)

위의 예문에서 '문득'이라는 부사어는 어떤 논리적 일관성이나 목적 없
이 구보의 의식이 발전되는 양상을 나타내는 표지이다.[105] 일견 산만하게
보이는 자유 연상에 의한 사건의 전개는 인물의 의식 속에서 현재와 과거,
현실과 환상 등이 한데 섞여 서술되는데, 이는 서사시간 단위의 분절을 어
쩌면 무의미하게 할 수도 있지만 독자에게 "동시성 속에 유의미성"[106]을
경험하게 하는 하나의 방편이 될 수도 있다.

위의 단락 구분에서 (35)~(38)은 서사시간의 혼성이 가장 첨예하게 드
러나는 부분으로, 박태원 스스로도 이 부분을 새로운 실험적 기교가 잘 드
러난 예로 들고 있다.

---

105) 안숙원은 「소설가 구보씨의 일일」에 나타나는 우연과 충동을 나타내는 과도한 부사어
 의 사용은 자칫 텍스트를 산만하게 만들지만, 「소설가 구보씨의 일일」에 드러난 "현실/
 기억의 포개기"라는 예술적 기교로 텍스트의 긴장력은 유지된다고 주장한다. 안숙원,
 위의 논문, p.118.
106) 안숙원, 위의 논문, 124쪽.

① **다료(茶寮)**에서 나와, 벗과, 대창옥(大昌屋)으로 향하여, 구보는 문득 대학 노트 틈에 끼어 있었던 한 장의 엽서를 생각하여 본다. ② 물론 처음에 그는 **망설거렸었다.** 그러나 여자의 숙소까지를 알 수 있었으면서도 그 한 기회에서 몸을 피할 수는 없었다. 그는 우선 젊었고, 또 그것은 흥미있는 일이었다. 소설가다운 온갖 망상을 즐기며, 이튿날 아침 구보는 이내 이 여자를 찾았다. 우입구 시래정(牛込區 矢來町). 주인집은 그의 신조사(新潮社) 근처에 있었다. 인품 좋은 주인 여편네가 나왔다 들어간 뒤, 현관에 나온 노트 주인은 분명히……③ 그들이 걸어가고 있는 쪽에서 미인이 왔다. 그들을 보고 빙그레 웃고, 그리고 지났다. 벗의 다료 옆, 카페 여급. 벗이 돌아보고 구보의 의견을 청하였다. 어때 예쁘지. 사실, 여자는, 이러한 종류의 계집으로서는 드물게 어여뻤다. ④ 그러나 **그는 이 여자보다 좀 더 아름다웠던 것임에 틀림없었다.** ⑤ 어서 옵쇼. 설렁탕 두 그릇만 주. ⑥구보가 노트를 내어 놓고, 자기의 실례에 가까운 심방(尋訪)에 대한 변해(辨解)를 하였을 때, 여자는, 순간에, 얼굴이 **붉어졌었다.** 모르는 남자에게 정중한 인사를 받은 까닭만이 아닐 게다. ⑦어제 어디 갔었니. ⑧길옥신자(吉屋信子). ⑨구보는 문득 그런 것들을 생각해내고, 여자 모르게 빙그레 웃었다. 맞은편에 앉아, 벗은 숟가락 든 손을 멈추고, 빠안히 구보를 바라보았다. 그 눈은, 무슨 생각을 하고 있느냐, 물었는지도 모른다. 구보는 생각의 비밀을 감추기 위하여 의미없이 웃어 보였다. ⑩좀 올라오세요. 여자는 그렇게 **말하였었다.** 말로는 태연하게, 그러면서도 그의 볼은 역시 처녀답게 붉어졌다. <u>구보는 그의 말을 쫓으려다 말고, 불쑥, 같이 산책이라도 안 하시렵니까, 볼일 없으시면. 그날은 일요일이었고, 여자는 마악 어디 나가려던 차인지 나들이옷을 입고 있었다.</u> 통속 소설은 템포가 빨라야 한다. 그 전날, 윤리학 노트를 집어들었을 때부터 이미 구보는 한 개 통속 소설의 작자였고 동시에 주인공이었던 것임에 틀림없었다. (중략)

… 여자는 총명하였다. 그들이 무장야관(武藏野館) 앞에서 자동차를 내렸을 때, 그러나 구보는 잠시 그곳에 우뚝 서 있을 수밖에 없었다. 그것은 뒤에서 내리는 여자를 기다리기 위하여서가 아니다. 그의 앞에 외국 부인이 빙그레

웃으며 서 있었던 까닭이다. <u>구보의 영어 교사는 남녀를 번갈아 보고, 새로이 의미심장한 웃음을 웃고 오늘 행복을 비오, 그리고 제 길을 걸었다.</u> ⑪그것에는 혹은 삼십 독신녀의 젊은 남녀에게 대한 빈정거림이 있었는지도 모른다. ⑫ **구보는 소년과 같이 이마와 콧잔등이에 무수한 땀방울을 깨달았다. ⑬ 그래 구보는 바지 주머니에서 수건을 꺼내어 그것을 씻지 않으면 안 되었다.** ⑭ 여름 저녁에 먹은 한 그릇의 설렁탕은 그렇게도 더웠다." (pp.54~56)

위에서 ①, ③, ④, ⑤, ⑦, ⑧, ⑨, ⑪, ⑭는 구보의 현재의 감정과 느낌으로 기술된 부분이고, ②, ⑥, ⑩은 과거의 느낌이 서술된 부분으로 확연히 구분된다. ⑫와 ⑬의 시제는 한 번 면밀히 검토해 보아야 할 필요가 있다.

①의 서술은 구보가 벗과 음식점으로 향하다가 '문득' 과거의 일을 떠올리는 것으로 되어있다. 우연히 대학 노트에 끼어 있었던 엽서를 떠올렸는지에 대한 정보는 제시되지 않는다. 이는 텍스트에서 일관되는 것처럼 자유 연상에 의한 의식의 전이라고 볼 수 있다. ②는 과거 동경에서 노트속에 있던 엽서의 주소를 찾아 한 여인을 만났던 것을 기억하는 것이다. 이 부분은 구보가 비교적 상세히 기억되는 일들을 서술하는 것으로 "망설거렸었다"라는 과거시제를 나타내는 종결어미로 잘 알 수 있다. ③ 그러한 생각을 떠올리던 중 길에서 까페 여급을 만나고 ④에서는 과거 그 여인이 현재 눈 앞에 있는 까페 여급보다 아름다웠을 것이라고 어렴풋하게 기억한다. ⑤는 벗과 함께 설렁탕 집에 들어가 주문하는 것으로 인물의 발화로 나타난다. ⑥은 구보가 노드를 긴네딘 과거의 사건을 자세히 기억하는 섯으로 여기서도 위에서와 마찬가지로 "붉어졌었다"라는 과거 시제 종결 어미를 사용한다. ⑦~⑨는 현재 시제의 일이지만 벗과 구보의 의사 소통이

단절되어 있음을 보여준다.

⑩은 구보가 동경의 그 여자와 처음으로 데이트를 하는 과정과 그 광경을 영어 교사에게 들켰던 사실이 구체적으로 진술된다. 이 부분에서 주목할 것은 서술 양상이다. 직접적인 발화와 간접적인 발화가 한 문장 안에서 혼용되고 있는 것이다. 특히 앞의 밑줄 친 부분은 문장 형식도 갖추어지지 않았다. "구보는 그의 말을 쫓으려다 말고, 불쑥" 까지는 서술자의 발화이다. 그런데 다음의 발화 "같이 산책이라도 안하시렵니까, 볼일 없으시면"의 발화주체는 구보이다. 이렇게 서로 다른 발화 양상이 섞일 시에는 문장을 정리하는 서술자의 발화가 있어야 하는데 그렇지 않기 때문에 온전한 문장으로 볼 수 없다. 이 점은 아래의 밑줄 친 발화 혼용 양상과도 차이를 보이는 것이다. "구보의 영어 교사는 남녀를 번갈아 보고, 새로이 의미심장한 웃음을 웃고"의 부분과 "그리고 제 길을 걸었다"의 부분은 서술자의 발화이다. 그리고 "오늘 행복을 비오"의 발화 주체는 구보의 영어 교사다. 그런데 위의 문장과 이 문장이 다른 점은 문장을 종결하는 발화가 있는 것과 없는 것의 차이이다. 이러한 서술의 혼용 양상은 자유 연상에 의한 의식의 흐름을 서술 형식적으로 그려내기 위한 박태원의 기교라 할 수 있다. ⑩의 부분만이 아니라 이전의 문장에서 인물의 발화만으로 처리되거나 비문법적인 요소를 드러내는 것도 같은 이유에서 나온 작가적 기교로 읽을 수 있다.

전술했듯이 문제적인 부분은 ⑫와 ⑬의 문장이다. 이 문장이 현재의 행위를 나타내는 것인지, 아니면 과거의 행위를 나타내는 것인지 불분명하다는 것이다. 그 이유는 구보가 동경에서 여인과 데이트를 할 때 영어 교사에게 들키고 "오늘 행복을 비오"라는 말 속에 빈정거림이 있었다고 추측하면서 과거에 식은땀을 흘렸던 것을 기억하는 것일 수도 있고, 아니면 여름날 뜨거운 설렁탕을 먹은 후에 나는 땀일 수 도 있다. 그런데 ⑫와 ⑬의 부분에서 작가가 의도한 것은 현재의 행위가 과거의 기억과 전혀 동떨어진 것이 아닌 동시적으로 발생될 수 있다는 것을 보이는 것이라 할 수 있다. 즉 과거에 '그 여인'과 데이트를 하다가 영어 교사에게 들킨 것에 "소년"처럼 부끄러운 마음으로 땀을 흘렸을 테고, 이것이 더운 여름날 설렁탕을 먹고 땀을 흘리는 행위와 겹쳐지는 것이다. 즉 각기 다른 사건이지만 그것이 가져온 결과적 행위는 같게 되었다는 것이다.

엄밀한 의미에서 보면 ⑫와 ⑬의 행위는 현재 행위이다. 그 첫째 이유는 위의 단락이 서술되는 방식을 살펴보면 쉽게 알 수 있다. 과거의 사건, 행위는 모두 과거시제 종결어미로 처리되었다는 것은 앞에서 설명했다. 서술의 일관성을 염두에 둔다면 ⑫와 ⑬의 행위를 현재의 행위로 보는 것이 타당하다. 두 번째 이유는 ⑪의 서술을 보면 알 수 있다. ⑪의 서술은 현재에 과거의 상황을 추측하는 것으로 읽을 수 있다. 따라서 "소년과 같이" 느끼는 것은 과거의 그 사건을 추측하면서 현재에 다시 부끄러움을 의식하는 것이라 할 수 있다. 이런 이유로 필자는 ⑫와 ⑬의 행위를 현재 시제로 보는 것이 타당하다고 생각한다.

이상에서 본 것처럼 「소설가 구보씨의 일일」은 만 하루 동안 일어나는 사건을 이야기하지만 인물의 의식 속에 무수히 떠오르는 서사시간을 다루고 있는 복합적 시간 구조를 지닌 텍스트이다. 현재와 과거의 시간 이동이 자유 연상에 의한 의식 속에서 발생하기에 그 이동의 경계도 동기도 없다. 서술 상황도 마찬가지다. 서술자의 발화와 인물의 발화가 섞이거나, 전혀 관련성이 없는 사건들이 현재와 과거의 시간을 넘어 결합되는 등 작가의 다양한 기법적 실험이 드러난다.

그러나 「소설가 구보씨의 일일」은 서술상 다양한 문체적 기교가 발휘되는 것만큼 복잡한 소설은 아니다. 독자에게 정보가 전달되는 과정은 서술의 복잡함과는 달리 비교적 명료하게 전달된다. 즉 매일 반복되는 외출을 통해 '행복'을 찾는 구보의 행위가 무엇을 의미하는지 결말에 이를수록 유기화되기 때문이다. 격렬한 두통에 시달리며 거리를 배회하거나 사람들을 관찰하는 행위, 또한 자유 연상을 통해 끊임없이 의식에 떠올리는 일들은 결국 '좋은 소설 쓰기'라는 목적에 수렴된다. 이는 서두에 어머니의 초점으로 된 부분과도 연결되어 있는 것이다. 서두의 어머니가 초점화된 부분에서 어머니는 과거 구보가 소설을 써서 번 돈으로 옷감을 끊었던 일을 떠올리며 기뻐하는 모습과 결말 부분에서 구보가 어머니를 생각하며 '좋은 소설'을 쓸 수 있을 것이라는 기대감을 드러낸 것은 연계성이 있다고 할 수 있다. 따라서 「소설가 구보씨의 일일」은 유기적 통합에의 면모를 보임으로써 긴장의 효과를 낳는다고 할 수 있다.[107]

3.2 이완 효과 : 의식의 순환적 분리와 불협화음의 생성

모더니즘 문학의 특징이 전대의 글쓰기에 대한 부정과 새로운 인식의 추구에 있다고 소박하게 정의할 때 이상의 글들은 그 징후들을 극명하게

---

[107] 「소설가 구보씨의 일일」처럼 복합적 시간 구조에서 긴장의 효과를 드러내는 소설은 그 예를 찾기가 쉽지 않다. 이는 복합적 시간 구조 자체가 인물의 의식을 중시하는 관계로 사건이 시간 순서에 따라 질서 정연하게 서술되지 않기 때문이다. 또한 인물의 의식 자체도 방향성을 지니고 순차적으로 전개될 수 없는 것이기에 더욱더 긴장의 효과는 발생하지 않는다고 볼 수 있다.

드러내고 있다. 특히 자기 반성적(혹은 자기 반영적, self-reflective)인 특징
이 두드러진 이상의 소설들은 근대적 의식의 일면을 담아내고 있다고 할
수 있다. 반성적(reflective)이라는 말 속에는 항상 자아의 개념이 포함되어
있다. 자신을 돌아본다는 의미의 자기 반성성(self-reflective)은 결국 자기 지
향성이라는 의미와 결부되어 있다. 또한 이러한 반성적 사고의 과정은 사
고, 언어, 사회의 잘못되고 제한된 구조에 사려 깊은 주의를 환기시킨다.[108]

　이상의 글들은 자신의 의식에 대해 끊임없이 회의하고 반성하는 특징을
지니고 있다. 이렇게 자의식에 침잠하여 자신의 주관적인 서술로 일관하는
이상의 글들은 댈렌바흐(Dällenbach)가 말한 미장아빔(mise en abyme)의 특
징[109]을 보이고 있다. 미장아빔은 독자에게 텍스트를 구성하는 일원으로
참여하기를 유도하는 문학적 장치이다. 이상의 글들이 난해하고 이해하기
힘든 서술자의 주관적인 서술이 강한 만큼 자기 반성적 특질과 미장아빔의
성격은 강하게 드러난다고 할 수 있다.[110] 이상의 글을 이해하는 데 있어서

---

108) 송효섭, 『문화기호학』, 민음사, 1997, 303쪽.

109) 댈렌바흐는 미장아빔(mise en abyme)이라는 용어를 처음 사용했는데, 그는 이것을 세
　　유형으로 구분하고 있다. 첫 번째는 발화 또는 허구적 미장아빔으로, 두 번째는 화행
　　또는 서사적 미장아빔으로, 세 번째는 약호 또는 초월적 미장아빔으로 구분하고 있다.
　　미키 발은 댈렌바흐의 미장아빔에 대한 설명이 기호학적인 고찰을 하지 않아 허점을
　　보인다고 지적하고 좀더 구체적으로 분류, 설명하고 있다. 발의 견해에서 흥미로운 것
　　은 미장아빔이 연대기적인 시간성을 파괴하는 것으로 과거, 현재 , 미래의 어느 곳이든
　　넘나들 수 있는 특징을 지닌다고 보는 것이다. 그래서 그녀는 미장아빔이 전망적
　　(prospective), 역진적(retrospective), 회고전망적(retroprospective)의 특성을 지니고 있다
　　고 언급한다. Mieke, Bal, *On Meaning-Making, Essays in Semiotics*, Sonama, Califonia,
　　1994. pp.45～58.

110) 스토리가 전개되는 가운데 과거로의 소급제시(analepsis)가 나타나거나, 미래에 대한 사
　　전제시(prolepsis)가 나타나거나 다 미장아빔의 일종으로 볼 수 있다.

자의식의 주관적인 서술들을 해결하지 않는다면 이상의 텍스트에 대한 올바른 접근이 이루어질 수 없을 것이다.

앞서 「날개」의 분석을 통해 보았듯이 이상의 텍스트는 대개 독자와의 의사소통을 혼란스럽게 하는 '소음(noise)'들로 가득 차 있다. 소음은 독자의 독서 행위를 방해하는 것이기도 하지만 한편으로는 독자가 서사를 이해하는 데 자극제가 되기도 하는 것이다.[111] 그것은 파편화된 사고의 나열로써 작가의 주관적 의식의 나열이며, 스토리의 연대기적인 시간성을 파괴한다.[112]

「실화」[113]는 총 9개의 짧은 이야기로 이루어진 소설로 시간과 공간이 인물의 의식 속에서 혼란스럽게 병치[114]되며 전개된다. 대부분의 이상 텍스트들이 그러하듯이 「失花」 또한 쉽게 읽혀지는 소설은 아니다. 그 내용을 간략히 살펴보면 자의식이 강한 '나(箱)'는 동경에 있는 C양의 방에 누워서 과거를 회상하기 시작한다. 서울에서 10월 24일 姸과 헤어진 나는

---

111) Marie Maclean, 임병권 옮김, 『텍스트의 역학』, 한나래, 1997, 4쪽.
　　이상의 「날개」에서 프롤로그 부분은 전체 텍스트를 이해하는 데 있어 '소음'이며 자기 반성적 성격을 지닌 미장아빔이라 할 수 있다.
112) Mieke Bal, Op. cit., p. 49.
113) 「실화」는 그 시·공간적 형식의 특이성 때문에 많은 연구자들의 관심을 받아왔다.
　　이재선, 〈「실화」- 시간의 병렬과 동시성〉, 『한국소설사』, 민음사, 2000, 470～474쪽.
　　김형자, 『韓國近代小說의 文體論的 硏究』, 三知社, 1985, 290～316쪽.
　　정덕준, 「〈 失花 〉, 시간의 對位法」, 『한국현대소설연구』, 서종택/정덕준 엮음, 새문사, 1990, 462～466쪽.
　　김진석, 『한국 심리소설 연구』, 태학사, 1998.
　　이 호, 『한국 현대 심리소설의 반복 구조 연구』 : 1930년대 심리소설을 중심으로, 서강대학교 국어국문학과 박사학위논문, 1998.
114) 이재선은 「실화」의 이러한 독특한 시간적 구성을 시간의 병렬성과 동시성에 주목하여 분석했다. 이재선, 앞의 논문, 470～474쪽.

동경으로 가 생활하던 도중 12월 23일 아침에 姸이와 유정으로부터 조선에 돌아오라는 편지를 받고 여러 가지 생각에 잠기기 시작한 것이다. 두 통의 편지에 자극 받은 '나'의 의식은 밤부터 새벽까지의 몇 시간 동안 회상과 환상을 통해 동경과 조선을 오가게 된다. 시간의 흐름과 공간의 이동은 철저히 '나'의 의식에 의하여 구성된다. 이때 동경에 있는 공간은 현재적 공간이 되고 조선의 공간은 회상과 환상 속에서 그려지는 과거의 공간이 된다.

　형식적으로 측면에서 볼 때 「실화」의 아홉 개의 이야기 단락에는 각기 번호가 매겨져 있다. 1번 단락의 경우는 한 문장으로 설명된 시·공간적 지표가 없는 부분이다. "사람이 비밀이 없다는 것"이 "재산 없는 것처럼 가난하고 허전한 일"이라는 선언은 텍스트 전체 내용을 아우르는 프롤로그 부분으로 볼 수 있다. 이 문장은 본문에서도 두 번 반복되고 있는데, 맨 마지막 아홉 번 째 이야기 단락에서의 문장과 호응을 이루어 이상 자신의 비극적인 정조를 담아내고 있다고 할 수 있다.

　「실화」의 이야기 단락을 간단히 정리해보면 다음과 같다.

1. "사람이 / 비밀이 없다는 것은 재산 없는 것처럼 가난하고 허전한 일이다." 라는 전체 내용을 암시하는 프롤로그 부분. ; 시·공간적 배경은 무시간적.
2. 서술자 나는 12월 23일 동경 C양의 방에서 그녀와 대화를 하며 사색에 젖는다. (이야기 현재)
3. 10월 24일 서울에서 나는 姸이와 헤어지기 전의 일들을 떠올린다.(과거)
4. 12월 23일 동경 C양의 방에서 대화를 마치고 국화 한 송이를 얻어 나온다. (현재)

5. 10월 24일 서술자 나는 서울 姸의 방을 나와 집으로 돌아와 연에게 동경
   으로 떠날 것을 알리고 자살을 생각한다. (과거)
6. 12월 23일 C양의 방을 나와 동경 거리를 헤매다 Y군을 만나 배회하며
   술을 마신다. (현재)
7. 10월 24일 서술자 나는 서울 거리를 헤매다 병들어 누운 兪政을 찾고
   그와의 대화를 통해 자살의 결심을 연기하고 다음날 동경으로 떠날 것을
   결심한다. (과거)
8. 12월 23일 저녁에서 24일 새벽 나는 동경의 한 바에서 Y와 술을 마시다
   가 자신의 처지를 비관하며 C양과 姸을 떠올린다. (현재)
9. 나는 12월 23일에서 24일 새벽까지 일어났던 일을 생각하면서 자신의
   처지를 독자에게 이야기한다. (가까운 과거에서 현재)

프롤로그 부분 제외하고 서사시간의 측면에서 「실화」는 크게 두 부분으로 나뉘어 서술된다. 하나는 과거 서울에서의 생활을 서술하는 것으로 3·5·7의 이야기 단락이 이에 해당한다. 나머지 2·4·6·8·9의 내용은 이야기 현재의 시간으로 동경에서의 생활이 서술된다.[115] 1번의 이야기를 빼놓으면 각 이야기는 시·공간을 달리하며 번갈아 서술된다. 이러한 서사시간의 병치는 기본적으로 독자들에게 정보가 지연되면서 전달된다.[116] 다음의 예문을 보자.

① 꿈— 꿈이면 좋겠다. 그러나 나는 자는 것이 아니다. 누운 것도 아니다.

---

115) 「실화」의 시간 순서는 김형자에 의해 구체적으로 도표화된 바 있다.
   김형자, 앞의 책, 301쪽.
116) 이호는 「실화」와 같은 복잡한 시간구성은 순조로운 사건 진행을 지연·방해시키는 공
   간화 현상을 초래한다고 지적한다. 이 호, 앞의 논문, 78쪽.

앉아서 나는 듣는다.(十二月二十三日)

② 「언더—더 워치—시계 아래서 말이에요—파이프 타운스—다섯 개의 洞
里란 말이지요—이 청년은 요 세상에서 담배를 제일 좋아합니다—기다
랗게 꾸브러진 파이프에다가 香氣가 아주 높은 담배를 피워 뻑—뻑—연
기를 풍기고 앉았는 것이 무엇보다도 藥이었답니다.」

③ (내야말로 東京와서 쓸데없이 담배만 늘었지. 울화가 푹—치밀을 때 저
—肺까지 쭉— 연기나 들이키지 않고 이 發狂할 것 같은 心情을 억제
하는 도리가 없다.)

④ 「연애를 했어요! 高尙한 趣味—優雅한 性格—이런 것이 좋았다는 女子
의 遺書예요- 죽기는 왜 죽어—先生님—저 같으면 죽지 않겠읍니다—
죽도록 사랑할 수 있나요—있다지요—그렇지만 저는 모르겠어요.」

⑤ (나는 일찍이 어리석었더니라. 모르고 姸이와 죽기를 約束했더니라. 죽
도록 사랑했건만 面會가 끝난 뒤 大略 二十分이나 三十分만지나면 姸
이는 내가 「설마」하고만 여기던 S의 품안에 있었다.)

(…중략…)

⑥ 「功課는 여기까지밖에 안했어요—靑年이 마지막에는 —멀리 旅行을
간다나봐요. 모든 것을 잊어버리려고..」

⑦ (여기는 東京이다. 나는 어쩔 작정으로 여기 왔나? 赤貧이 如洗—꼭또
—가 그랬느니라—재주 없는 藝術家야 부질없이 네 貧困을 내세우지
말라고—아—내게 貧困을 팔아먹는 재주 外에 무슨 技能이 남아 있누.
여기는 神田區 神保町, 내가 어려서 帝展, 二科에 하가끼 注文하던 바
로 게가 예다. 나는 여기서 지금 앓는다.)

(…중략…)

⑧ (한 시간 동안이나 나는 스토리-보다는 목소리를 들었다. 한 시간-한 시
간같이 길었지만 十分-나는 졸았나? 아니 나는 스토리-를 다 외운다. 나
는 자지 않았다. 그 흐르는 듯한 연연한 목소리가 내 감관을 얼싸안고
목소리가 잤다.) / 꿈-꿈이면 좋겠다. 그러나 나는 잔 것도 아니요 또 누

웠던 것도 아니다. (357~359쪽.)

위의 예문은 2에 나오는 부분이지만 여기에서 보이는 서술적 특징들은 「실화」 전체에 일관되게 유지된다. ①은 서술자의 발화로 독자에게 시·공간적 정보와 인물에 대한 정보를 제공하고 있다. ②~⑦까지는 C양과 나의 대화 부분이다. 「 」 속의 서술은 직접화법이고, ( ) 속의 서술은 간접화법으로 서술자 나의 의식 상태를 나타낸다. 위에서 설명한대로 두 사람 간의 대화는 절연되어 있다. C양은 끊임없이 자신이 읽은 소설책의 내용을 이야기하고 있고 그 이야기를 들은 나는 자신의 과거와 현재를 생각하고 있다.

이렇게 볼 때 두 사람간의 대화는 온전히 이루어지고 있다고 할 수 없다. 각자 자신만의 세계를 생각하고 이야기 할 뿐이다. 괄호 안의 서술은 서술자 '나'의 의식 속에 숨겨진 생각, 즉 내적 독백의 형식으로 대화의 어긋남을 단적으로 보여주고 있다. 그 속에는 시간적인 어긋남도 함께 드러난다. 시간을 인식하고 전개하는 방식에서 C양과 서술자 '나'는 괴리를 드러내고 있는 것이다. C양의 의식은 현재를 중심으로 앞으로 진행되는 것이라면, C양의 이야기를 듣는 '나'의 의식은 과거로만 향하고 있기 때문이다.[117] 서술의 측면에서 보면 2의 부분은 직접화법과 간접화법이 섞여 드러나는데 두 가지 다른 형태의 진술은 현재와 과거를 나누는 기준도 되고 있다.

위의 대화 부분에서 주목해야할 또 한 가지는 서술자가 정보를 제시하는

---

117) 이는 이재선이 지적한 바 "과거로 역행하는 시간의 체험과 현재나 미래로 진행하는 시간의 체험이 교차되고" 있음을 보여주는 것이다. 이재선, 『한국소설사』, 민음사, 2000, 470쪽.

방식이다. 전술했듯이 「실화」에 반복되어 진술되는 "사람이 비밀이 없다
는 것이 재산 없는 것처럼 가난하고 허전한 것"이라는 경구는 독자가 정보
를 알아가는 데 기본적인 방향을 제시해준다. 이 말을 다시 생각해 본다면
"사람이란 나름대로의 비밀을 지니고 살 필요가 있다"는 서술자의 암묵적
인 의도를 읽을 수 있다. 기본 서사 밖에 위치한 이 진술이 소설의 처음과
중간과 마지막에 보이고 있다는 것이 그것을 증명한다. 이런 입장에서 위
의 인용문을 살펴보면 C양의 언급들은 사실 서술자 나의 의식 속에 담긴
비밀을 열게 하는 하나의 단서만이 될 뿐이다.

①과 ⑧의 부분은 이야기 현재의 대화 상황을 독자에게 알리는 정보가
된다. 즉 12월 23일 '나'는 C양과 대화를 나누는데, 눕지도 않고 자지도
않으면서 대화를 하지만 정작 '나'가 들은 것은 C양이 말한 내용이 아니라
그의 목소리였다는 것이다. 환언하면 대화를 하지 않았다는 것을 말한다.
C양의 말들은 단지 '나'의 '감관'을 건드릴 뿐이다. 따라서 ②, ④, ⑥에서
직접화법으로 제시되는 C양의 발화는 '나'의 잃었던 감각을 깨우는 자극제
의 역할을 할 뿐인 것이다. ②에서 C양의 애인이 담배를 많이 피운다는
말을 듣고 ③에서 서술자 나는 동경에 와서 자신이 담배가 늘었다고 생각
하고, ④에서 C양이 고결한 사랑을 논할 때 ⑤에서 서술자 나는 姸이와의
과거를 떠올리며 사랑의 부질없음을 생각한다. 또한 ⑥에서 C양의 애인이
멀리 여행을 갔다는 말을 듣고 ⑦에서 '나'는 자신이 서울을 떠나 동경에
왔다는 진술을 한다. 여기서 C양의 발화를 통해 서술자 '나'는 무의식에서
잃었던 자신의 과거를 떠올리고 있음을 볼 수 있다.

이러한 대화 방식이나 의식의 발현 양상은 이야기 현재에서 서술되는
모든 부분에서 드러난다. 독자는 이야기 현재로 진행되는 부분에서는 이러

한 수수께끼와 같은 질문과 대답 속에서 서술자 '나'의 비밀을 찾아내야 하는 것이다. 그렇다면 과거의 사건을 제시하는 3, 5, 7의 부분들은 이야기 현재의 의식들을 구체적으로 설명하는 사건이 된다.

「실화」가 지닌 시간 구성의 특징 가운데 시간의 순환성 외에 병치성 혹은 병렬성이 있다는 것은 앞서 밝혔다. 그런데 주목할 만한 것은 2장에서 9장까지 시·공간이 변환되는 계기가 서술자 '나'의 연상작용에 의해서라는 것이다. 2장에서 3장으로 넘어갈 때는 '파이프'가 연상작용의 매개체로 작용한다. 3장에서 4장으로 넘어갈 때는 서울의 방에서 보았던 '국화 한송이가' C양 방의 '국화 두 송이'로 대체되어 드러나고, 4장에서 5장으로 넘어갈 때는 C양이 준 '국화 한 송이'가 매개체가 된다. 5장에서 6장으로 넘어갈 때는 서울의 거리를 헤매는 모습과 동경의 거리를 헤매는 모습이 병치된다.[118) 이러한 의식의 전개는 과거와 현재의 사건이 무의식적으로 겹쳐 드러남을 보여준다.

이러한 현상은 '의식의 흐름' 소설에서 빈번하게 나타나는데, '의식의 흐름'이라는 자체가 시·공간을 초월하여 무질서하게 나열될 수 있는 어떤 것을 의미하기 때문이다. 한스 마이어호프는 이러한 의식의 흐름들을 어떤 종류의 통일체로 인식하기 위해서는 "그 무질서의 파편들이 오로지 동일한 자아의 퍼스펙티브에 관계되거나 이 퍼스펙티브 속에서 포착될 때만 '의미'-유의적이고 연상적인 이미지에 의하여 밝혀지는 의미-가 발생"[119)한

---

118) 이호는 이런 측면에서 「실화」는 '공간 몽타쥬' 기법의 정점에 있다고 언급한다. 김진석
　　또한 「실화」에서 드러나는 시·공간의 병치 현상을 시간과 공간의 몽타즈의 기법으로
　　설명한다. 이 호, 앞의 논문, 78쪽. 김진석, 앞의 책, 99~109쪽.

119) Hans Meyerhoff, 김준오 역, 『文學과 時間現象學』, 心象社, 1987, 58쪽.

다고 했다. 따라서 「실화」에서 보이는 무질서하게 나열된 일련의 서술들은
서술자 '나'의 의식 속에 숨겨진 비밀의 모습들을 독자에게 제시하는 것이
라 할 수 있다.

앞서 필자는 「실화」가 자기 반성성으로 가득 찬 소설이라는 점을 언급
했다. 주인공이자 서술자인 '나'의 서술 방식이 그것을 말해준다. 철저히
자의적이고 주관적인 의식의 흐름의 기법에 의지한 「실화」의 서술 방식은
비밀의 이야기를 풀어나가는 데 적합하다. 그러면 1장과 4장과 9장에 등장
하는 비밀의 정체는 무엇일까? 스토리 현재를 중심으로 사건을 정리해보면
주인공이자 서술자인 '나'는 두 달 전(10월 23일~24일) 부정을 저지른 姸
을 뒤로하고, 자살을 꿈꾸다가 친구 유정을 만나고 동경에 온다. 그러나
두 달이 지난 12월 23일 아침 친구 유정과 연의 편지를 받고 심정의 변화를
일으키고 지나온 일들을 회고한다. 그렇다면 이렇게 간단히 정리될 수 있
는 이야기가 서술상 시·공간을 넘나들며 복잡하게 전개되는 이유는 서술
자 나의 자기 반성성을 확인하기 위해서이다. 즉 두 달 전부터 시작된 姸과
의 어긋남, 자살의 실패 등 자조적인 생각에 젖은 '나'는 처음부터 다시
돌아보고 싶었던 것이다. 그것은 본문의 내용을 통해서 확인할 수 있다.
2장에서 4장까지의 내용을 보면 서술자는 姸의 부정에 대해 심각하게 고
민하며 자살 충동에 젖어 있음을 알 수 있다.

⑨ (나는 일찍이 어리석었더니라. 모르고 姸이와 죽기를 約束했더니라. 죽
　도록 사랑했건만 面會가 끝닌 뒤 人略 二╷分이나 三╷分만 지나면 姸
　이는 내가 「설마」하고만 여기던 S의 품안에 있었다.) (358쪽)
⑩ 머리맡 책상 설합 속에는 서슬이 퍼런 내 면도칼이 있다. 頸動脈을 따면

―妖物은 鮮血이 댓줄기 뻗치듯하면서 急死하리라. 그러나―
나는 일찌감치 면도를 하고 손톱을 깍고 옷은 갈아 입고 그리고 예년
十月 二十四日 경에는 死體가 며칠만이면 썩기 시작하는 지 곰곰 생각
하면서 모자를 쓰고 인사하듯 다시 벗어 들고 그리고 방―妍이와 半年
寢食을 같이하던 냄새 나는 방을 휘―둘러 살피자니까 하나 사다 놓네
놓네 하고 기어 뜻을 이루지 못한 금붕어도―이 방에는 가을이 이렇게
짙었건만 菊花 한송이 裝飾이였다. (361쪽)
⑪ 이는 N삘딩에서 나오기 전에 WC라는 데를 잠깐 들르지 않으면 안 되었
다. 나옴녀 南大門通 十五間大路 GO STOP의 人波.
「여보시오 여보시오, 이 妍이가 조 二層 바른 편에서부터 둘째 S氏의
사무실 안에서 지금 무엇을 하고 나왔는지 알아 맞추면 용하지」
그 때에도 妍이의 살결에서는 능금과 같은 新鮮한 生光이 나는 법이다.
그러나 불쌍한 <u>李箱先生님</u>에게는 이 복잡한 交通을 향하여 빈정거릴
아무런 秘密의 材料도 없으니 내가 財産 없는 것보다도 더 가난하고
싱겁다. (363쪽)

인용문 ⑨는 妍의 부정에 대한 고발을 하는 것이고 뒤의 ⑩은 연의 부정
에 대한 서술자 나 자신의 감정을 다스리는 부분이다. '나'는 처음엔 妍에
대해 살의(殺意)를 느끼다가 나중엔 자살을 생각하는 모습을 보인다. 그리
고 ⑪은 연의 부정에 대해 냉소적이면서도 신랄한 비판을 가하는 것을 볼
수 있다. 그러면서도 자조적인 모습을 보이게 되는데 작가 자신을 대상화
시켜 부르는 데서 그것을 볼 수 있다.[120] 이는 자아분열의 심리적 현상이

---

120) 이호는 이 부분을 서술자가 시·공간적으로 뿐만 아니라 인식적으로도 거리를 만드는
　　것으로, 서술자아와 경험자아 사이에 복합적인 거리 조정이 이루어지고 있다고 설명한
　　다. 이 호, 앞의 논문, 79쪽.

드러나는 것으로 서술자 '나'의 의식 상태를 읽을 수 있게 하는 단서가 된다. 이러한 의식은 8장에 이르러 자신을 "누가 잉크 짓는 약으로 지워버"린 "내—痕迹일 따름"이라고 고백하는 모습은 모든 것을 초탈한 일면을 드러내는 것이라 할 수 있다. 서술자 나는 이렇게 모든 것을 진술하고 난 후 비밀이 없음을 홀가분해하면서 자조 섞인 자기분열의 모습을 보이는 것이다. 「실화」를 이야기 현재의 시간을 기준으로 사건이 일어난 순서를 배열해 본다면 3-5-7-9(1)-2-4-6-8-9(2)의 순서가 된다. 3, 5, 7은 과거의 사건이라 맨 앞에 놓이고 2-4-6-8은 이야기 현재의 시간이므로 그 다음에 놓인다. 그런데 2장의 앞에 9장이 놓인다는 것은 주목할 만하다.[121] 즉 9장은 2장의 시간 보다 앞서 일어난 사건을 말하면서 또한 8장보다 뒤에 일어난 의식을 기록한다. 따라서 9장은 앞서 서술자 '나'가 경험한 모든 사건과 의식들을 정리하는 장으로 볼 수 있다.

十二月 二十三日 아침 나는 神保町 陋屋 속에서 空腹으로 하여 發熱하였다. 發熱로 하여 기침하면서 두 벌 편지는 받았다.
「저를 진정으로 사랑하시거든 오늘로라도 돌아와 주십시오. 밤에도 자지

---

121) 정덕준은 4장과 9장의 부분을 더 세분화해서 이야기 시간의 순서를 설명한다. 4장에서도 현재-과거-현재의 시간의 역전 현상이 일어나는데, 이를 4(1)-4(2)-4(3)으로 나누어 설명하는 것이다. 그래서 4(2)의 부분은 姸이 고등학교때 "간단히 속옷을 찢"었던 이야기가 서술되므로 2장 보다 시간적으로 앞에 놓여야 한다는 것이다. 또한 9장에서 12월 23일 아침에 편지 받은 상황을 9(1), 그 이후의 심경정리 부분을 9(2)로 놓으면 시간석으로 9(1)은 4장 앞에 놓이고 9(2)의 부분은 맨 마지막이 된다는 것이다. 정덕준의 이러한 구분은 「실화」가 서술 시간과 이야기 시간이 심하게 착종되어 있다는 점을 증명하기 위해서 설명하기 위해서 설정된 것이다. 9장이 맨 마지막에 오는지, 아니면 4장 앞으로 와야 하는지의 차이가 필자와 다르다. 정덕준, 「동시성의 체험과 이상의 자유의지」, 『한국현대소설연구』, 서종택/정덕준 엮음, 새문사, 1990, 466쪽.

않고 저는 兄을 기다리고 있읍니다. 兪政」

　「이 편지 받는대로 곧 돌아오세요. 서울에서는 따뜻한 房과 당신의 사랑하
는 妍이가 기다리고 있읍니다. 妍書」 …중략…

　사람이―秘密 하나도 없다는 것이 참 財産 없는 것보다도 더 가난하외다
그려! 나를 좀 보시지요?　(369~370쪽)

　위의 인용은 「실화」의 마지막 부분으로 서술자가 이제까지 비밀스럽게
진술해 온 이유가 담겨있다. 두 달 전 서울에서 있었던 사건을 시·공간을
달리 한 곳에서 다시 강박적으로 생각했던 원인은 바로 12월 23일 아침
받았던 두 통의 편지 때문이었던 것이다. 두 달 전 妍을 뒤로하고 동경으로
떠나왔던 서술자 '나'는 2~8장까지 독자에게 그녀의 부정을 진술하며 자
신의 심정을 토로하는 것처럼 서술했다. 그러나 본래 말하고자 했던 의도
는 9장에 가서 드러난다. 즉 독자에게 妍과 兪政에게서 12월 23일 오전에
두 통의 편지를 받았다는 사실을 알리고, 그 편지의 내용을 공개하는 것은
서술자 자신이 妍과의 연애에 실패한 것이 아니라는 사실을 알리는 것과
같다. 또한 자신에게 비밀이 하나도 남지 않았다는 고백은, 결말 부분까지
끌고 왔던 서술자 나의 비밀이 모두 드러났음을 말하는 것이다.[122]

　이상에서 본 것처럼 「실화」는 이질적인 사건들이 파편적으로 결합되어
하나의 서사를 만드는, 특히 인물의 의식의 흐름에 집중되어 사건들이 재
배치되는 자기 반성적인 특징을 지니고 있다. 서사시간의 구성은 과거와
현재가 병치되며 동시성을 드러내는 구조를 보이고 있다. 초점화의 측면에

---

122) 김진석은 이를 두고 "은폐의 신비성을 상실"한 것이라고 말한다. 김진석, 앞의 책,
　　108~109쪽.

서도 분열된 자의식을 드러내는 여러 진술 때문에 통일성을 상실한 모습을 보인다. 인물의 의식 속에서 시간의 경계를 무수히 넘나드는 이러한 구조는 서사의 정보가 전달되는 데 많은 지연의 요소를 보이는 것이 사실이다. 독자의 입장에서 본다면 텍스트를 해석하기 위해 무수한 재독을 해야 하는 텍스트인 것이다. 그런 면에서 「실화」는 이완의 효과를 극대화시킨 텍스트라 할 수 있다.[123]

3.3 긴장-이완 효과 : 다층적 서술에 의한 의식의 통합과 분리의 변주

장용학의 「요한시집」[124]은 시간의 불일치(anachronies)가 매우 빈번하게 발생하는 소설이다. 스토리 시간은 만 하루 남짓이지만 서술 시간은 매우 복잡하게 얽혀있다. 서사 전개는 크게 네 부분으로 나뉘어지고 그 아래 수십 개의 이야기 단락이 생긴다. 여기서는 논의의 편의상 인물의 행위 단락을 기준으로 나누어 논의를 전개하겠다.

---

123) 복합적 시간 구조에서 이완의 효과가 발생하는 것은 당연하다. 사건의 전개 양상이 인물의 의식 속에서 무질서하게 나열됨에 따라 일정한 방향성이나 순차성을 찾아볼 수 없기 때문이다. 이러한 구조는 모더니즘 소설적 경향으로 심리소설에서 많이 찾아볼 수 있다. 또한 최근에 작가적 실험이 강한 소설 등에서도 이러한 구조를 발견할 수 있다.

124) 본고에서 텍스트로 삼은 것은 『원형의 전설』(동아출판사, 1995)에 실린 「요한시집」이다. 본문의 쪽 수는 이 텍스트를 기준으로 삼는다.

1. 토끼 우화

  (1) **한 옛날** 아름다운 동굴 속에 사는 한 토끼가 있었다.

  (2) 아름다운 빛이 흘러들던 동굴 속의 풍경에 만족 못한 토끼는 바깥 세상을 동경한다.

  (3) 빛이 흘러들던 창으로 가서 손을 대자 동굴은 매우 어두워진다.

  (4) 토끼는 사력을 다해 동굴을 탈출한다.

  (5) 어두운 곳에서 탈출한 토끼는 바깥에 나오자마자 소경이 된다.

  (6) 토끼는 고향으로 돌아가는 문을 잃어버릴 것 같아 죽을 때까지 그 자리를 떠나지 않는다.

  (7) 토끼가 죽은 자리에 버섯이 하나 피어나고 그의 후예들은 '자유의 버섯'이라는 이름을 붙인다.

  (8) 후에 많은 동물들이 어려운 일이 생기면 그 버섯에 와서 제사를 올린다.

2. 상(上)

  (9) **해가 중천에 있는 한 낮 '나'는 흐르는 시간에 대한 철학적 공상을 한다. (현재)**

  (10) '나'는 순간적으로 망상에서 깨어나며 경련을 일으킨다. (현재)

  (11) 나는 섬에서 나와 며칠에 걸쳐 헤매다 허름한 '하꼬방' 집을 발견한다. (현재)

  (12) **나는 한 노인이 문간에 앉아 여러 곡식들이 섞인 속에서 서로 골라내는 장면을 목격하고 상념에 잠긴다.(현재→과거)**

  (13) 어린 시절 고향의 외딴 초가집을 떠올리면서 지금 자신은 귀향했다고 생각한다.(과거→현재)

  (14) **'나'는 석양이 비춰는 언덕에서 자신의 정체성에 대한 의문을 제기한다.(현재→과거)**

  (15) **'나'는 돌멩이를 꽉 쥐어보며 현실의 단단함을 느껴보는 상념에**

잠긴다. (현재→과거)

(16) ‘나’는 다시 하꼬방으로 돌아와 그곳이 ‘누혜’의 집이라는 정보를
    제시한다. (현재)

(17) 누혜의 집이 모두 ‘레이션’ 상자로 되어있는 것에 놀란 ‘나’는 전쟁
    의 기억을 떠올린다. (현재→과거)

(18) 이 년 전 어느 일요일 전쟁이 발발하고 ‘나’는 포로로 잡히게 된다.
    (과거)

(19) 그 과정 속에서 ‘나’는 정신적으로 분리의식을 느낀다. (과거)

(20) ‘나’는 섬에서 누혜와 만나 유일한 벗으로 삼는다. (과거)

(21) 누혜의 행위와 죽음에 대한 서술. (과거)

(22) ‘나’는 누혜가 죽고 난 후 바위 그늘에 앉아 배가 오기만을 기다
    린다. (과거)

(23) ‘나’는 섬을 나와 본토에 돌아와서는 오히려 섬을 그리워하며
    상념에 잠긴다.(과거)

(24) 나는 하꼬방 집에서 삶의 기능을 거의 상실한 누혜의 어머니와 그
    주변을 맴도는 고양이를 발견한다.(현재)

(25) 나는 노파의 손에 묻어있는 얼룩점에 대한 진실을 알게 된다.(현재)

(26) 나는 과거 섬의 변소에서 겪은 일을 기억한다. (과거)

(27) ‘나’는 인간 이하의 생활을 견딘 노파에게 자신이 누혜라고 말한다.
    (현재)

(28) ‘나’는 다양한 과거의 일들을 기억한다.(과거)

(29) ‘나’는 발악을 하는 노파를 보고 죽음의 느낌을 받고 환영을 보
    게 된다. (현재→과거)

(30) 나는 환영 속에서 어린 시절의 과거를 떠올린다. (과거, 시간의
    급격한 가속이 일어남)

(31) ‘나’는 눈이 오는 와중에 눈먼 도승에 대한 환영을 본다. (현재)

(32) 노파가 ‘누에-’라고 부르는 소리에 나는 환상을 깨고 노파는 죽는다.

3. 중(中) - 전부 과거로 서술

    (33) 철조망에 걸려 자살한 누혜의 죽음에 대한 서술. (과거→대과거로)

    (34) 의용군이었던 누혜는 포로수용소에서 독특한 인물로 기억된다.

    (35) 수용소의 풍경을 보다가 전쟁상황에 대한 의식이 옮겨간다.

    (36) 인민재판을 받던 누혜를 묘사.

    (37) 누혜의 자살 소식을 듣는다.

    (38) 누혜가 죽기 전날 밤을 기억한다.

    (39) 누혜가 죽은 후 시체가 잔인하게 처리된다.

    (40) 나는 누혜의 유서를 보고 그의 죽음을 이해하게 된다.

4. 하(下) 누혜의 유서

    (41) 누혜가 자신이 태어날 때부터 수용소에 갇힐 때까지의 삶을 요약해
       서 기록.(과거. 스토리 시간은 매우 가속됨)

     〈 한 살 →네 살→ 아홉 살→ 열 일곱 살→ 대학생 때 → 졸업 후
      시인이 되었을 때 →(몇년 후) 당에 들어갔을 때 →(얼마 후) 전쟁
      에 참여했을 때 → 포로 생활할 때 〉

    (42) 유서를 다시 보고 있는 나 (현재)

    (43) 나는 자신을 노려보는 고양이의 눈을 통해 누혜의 눈알을 떠올리고
       고양이를 내쫓는다. (현재)

    (44) '나'는 나무위로 올라간 고양이의 눈을 바라보며 해가 뜨기만을 기
       다린다. (현재)

위의 단락 구분에서 보면 우선 스토리 시간과 서술 시간이 매우 어긋나
있는 것을 볼 수 있다. 우화의 이야기를 제외하면 스토리 시간은 1인칭
서술자 '나'가 섬(포로수용소)에서 만 하루 동안 겪는 시간이 전부이다. 그
러나 담화 시간은 매우 길게 서술된다. 서술자 '나'의 어린 시절부터 누혜

의 과거 모든 일까지 장황하게 서술된다. 여기서 주목할 것은 과거와 현재의 시간의 불일치가 일어나는 방식이다. 「요한 시집」이 복합적 시간 구조를 가지에 되는 이유도 여기에 있다. 위의 구분에서 진하게 표현된 부분은 인물의 심리 속에서 현재와 과거의 시간이 급작스레 변화하며 때로는 공존하는 모습까지 보이는 부분이다. 그러면 먼저 텍스트에서 구분한 네 이야기 단락의 시간 구조를 살펴보고 세부적인 시간 구조를 논의하겠다.

첫 번째 토끼의 우화는 텍스트 전체 의미를 총괄하는 비유적 설정으로 읽을 수 있다. 따라서 우화에서의 시간 자체는 특별한 의미를 갖지 않는다. '한 옛날'이라고 표현된 것 자체가 불특정 시기의 일반적인 상황을 나타내 것이다. 따라서 토끼 우화는 공시적이고 비시간적인 진실을 담고 있고, 시간의 흐름 자체 보다 인물의 행위에 초점이 맞추어져 있다. 「요한 시집」에서 시간 구조상 중요한 것은 상·중·하로 구분되어 있는 부분이다. 상(上)에서는 1인칭 서술자 동호가 섬에서 나와 누혜의 집을 찾아 나선 이야기가 서술된다. 내용상으로는 '나'의 존재론적 갈등을 그려내고 있고 형식상으로는 과거와 현재에 대한 무수한 시간 교차의 서술 방식을 보이고 있다.

우선 (9)의 단락은 서술자 '나'의 시간의식을 드러내는 것으로 매우 의미심장하다. 이 부분에서 '나'는 공적 시간과 사적 시간의 혼돈에서 헤매게 된다. 서술자 '나'는 시간과 공간의 관계에 대한 의문을 제기하고, 시간의 흐름에 대한 역설적 공상들을 펼쳐 보인다. 이러한 의문과 공상은 「요한 시집」의 결말부분까지 '나'의 의식을 지배한다. 이러한 의식은 서술자 '나' 자신이 시 있는 위치에서 세계를 인식하는 네 중요한 억할을 함과 동시에 텍스트 자체의 이데올로기를 노출하는 것이기도 하다.

"시계가 가리키는 시간과 위치가 빚어내는 시간. 이 두 개의 시간 사이에 가로놓여 있는 빈터. 그것이 얼마나한 출혈(出血)을 강요하든 우리는 이러한 빈터에서 놀 때 자유를 느낀다. 우리에게 두 개의 시간을 품게 한 이러한 빈터가 결국은 '나'를 두 개의 나로 쪼개 버린 실마리였는지도 모른다.

　공간 속을 시간이 흐르고 있는 것인지 시간의 흐름을 따라 공간이 분비(分泌)되어 나오는 것인지 알 수 없지만 지붕 위에 앉게 된 해를 보고 있노라면 시간은 공간에 갇혀 있는 것 같다. 이 관계 위에 현재의 질서는 자리잡은 것 같다.

　(…중략…)

　…마치 음속(音速)보다 빠른 비행기를 타면

　아까 사라진 소리를 쫓아가서 다시 들을 수도 있는 것처럼 아까 사라진 소리를 쫓아가서 다시 들을 수도 있는 것처럼 빛보다 더 빠른 비행기를 타고 날아오르면서 지상을 돌아다보면 우리는 거기에 과거를 볼 수 있을 것이 아닌가. 비행기는 자꾸 날아 오른다. 지상에서 시간이 거꾸로 흐르는 것이 보인다. 과거 쪽으로 흘러가는 사건의 흐름이 보인다." (307쪽)

　이 부분이 본격적인 서사의 맨 앞에 나온 것은 의미심장하다. 전술했듯이 위의 상념들은 전체 서사를 지배하는 주제적이면서도 형식적인 방향을 제시하기 때문이다. 이 예문 이후에 '나'는 물리적이고 공적인 시간의 역진적인 흐름을 상상한다. 즉 밥이 한 알의 씨로 돌아가는 과정을 의식 속에서 상상하는 것이다. '나'는 입에서 나온 밥이 '숟가락 → 밥 솥 → 물 속에 가라앉은 쌀 → 뚝배기에 옮겨진 쌀 → 쌀가게의 쌀 → 정미소의 쌀 → 논의 벼이삭 → 땅 속 한 알의 씨'가 되기까지의 역진적 사고를 드러낸다. 이러한 물리적 시간의 흐름을 거부하는 것은 과거로의 회귀, 특히 가장 근원적인 것으로의 회귀를 통해 현실의 고통을 감내하고자 하는 의식에서 나온 것일 수도 있고, 다른 한편으로는 현실의 수많은 모순의 출발점을 더

들어 생각해보고자 하는 의식에서 시작된 것일 수도 있다.

「요한 시집」에서는 두 가지 경우가 다 드러난다. 전자의 경우 텍스트에 반복적으로 제시되는 서술자 '나'가 '혈거지대(穴居地帶)'로의 회귀를 꿈꾸거나, 원인(猿人)으로서의 최초의 인간의 모습을 오히려 순수한 것, 참으로 받아들인다는 점에서 찾을 수 있다. 이러한 과거 지향적인 시간 인식은 뒤에 나오겠지만 (30)의 단락에서 보이는 시간의 급격한 전진과 대조를 이루며 긍정적 의미가 부여된다. 후자의 입장에서 본다면 이러한 과거 지향적인 사고는 '나'의 의식 속에 부유하는 무수한 과거의 인자들이 현재의 의식들을 지배하고 있음을 암시하는 것이고, 이는 과거의 한 사건에 대한 강박적 의식이 있음을 보여주는 것이다. 서술자 '나'의 의식을 지배하는 이러한 사고 때문에 내면 의식 속에서 현재와 과거가 무차별적으로 혼재되어 있는 드러나는 것은 당연하다.

(10)~(15)단락까지는 누혜의 집을 찾아가면서 겪는 현재의 경험과 그 속에서 무의식적으로 드러나는 과거의 사건들이 서술된다. 이 부분에서 스토리 시간은 정지(pause)에 가까워지고 반면에 서술 시간의 폭은 길고 다양해진다. 따라서 서술자 '나'의 과거에 대한 정보는 매우 많이 노출된다. '나'의 어린 시절부터 '단단한 현실'을 느끼는 지금까지의 자신의 정체성에 대한 고민이 과거의 사건들로 의식 속에서 산발적으로 제시된다. 서사 기법적으로 볼 때 이 부분에서 중요한 것은 '나'의 의식이 현재에서 과거로 이행되는 방식이다. 스토리 현재에서 과거로 이행되는 계기는 거의 연상에 의해 이루어진다. 연상이란 어떤 한 대상을 보고 즉각적으로 과거의 한 사건을 떠올리는 것을 말한다. 이는 "해체된 시간의 파편들을 하나의 통일된 유기적 형태로 재구성하려는 탐구"125)로 과거의 무질서한 사건들을 동적

(動的)으로 결합한다. 일단 연상에 의한 서술은 시간적 질서가 무시되고 인과율적인 요소도 즉각적으로 발견되지 않는다. 따라서 연상은 현대 심리 소설에서 보이는 의식의 흐름 과정에서 가장 빈번하게 드러나는 방식이라 할 수 있다.

(10)〜(15)에서 스토리 시간이 현재 시간에서 과거의 시간으로 이행하는 구체적인 사건은 '하꼬방'을 찾아가다가 우연히 한 노인이 곡식들을 고르는 것을 목격한 것이다. 이 광경을 목격하고 '나'는 현재의 시대 정신을 생각한다. 그러던 중 까마귀 울음소리를 듣고 그 까마귀에게 돌을 던지다 까마귀가 날아가버린 수평선 너머를 상상한다. 그러면서 자신이 서 있는 자리를 돌아보며 정체성에 의문을 제기하는 과거의 기억으로 몰입한다. 다음의 예문은 '나'의 의식 속에서 전개되는 시간의 무질서한 흐름을 잘 보여준다.

①나는 여기 이 나무 아래를 그리워해야 할 것이다. ②아까 저 산기슭에서 이리를 쳐다보았을 때, 하꼬방 뒤가 되는 이 한 손을 외롭게 하늘로 쳐들고 서 있는 고목이 얼마나 눈물겹게 느껴졌던 것인가. ③그런데 지금은 벌써 수평선 저쪽을 그리워하고 있다. ④나는 매소부가 아니다. ⑤필요하다면 산기슭에 도로 내려가서 다시 여기를 눈물겨워 쳐다보아도 좋다. ⑥부슬비 내리는 밤, 부엉새가 우는 소리를 듣는 것 같은 감회에 다시 사로잡히는 것이 나의 의리여서도 좋다.

⑦지금도 부엉새는 울고 있을 것이다. ⑧고향, K성(城), 동북 모퉁이가 되는 성루에서 멀리 바라보이는 산기슭에 외딴 초가집 한 채가 있었다. ⑨그리 크지 않은 성이라 들놀이 고기잡이 전쟁놀음, 이런 것으로 어린 시절 십여 년

---

125) Hans Meyerhoff, 김준오 역, 앞의 책, 132쪽.

을 뛰어 놀던 모퉁이마다 이런 추억 저런 추억, 추억은 고리를 물고 성벽에서 성벽을 이어져, 눈을 감으면 고향산천이 한눈에 떠올랐건만, 봄이면 뻐꾹새도 그리로 울어 대는 그 초가집 일대는 한번 떠오른 적이 없었다. ⑩그것이 아까 저 산기슭에서 이리를 쳐다보았을 때 망각의 안개를 헤치고 되살아 올랐던 것이다. ⑪이를테면 여기는 하나의 귀향(歸鄕)이었다.” (309~310쪽)

위의 두 단락 안에는 현재를 중심으로 과거에 대한 추억과 미래에 대한 예측, 그리고 과거와 현재의 의식이 교묘히 결합되어 있음을 볼 수 있다. 우선 ①의 의식은 현재 시제에서 미래의 일을 추측하는 것이다. 현재의 ‘지금 여기’를 미래의 당위를 나타내는 ‘그리워해야 할 것이다’로 서술하는 것을 통해 이를 알 수 있다. ②와 ⑩은 ‘아까’라는 시간 지표 때문에 과거 라는 사실이 분명하다. ③, ④는 서술자의 현재의 심리를 드러낸다. ⑤, ⑥은 미래에 있을 수도 있는 가정적 사실을 드러낸다. ⑦은 현재의 가정을 나타낸다. ⑧은 오래된 과거의 기억을 나타낸다. ⑨는 과거에서 현재까지 의 습관을 나타낸다. 시제는 과거 시제로 되어있으며, 시간의 급격한 가속 이 일어난 문장이다. ⑪은 가까운 과거와 현재 시제가 혼합되어 있는 문장 이다. ‘여기는’이라는 장소의 표지는 현재적 의미를 담고 있고, ‘귀향(歸鄕) 이었다’는 표지는 조금 전 산기슭에서 느꼈던 느낌들을 종합해서 서술한 것이기 때문이다.

이렇게 볼 때 위의 두 단락 안에는 매우 다양한 시간 지표가 드러남을 알 수 있다. 내용적으로 볼 때는 현재 시제에서 조금 전 이쪽을 그리워했던 생각을 떠올리고, 그런 생각을 했던 이유를 과거의 기억 속에서 찾아내어 앞으로도 그런 생각이 지속될 것이라는 가정까지 하고 있는 것이다. 내용상으로는 이렇게 정리될 수 있는 요소들이, 서술 시간의 순서가 섞임으로써 독서의 과정에서 혼란을 일으킬 수 있는 여지를 남겨두고 있는 것이다. 이는 전술한 바 서술자 '나'의 의식의 흐름 속에 무질서하게 떠다니는 여러 상념들을 그대로 노출시키기 때문에 발생한 것이다.

(17)~(23)까지는 '나'가 하꼬방의 '레이션 상자'를 통해 과거의 기억을 떠올리는 부분이다. 이 부분에서도 현재에서 과거로 넘어갈 때 '레이션 상자'라는 매개물이 등장한다. '나'는 레이션 상자를 통해 이년 전 어느 일요일 전쟁의 상황을 기억하고, 포로가 되며 의식의 분열을 겪는 자신을 기억한다. 그리고 포로 수용소에서 겪는 누혜와의 만남과 그의 죽음이 '간략히' 서술된다. 과거의 사건들은 순차적으로 기술된다. 즉 서술자 '나'가 전쟁을 겪는 과정과 그 속에서 정신 분열을 겪는 모습, 그리고 포로 수용소에서 누혜를 만나고 그가 죽었다고 서술하는 것이 시간의 흐름에 따라, 논리적 순차성에 따라 기술되는 것이다. 이는 '나'의 의식이 심리적인 연상작용[126]에 의해 과거의 시간대로 진입했지만, 과거의 사건들은 하나의 뚜렷한 기억으로 의식 속에서 재구성되고 있음을 보여주는 것이다. 이 부분은 서사에서 중요한 핵 사건을 설명하는 것이기에 보다 논리적인 시간 전개가 필요한 것이다. 전쟁의 상황과 포로수용소에서 있었던 사건은 「요한 시집」의 전체 서사에서 가장 중요한 사건이 된다. 특히 누혜의 죽음과 그 때문에 서술자 '나'가 겪게 되는 몇몇 경험들은 결국 '나'의 실존적 갈등을 형성하는 동인이 되기 때문이다.

---

126) 소설에서 연상에 의해 서술하는 것은 언술체계의 통사적, 의미적 연결 방식을 건너뛰는 것이다. 이러한 서술 방식은 전후맥락과는 상관없이 의미가 확장되거나 확인되는 심리 서술의 과정에서 많이 발생할 수밖에 없다.

(24)~(25)는 스토리 현재의 시간으로 '나'가 누혜의 어머니를 만나는 장면이다. 이 부분에서 '나'는 인간적 삶의 모습을 포기한 누혜의 어머니를 발견한다. '나'는 노파의 손에 묻은 얼룩점이 쥐를 잡아먹고 생명을 연장한 흔적임을 알고 끔찍한 과거의 일을 떠올린다. (26)의 경우도 연상에 의한 과거로의 회귀로, 과거의 충격적인 경험이 서술된다. 즉 '나'는 누혜가 죽은 다음 날 화장실에서 '누혜의 손목'을 발견했었는데, 그 끔찍했던 기억이 노파의 생의 연장 방식과 맞물려 떠올랐던 것이다. 이 순간 '나'는 노파에게 자신이 누혜라는 고백을 한다. 그러면서 '나'는 의식의 혼란을 겪는다. 상식의 세계와 비상식의 세계, 참의 세계와 거짓 세계의 구분이 사라진다. (28)의 서술은 시간의 급격한 가속이 일어나는 부분으로, '나'의 의식을 누르고 있던 모든 강박적 관념들이 의식 속에서 무질서하게 서술된다.

　… 혈거지대(穴居地帶)로, 혈거지대로, 나는 자꾸 청동시대로 끌려드는 향수를 느낀다. … 아이스케이크를 사먹다가 '동무'에게 어깨를 붙잡힌 나의 가련한 모습. 그런데 그 '동무'의 얼굴에는 왜 여드름이; 그렇게도 많았던가. 온통 얼굴이 여드름 투성이였다. 그래서 남으로 남으로 수류탄을 차고 이동하던 밤길, 개구리가 살아 있었다. 개구리는 왜 저렇게 우노! 돌격이다! 꽝! 돌배나무가 포물선을 그린다. 나는 그리로 끌려가서 포로가 되었다. 이! 이것이 갈매기 우는 남쪽 바다의 섬인가! 변소의 손. 눈구멍에서 뽑혀 드리운 누혜의 눈알! 여기저기서 공기가 찢어진 눈알들이 내다보고 있는 벌판에 서서 그래도 외쳐야 하는 '자유 만세!' (321쪽)

(29)~(30)은 노파가 죽음을 앞두고 마지막으로 숨을 몰아쉬는 와중에 '나'가 보게되는 환영과 그를 통해 자연스럽게 과거 어린 시절을 떠올리는

부분이다. 환영으로 묘사되는 부분은 '나'의 불안한 현재의 의식상태를 드러내는 현재의 시간이라 할 수 있다. 「요한시집」에는 서술자 '나'가 환영을 보는 장면이 자주 등장하는데, 이는 무의식에 잠겨있는 강박적인 모습을 드러내는 데 자주 사용되는 서술 기법이다. 또한 의식의 흐름 속에서 현재와 과거의 자유로운 넘나듦을 보장하는 기능도 지니고 있다. '나'는 돼지 떼의 급습으로 인해 폐허가 된 도시와 그 도시 속에 밀려오는 무수한 나무들의 환영을 보다가 과거 어린 시절을 떠올린다.

> … 아주 고요하다. 낙원이다. 낙원이 고요하다. 언젠가 이런 슬픔이 있었다. 백성이 감찰(鑑札)을 잃어버린 메리의 면상을 갈구리로 쳐서 질질 끌고 간 것이 슬퍼서였겠다. 아홉 살 때였을 것이다. 실컷 울고 난 오후, 지상에는 매미 우는 소리 이외 아무 움직이는 것도 없던 대낮의 아카시아나무 그늘이 이러하였겠다. 고요하다. 깊다. 고향은 깊다. 더 깊은지도 모른다. (323쪽)

'나'는 고즈넉하던 어린 시절의 고향을 생각하며 자신을 누르는 강박관념을 벗어나고자 한다. 여기에서 서두에 시간의 역진적인 흐름을 동경하며 과거를 보고자 했던 '나'의 의식이 결합된다. 바로 다음에 이어지는 서술에서 원시시대에서 현대에 이르기까지 급작스레 바뀌는 시간 흐름의 환영을 보게 된다.[127] 이는 앞서의 역진적 시간 추구와 반대되는 것으로 '나'

---

127) "그러나 세계는 고요한 대로 언제까지 있을 수 없다. 한편으로는 벌써 소란해지고 있었다 낙원은 흔들리기 시작한 것이다. 푸드득푸드득, 하늘로 날아 오르는 부엉새의 떼무리… 눈먼 새의 뒤에는 사람의 그림자가 따르는 법이다. / 나뭇가지를 타고 침입해 들어오는 원인(猿人). 아직 쭉 펴지 못하는 허리에 차고 있는 것은 또 그 돌도끼이고 손에는 횃불이다. 그가 배운 재주는 그것밖에 없다는 말인가. / 저 망측스런 것들이 이제 좀 있으면 비너스를 찾고 그 앞에 제단을 세운다. 주문을 몇 번 뇌까리면 땅이 움직이

의 의식 속에서 부정적인 작용을 하는 것이다. '나'가 원시시대의 '혈거지대'를 의식적으로 추구하는 것은 인간의 가장 원시적인 상태의 순수의 모습을 추구하는 것이라 할 수 있다. 이는 처음의 토끼 우화에서 나오는 근원적인 거주지인 동굴의 아름다움과 궤를 같이 한다. 또한 '나'의 생각 속에서 무질서하게 되풀이되는 과거 지향 의식은 현 존재의 좌절에서 온 실존에 대한 이상적 갈망을 추구하는 것이라 할 수 있다.

(31)~(32)의 단락은 환상의 상태에서 현재의 상태로 돌아오는 부분이다. 이 부분은 실재와 환상이 교차되면서 서술된다. 온 세계가 눈으로 덮이는 환상을 체험하면서 '나'는 눈 먼 도승(道僧)이 오는 것을 본다. 이 순간 누혜의 어머니는 '누에'라고 외치고 '나'는 환상에서 벗어난다. 결국 누혜의 어머니는 죽고 고양이의 파란 요기(妖氣)띤 눈이 자신을 바라보고 있음을 느낀다.

중(中)의 이야기 단락에 서술된 내용은 모두 과거의 사건이다. 이 부분은 누혜의 죽음에 대한 서술로 이제까지 조금씩 제시되어왔던 누혜의 죽음에 대한 정보가 구체적으로 제시된다. (33)은 일단 누혜가 철조망에서 목을 메고 죽었다는 진술로 되어있다. (34)~(39)까지는 누혜와 서술자 '나'의 관계와, '나'가 보고 겪었던 누혜에 대한 정보가 제시된다. 따라서 사건의 발생 순서로 본다면 (33)의 부분은 (37) 다음에 이어지는 것이다. 여기서의 서술은 앞서 보았던 주관적 서술이 비교적 객관적 서술로 전환된다. 물론 (35)의 단락에서 수용소의 풍경을 보면서 전시 상황을 떠올리는 부분은 연

기 시작하고 자아가 눈을 뜬다. 그 눈가에 공장이 서고, 그 연기 속에서 2층 건물이 탄생한다. 그 공화국은 만세를 부르는 시민들에게 자유를 보장하는 감찰을 나누어 준다."(323쪽)

상에 의한 주관적 회상에 속하는 것이지만, 대부분은 누혜의 포로수용소 생활과 그가 자살에 이르게 되는 상황을 관찰자적 입장에서 객관적으로 서술된다. 따라서 스토리 시간의 급격한 감속이나 가속은 보이지 않고 점진적으로 정보가 제시된다.

(33)～(40)까지의 내용에서 중요한 것은 '나'의 정신적 방황의 연원을 어느 정도 짐작할 수 있는 정보가 노출되는 것이다. 무의식적 강박처럼 '나'의 의식에 떠오르던 무수한 일들과 사건들이 결국 누혜와의 관계에서 시작되었음을 알려주는 것이다. 특히 (39)에서 누혜의 시체가 남아 있는 자들에 의해 잔인하게 처리된다는 설정은 매우 중요하다. 변소에서 발견되었던 '누혜의 손목'에 대한 서술도 그렇지만 이 부분에서 '나'가 누혜의 눈알을 들고 해가 뜰 때까지 서있었던 정보가 제공되면서 '나'의 불안의식의 근원이 보다 분명해진다. (40)의 부분은 다음에 이어질 '누혜의 유서'에 대한 암시적인 사전 서술로 '나'가 비로소 누혜의 자살을 이해하게 되는 계기가 마련된다.

하(下)의 부분은 서술의 초점이 이중으로 되어있다. 하나는 유서의 부분으로 누혜의 서술로 되어있고, 그 이후는 본래의 서술자 '나'의 서술로 되어있다. (41)은 유서의 내용으로 스토리 시간은 급격한 가속을 이룬다. 서술의 내용은 물론 누혜의 과거에 대한 회상으로 가장 먼 과거에서 죽기 전까지의 심경이 순차적으로 서술된다. 이 부분은 완결된 회상(complete analepsis)으로 '나'에 의해 서술되던 기본 서사(first narrative)에 자연스럽게 연결된다. 완결된 회상에 의한 서술은 이때까지 파편적으로 제시되면서 그 정체를 미루어 왔던 누혜라는 인물을 전면적으로 드러내는 데 매우 유용하게 이용된다.

(42)~(44)는 스토리 현재의 이야기로 '나'의 심리적 강박을 벗어나기 위한 몸부림이 기술된다. '나'는 앞에 놓인 유서를 통해, 그리고 자신을 노려보는 고양이를 통해 누혜의 눈을 떠올린다. 누혜의 죽음과 누혜 어머니의 죽음에 아무런 관여를 하지 못한 자신에 대한 회한을 떠올린다.[128] 이 부분에서 자신을 지속적으로 타자화시켰던 모습이 노출된다. 누혜가 죽었을 때부터 자신을 온전한 주체로 인식할 수 없었던 강박증세가 드러나는 것이다.

> 멀고 먼 해안선을 얼어붙이는 것 같은 사늘한 울음 소리 속에 ①<u>한 때 보이지 않아졌던 파란 요귀는 여전히 숨쉬고 있는 **것이었었다.**</u> / 내일 아침 해가 떠올라야 저 눈이 꺼지는 것이다. 나는 졸려서 그대로 그 눈을 지켜보고 있는 것이 무섭기도 했다. / ②<u>밤은 고요히 깊어 가는데 누혜의 비단옷을 빌려 입은 나의 그림자는 언제까지 그렇게 그 고목 가지 아래서 설레고만 있는 것이었다.</u> ③<u>과연 내일 아침에 해는 동산에 떠오를 것인가</u> … (338쪽)

①은 누혜의 죽음 이후 생긴 강박증이 무의식에서 남아 지속되고 있었음을 고백하는 것이다. 이 문장에서 '것이었었다'라는 대과거형의 표현을 쓴 것은 무의식에서 떠돌던 강박증세의 지속성을 의미한다. ②에서 '누혜

---

128) "산다는 것은 죄짓는다는 것이다. 내가 여기에 앉아 있기 때문에 그들이 여기에 앉아 있지 못하는 것이다. 그들을 떼밀어 버리고 내가 여기에 앉아 있는 것이다. 그래서 언제 그들에게 밀려 나갈지 밀려 나갈지 모른다. 순간순간, 무수의 가능성이 자기를 주장하고 있는 것이다. 모든 존재는 다음 순간에 일어날 가능성 앞에 떨고 있는 전율인 것이다. 이 전율을 잠자코 있는 세계에서는 '자유'라고 한다. 그대로 잠자고 있을 것인가? 어둠 속에서 고양이는 상기도 나를 노리고 있다. 나는 그의 주인을 죽인 것이다. 노파는 내가 죽인 것이다. 저 눈이 저기서 저렇게 나란히 빛나고 있는 한 나는 살인자인 것이다."(337쪽)

의 비단 옷을 빌려 입'었다는 표현은 주체적으로 자신을 삶을 정리하지 못해왔었다는 다른 고백이다. 바로 다음에 오는 '설레고만 있는 것이었다'라는 표현은 자신을 타자화시킨 모습을 단적으로 보여주는 것이다. 따라서 ③에서 보이는 미래에 대한 불확실한 기대는 이러한 불안 심리가 지속될 것을 암시한다고 할 수 있다.

따라서 「요한시집」의 시간 구조적 양상은 다음과 같이 정리된다.

먼저 순서(order)의 측면에서 다음과 같이 전체 서사시간을 다섯의 시간 단위로 요약할 수 있다.

㉮ 전지적 서술자에 의해 기술되는 토끼 우화 - 먼 과거 (불특정 시간)
㉯ 서술자 '나'가 누혜의 집을 찾아가면서 겪는 사건 - 현재
㉰ 서술자 '나'의 의식 속에 떠오르는 개인사적 사건들 - 과거
㉱ 서술자 '나'에 의해 기억되는 '누혜의 사건' - 과거
㉲ 누혜의 입으로 진술되는 자전적 서술 - 과거

㉮는 전술한 바 시간적 특징의 중요성보다 전체 서사와의 내용적 맥락 하에서 상징적으로 해석될 수 있는 부분이다. 따라서 전체 서사에서 '핵'이 되는 '누혜의 사상', '누혜의 죽음', '서술자 '나' 갈등' 등과 연계해서 주제적 해석을 하는 데 중요한 부분이다. ㉯는 스토리 현재 시제로 만 하루의 시간적 흐름을 갖는다. 여기서는 '나'의 갈등이 상징적이면서도 반복적으로 제시된다. 특히 '문', '눈알', '자유' 등과 같은 구체적이면서도 상징적인 비유들이 반복적으로 드러나면서, ㉰, ㉱의 과거의 일들을 떠올리게 하는 연상의 계기들이 제시된다.

㉰∼㉲는 같은 과거의 사실이지만 그 특징은 다 다르다. ㉰에서 제시되는 것들은 과거의 사건이기는 하지만 서술자 '나'의 의식에 질서 없이 떠오르는 과거 사건들의 파편들뿐이다. '나'의 고향집이나, 전쟁 상황, 포로 수용소의 풍경 등 순간적인 연상작용에 의해 떠오르는 과거의 모습들이 제시된다. 이 부분에서 확인할 수 있는 것은 서술자 '나'의 존재의 불안감이다. 따라서 근원적인 것, 순수한 것 등을 상실하고 그것들을 추구하는 '나' 모습은 시간의 역진적 흐름을 구상하는 데까지 이르는 것이다. 또한 이 부분에서는 '나'의 강박적 증세가 반복적으로 제시된다. ㉱는 '누혜의 죽음'에 대한 '나'의 객관적 서술로 되어있다. 따라서 과거 사건은 질서 있고 순차적으로 서술된다. 여기에 이르러 서사의 정보가 구체적으로 드러나기 시작한다. ㉯, ㉰의 내용이나 서술 방식이 독자의 호기심을 증폭시킨 부분이라면 ㉱, ㉲의 부분은 그 호기심을 해결해 가는 과정을 제시한다. 특히 ㉲의 부분은 지속적으로 미루어 왔던 '누혜'의 정체를 전면적으로 드러낸다는 점에서 호기심 해결의 완전한 실마리를 제공한다.

다음으로 지속(duration)의 측면에서는 서사의 감속과 가속이 번갈아 발생한다. 「요한 시집」은 서술의 지속 기간과 스토리의 지속 기간이 매우 차이가 나는 소설이기 때문에 감속과 가속이 빈번히 발생하는 것은 당연하다. 특히 심리 서술을 위주로 한 소설이기에 서사의 지연은 매우 자주 발생한다. 이 부분은 대개 명상이나 공상, 혹은 환상에 의한 스토리 시간의 정지(pause) 상태를 보일 때도 있다. 「요한 시집」에 드러나는 수많은 심리 서술들은 스토리 시간의 흐름을 진행시키지는 않지만 서사의 핵심을 제시하는 역할을 하기 때문에 매우 중요하다. 즉 지속적인 비밀이나, 확연하게 떠오르지 않는 텍스트의 메시지 등이 이 서술을 통해 드러나기 때문에 독자와

의 의사소통 맥락에서 본다면 독자를 매혹시키는 특징이 있다.[129] 특히 스
토리 현재에서 한 대상을 보고 연상 작용을 통해 즉각적으로 과거의 어떤
사건을 떠올린다거나, 명상에 잠기는 경우 그 속에서 인물이 느끼는 인상
이나, 발견 등은 독자가 서사를 재구성하는 데 중요한 역할을 한다.

그러나 ㉣의 경우는 전술한 바 서술자가 목격자나 관찰자의 입장에서
서술하는 것이기에 비교적 가속이나 감속이 덜한 편이다. 이 부분에서 독
자는 '누혜의 죽음'이라는 사건을 점진적으로 파악하고 인식할 수 있다.
㉤의 경우는 매우 심한 가속이 발생한다. 이는 요약(summary)에 의한 가속
으로 '누혜'의 일생에서 그를 의식을 형성시켰던 중요한 사건들을 한 눈에
제시하는 데 유용하게 사용된다. 물론 중간에 '누혜'의 사상적 고민이 있는
부분에서는 서사의 감속이 발생하지만 전체적으로 볼 때 한 사람의 일생을
매우 짧게 보여준다는 의미에서 서사의 가속이 일어나고 있다고 할 수 있
다.[130]

이렇게 순서나 지속의 측면에서 다양한 시간적 양상을 보이는 것은「요
한 시집」이 심리적 서술을 위주로 하는, 소설이기에 가능한 것이다.

빈도(frequency)의 측면은「요한 시집」의 핵심적 의미를 파악하는 데 중
요한 작용을 한다. 전술한 바「요한 시집」에서 핵심적 사건은 '누혜의 죽
음'과 '전쟁과 수용소의 경험', 그리고 그를 통한 서술자 '나'의 강박적 의

---

129) G. Genette, 권택영 역,『서사담론』, 교보문고, 1992, 91쪽.

130) 사실 엄밀한 의미에서 ㉤의 부분은 시간의 제로 상태에서의 가속이다. 즉 ㉤는 스토리
현재에 전혀 영향을 미치지 않는 부분이다. 누혜의 유서 내용이기 때문에 스토리 현재
는 거의 정지 상태에 있는 것이다. 그러나 ㉤ 부분만을 떼어놓고 생각하면 매우 빠른
시간의 가속이 일어나고 있는 것이다.

식이다. 그런데 모든 사건들은 서술자 '나'의 강박적 의식 속에 담긴 반복적인 '파편들'과 연결되어 있다. '나'의 의식을 누르는 반복적인 요소들을 '눈', '문', '자유', '시간의 역진적 인식' 등이다. 각기 다른 이 요소들은 하나의 의미로 수렴된다. 즉 이들은 서술자 '나'의 실존적 갈등과 가치를 드러내는 데 텍스트에서 사용하는 표지가 된다. 이에 대한 구체적인 분석은 다음 항의 의미 해석 부분에서 다루도록 한다.

발화 관점에서 「요한 시집」을 정리한다면 우리는 세 서술자를 발견할 수 있다. 첫 번째 서술자는 우화의 서술자로 텍스트 외적 서술자이다. 나머지 두 서술자는 텍스드 내적 서술자로 「요한 시집」의 주 서술을 담당하는 '동호'와 유서의 내용을 서술하고 있는 '누혜'이다. 전술했듯이 토끼 우화는 「요한 시집」 전체 내용을 상징적으로 통어하는 기능을 지니고 있다. 따라서 텍스트 외적 서술자는 두 텍스트 내적 서술자의 발화까지도 내려다보며 제어할 수 있는 역할을 수행한다고 볼 수 있다. 즉 텍스트 외적 서술자는 기본 서사(first narrative)를 해석할 수 있는 정보를 「요한 시집」의 서두에 배치한 것이라 할 수 있다.

이렇게 시간 분석과 발화 관점의 분석을 통해 볼 때 「요한 시집」이 독자와 교감하는 긴장, 이완의 효과는 다음과 같이 읽을 수 있다. 우선 「요한 시집」은 서술 방식에서 본다면 매우 이완의 효과를 불러일으키는 텍스트이다. 서두에 기본 서사와 무관하게 보이는 (사실은 암시된 것이지만) 우화의 이야기가 제시된 것부터, 일인칭 서술자의 내면에 흐르는 무질서한 상념들은 독자의 정신을 이완으로 몰고 간다. 의식의 흐름 속에 무수히 반복되는 과거·현재·미래의 넘나듦, 서술 수준의 다양성, 연상이나 환상에 의한 상징적 사건들은 독자의 해석을 이완시키는 요소들이다. 따라서 서술 층위에서 볼 때 「요한 시집」은 환상을 통한 이완의 효과가 주로 발생한다고 할 수 있다.

그러나 정보가 독자에게 제시되는 과정에서 볼 때 「요한 시집」은 긴장의 효과를 드러내고 있다. 즉 텍스트에서 기본 서사의 정보가 독자에게 제시되는 과정은 점진적인 과정에 따라 제시된다. 「요한 시집」의 기본 서사에서 가장 핵심적인 부분은 상(上)의 부분이라고 생각한다. 인물의 갈등 양상이나, 사건이 독자에게 무한한 호기심을 불러일으키며 제시되기 때문이다. 서술된 양을 보더라도 절반 이상을 상(上)의 부분이 차지하고 있다. 토끼 우화나 중(中)·하(下)의 이야기는 결국 상(上)의 부분에서 제시된 여러 호기심에 대한 해결의 단서를 제공하는 것이다.

위의 시간 구조 분석을 통해 보았듯이 '토끼 우화·상·중·하'의 서사 시간 구조는 다 다르다. 또한 서술자의 서술 태도에 있어서도 다름을 알 수 있다. 상(上)의 이야기가 해결되지 않는 의문으로 가득 찬, 정보의 엔트로피가 극대화된 심리 서술로 되어 있다면, 다른 부분들은 전체 내용을 질서를 추구하는 서술로 되어 있다. 즉 중(中)의 이야기에서 텍스트 내적 서술자 '나'는 스스로 체험하고 목격한 수용소에서의 '누혜'에 대한 서술을 기억 속에서 객관적으로 재구성하여 정보를 전달하고 있다. 이는 상(上)의 부분에서 보이는 불규칙적이고 무질서한 서술 태도와 극단적으로 다른 서술이라 할 수 있다. 서사시간의 변형도 급격히 이루어지지 않는다. 하(下)의 부분은 아예 서술이 누혜의 목소리로 이루어지고 있다. '동호'의 입장에서 볼 때 이 부분은 순객관적인 서술인 것이다. 서술자 '나'를 기준으로 해서 보았을 때 '상·중·하'의 내용은 주관적 서술 태도에서 점차적으로 객관적 서술 태도를 띠고 있다고 볼 수 있다. 서사시간도 혼돈에서 정리된

방향으로 진행된다.[131] 상(上)의 부분에서 제시되었던 강박적 반복에 대한
해답인 중·하의 서술을 거치면서 독자에게 정보가 분명하게 제시된다.
따라서 결말로 갈수록 독자에게 제시되는 정보가 구체화됨으로써 화음의
구조를 이룬다고 할 수 있다. 따라서 정보가 제시되는 과정에서 긴장의 효
과가 발생한다고 할 수 있다.[132]

3.4 소 결 : 다층적 시간 구성을 통한 입체적 세계 인식

복합적 시간 구조는 현대소설의 전개에서 가장 복잡한 형태를 띤 시간
구조이다. 복합적인 시간 구조는 현대소설에서야 비로소 등장한 서술 형식
으로 인물의 복잡한 심리적 상황 속에 내재한 시간의 혼재 현상을 서술하
는 것이다. 따라서 이 시간 구조에서는 인물의 의식의 변화 과정이 어떻게
이루어지는가에 따라 긴장의 효과와 이완의 효과가 달리 드러난다.

먼저 긴장의 효과는 인물의 의식이 점진적인 통합을 보이며 전개될 때
발생한다. 비록 서사시간의 흐름은 복잡하게 과거와 현재를 오가며 전개되
지만, 주 초점자의 의식이 통합적인 방향을 지니며 전개될 때 긴장의 효과

---

131) 이정석은 「요한시집」이 전통적인 소설 형식, 즉 인과론적인 원리에 입각한 유기적 배
　　열을 요소와, 그렇지 않은 요소를 동시에 내포하고 있다고 설명하면서 후자를 커모드
　　의 용어를 빌어 '배반의 텍스트(the treacherous text)'라 말한다. 그는 「요한시집」이 목
　　적론적인 특징을 지닌 부분과 비목적론적인 부분이 어떠한 교호작용을 일으키며 서사
　　의미를 확장해가는 지에 관심을 두고 논의를 전개한다. 이정석, 「욕망의 유토피아, 그
　　지향과 해체의 변증법」, 《한국문학이론 비평》 9호, 예림기획, 2000. 12. 257∼266쪽.
132) 이러한 구조를 보이는 또 다른 예로 최인훈의 「구운몽」을 들 수 있다. 이는 서사시간의
　　층위에서도 그렇지만 각기 다른 시간 구조를 지닌 이야기들이 각각 일정한 암시성과
　　방향성을 지니며 전개된다는 점에서도 그렇다.

가 발생하는 것이다. 본고에서는 박태원의 「소설가 구보씨의 일일」을 대상 텍스트로 분석했다. 「소설가 구보씨의 일일」은 서술 형태상 현재와 과거의 교섭, 현실과 환상의 교착 등 서사시간을 중심으로 볼 때에는 이완의 성격이 강한 소설이다. 그러나 인물의 의식의 변화과정의 측면에서 보면 통합성과 유기성의 긴장 효과가 잘 드러나는 소설로 볼 수 있다. 즉 매일 반복되는 외출을 통해 '행복'을 찾는 구보의 행위가 결국 무엇을 의미하는지 결말에 이를수록 정돈되며 제시되기 때문이다. 격렬한 두통에 시달리며 거리를 배회하거나 사람들을 관찰하는 행위, 또 자유 연상을 통해 끊임없이 의식에 떠올리는 일들은 결국 '좋은 소설 쓰기'라는 목적에 수렴되는 것이다. 따라서 「소설가 구보씨의 일일」은 초점자 '구보'의 의식이 점진적으로 통합된다는 의미에서 긴장의 효과가 잘 드러나는 텍스트이다.

복합적 시간 구조에서 이완의 효과는 사건의 흐름이나 의식의 흐름이 일정한 방향성을 보이지 않을 때 발생한다. 즉 과거와 현재, 실재와 환상 등 무수한 시간의 변이들이 인물의 의식 속에서 무차별적으로 전개될 때 발생한다. 언뜻 생각할 때 이러한 시간 구조를 보이는 소설이 있을까 싶지만 실제 현대 소설에서 인물의 의식에 집중하며, 인물 의식의 무질서하고 불협화한 면을 그대로 드러내려고 하는 시도에서 이런 소설들을 많이 창작한다.

본고에서는 이상의 「失花」를 그 대상 텍스트로 분석했다. 「실화」는 총 아홉 개의 이야기 단락으로 되어있는데, 인물의 연상에 의해 과거와 현재, 서울과 동경의 시·공간이 결합된다. 「실화」의 서사시간의 구성은 과거와 현재가 병치되며 동시성을 드러내는 구조를 보이고 있다. 초점화의 측면에서도 분열된 자의식을 드러내는 여러 진술 때문에 통일성을 상실한 모습을

보인다. 인물의 의식 속에서 시간의 경계를 무수히 넘나드는 이러한 구조
는 서사의 정보가 전달되는 데 많은 지연의 요소를 보이는 것이 사실이다.
서두에서 제시된 "비밀이 없는 것"이 "재산이 없는 사람처럼 가난하고 허
전"하다는 진술처럼 「실화」는 다양한 비밀스런 '소음'들로 가득 차있는 것
이다. 따라서 「실화」는 이완의 효과를 불러일으키는 요소들이 현저한 텍스
트로 볼 수 있다.

  마지막으로 복합적 시간 구조에서 긴장-이완의 효과를 보이는 텍스트는
실제 가능한 서술 형상화의 측면에서 가장 복잡한 시간 구조를 띤다고 할
수 있다. 따라서 작가의 서술적 형상화 작업은 치밀한 계산 하에서 이루어
져야 한다.

  본고에서 텍스트로 삼은 작품은 장용학의 「요한시집」이다. 「요한시집」
은 크게 '토끼 우화 · 상 · 중 · 하'로 이야기 단락이 나뉘는데 그 서사시간
구조는 다 다르다. 또한 서술자의 서술 태도에 있어서도 다양한 양상을 보
인다. 상(上)의 이야기가 해결되지 않는 의문으로 가득 찬, 정보의 엔트로
피가 극대화된 심리 서술로 되어 있다면, 다른 부분들은 전체 내용의 질서
를 추구하는 인과적이고도 계기적인 서술로 되어 있다. 즉 중(中)의 이야기
에서 텍스트 내적 서술자 '나'는 스스로 체험하고 목격한 수용소에서의 '누
혜'에 대한 서술을 기억 속에서 객관적으로 재구성하여 정보를 전달하고
있다. 이는 상(上)의 부분에서 보이는 불규칙적이고 무질서한 서술 태도와
극단적으로 다른 서술이라 할 수 있다. 서사시간의 변형도 급격히 이루어
지지 않는다. 하(下)의 부분은 아예 서술이 누혜의 목소리로 이루어지고
있다. '동호'의 입장에서 볼 때 이 부분은 순객관적인 서술인 것이다. 서술
자 '나'를 기준으로 해서 보았을 때 '상 · 중 · 하'의 내용은 주관적 서술

태도에서 점차적으로 객관적 서술 태도를 띠고 있다고 볼 수 있다. 서사시간도 혼돈에서 정리된 방향으로 진행된다. 상(上)의 부분에서 제시되었던 강박적 반복에 대한 해답은 중(中)·하(下)의 서술을 거치면서 독자에게 정보가 분명하게 제시된다. 따라서 결말로 갈수록 독자에게 제시되는 정보가 구체화됨으로써 화음의 구조를 이룬다고 할 수 있다. 따라서 「요한시집」은 불협화음에서 화음으로, 이완의 효과를 드러내다가 긴장의 효과를 드러내는 소설로 읽을 수 있다.

Ⅳ. 결 론

　　지금까지 현대 소설의 시간 구조를 그 전개 방식에 따라 분석하고, 또한 독자에게 정보가 제시되는 양상을 긴장과 이완의 효과를 통해 살펴보았다. 이러한 해석 작업을 수행하기 위해 본고에서 맨 먼저 한 일은 사건이 제시되는 방법에 따라 전진적 시간 구조, 역진적 시간 구조, 복합적 시간구조로 나눈 것이다.

　　먼저 전진적 시간 구조(process time)는 말 그대로 사건의 진행이 순차적으로 이루어지는 구조를 말한다. 이 시간 구조는 이야기하기 전통에 충실한 것으로써 이야기 현재를 중심으로 점차적으로 사건을 진행시키는 것을 의미한다. 따라서 사건의 발생은 계기적이며, 순차적인 서술을 기본적으로 보이고 있다고 할 수 있다. 그러나 현대 소설에서 서술이 단순히 순차적으로만 이루어지는 예는 찾기 어렵다. 본고에서 진진적 시간 구조를 설정하고 분석할 때는 서사적 현재를 중심으로 연속적인 사건의 전개가 점진적으로 이루어지는 것을 기준으로 삼았다. 전진적 시간 구조는 단순히 이야기가 순차적으로 전개되는 것만을 의미하지는 않는다. 이야기의 중심이 현재에 있는 것은 분명하지만 점차적으로 사건의 발전을 보이는 구조를 전진적 시간 구조로 설정하는 것이다. 따라서 이 시간 구조의 기술 방식은 연속적인 단계를 이루는 사건의 진행 시간에 초점을 맞추고, 인과율에 의한 결과를 중시하며, 한 인물의 정신적 성숙이 단계적으로 드러나는 특징을 지닌다. 이러한 시간 구조는 다양한 서사의 양상 중에서 가장 많은 양을 차지한다고 할 수 있다. 고전 서사의 대부분은 이 형태를 지니고 있다.

역진적 시간(retrospective time) 구조는 서사적 현재의 시간을 중심으로 과거의 시간들을 탐색하는 구조를 말한다. 이 시간 구조에서 사건의 전개 과정이나 그 중요성은 전진적 시간 구조와는 반대로 '과거←현재←(미래)'의 진행 방식을 보이게 된다. 따라서 사건의 중요성이나 그 무게 중심은 과거에 있다고 할 수 있다. 역진적인 시간 전개는 한 인물의 기억, 회상, 연상 등의 행위를 통해서 이루어진다. 역진적 시간 구조에서 탐색되는 과거는 현재에 미치는 영향을 고려해서 취합된다. 과거의 사건들은 한 인물, 혹은 여러 사람들이 체험한 사건들을 현재 속에 연장되는 것이라 할 수 있다. 따라서 회상이나 기억을 통해서 드러나는 과거 이야기는 현재의 영향권에 들어온 것이며, 이러한 이야기들은 과거의 시간에서 현재의 시간으로 자리이동을 한 것이라 할 수 있다. 이런 의미에서 역진적 시간 구조는 현실 세계를 해석하고 이해하려는 한 방식으로 볼 수 있는 것이다. 이는 서술적 동기화의 문제로도 이해될 수 있다.

마지막으로 복합적 시간(polytemporal time) 구조는 현대 소설의 특징을 가장 잘 드러내는 시간 구조로 주로 인물의 내면 심리를 중시하는 소설에서 발견되는 시간 구조이다. 이 시간 구조에서는 작가가 인물과 서술자,

작가와 독자의 시간을 섞음으로써 독자가 간혹 소설에서 제시되는 모든 시간 지시를 알 수 없게 되기도 한다. 따라서 복합적 시간 구조는 이야기 시간과 서술 시간이 매우 어긋나는 현상을 보이게 된다. 시간 변형의 축은 '과거—현재—미래'의 수평적인(horizontal) 축에서 발생하는 것이 아니라 수직적(vertical) 축에서 발생한다. 따라서 이 시간 구조에서는 이야기 시간보다 서술 시간에 그 중요성이 주어진다. 전통적으로 서사에서 중요하게 생각했던 이야기의 계기성이나 연속성은 복합적 시간 구조에서는 중요한 가치를 지니지 않는다. 따라서 작중 인물 심리의 다양한 국면들을 드러내는 소설들은 일관성을 통한 유기성을 독자에게 제시한다기 보다는, 인물 심리의 유동적이고 파편적인 특징들을 독자에게 제시하고 이를 통해 인물의 정체성이 어떻게 통일적으로 형성될 수 있는지를 보여주는 것이 중요한 문제가 된다.

다음의 해석 작업은 서사론에 입각한 서사시간의 분석이다. 이는 소설의 구성 원리에서 가장 기본이 되는 사건의 배열을 이야기 시간과 서술 시간을 나누어 살펴보는 것이다. 또한 기본적인 서사의 결합 양상을 살펴보는 것으로써 사건이 제시되는 방식을 입체적으로 조망하는 데 긴요한 방법이라 할 수 있다. 이 분석은 쥬네뜨의 분석 방식을 따랐다. 즉 순서, 빈도, 지속에 의한 사건의 구현 방식을 살펴보고, 나아가 초점화의 방식도 염두에 두었다. 이러한 작업을 하게 된 원인은 서사의 결합 방식이 독자에게 어떤 방식으로 전달되는 지를 구명하기 위해서였다. 사실 소설을 읽는다는 것은 작가와 독자가 텍스트를 매개로 하여 일종의 게임을 하는 것이라 할 수 있는데, 작가가 정보를 어떤 방식으로 제시하는 가에 따라 독서를 하는 독자의 심리 효과는 달라질 수 있는 것이다. 이에 리쾨르가 독자의 독서체험을 염두에 두고 설정한 '긴장'과 '이완'의 효과를 살펴보았다. 리쾨르는 아우구스티누스의 『고백록』을 분석하면서 과거, 현재, 미래라는 일반적인 시간 인식을 현재의 정신을 중심으로 재해석한다. 즉 과거는 현재의 입장에서 '기억'의 특징을 갖는 것이며, 현재는 사고하는 주체의 직관에 의지하는 것이고, 미래는 오지 않는 어떤 상태를 현재에 '기다리는' 것이다. 리쾨르는 이 세 가지 양태의 시간이 현재의 정신 속에서 조화롭게 결합되는 것을 '긴장' 상태로 이야기하고, 이들이 균열을 일으키거나 불일치를 보일 때 '이완'이라고 이야기했다. 본고에서는 이 점에 주목 작가가 독자에게 정보를 제공하는 과정에서 발생하는 '긴장'과 '이완'의 효과를 해석한 것이다.

우선 전진적 시간 구조에서 긴장의 효과는 사건이 점진적으로 전개되면서 발화 관점이 단일할 때 발생한다. 따라서 정보 제시의 방식도 유기적이며, 독자는 인물의 변화과정이나 사건의 전개과정을 쉽게 인식할 수 있는 이점을 갖게 된다. 본고에서는 「만세전」과 「감자」를 텍스트로 정해 분석을 했다. 「만세전」은 서두 부분만 보면 회고의 시간 구조를 가진 것처럼 보이지만 기본 서사의 전개 과정을 볼 때 전진적 시간 구조로 보는 것이 합당하리라 본다. 「만세전」에서 초점자 이인화가 동경에서부터 서울에 이르기까지 이동을 하면서 관찰하고 체험하는 과정은 서사시간의 측면에서 단일한 이야기 선을 갖는다. 시 · 공간의 이동에 따라 이인화의 시선에 포착된 식민지 조선과 그 속의 인물들은 인화의 인식에 대한 확대를 가져온다. 「감자」는 복녀를 초점자로 해서 서술되는데, 복녀가 시집오기 전부터 죽음에 이르기까지의 사건이 전진적으로 서술된다. 「감자」 또한 단일 서술자에 의한 서술로 서사시간은 요약에 의한 급격한 시간의 가속이 중심 기법으로 사용된다.

전진적 시간 구조에서 이완의 효과는 서술의 잉여성에서 발생된다. 즉 권위적 서술자에 의한 다양한 서술 방식이 등장하면서 정보 제시에 있어서 잉여성이 많이 보인다는 것이다. 물론 전지적 서술자의 절대적 제어 하에 모든 발화가 이루어지지만, 초점자가 다양하게 드러나는 것이라든가, 실제 작가의 목소리가 실제 독자를 염두에 두고 하는 발화라든지 또는 인물의 발화와 서술자의 발화가 혼용되어 드러나는 것들은『무정』이 지닌 서술상의 다양성과 잉여성을 보여주는 것이다. 의사 소통 관계에서 잉여성은 불필요한 정보라 할 수 있다. 물론『무정』이 다양한 초점화를 통해 인물들을 보다 입체적으로 조망하고자 한 점은 있지만 '소음'과도 비슷한 불필요한 정보의 남발은 독자가 기본 서사를 이해하는 것을 지연시킨다는 면에서 이완의 효과를 만들어 낸다고 할 수 있다. 따라서 서사 전개의 일관성이나, 정보 제시의 유기성은 떨어진다고 할 수 있다.

전진적 시간 구조의 긴장-이완의 효과는 이중적 시간 구조와 이중의 초점자가 등장할 때 독자에게 정보가 이중적으로 전달되면서 발생한다고 보았다. 본고에서 대상 텍스트로 삼은 작품은『날개』이다.『날개』는 프롤로그의 서술과 본문의 서술이 다른 차원을 보이는 서술로 이중의 시간과 이중의 서술로 되어 있다.『날개』는 다양한 시간 구조로 이해할 수 있는데, 본고에서 전진적 시간 구조로 이해한 것은 기본 서사의 초점자가 다섯 번의 외출을 통해 잃어버린 자신을 확인하는 과정에 초점을 맞추었기 때문이다. 서사시간으로나 발화 상에서 프롤로그의 부분과 기본 서사의 부분은 확연히 다른 서술의 차원을 보인다. 프롤로그 부분이 전체 내용을 이해하는 데 중요한 기능으로 작용하는 것은 사실이지만 독자에게 전달되는 과정이 매우 복잡하게 구성됨에 따라 이완의 효과를 낳는다. 그 대신 기본 서사는 신빙성 없는 서술로 일관되기는 하지만 사건 전개의 과정이 일정한 규칙을 지니고 있음을 알 수 있다. 세상과 절연된 생활을 하던 초점자 '나'가 다섯 번의 외출을 통해 세상과 교섭하며 인식의 확대를 가져오는 과정은 긴장의 효과를 낳는다고 할 수 있다.

역진적 시간 구조의 긴장의 효과는 회상 속에서의 과거 사건들이 점진적으로 이루어지며 수렴될 때 발생한다고 할 수 있다. 발화 상황도 대개는 단일 초점자를 통해 서술됨을 알 수 있다. 역진적 시간 구조를 가지는 소설은 대개 현재의 어떤 상황을 설명하기 위해서 과거의 사건이 서술된다. 이야기하는 시간과 서술하는 시간이 확연히 갈라지는 역진적 시간 구조에서 독자의 관심은 당연히 과거의 사건에 가 있다. 즉 현재의 어떤 상황을 설명하기 위해 과거의 사건들이 제시되는 것인데, 과거 사건들이 점진적으로 제시될 때 독자는 자연스럽게 그 과정을 이야기 현재의 상황과 연계해서 통합적으로 이해할 수 있는 것이다. 「봄·봄」은 이러한 서술 상황을 잘 보여주는 소설이다. 즉 이야기 현재에서 신빙성 없는 서술자 '나'와 점순이와의 혼인 문제가 제기되고, 장인의 '약속 어김'이 지속되면서 '나'와 장인 사이에 생긴 갈등을 과거 사건을 통해 계속 확인시키는 구조를 보여주고 있다. 독자는 「봄·봄」에서 제시되는 데릴사위와 장인간의 '속고/속임'의 과정을 보고 그것이 과거와 마찬가지로 현재에도 지속될 것이라는 점을 유추 반복적인 서술을 통해서 확인한다. 과거의 유사한 사건들의 지속이 무엇을 의미하는지 초점자 '나'는 쉽게 인식하지 못하지만, 독자의 입장에서 볼 때는 그것이 반복적인 속고/속임의 지속이고 앞으로도 계속될 것이라는 것을 쉽게 눈치챌 수 있는 것이다. 또 다른 텍스트 「除夜」는 서두에 자살을 준비하는 '정인'이라는 여인이 자신이 자살을 결심하게 된 경위를 유서 형식으로 쓴 1인칭 고백체 소설이다. 「除夜」에서 '신여성'인 정인은 자살을 선택할 수밖에 없었던 과정을 점진적으로 진술한다. 텍스트 서두에서 독자에게 제시된 정보는 한 여인이 자살을 준비하고 있고, 그 목적은 보수적인 사회와 남편에 대한 복수를 하기 위한 것이었다는 진술이다. 이후 사건의 전개는 그러한 자살을 생각하게 된 과거의 여러 사건들이 점진적으로 수렴되면서 제시된다. 독자는 이야기 전개가 결말에 이를수록 점점 구체화되며 통합되는 흐름을 알 수 있다. 따라서 「제야」 또한 긴장의 효과를 낳는 텍스트라 할 수 있다.

역진적 시간 구조에서 이완의 효과를 보이는 작품은 그리 많지 않다. 기법 상으로 많은 실험을 행하는 최근의 작품에서 찾을 수 있을까 과거의 소설에서는 별로 눈에 띄지 않는다. 본고에서 텍스트로 삼은 작품은 「까치소리」이다. 「까치소리」는 액자 소설로 서술자가 이중으로 되어 있다. 우연한 기회에 서점에서 『나의 생명을 물려다오』라는 책을 본 액자 밖 서술자와 그 책 내용의 서술자로 되어있다. 기본 서사는 당연히 액자 내의 이야기인데, 서두에서 「살인자의 수기」라는 암시가 나옴에 따라 독자는 액자 내 서술자가 살인자임은 알고 있는데 왜, 어떻게 살인자가 되었으며, 누구를 죽였는지에 대한 설명은 소설의 맨 마지막에 나온다. 즉 독자에게 정보가 전달되는 과정이 최대한도로 지연되어 있으며, '반전(反轉)'의 효과를 드러내고 있다. 리쾨르는 뜻하지 않은 사건의 급작스러운 변화에 의한 놀라움은 반전의 효과를 만든다고 언급하고 이는 시간을 필요로 하면서 작품을 조절하는 것이라고 하였다. 또한 강렬한 효과를 수반한 반전은 정신의 이완을 극대화시킨다고 했는데, 「까치소리」가 이를 잘 보여준다.

역진적 시간 구조에서 긴장-이완의 효과를 보이는 작품 또한 그리 많은 편은 아니다. 본고에서는 「광염소나타」를 분석 텍스트로 삼았는데, 삼중의 서술자와 초점화의 다양한 변화, 그리고 서술 시간의 급격한 변화를 통해 서술 형식적인 면에서 이완의 효과가 발생하지만, '백성수'의 삶을 중심으로 한 기본 서사의 전개는 통합적인 모습을 보인다는 점에서 긴장의 효과를 낳는다고 보았다.

복합적인 시간 구조에서의 긴장 효과는 반복적인 의식이 점진적으로 전개될 때 발생한다고 보았다. 전술했듯이 복합적인 시간 구조는 대개 심리 소설에서 드러나는 바 인물의 의식의 흐름 과정이 중시되는 가운데 복잡한 시간적 혼재 현상을 나타낸다. 본고에서 긴장효과를 불러일으키는 텍스트로 분석한 것은 「소설가 구보씨의 일일」이다. 「소설가 구보씨의 일일」은 서술상 현재와 과거의 교섭, 현실과 환상의 교착 등의 자유 연상에 의한 기술이 주를 이루는 소설이다. 따라서 일견으로 이완의 효과가 드러나기도 하지만 긴장의 효과가 더 강하게 드러난다. 즉 매일 반복되는 외출을 통해 '행복'을 찾는 구보의 행위가 무엇을 의미하는지 결말에 이를수록 유기화 되기 때문이다. 격렬한 두통에 시달리며 거리를 배회하거나 사람들을 관찰 하는 행위, 또한 자유 연상을 통해 끊임없이 의식에 떠올리는 일들은 결국 '좋은 소설 쓰기'라는 목적에 수렴된다. 이는 서두에 어머니의 초점으로 된 부분과도 연결되어 있는 것이다. 따라서 「소설가 구보씨의 일일」은 초 점자 '구보'의 의식이 점진적으로 통합된다는 의미에서 긴장의 효과를 드 러내는 서사라 할 수 있다.

복합적인 시간 구조에서 이완의 효과를 드러내는 텍스트로는 「실화」를 분석하였다. 「실화」는 총 아홉 개의 이야기 단락으로 되어있고 인물의 연상에 의해 과거와 현재, 서울과 동경의 시·공간이 결합된다. 「실화」의 서사시간의 구성은 과거와 현재가 병치되며 동시성을 드러내는 구조를 보이고 있다. 초점화의 측면에서도 분열된 자의식을 드러내는 여러 진술 때문에 통일성을 상실한 모습을 보인다. 인물의 의식 속에서 시간의 경계를 무수히 넘나드는 이러한 구조는 서사의 정보가 전달되는 데 많은 지연의 요소를 보이는 것이 사실이다. 서두에서 제시된 "비밀이 없는 것"이 "재산이 없는 사람처럼 가난하고 허전"하다는 진술처럼 「실화」는 다양한 비밀스런 '소음'들로 가득 차있는 것이다. 따라서 「실화」는 이완의 효과를 불러일으키는 요소들이 현저한 텍스트로 볼 수 있다.

마지막으로 복합적인 시간 구조를 보이면서 긴장-이완의 효과를 보이는 텍스트로 「요한시집」을 분석했다. 「요한시집」은 크게 '토끼 우화·상·중·하'로 이야기 단락이 나뉘는데 그 서사시간 구조는 다 다르다. 또한 서술자의 서술 태도에 있어서도 다양한 양상을 보인다. 상(上)의 이야기가 해결되지 않는 의문으로 가득 찬, 정보의 엔트로피가 극대화된 심리 서술로 되어 있다면, 다른 부분들은 전체 내용을 질서를 추구하는 서술로 되어 있다. 즉 중(中)의 이야기에서 텍스트 내적 서술자 '나'는 스스로 체험하고 목격한 수용소에서의 '누혜'에 대한 서술을 기억 속에서 객관적으로 재구성하여 정보를 전달하고 있다. 이는 상(上)의 부분에서 보이는 불규칙적이고 무질서한 서술 태도와 극단적으로 다른 서술이라 할 수 있다. 서사시간의 변형도 급격히 이루어지지 않는다. 하(下)의 부분은 아예 서술이 누혜의 목소리로 이루어지고 있다. '동호'의 입장에서 볼 때 이 부분은 순객관적인 서술인 것이다. 서술자 '나'를 기준으로 해서 보았을 때 '상·중·하'의 내용은 주관적 서술 태도에서 점차적으로 객관적 서술 태도를 띠고 있다고 볼 수 있다. 서사시간도 혼돈에서 정리된 방향으로 진행된다. 상(上)의 부분에서 제시되었던 강박적 반복에 대한 해답인 중·하의 서술을 거치면서 독자에게 정보가 분명하게 제시된다. 따라서 결말로 갈수록 독자에게 제시되는 정보가 구체화됨으로써 화음의 구조를 이룬다고 할 수 있다. 따라서 「요한시집」은 불협화음에서 화음으로, 이완의 효과를 드러내다가 긴장의 효과를 드러내는 소설로 읽을 수 있다.

　소설에서 시간의 구조를 논한다는 것은 간단한 문제가 아니다. 특히 시간 구조의 시학을 정립한다는 것은 더 큰 난제를 안고 있는 것과 같다. 본고에서는 현대소설로 올수록 소설의 형상화가 복잡한 양상을 띠게 되며 그러한 과정 속에서 당연히 서사시간의 복잡성 또한 드러난다고 보았다. 그래서 기본적으로 설정할 수 있는 서사시간의 양상들을 전진과, 역진, 그리고 복합적 시간 구조로 크게 삼분하여 나누었고, 그 구분은 어떤 소설에나 적용될 수 있는 기본적인 구조로 파악했다. 그런데 문제는 이렇게 삼분한 시간 구조는 너무 포괄적인 의미를 띠고 있으므로 시학을 세우는 데 보다 세분화된 구분이 필요했다. 그래서 본고에서 서사적 방법론과 해석학적 방법론의 결합을 통해 새로운 시간 구조 시학의 정립을 목표했다.
　서사적 방법론은 기존의 서사 이론가들의 방법에 기대어 보다 정치한 서사 구조를 살펴보는 것으로써 텍스트의 구조적 의미를 파악하는 데, 많은 도움을 준다. 서사시간 구조 내의 순서나 지속, 빈도의 측면을 염두에 두고 사건의 전개를 더듬어 보았을 때 텍스트의 구성원리가 보다 분명하게 드러났다. 또한 발화 관점의 측면에서 텍스트 구성원리를 추구했을 때 텍스트에 대한 보다 입체적인 조망을 얻을 수 있었다. 이렇게 텍스트를 분석할 때는 장편소설이나 단편소설 어느 것이든지 상관이 없다. 모든 서사 구조는 일정한 텍스트 구성 원리를 내포하고 있음으로 그것을 찾아내서 계열을 나눈다면 장편이나 단편을 떠나 일련의 유형이 발생할 수 있다. 그러나 서사적 방법론을 통해 텍스트를 분석했을 때는 너무 미세한 차이까지도 노출되므로, 아주 미세한 차이는 묶을 수 있는 일정한 독자적 해석이 필요하게 되었다. 그래서 본고에서 설정한 해석학적 방식이 텍스트의 정보 전달 방식에서 나온 '긴장'과 '이완'의 효과였다.

　본래 '긴장'과 '이완'의 의미는 서사의 질서를 정의하는 데 쓰인 용어는 아니었다. 리쾨르는『참회록』에 나온 아우구스티누스의 시간관을 분석하면서 인간의 시간 체험이 균열된 모습을 보일 때 인간 정신이 '이완'의 상태를 보인다고 하였고, 그를 극복하고자 하는 의지에서 '긴장'의 상태를 보인다고 하였다. 그런데 리쾨르는 이를 서술 활동과 결합시키면서 아리스토텔레스의 시학에서 정의된 플롯 개념에 '긴장'과 '이완'의 개념을 대입시킨다. 본고는 이점에 주목해서 텍스트의 정보가 일정한 방향성을 지니면서 점진적으로 제시될 때, 거기에는 텍스트의 유기성과 통합성을 담보로한 긴장의 효과가 발생한다고 보았고, 그렇지 않고 무질서하고 혼란스럽게 정보가 제시될 때 '이완'의 효과가 발생한다고 보았다. 이러한 개념은 텍스트 해석의 자의적 개념일수도 있으나, 기본적으로 서사는 텍스트를 매체로 하여 작가와 독자가 의사소통을 하는 것이므로 정보의 제시 방식을 염두에 둔다면 텍스트 내적 질서만이 아닌, 실제 의사소통 과정을 엿볼 수 있는 해석의 장이 마련되리라고 생각한다. 따라서 서사적 방법론의 미시적인 부분을 통합할 수 있는 하나의 체계로 '긴장'과 '이완'의 효과라는 해석적 지평을 설정할 수 있었다.

필자는 위에서 설정한 서사적 방법론과 해석학적 전제를 바탕으로 소설의 제 시간 구조 양상을 살펴본다면, 일련의 체계가 세워지리라 본다. 이렇게 설정된 방법론적 체계를 통해 본고에서는 한국현대소설 시간 구조의 특징들의 그 각각을 살펴보았다. 그런데 문제는 이러한 방식이 구조적 시학으로 발전하기 위해서는 본고에서 설정한 유형들을 구체적인 예를 통해 증명하는 과정이 남게 된다. 본고에서는 지면이 한정되어 많은 작품을 다루지는 못했다. 본고의 실제 분석에서 미진한 점이 있긴 했지만 필자는 본고에서 설정한 기본 유형이 고전소설이나, 현대소설 가릴 것 없이 그 시간 구조를 해석하는 데 매우 유용하게 적용될 수 있으리라 생각한다. 앞으로 보다 많은 텍스트의 예를 통해 이를 증명해 나갈 것이다.

【참고문헌】

1. 자료

김동리, 「까치소리」, 『김동리전집』 3, 민음사, 1995.

김동인, 「감자」, 「광염 소나타」, 『김동인 전집』 1, 2, 조선일보사, 1987.

김유정, 「봄·봄」, 『원본 김유정 전집』, 강, 1997.

박태원, 「소설가 구보씨의 일일」, 『소설가 구보씨의 일일』, 깊은샘, 1995.

염상섭, 「만세전」, 「除夜」, 『염상섭 전집』 1, 9, 민음사, 1987.

이광수, 『무정』, 『이광수 전집』1, 삼중당, 1962.

이 상, 「날개」, 「실화」, 『이상문학전집-소설』, 문학사상사, 1996.

장용학, 「요한시집」, 『원형의 전설』, 동아출판사, 1995.

2. 국내논저

곽인숙, 「1910년대 단편소설 연구」, 서강대학교 국어국문학과 석사학위논문, 1996.

권영민 편, 『廉想涉文學硏究』, 『염상섭전집』 別卷, 민음사, 1987.

　　　　　, 『金東仁文學硏究』, 『김동인전집 17』, 조선일보사, 1988.

권택영, 『소설을 어떻게 볼 것인가』, 동서문화사, 1992.

구인환, 『李光洙小說硏究』, 삼영사, 1983.

구인환 외 공저, 『韓國 現代長篇小說硏究』, 삼지원, 1990.

김규영, 『時間論』, 서강대학교 출판부, 1993.

김병욱 편, 최상규 역, 『현대 소설의 이론』, 예림기획, 1997.

김병욱, 『한국현대소설의 시간과 공간 연구』, 서강대학교 국어국문학과 박사학위 논문, 1988.

김열규·신동욱 편, 『金東仁硏究』, 백철 해설, 새문사, 1982.

　　　　　　　　, 『崔南善과 李光洙의 문학』, 조연현 해설, 새문사, 1986.

          ,『廉想涉研究』, 윤병로 해설, 새문사, 1994.

김용성・우한용 공편,『韓國近代作家研究』, 삼지원, 1995.

김용재,『한국 소설의 서사론적 탐구』, 평민사, 1993.

김우종,『韓國現代小說史』, 성문각, 1994.

김윤식,『이상연구』, 문학사상사, 1993.

          편,『한국현대모더니즘 비평선집』, 서울대학교출판부, 1995.

김윤식・김현,『한국문학사』, 민음사, 1991.

김윤식・정호웅,『한국소설사』, 예하, 1993.

김종구,『혼인시련 신소설의 서사구조와 인물유형 연구』, 1990, 서강대학교 국어
     국문학과박사학위논문, 1990.

          ,『한국현대소설의 시학』, 한남대학교 출판부, 1999.

          ,〈李箱「날개」의 時間・空間 構造〉-그 상징적 의미 분석을 중심으로-,
     《서강어문》1집, 1981년.

          ,〈언어 서사물의 구조와 시간〉,《내러티브》제2호, 한구서사연구회, 개
     마고원, 2000년 가을・겨울호.

김종욱,『1930년대 한국 장편소설의 시간・공간 구조 연구』, 서울대학교 국어국
     문학과 박사학위논문, 1998.

김진기,『한국 근현대 소설 연구』, 박이정, 1999.

김진석,『한국 심리소설 연구』, 태학사, 1998.

김천혜,『소설 구조의 이론』, 문학과지성사, 1995.

김학동,『한국문학의 비교문학적 연구』, 일조각, 1972.

김 현,『현대 소설의 담화론적 연구』, 계명문화사, 1994.

          ,「현대소설의 시간성 및 공간성 연구」, 서강대학교 국어국문학과 석사학
          위논문, 1987.

김형자,『韓國近代小說의 文體論的 研究』, 三知社, 1985.

노지승,「이상 소설의 시간성 연구」, 서울대학교 국어국문학과 석사학위논문,
     1998.

박정규,『김유정 소설과 시간』, 깊은샘, 1992.

박찬기 외,『수용미학』, 고려원, 1992.

서종택·정덕준 공저,『한국현대소설연구』, 새문사, 1990.

성현경,『韓國小說의 構造와 實相』, 영남대학교 출판부, 1982.

송효섭,『문화기호학』, 민음사, 1997.

심진경,「액자 소설의 시점」,『현대소설 시점의 시학』, 새문사, 1996.

안숙원,『朴泰遠 小說 硏究』-倒立의 詩學-, 서강대학교 국어국문학과 박사학위
    논문, 1992.

여지영,「1930년대 심리소설의 서사적 정체성 연구」, 서강대학교 국어국문학과
    석사학위논문,1999.

우찬제,「서술 상황과 작가의 욕망」,『현대소설 시점의 시학』, 새문사, 1996.
    ,「한국 소설의 고통과 향유」,《문학과 사회》 12권 제4호, 1999년 겨울.

유기룡 편,『김동리』, 살림, 1996.

유병석,「염상섭 소설의 초기 장편소설」,『염상섭문학연구』, 민음사, 1987.

유재주,「小說構造에 있어서의 時間 硏究」, 경희대학교 국어국문학과 석사학위
    논문, 1984.

이승훈,『文學과 時間』, 이우출판사, 1983.

이재선,『한국개화기소설 연구』, 일조각, 1972.
    ,『한국단편소설연구』, 일조각, 1986.
    ,『한국 문학 주제론』, 서강대학교 출판부, 1989.
    ,『현대 한국 소설사』, 민음사, 1991.
    ,『한국문학의 원근법』, 민음사, 1996.
    ,『한국소설사』, 근·현대편 I, 민음사, 2000.
    ,「현대소설의 권태의 시학」,《현대문학》 509호, 1997.
    공저,『전환기의 서사 담론』, 서강대학교 출판부, 1998.

이정석,「욕망의 유토피아, 그 지향과 해체의 변증법」,《한국문학이론과 비평》
    9호, 한국문학이론과 비평학회, 예림기획, 2000.12.

이종호,『文學과 時間』, 형설출판사, 1986.

이진경,『근대적 시·공간의 탄생』, 푸른숲, 1997.

이 호,『한국 현대 심리소설의 반복 구조 연구』: 1930년대 심리소설을 중심으로,
    서강대학교 국어국문학과 박사학위논문, 1998.

임 화,『新文學史』, 임규찬·한진일 편, 한길사, 1993.

장소진,『현대소설 플롯론』, 보고사, 2000.

　　　,「꿈과 현실의 괴리와 일치의 역설, 그 경위의 탐색」, 《한국문학이론과
    비평》 8호, 2000.8.

장일구,『한국 근대 소설의 공간성 연구』, 서강대학교 국어국문학과 박사학위논문,
    1998.

정덕준, 〈1920년대 소설의 시간 구조에 관한 연구〉-「술권하는 사회」,「감자」를
    중심으로,《한국학 연구》 1집, 고려대학교 한국학연구소, 1988.

정명환,「염상섭과 졸라」,『염상섭문학연구』, 민음사, 1987.

조남현,「廉想涉小說의 문학사적 자리매김을 위한 試論」,『염상섭문학연구』, 민
    음사, 1987.

조동일,『문학연구방법』, 지식산업사, 1980.

　　　,『한국문학통사 5』-근대문학, 지식산업사, 1996.

조연현,『韓國現代文學史』, 성문각, 1989.

최경환,『〈육미당기〉의 텍스트 생성과정 연구』, 서강대학교 국어국문학과 박사
    학위논문, 1997.

최병우,『한국 현대 소설의 미적 구조』, 민지사, 1997.

최재서, 〈리아리즘의 擴大와 深化〉, 《조선일보》, 936.10.31~11.7.

최혜실,『한국 모더니즘소설 연구』, 민지사, 1992.

한용환,『소설학사전』, 고려원, 1992.

　　　,『소설의 이론』, 문학아카데미, 1995.

동국대학교부설 한국문학연구소 편,『李光洙 研究』(上)·(下), 태학사, 1984.

한국소설학회 편,『한국소설연구』 3집, 현대소설 인물의 시학, 태학사, 2000.

　　　　　,『한국소설연구』 2집, 현대소설 플롯의 시학, 태학사, 1998.

　　　　　,『현대소설 시점의 시학』, 새문사, 1996.

3. 국외논저(번역서)

Aristotle, 『시학』, 천병희 譯, 문예출판사, 1986.

Chatman Seymour, 『영화와 소설의 서사구조』, 김경수 옮김, 민음사, 1994.

Edmund Husserl, 『시간의식』, 이종훈 역, 한길사, 1996.

Elizabeth Dipple, 문상우 역, 『플롯』, 서울대학교 출판부, 1984.

Frank Kermode, 『종말 의식과 인간적 시간』, 조초희 옮김, 문학과지성사, 1993.

Friedrich Kümmel, 『시간의 개념과 구조』, 權義武 譯, 계명대학교 출판부, 1986.

Gérard Genette, 『서사담론』, 권택영 역, 교보문고, 1992.

Hans Meyerhoff, 『文學과 時間現象學』, 김준오 역, 心象社, 1987.

Ivetta Gerasimchuk 외, 『시간으로부터의 해방』, 류필하 외 옮김, 자인, 2000.

Josef Bleicher, 『현대 解釋學』, 권순홍 옮김, 한마당, 1990.

Jürgen Schramke, 『현대소설의 이론』, 원당희·박병화 옮김, 문예출판사, 1995.

Leon Edel, 『現代心理小說研究』, 李鍾鎬 譯, 형설출판사, 1983.

Lotman, Jurij M edited, 『시간과 공간의 기호학』, 러시아시학연구회, 열린책들, 1996.

Marie Maclean, 『텍스트의 역학』- 연행으로서 서사, 임병권 옮김, 한나래, 1997.

Martin, Wallace, 『소설이론의 역사』, 김문현 옮김, 현대소설사, 1991.

Mendilow, A.A., 『시간과 소설』, 崔翔圭 譯, 대방출판사, 1983.

Michael J. Toolan, 『서사론』-비평언어학적 서설, 김병욱·오연희 공역, 형설출판사, 1993.

Michel Picard, 『文學 속의 時間』, 조중권 옮김, 부산대학교 출판부, 1998.

Mieke Bal, 『소설이란 무엇인가』, 성충훈, 송병선 옮김, 울산대학교 출판부, 1997

Percy Lubbock, 『소설기술론』, 송욱 역, 일조각, 1984.

Paul Ricoeur, 『시간과 이야기』 1-2, 김한식·이경래 옮김, 문학과지성사, 1999~2000.

Robert Humphrey, 『現代小說과 意識의 흐름』, 李愚鍵·柳基龍 共譯, 형설출판사, 1984.

Roland Bourneuf et Réal Ouellet, 김화영 편역, 『현대소설론』, 현대문학, 1996.
Roman Ingarden, 『문학예술작품』, 이동승 역, 민음사, 1985.
S. Rimmon-Kenan, 『소설의 시학』, 崔翔圭 譯, 문학과지성사, 1996.
Steven Cohen & Linda Shires, 『이야기하기의 이론』, 임병권·이호 공역, 한나래, 1997.
Stephen W. Littlejohn, 『커뮤니케이션이론』, 김흥규 역, 나남출판, 1996.
Todorov, Tzvetan, 『구조시학』, 곽광수 역, 문학과지성사, 1987.
          , 『산문의 시학』, 신동욱 역, 문예출판사, 1992.
Victor Erlich, 『러시아형식주의』, -역사와 이론, 박거용 譯, 문학과지성사, 1983.
Wolfgang Kayser, 『言語藝術 作品論』, 金潤涉 옮김, 시인사, 1994.
Uspenski, Boris, 『소설 구성의 시학』, 김경수 역, 현대소설사, 1992.
Wayne C. Booth, 『소설의 수사학』, 최상규 역, 새문사, 1994.
陳平原, 『中國小說 敍事學』, 이종민 譯, 살림, 1994.

4. 국외논저(원서)

Brooks, Peter, *Reading for the Plot* : Design and Intention in Narrative, New York
     : Vintage Books, 1985.
C. A. Patrides edited, *Aspect of Time,* Manchester University Press, 1976.
Calinescu, Matei, *Rereding,* New Haven and London : Yale University Press, 1993.
David Leon Higdon, *Time and English fiction,* Totowa, N.J. : Rowman and
     Littlefield., 1977.
Dorrit Cohn, *Transparent Minds,* Narrative Modes for Presenting Consciousness in
     Fiction, Princeton, New Jersey : Princeton University Press.
Elton, Lewis Richard Benjamin, *Time and man,* Oxford : Pergamon, 1978.
Gérard Genette, *Narrative Discoursed Revisited,* Translated by Jane E. Lewin,
     Cornell University Press, 1988.
Hugh Kenner, 'The Aesthetic of Delay', James Joyce's Ulysses, Edited and with

an introdution by Harold Bloom, Modern Critical Interpretation 11, 1987.

J.T. Fraser edited, *The Voices of Time,* A Cooperative survey of Man's views of time by the sciences and by the humanities, George Braziller, 1966.

Jacob Lothe, *Narrative in Fiction and Film,* Oxford University Press, 2000.

James Olney, *Memory & Narrative,* The University of Chicago Press, 1998.

James phelan, *Reading People, Reading Plots,* Character, Progression, and the Interpretation of Narrative, The university of Chicago Press, 1989.

Julio C. M. pinto, *The reading of Time* ; A Semantico-Semiotic Approach, Berlin ; New York, mouton de Gruyter, 1989.

L. Gardet ... [et al.], *Cultures and time,* Paris : Unesco, 1976.

Marie Riess Jones, Only Time Can Tell : on the Typology of Mental Space and Time, Critical Inquiry, Spring 1981.

Meir Sternberg, Telling in Time(I) : Chronology and Narrative Theory, Poetics Todays Volume11, Number4, Winter 1990.

, Telling in Time (II) :Chronology, Teleology Narrativity, Poetics Todays Volume13, Number3, Fall 1992.

Michael J. Hoffman & Patrick D. Murphy edited, *Essentials of the Theory of Fiction,* Durham and London : Duke University Press, 1988.

Mieke Bal, Jonathan Crewe edited, and Leo Spitzer, *Acts of Memory,* cultural recall in the present, University Press of New England, Hanover, 1999.

, On Meaning-Making, Essays in Semiotics, Sonama, Califonia, 1994.

Patricia Drechsel Tobin, *Time and the Novel,* The Genealogical Imperative, Priceton University Press, 1978

Patrick O'Neill, *Fictions of Discourse* : Reading Narrative Theory, University of Toronto Press, 1994.

Paul K. Alkon, *Defoe and Fictional Time,* The University of Georgia Press.1979.

Paul Ricoeur, *Time and Narrative III,* translate by Kathleen McLaughlin, David Pellaver, University of Chicago Press, 1984.

Peter Messent, *New Readings of the American Novel, Narrative* Theory and Its Application, Tuscaloosa : The University of Alabama press, 1998.

Randal Stevenson, *Modernist Fiction;* An Introduction, Harvard Wheatsheaf, 1992.

Raymond Flood and Michael Lockwood edited, *The nature of Time,* Basil Blackwell Ltd., 1986.

Renate Lachmann, *Memory and Literature,* Intertextuality in Russian Modernism, University of Minnesota Press, 1997.

Scholes, Robert & Kellog, Robert, *The Nature of narrative,* New York : Oxford University Press, 1979.

W. J. T. Michell, *On Narrative,* Chicago and London : The University of Chicago Press, 1981.

William C. Knott, *The Craft of Fiction,* Potsdam: State University of New York, 1973.

Zdzisław Augustynek, *Time* : past, present, future ; tr. by Stanislaw Semczuk and Witold Strawinski / Zdzislaw Augustynek, Dordrecht : Kluwer Academic Publ., 1991.

Alex Preminger and T. V. F. Brogan edited, *The New Princeton Encyclopedia of Poetry & Potics,* Princeton University Press, 1993.

서사적 연구의 두 양상

Ⅰ. 서사적 진실과 인물의 형상화

-현덕 소설의 인물 연구-

1. 머리말

소설에서 인물은 배제할 수 없는 요소[1]이다. 사실 어떤 소설이든 인물로부터 시작한다고 해도 과언이 아니다. 인물을 통해 사건이 야기되고, 갈등

---

1) 사실 서사의 한 기능으로만 인물을 이해하려고 할 때 우리는 망설일 수밖에 없다. 우리는 서사에서 인물을 연구할 때 보다 통합적인 시각이 필요한데, 히그비는 서사의 한 기능으로 인물을 이해하기 위해서는 서사 그 자체를 이해해야 한다고 주장한다. 또 그는 그러기 위해서 우리는 이야기하는 것에 연루된 인간의 가상 근본적인 정신적 과정을 염두에 두어야 한다고 이야기한다. 결국 히그비의 주장은 서사에서 인물은 단순한 기능이 아닌 서사 전반에 총체적인 영향력을 미치는 요소라고 하는 것이다. Robert Higbie, *Character and Structure in the English Novel*,(University of Florida Press Gaineville, 1984), pp.13~14. 참조.

이 일어나며 스토리는 진행되는 것이다. 소설에서 인물은 이렇게 중요한 요소[2] 임에도 불구하고 사실 소설 연구에서 인물에 대한 연구는 미진하다고 할 수 있다. 필자의 생각으로는 그 이유가 작중인물의 성격을 구명하는 일이 서사 연구에서 다소 미시적인 부분처럼 여겨져 텍스트 해석에 대한 거시적인 시각을 상실하는 것처럼 보이기 때문일 것이다. 헨리 제임스는 「소설의 기술(Art of fiction)」에서 "작중인물이란 사건의 한정(determination)이 아니고 무엇이겠는가? 사건이란 작중인물의 설명이 아니고 무엇이겠는가?"라고 언급하면서 현대소설에서 인물과 사건이 밀접하게 연관되어 있음을 이야기했다. 그러나 현대소설에서 인물에 대한 관심은 단순히 사건과의 연계에서뿐만 아니라 인물 각각이 드러내고 있는 성격의 문제에 초점이 맞추어져 있다. 즉 인물에게 어떤 사건이 일어났는가, 혹은 인물이 어떤 사건을 유발시켰는가 하는 문제와 더불어 인물의 성격이 어떠한 가에 강조점을 두는 것이다.

　　로비 맥콜리와 조지 래닝은 작가가 작중인물을 다룰 방법을 결정할 때 다음 중 몇 가지 방식을 염두에 두어야 한다고 언급한다. 즉 그들은 육체적 외모, 버릇, 습관, 타인에 대한 행동, 말씨, 자신에 대한 태도, 그 인물에 대한 타인들의 태도, 물질적인 환경, 과거, 이름 또는 비유 등의 외변기법

---

2) 채트먼은 인물의 개념을 '특성들의 패러다임'이라 주장하는데, 여기서 <특성>은 '상대적으로 안정적이고 지속적인 개인적 자질'을 의미한다. 이는 한 텍스트 내에서 순간순간 일어날 수 있는 것으로 그것은 독자로 하여금 인물에게 끊임없이 관심을 보이게 하는 요소가 되기도 한다. 또한 <특성>들은 인물들의 자질들을 결정하는 것만이 아닌 텍스트 전체의 분위기를 결정지을 수도 있다고 생각한다. 따라서 소설 연구에서 인물 연구는 우리가 일반적으로 생각하는 것보다 매우 범위가 넓다고 하겠다. 시모어 채트먼, 『영화와 소설의 서사구조』(민음사, 1994), 김경수 옮김, 152~158쪽. 참조.

등이 인물을 구성하는 관례적인 방법이라고 보았다.[3] 실제로 인물구성 요소들이 정적인 환경과의 관계에 있어서나 또는 서술의 역동적인 운동 속에 존재하거나 인물들이 겪게 되는 변화란 작가의 묘사에 의해서 이루어진다고 할 수 있다.[4]

위의 요소들 외에 현대소설에서 주로 인물의 심리를 드러내기 위한 의식의 흐름 기법도 인물을 구성을 하는 데 큰 비중을 차지한다.[5]

리몬-케넌은 비교되는 인물들의 유사성이나 대비성을 강조하여 명칭이나 풍경 또는 인물 사이의 유비 등을 비교하여 인물의 성격지표를 밝혀내야 한다고 설명한다.[6] 이는 인물에 대한 특성을 다각적으로 밝힐 수 있는 방법을 모색한 것이라 할 수 있다.

위의 논의들을 종합해보면 현대 소설에서 인물에 대한 연구는 그리 간단치 않다는 것을 알 수 있다. 즉 인물을 서사의 한 기능으로 이해할 것인가 하는 것이 인물 연구의 한 방법이 되겠고, 다른 한 방법은 인물을 구성하는 방식 즉 인물화(characterization) 방식에 초점을 맞추는 것이라 할 수 있겠다. 전자는 서사의 한 요소로써의 인물을 연구하는 것이고 후자는 인물을 형상화하는 기법을 연구하는 것이라고 할 수 있겠다. 본고는 현덕

---

3) 로비 멕콜리 · 조지 래닝, 「인물구성」『현대소설의 이론』(대방출판사,1997) 김병욱 편 최상규 역. 350~351쪽. 참조

4) Thomas Docherty, *Reading (absent) Character,*(Clarendon Press · Oxford, 1983), p.3.

5) 이는 작가가 인물을 직접적으로 묘사하는지, 혹은 간접적으로 묘사하는지의 문제와도 연관되어 있다. 대개 작가는 인물의 내면 심리를 묘사하고자 할 때 직접 묘사를 사용하고 인물의 외양을 독자에게 그대로 그리려고 할 때 간접 묘사를 한다. 현대소설에서는 직접묘사와 간접묘사가 공존하게 되는데 이는 어느 한 가지 묘사방법만으로는 현대의 복잡한 인물을 그리기 어렵기 때문이다.

6) S.리몬-케넌, 『소설의 시학』(문학과지성사, 1992) 102-108쪽. 참조

소설에서 드러나는 인물 형상화 방식에 초점을 맞추어 논의를 전개해 나
갈 것이다.

현덕은 우리에게 그리 알려진 작가는 아니다. 그가 남긴 작품 수도 단편
집 한 권의 소설과 한 권의 동화가 전부이다. 그럼에도 필자가 현덕의 소설
에 주목하는 이유는 그의 소설에 등장하는 인물군이 매우 특징적이고 정형
화되어 있기 때문이다. 비록 그가 남긴 작품이 몇 작품 되지 않는다 하더라
도 그의 소설이 보이는 독특한 세계는 충분히 논의할 가치가 있다고 본다.
필자는 현덕 소설의 독특함은 작중인물들의 정형성에 있다고 생각한다.

현덕 소설의 인물들은 정형적인 모습을 띤 몇몇의 인물군으로 분류된다.
유년의 인물군과 성년의 인물군, 생활에 무기력한 남성들과 적극적인 여성
들 등 몇몇의 인물군이 서로 대비를 이루며 서사가 진행된다. 본고는 현덕
소설의 인물군에 대한 세부적인 분석을 통해 현덕 소설의 세계를 구명할
것이다.

본고에서 다룰 텍스트는 「남생이」, 「驚蟄」, 「잣을 까는 집」이다. 이 세
작품은 현덕의 소설 세계를 잘 드러내고 있는 바 세 작품의 논의를 통해서
그의 인물 형상화 방식을 논의하도록 하겠다.

2. 유비에 의한 인물의 성격적 특성 강조

리몬-케넌은 유비(analogy)를 인물 구성 강화의 한 방식으로 이해한다.
특히 그는 인물 사이의 유비 관계는 인물의 특성을 두드러지게 한다고 이

야기한다. 즉 동일한 환경 속에 두 사람의 작중 인물이 제시되어 있을 때 그들 행동사이의 유사성이나 대조는 양편 모두의 특성을 두드러지게 한다는 것이다.[7] 현덕 소설에서 주로 사용하고 있는 인물 형상화 방식은 바로 이 유비에 의한 방식이다. 동일한 상황 속에 서로 대립적으로 드러나는 인물군들은 인물 각자 성격의 특성을 강화하고 있다고 볼 수 있다. 유년 인물과 성년의 인물과의 대비, 무능력한 아버지와 생활력이 강한 어머니의 대비, 그리고 동일한 상황 속에서 서로 대립하고 갈등하는 하층민들의 모습들은 각각의 성격적 특성을 부각시키면서 비극적인 가난의 현실을 드러내는 데 매우 적질히 이용되고 있다.

우선 현덕의 소설에서 가장 눈에 띄는 유년 세계와 성년 세계의 대립 관계를 살펴보자. 현덕 소설의 대부분은 유년의 세계와 성년의 세계를 오가며 서술된다. 대개는 유년의 세계(시선)에서 시작해서 유년의 세계(시선)로 끝을 맺는데, 그 사이 사이 어른들 세계의 갈등과 대립이 끼어들게 된다. 어른들의 사건들은 거의 궁핍한 현실에서 갈등하고 대립하는 모습으로 표출되고, 그 모습은 순수한 유년의 세계와 대립적으로 드러나게 된다. 이러한 대비는 서로 다른 두 세계의 대비라 할 수 있다. 유년 인물과 성년 인물은 비록 같은 공간 속에서 생활 하지만 그들이 영유하는 세계는 본질적으로 다르다. 현덕은 그 각각의 세계적 특성을 그려내면서 두 세계의 대비점을 부각시키고 그것을 암울한 가난의 현실을 극명하게 노출시키는 한 방식으로 사용하는 것이다.

두 세계의 대비가 가장 잘 드러나는 부분은 양 집단의 시선이다. 즉 현덕

---

7) S. 리몬-케넌, 앞의 책, 107쪽.

소설에서 유년의 시선과 성년의 시선을 대비시키는 것은 두 세계의 차이를 더욱더 부각시키는 방식이 된다고 할 수 있다.

「남생이」에서 아버지의 죽음을 두고 털보나 어머니가 보이는 위선과 노마의 순수한 행동의 대비, 「경칩」에서 홍서의 기회주의적 행동과 노마의 무심한 시선의 대비, 「잣을 까는 집」에서 어른들의 싸움과 옥이의 시선 사이의 대비는 현실 세계에 몸담고 있는 어른들의 성격과 그것을 한걸음 떨어져서 무심히 바라보는 유년의 성격을 대비시키면서 강화시키고 있다. 전자의 현실 순응적 성격과 후자의 순수한 시선은 팽팽한 긴장관계를 이루며 각자의 성격적 특성을 부각시키고 있는 것이다. 지극히 현실적인 어른의 세계와 자기들만의 세계에 빠진 순수한 유년 세계의 대비는 인물들의 성격적 특성을 강화할 뿐만 아니라, 나아가 현실의 위선과 궁핍상을 고발하는 데 유용하게 사용되고 있다.

① " 쥔 어딜 가슈. 같이 앉아서 노시지 않구."
"요기 좀 갈 데가 있어서 편히 않아서 노슈."
그러나 털보는 아버지가 누웠던 자리에 요를 엎어 깔고 다리를 뻗고 앉는다. 그는 두루마기를 벗고 노마 어머니는 소반 귀에 촛불을 붙인다. 방안은 갑자기 환해진다. 아버지가 털보로 바뀐 변화보다 노마는 이것이 더 크다.

이날처럼 집의 아버지가 불쌍하고 쓸쓸하게 생각된 때는 없다. 아버지는 스레기통 옆의 다리 병신보다 더 가엾고 노마 자신보다 더 작고 쓸쓸하다. … 골목길에 들어서 늙은이가 앉았는 구멍가게에서 노마는 붕어과자 하나와 바꾼다. 아버지는 노마 이상으로 이런 것들에 군침이 나리라.

　　조금 후 눈으로 박은 콩알이 떨어져 손에 잡힌다. 할 수 없으니까
노마는 먹는다. 비위가 동한다. 이번에는 제 손으로 지느러미를 떼어
먹는다. 이런 것은 없어도 붕어 모양이 틀려지는 것이 아니니까 표가
안 난다. 그러나 꽁지만 먹자는 것이 야금야금 절반을 녹이고 만다.
<u>노마는 차츰 무거운 마음에서 풀어져 즐거워진다. 멀리 떨어지면 항
구는 마치 커다란 소꿉장난판 같다.</u>

「남생이」

② 그리고 논두렁 하나를 꺽어 서서 무심히 쳐다본 맞은 편 둔덕 보리밭
기슭에 노마가 섰다. 홍서는 주춤하고 놀랐다 막대기를 어깨에 메고 서
서 노마는 유심하게 내려다본다. 이유없이 남의 물거을 훔치려던 현장을
들킨 것만 같아서 홍서는 어색하게 일그러지는 얼굴을 바로 잡지 못한
다. 아까부터 그 곳에 서서 홍서의 자초지종을 다 내려다본 듯 싶은 노마
의 그 눈앞에 홍서는 태연해지지 못하는 거다. 그러나 실상 의표된 것은
버릇인 찌푸린 상을 좀더 찌푸리고 돌아섰을 따름이다. 노마는 둔덕을
뛰어내려 논둑을 돌며 가까이 온다. 그 등 뒤에서
"우렝이 잡우?"
"응, 우렝이 잡어."
(중략)
　　노마는 말없이 옆에 버티고 서서 그의 일거일동을 지킨다. 홍서는 등
줄기가 꼿꼿해지는 자세로 서서 만사를 한갓 침묵으로 때우려 든다.
"거짓부렁야, 우렝이두 없는데."
노마는 홍미를 잃고 돌아서 막대기를 휘적휘적 오던 길로 논둑으로 꼽쳐
돌아간다.　…

「경칩」

③ 잣이 먹고싶어 막둥이는 맨날 울기만 한다. 울기만 하니까 얼굴이

Ⅰ. 서사적 진실과 인물의 형상화　255

노랗고 빼빼 마른다 옥이 아버지도 그렇다. 아버지도 막둥이처럼 잣이 먹고 싶은 건인지 모른다. 왜냐면 어머니가 잣을 까기 시작하면서부터 벌이도 안나가고 맨날 집에서 심술만 낸다. 그걸 모르고 어머니는 맨날 아버지 앞에서 잣만 깐다. 잣 한 말 까서 껍질을 군불 때고 알맹이는 키로 골라서 어머니가 머리에 이고 성안 장으로 가 돈과 바꿔 온다. 어머니 말대로 잣이란 정말 못 먹는 약일는지, 정말 그렇다 해도 그렇게 고소하고 맛이 좋고 얼마든지 먹을 수 있는 것인 바에야 약 아닌 것이나 다름없다.

「잣을 까는 집」

위 예문들은 유년 인물들이 그들의 세계 속에서 어른들의 세계를 해석하고 있는 모습을 보여주고 있다. ①의 예문에서 털보와 어머니는 아버지의 묵인 하에 관계를 가지려 한다. 어린 노마의 눈에는 아버지의 자리에 털보가 누워있는 것보다 방안이 환해진 변화가 더 새롭다. 또한 아버지가 불쌍하게 생각되다가도 붕어과자를 다 먹고 난 후 마음이 즐거워지는 것은 영락없는 유년의 모습이다. 노마에게 현실의 심각성은 없다. 그저 순간순간 느껴지고 생각되는 대로 행동하면 그만이다. ②의 예문은 노마가 자기 집 논에 서 있는 '홍서'를 바라보는 장면이다. 노마는 그저 아무 생각 없이 그를 바라보고 있지만 홍서는 친구의 소작 논을 가로챈 것에 노마의 시선이 무겁게만 느껴진다. 어색하게 '우렁이' 잡는 시늉을 하지만 이미 노마의 시선에 그 모습은 어색하기만 한다. ③의 예문은 '옥이'의 시선에 비친 집 안의 변화를 잘 드러내는 부분이다. 옥이는 아버지가 일을 나가지 않고 심술을 부리는 것이 잣을 먹고 싶어 그러는 것이라 생각하고, 그것도 모른 채 어머니는 아버지 앞에서 잣만 깐다고 생각한다. 그리고 고소한 잣 맛을 잊지 못해 어머니가 약으로 쓴다는 말도 아랑곳 않는다. 이처럼 유년의 인물들을 무심히 세계를 바라보고 그들 나름대로 세계를 해석하지만 그들의 시선에 걸린 어른들의 모습은 독자로 하여금 텍스트 내의 비극성을 더 극명하게 드러내주고 있다.

이런 유년 인물의 순수한 시선 때문에 일부 논자들은 현덕 소설이 사회에 대한 보다 근본적인 갈등이나 모순을 깊이 있게 천착하지 못하고 일정한 한계를 지닌 서정성에 빠지고 만다고 지적한다.[8] 그러나 필자의 생각은 다르다. 순수한 유년의 시선에 비친 사회의 제반 모습들은 독자에게 더 크게 호소력을 지닐 수 있다고 생각한다. 어떠한 객관적 판단도 유보한 유년의 시선은 독자에게 오히려 더 객관적인 정보를 제공하고, 그 정보가 비극적인 것일수록 독자가 느끼는 심미적 효과는 더 크다고 할 수 있다.

다음으로 대비를 이루는 축은 무능력한 남편과 억척스러운 아내의 대비이다. 앞의 대비와는 달리 이 대비의 축은 동일한 물질적 환경 속에서 같은 세계에 속한 인물들이 보이는 삶의 태도의 대비라 할 수 있다. 로비 맥콜리와 조지 래닝은 '물질적인 환경'이 인물들의 성격을 드러내는 데 유용하게 이용될 수 있다고 언급하고 그 예로 자연주의 소설들을 들고 있다.[9] 그들은 물질적 환경과 작품을 일체화시키는 방법을 '작중인물'의 견지에서 환경을 독자에게 보여주는 것이라 하였다. 현덕 소설의 경우 30년대 하층민

---

8) 임헌영은 현덕의 소설들이 '순수'한 관점에서 어른들의 세계를 관찰시킨다는 뜻은 신선감
   이나 서정성은 있으나 변혁의 의지를 주체화시킨다는 점에서는 분명 한계가 있다고 지적
   한다. 임헌영, 「현덕과 송영, 혹은 서정과 이념」, 『북으로 간 작가선집』9, (을유문화사,
   1988) 374~375쪽.
9) 로비 맥콜리·조지 래닝, 앞의 책, 372~376쪽. 참조

들의 암울한 삶을 드러내는 한 방식으로 가난에 대한 인물들의 태도를 대비시키는 방식을 취하고 있다.

전술한 바 현덕 소설에 등장하는 남편들은 거의 생활력을 상실한 무능력자로 나타나고, 아내들은 그 반대의 억척스런 면모를 보인다. 「남생이」에서 노마 아버지는 선창에서 소금 나르는 일을 하다가 병을 얻고 드러눕는다. 그가 할 수 있는 일은 어린 노마에게 짜증을 부리거나 하루종일 남생이와 부적을 들여다보는 일이다. 그는 아내가 들병이로 나서는 것을 못마땅해하면서도 생활해 나갈 방도를 찾지 못해 어쩔 수 없이 그런 아내를 바라보기만 한다.

가을 하늘과 같이 깊고 가라앉은 눈으로 노마 아버지는 윗목에 돌아앉은 아내를 누워서 고개만 들고 본다. 연분홍 치마저고리를 검정함에서 꺼내 하나하나 내 입고 얼굴에 분첩을 두들긴다.
'오냐 두 달만 참아라.'
하고 노마 아버지는 아내의 등을 향해 말없이 변명을 한다.
'몸을 추스르는 대로 나도 하던 일을 계속하겠고, 하루 천이 되든 이천이 되든 붙이는 대로 쓰지 않고 모으면 새끼 꼬는 기계 한 틀쯤은 장만할 밑천은 모일 게구. 그거 한 틀만 가졌으면 앉어서도 아내가 하는 하루벌이는 나도 능히 벌 수 있겠고, 오냐 두 달만 참아라.'
곁눈으로 남편의 안색을 살피는 아내의 눈을 피해 그는 고개를 돌린다. 아내의 그 눈에도 노마 아버지는 눈물이 났다.

「남생이」

노마 아버지는 성냥갑 붙이는 일을 해서 새끼 꼬는 기계를 사고, 그 기계를 이용해 돈을 벌어볼 궁리를 하지만 결국 하루에 몇 장 붙이지 못하고 그 일을 그만두게 된다. 이렇게 생활을 꾸려나갈 능력을 상실하면서 노마 아버지는 점점 아내의 눈치를 보게되고 아내의 곁눈질 한번에도 눈시울이 붉어지는 나약한 가장의 모습을 드러낸다. 반면 노마의 어머니는 가난 때문에 선창에 나서기는 했으나 술과 웃음을 팔며 비굴해하지 않는다. 날이 가면 갈수록 노마 어머니는 더 적극적으로 일을 하게 되고 심지어는 남편의 묵인 하에 자신의 집에서 매춘도 하게 된다. 「남생이」에서 보이는 이러한 남녀 역할의 대비는 「경칩」이나 「잣을 까는 집」에서도 잘 드러난다. 「경칩」에서도 노마의 아버지는 병자로 등장하고 어머니는 남편의 병을 고치기 위해 동분서주한다. 이 작품에서도 노마 아버지의 삶은 현실적이고 적극적인 삶과는 거리가 멀다. 자신의 소작 논을 두고 홍서와 경춘이 대립하고 있을 때도 그는 아무런 적극적 행동도 보이지 않고, 오히려 아내와 홍서의 관계만을 의심하며 무능력자의 모습을 여실히 드러낸다. 홍서와 그의 아내의 관계에서도 가난한 현실에 대처하는 모습의 차이를 읽을 수 있다. 홍서는 노마 아버지와 친구라 적극적으로 그의 논을 탐하진 않지만 그의 아내는 다르다. 지주의 집을 매일 드나들며 자신의 얼굴을 익히는 것이라든가 남편을 부추겨 노마네 논에 거름을 주게 하는 등 그것을 얻기 위해 매우 적극적이라는 데 그 차이가 있다.

　「잣을 까는 집」에서도 옥이 아버지와 어머니의 모습은 극명하게 대비된다. 옥이 아버지는 석공으로 「남생이」나 「경칩」에서와는 달리 노동력을 잃은 상태는 아니다. 다만 자신이 가진 기술을 쓸 수 있는 일자리가 없을 뿐이다. 자신과 같이 일하던 많은 사람들은 각기 일자리를 얻어 분주히 일을 하는데, 옥이 아버지는 그렇지 못하다. 아내는 그런 남편에게 늘 돈을 벌어오라고 닥달을 하고 자신은 잣을 까는 일을 시작한다. 매 끼니를 걱정해야 하는 궁핍한 생활에서 여성은 억척스레 일을 하고 남편은 일할 의욕을 잃은 채 집에서만 지내게 된다.

   “석수일은 없어서 못 한다 하구 왜 채석장에 나가 자갈은 좀 깨뜨리지 못할 게 뭐람, 뭐 창피가려서 못 허는 거야. 그것두 하루 양식거리는 떨어지겠지.”
   옥이 아버지는 여전히 대구가 없다. 무슨 생각을 하는 것이 아니라 생각에 잠기는 것처럼 고개를 떨어뜨리고 앉았다 옥이 어머니는 푸념을 계속한다.
   “진차좋게 지내던 터니 오늘 같은 날은 삼봉네 집두 좀 못 가볼게 뭐람. 그집은 벌이허는 집이니 설마 쌀 한되 팔 돈은 없다지 않을 테지.”
   옥이 아버지는 문득 몸을 일으킨다. 일어설 때 서슬과는 반대로 잠시 멍하니 섰더니 한편 고무신 뒤축을 끌며 밖을 향해 나간다. 옥이 어머니는 그가 자기 말에 움직여 삼봉네 집엘 가는 것인가 하는 기대에서 또 한 번 저녁 쌀이 없다는 귀를 울린다.
   <u>그러나 찌그러진 일각 대문을 머리를 수굿이 벗어 나가는 그 등 뒤가 몹씨 을씨년스럽고 그 등어리에 매달린 자기네 세 식구가 더 을씨년스런 한숨을 쉬고 그리고 남편이 나간 휘한 빈자리를 돌아보며 또 한숨짓는다.</u>

「잣을 까는 집」

   위와 같은 무능력한 아버지와 현실 순응적인 혹은 생활에 적극적인 어머니의 대비는 전통적인 사회에서 절대적으로 여겼던 가부장적 권위가 붕괴됨을 보여주는 것이라 할 수 있다. 이처럼 생활력을 상실한 무능력한 남자들의 모습과 적극적으로 삶의 길을 찾아 나서는 여성들의 모습은 부 중심의 가족 관계의 해체를 드러내는 것이라 할 수 있다. 즉 극도로 궁핍한 상황에서는 전통적인 가치관이나 윤리관이 다 허물어지게 된다는 것이다.

「남생이」에서 노마 어머니가 매춘을 해서라도 생활을 꾸리고자 하는 모습은 「감자」의 복녀가 왕서방에게 몸을 파는 행위와 동일한 수준에서 이해할 수 있다. 이것은 절대적 가치라고 여겨졌던 것들도 실제적 가난 앞에서는 무기력할 수밖에 없다는 사실을 드러낸다. 이와 같은 인물들의 행동 양상은 우리의 20-30년대 소설에 빈번하게 드러난다. 그런데 주목할 점은 현덕 소설에서는 인물들의 성격적 특성이 대비되면서 가난의 문제가 고발되고 있다는 점이다. 현덕 소설은 대개의 경우 위의 인물 형상화 원칙에서 크게 벗어나지 않는다.

3. 인물구성 방식의 두 측면 - 화법, 물질적 환경

이 장에서는 현덕 소설에서 드러나는 인물구성 방식을 살펴볼 것이다. 인물구성 방식이란 작가가 인물을 구체적으로 다루는 방식으로 '인물화' 방식[10]으로도 일컬을 수 있다. 이 문제는 스타일의 문제와 연관된 것으로 작가가 인물을 다룰 때 인물의 성격적 특성을 잘 부각시키기 위해 어떤 방법을 택하는가 하는 문제와 연관되어 있다. 전장에서 언급한 바 인물 구

---

10) 드롤과 히바드는 '인물화'characterization란 작품을 쓰는 데 있어서 어떤 사람의 선명한 인상, 그의 행동과 사로 양식, 생활 양식을 묘사하는 것이다. 어떤 사람의 천성, 환경, 습관, 감정, 희망, 본능, 이 모든 것은 지금의 그들을 만들어가며, 유능한 작가는 이 요소들의 묘사를 그의 주요한 인물을 선명하게 부각시킨다고 정의한다. 이는 로비 맥콜리와 조지 래닝의 정의와 어느 정도 일치함을 볼 수 있다. William F. Thrall and Addison Hibbard, *A Handbook to Literature*(New York, 1936), pp.74~75. 시모어 채트먼 , 앞의 책, 129쪽에서 재인용.

성의 방식에는 몇 가지 세부적인 방식이 있을 수 있다. 본고에서는 로비 맥콜리와 조지 래닝이 인물구성방식으로 일컫은 말씨(화법), 물질적인 환경을 중심으로 인물구성에 대해 논할 것이다.

우선 말씨(speech)는 유년인물과 성년인물의 차이를 극명하게 드러내는 요소이다. 유년인물과 성년의 인물의 말씨가 다른 것은 당연하겠지만 현덕의 경우 유년인물의 '말씨'를 독특하게 처리한다. 유년인물을 유년인물답게 그리기 위해 현덕은 노마를 위시한 대부분의 유년인물들의 발화를 간단히 처리한다. 그들의 말은 거의 두 문장을 이끌지 못한다. 대개가 묻는 말에만 대답을 하며 그 이상의 대답은 생각 속에서만 그것도 서술자에 의해 처리된다. 이와 같은 인물의 가장 간단한 발화는 인물이 지닌 순수함을 그대로 드러내는 한 표상으로 볼 수 있다. 동시에 어른들의 많은 말 가운데 숨겨진 세계의 추악한 음모와 대비되는 것이라 할 수 있다.

> ① "노마, 너 소금 선창에 가봤니?" / "응."
> ② "중국 소금배 들어찼디?" / "응."
> ③ "소금 져나르는 사람 들끓구?" / "응."
> 　　잠시 노마를 내려다보던 추연한 얼굴이 흐려지더니,
> ④ "보기 싫다, 보기 싫여. 저리가."
> 　　자기가 먼저 발을 들어 귀중중한 방안으로 움츠러들이자, 방문을 닫는
> 　　다. 그러나 조금 후 노마를 불러 들인다. 아버지는 잔말이 많다.
> ⑤ "영이 할머니 집에 있디?" / "응."
> ⑥ "영이두?" / "있어."
> ⑦ "뭘 해?" / "놀아."
> ⑧ "너두 놀았지?" / "……"
> ⑨ "바가지 목소리 숭내 내는 놈 누구냐?" / "수도집 곰보라니깐."

⑩ "그놈 어디 사는 놈인데?" / "수도집 살어."
⑪ "수도집이 어디지?" / "……"

「남생이」

위의 대화는 「남생이」에서 보이는 아버지와 노마의 대화이다. 선창가에서 일을 하다 다친 이후로 바깥 세상에 대해 궁금해하는 아버지와 그것에 대한 정보를 제공하는 아들과의 대화이다. 그러나 위의 대화는 언뜻 보기에도 어긋나고 있음을 알 수 있다. 아버지의 궁금증은 계속 이어지지만 아버지의 궁금증을 해결할만한 대답을 노마에게선 들을 수 없다.

①~③의 대화에서는 아버지가 노마에게 선창가의 풍경을 묻는다. 선창가에서 일하다 다친 아버지는 그곳이 그립기도 한 반면 한편으로는 선창가 사람이 많을수록 일이 많아질 아내를 생각했기에 위와 같은 질문을 했던 것이다. 노마는 있는 그대로의 사실만 전달한다. 그리고 자신이 이해하지 못하거나 자신에게 불리한 대답, 즉 아버지에게 야단맞을 만한 일은 말하지 않는다. 예를 들어 수도집 곰보에 대한 정보를 물을 때 노마가 대답할 수 있는 사실은 아무 것도 없다. 수도집 곰보는 그저 수도집에 사는 곰보일 뿐이다. 이처럼 유년의 세계와 성년 세계 사이에는 쉽게 해결될 수 없는 대화의 단락 지점이 있다. 이것은 전장에서 설명한 시선의 문제와도 연관된 것으로, 유년의 세계와 성년의 세계는 어긋날 수밖에 없다는 것을 작가는 은연중에 드러내고 있다고 볼 수 있다. 조급함을 담고 있는 성인 인물의 계산적인 발화는 유년 인물의 간단 명료하고 순수한 발화에 비추일 때 그 거짓됨과 부끄러움이 부각될 수 있다는 것이다.[11]

---

11) 로비 맥콜리와 조지 래닝은 인물의 말씨를 통해 독자들이 서사 전반적인 분위기를 파악할 수 있음을 헤밍웨이와 헨리 제임스의 예를 들어 설명하는데, 모든 작중인물은 자신의

다음으로 현덕 소설의 인물 구성방식을 논할 수 있는 것은 <물질적인 환경>이다. 물질적인 환경을 통한 인물의 성격을 구성하는 방법은 현덕 소설에서 매우 유용한 것으로 작용한다. 현덕 소설의 등장인물은 대개가 하층민이다. 어촌에서 힘겹게 사는 사람들, 농촌에서 소작을 하면서 사는 사람들, 그리고 도회지 사람이라 하더라도 하루 벌어 하루 사는 변두리 하층민의 사람들이 현덕 소설의 주된 인물들이다. 그들에게 꿈은 없다. 하루 하루의 고단한 삶만 계속될 뿐이다. 그들이 정작 얻고자하는 하루의 양식은 몸을 팔거나 다른 이의 일자리를 뺐거나 하는 도덕적 생각을 버린 후에라야 비로소 얻을 수 있는 것이다.

① 호두형으로 조고만 항구 한쪽 끝을 향해 머리를 들고 앉은 언덕 그 서남면 일대는 물미가 밋밋한 비탈을 감어내리며 거적문 토담집이 악착스럽게 닥지닥지 붙었다. 거의 방 하나에 부엌이 한간. 마당이랄 것이 곳 길이 되고 대문이자 방문이다. 개미집 가튼 길이 이리 굽고 저리 굽은 군대군대 검언 재텀이가 싸이고 무시로 매캐한 가루를 날린다. 깨여진 사기 요강이 굴러있는 토담 양지 짝에 누덕이가 널려 한종일 퍼덕인다.

「남생이」

② 노마 아버지와 홍서는 외모며 성미가 모두 판이했다. 홍서가 곧잘 일을 가르치는 소를 노마 아버지가 부리면 쟁기를 논두렁에 꾸러박꼬 만다. 소를 달래기 전에 급한 성미에 자기가 먼저 견뎌내지 못했다. 몸도 체소

말 즉 자신만의 말의 리듬이나 특이한 말씨, 호흡의 장단, 통사론적 구조를 통해 자신의 개성을 표출해야 한다고 주장한다. 이런 의미에서 볼 때 현덕 소설에서 유년의 인물과 성년의 인물의 성격이 특징적으로 대비되어 드러나는 부분이 '말씨'라고 생각한다. 로비 맥콜리 · 조지 래닝, 앞의 책, 362~365쪽 참조.

하고 대살지고 홍서는 실팍한 등판에 수족이 무디고 그러면서 서로 손이 맞고 볼이 마저 항구로 품을 팔러 나가도 짝을 지였다. 뱃짐을 풀 때 서투른 장소에 본바닥 일ㅅ군들에게 위압을 느끼다가도 서로 얼굴을 볼 수 있으면 속이 든든해지든 그리고 도라오는 길에도 한자가 움즉이면 한자도 말없이 선술집도 드러가고 또 말없이 나오고 하는 그들이다. 그렇게 밤늦은 기나긴 신장노를 묵묵히 것는다. 말이 하기 싫여 그러는 것이 아니였다. 말을 아니해도 뜻이 통하고 발이 마저 행동이 가치 되었다.

「경칩」

①의 인용문은 「남생이」의 서두 부분이다. 삶의 환경이 극도로 열악한 어촌의 집들이 묘사되고 있다. 「남생이」는 이처럼 극도의 가난을 견디는 사람들의 일상에서 일어나는 사건을 그리고 있다. 「남생이」뿐만 아니라 현덕 소설 대부분의 배경은 이처럼 극한의 가난에 처한 사람들을 그리고 있다. 현덕 소설에서 중요한 것은 이러한 가난한 환경이 인물들을 변하게 하고 인간의 가장 기본적인 윤리의식이나 도덕심마저 잃게 만든다는 것이다.

②의 인용문은 노마 아버지와 홍서 간의 우정에 대한 내용이다. 두 사람은 서로 이웃집에 살며 소작일이나 뱃일을 같이 하는 마음 맞는 친구였다. 그러나 노마 아버지가 병이 들자 홍서는 노마네의 소작논에 대한 관심을 보이기 시작한다. 물론 홍서는 어느 정도의 양심의 가책을 느끼면서도 그 땅을 다른 이(경준)가 차시할까 은연중에 두려워하게 된다. 이러한 모습은 가난한 현실의 상황이 인간성을 서서히 파괴하고 있음을 보여준다고 할 수 있다. 현덕 소설에서 보이는 암울한 현실은 물질적 환경을 통해 가장

기본적인 인간성도 파괴될 수 있음을 보여주는 것이다. 물질적 환경 때문에 몸을 팔고, 친한 친구의 소작논을 가로채는 비인간화의 양상이 보이는 것이다. 현덕 소설에서는 계급간의 갈등은 두드러지지 않는다. 그보다는 오히려 인간 본연의 갈등을 그리는 데 주목하고 있다.

현덕 소설에서 이러한 양상을 정면으로 보여주는 것은 인물들 간의 갈등 양상에서이다. 현덕 소설에서 보이는 인물들 간의 갈등은 대개 하층민들 간의 갈등이다. 같은 소작농과의 갈등, 같은 선창가에서 일하는 자들의 갈등, 그리고 한 가정 내에서 일어나는 가장 본질적인 남편과 아내의 갈등이 그것이다. 대개의 카프소설들이 계급 의식을 염두에 둔 지주와 소작인, 사용자와 노동자간의 갈등을 그리고 있다면 현덕은 같은 계급의 인물들 간의 갈등을 그린다는 것이 특이하다. 이것은 인간이 계급적인 모순 이전에 부딪치게 되는 기본적인 삶의 조건에 대한 통찰이라고 할 수 있다. 일찍이 김남천은 단편집 「남생이」(1947)의 발문에서 현덕의 소설 세계가 "풍부한 묘사에 비하여 주관의 형상화가 빈약"하다고 지적하고 "사람의 눈과 세계를 넓히고 강력한 주관"에 의해 작품을 쓸 것을 주장하는데, 이는 현덕 소설이 드러내고 있는 세계가 사회와 삶의 근본적인 갈등과 모순에 이르지 못하고 있음을 비판한 것이라 볼 수 있다. 그러나 현덕의 소설이 사회와 삶의 근본적인 문제를 전면에 내세우지는 않았다 하더라도 그가 보여준 가난한 현실은 당대 하층민의 생활에 대한 일정 수준의 깊이를 확보하고 있다고 할 수 있다. 특히 등장인물 각각의 성격은 매우 사실적이며 생명력을 지니고 있다.

「남생이」에서 노마 어머니를 사이에 둔 털보와 바가지의 대립, 「경칩」에서 친구의 소작 논을 두고 벌이는 홍서와 경춘의 갈등, 그리고 「잣을 까는 집」에서 보이는 옥이 어머니와 이웃집 여자의 다툼 등은 눈여겨볼 필요가 있다. 이 점 때문에 현덕의 현실인식이 미흡하다는 주장이 나온 것일텐데, 필자가 보기엔 오히려 현덕이 그리고 있는 하층민들의 사소한 갈등이 보다 현실성을 획득하고 있다고 생각한다. 인물들 간의 이러한 갈등이 첨예화되는 것은 바로 물질적 환경의 열악함에서 오는 것으로, 현덕은 가난이라는 현실적 환경이 인간을 가장 추악한 곳으로 내몰 수 있음을 예리하게 그리고 있다고 할 수 있다. 그렇기에 열악하고 추악한 현실에서 비껴선 유년의 인물들이 빛을 발할 수 있는 것이다. 또한 우리는 여기에서 현덕 소설의 유년 인물들을 통해 그들도 언젠가는 가난의 현실을 인식할 것이며, 현재의 어른들처럼 현실적이고 물질적인 세계에 매몰될 것이라는 작가의 무언의 말도 들을 수 있다.

4. 맺음말

지금까지 현덕 소설의 인물 형상화 방식에 대해 고찰해보았다. 필자는 인물 형상화 방식에 대해 논의하면서 우선은 유비에 의한 인물 성격의 강화 방식을 이야기했고, 다음으로 인물구성 방식을 말씨와, 물질적인 환경 둘로 나누어 설명했다. 전술했듯이 인물론은 단순히 서사의 한 기능으로 존재하는 인물을 연구하는 것이 아닌 서사 전반에 걸친 인물구성의 요소들을 보다 총제적인 시각으로 접근해야 한다. 그랬을 때 인물론이 소설 연구에서 의미를 지닐 수 있다. 그런 점에서 본고의 논의는 일정 정도 한계를 노출하고 있다. 특히 인물구성을 논의하는 부분에서 두 가지 측면밖에 고려하지 못한 것이 그것이다. 서사에서 인물을 텍스트 내에 자족적인 실체로 존재하는 인물로 상정한다면 보다 다각적인 면에서 인물을 조명해야 할 것이다.

소설에서 인물을 연구한다는 것은 각 등장인물들의 개개 요소들을 연구하는 측면과 인물화의 기법을 연구하는 측면으로 나뉘게 된다. 본고는 두 측면을 장을 나누어 고찰하려 했으나 많은 허점을 드러내고 있다. 서론에서 언급한 바 현덕 소설은 인물 배치에 있어서 정형성을 지니고 있다고 했는데 그 각각의 인물들이 지니는 의미들을 충분히 검토하지 못했다는 것이다. 그러나 위의 검토만으로도 현덕 소설이 인물들의 정형적인 배치를 통해 현실의 모순과 인간 본연의 순수함이 훼손되는 과정을 사실성 있게 그려내고 있음을 알 수 있었다. 현덕은 카프 계의 여느 작가들보다 치열한 현실의식을 지니고 현실 모순의 근본 문제를 간파하고 있었던 것이다.

Ⅱ. 회상의 플롯, '옛우물'에서 건져 올린 금빛 잉어

1. 머리말

　'플롯'이란 용어는 서사 문학을 이야기 할 때 기본적으로 염두에 두어야
하는 개념이다.　플롯에 대한 정의는 아리스토텔레스가 『시학』에서 비극의
완결성을 이야기하면서 언급한 "전체는 시초와 중간과 종말을 가지고 있는
것이다"[1]라는 정의에서 시작한다. 위의 언급은 이야기의 배열에 관한 문제
를 말하는데 이는 전체 속에서의 짜임새 있는 질서를 요구하는 것이다. 주
지하다시피 아리스토텔레스는 모방론을 주장하면서 "…시인은 운율보다
도 플롯의 창작자가 되지 않으면 안 된다"[2]고 언급했다. 물론 여기에서

---

1) 아리스토텔레스, 『시학』(문예출판사, 1989) <7장>, 52쪽.
2) 아리스토텔레스, 앞의 책, <9장>, 61쪽.

말하는 플롯은 개연성과 필연성에 따라 행동들을 모방함을 의미한다.

일반적으로 플롯을 생각하면 "규칙"을 연상한다. 이는 전통적인 플롯의 개념을 염두에 둔 것으로 플롯의 개념을 축소해서 이해하는 방식이다. 이와는 달리 예술 작품의 독창적 계획을 강조하는 로브-그리예는 예술작품의 형식적 독창성을 강조하며 그 자체의 형식과 새로움을 강조해야 한다는 견해를 피력한다. 이는 각 예술 작품이 스스로의 계획을 추구해야 한다는 것과 일치한다.[3] 이러한 확대된 플롯의 개념에 의거한다면 우리는 각 텍스트의 형성원리, 즉 '작가에 의해 고안되고 계획된 일련의 사건의 배열'을 플롯이라고 말할 수 있게 된다. 실제로 R. S. 크레인은 연극이나 소설에서의 플롯을 "행동(action), 작중인물 및 사상 등의 요소를 작자 자신이 특수하게 시간적으로 종합한 것"[4]이라고 정의한다.

우리는 서사의 흐름에 관심을 기울이는 한 시간의 문제를 도외시 할 수 없다. 시간의 문제는 스토리와 플롯을 구분하는 가장 기본적인 문제가 된다. 이러한 생각은 러시아 형식주의자 쉬클로프스키의 구분에서 시작한다. 쉬클르프스키는 '파불라(스토리)'를 서사의 밑받침이 되는 연대기적/인과적 사건의 연속으로 가정하고, 플롯은 '스토리'를 낯설게 만드는 것이라 정의한다. 이렇게 정의했을 때 중요한 문제는 행위와 사건의 시간적 배열 문제이다. 이와 같은 관점에서 우리는 스토리를 작가들이 재료로 사용하는 사건을 시간적, 인과적 순서에 따라 배열하는 것으로 정의할 수 있고, 플롯

---

3) 엘리자베스 딥플, 『플롯』, 문상우 역,(서울대학교 출판부, 1984), 2쪽.

4) R. S. 크레인. "The Concept of Plot and the Plot of Tome Jones," Crane ed. Critics and Criticism: Ancient and Modern.(The University of Chicago Press),p.620. 최상규 역.『현대소설의 이론』,「플롯의 개념」.(예림기획, 1998), 243쪽.

을 작가가 스토리를 인위적-예술적인 순서로 기술하는 것으로 정의할 수 있다.

본고에서 사용하는 플롯의 개념은 작가가 선택한 텍스트의 구성원리로서의 플롯이다. 그 중에서도 서사시간의 짜임을 분석함으로써 작가가 설정한 텍스트의 의도 및 그 구성원리를 분석하는 것이다.

서사 연구에서 시간의 문제, 혹은 '시간성'의 문제에 대한 주목할만한 연구는 쥬네뜨가 『잃어버린 시간을 찾아서』를 분석한 것이다. 딥플은 『잃어버린 시간을 찾아서』에서 시간은 그 '주제이면서 동시에 표현수단' 이라고 언급하고 프루스트의 시간성에 대한 이해는 기억에서 비롯된다고 하였다. 그리고 더 나아가 프루스트의 이러한 의지적인 시도의 규모와 구조는 소설의 실제적인 구성을 담당하며, 프루스트의 시간과 존재의 탐구는 실존주의 현상학과 일치하는 것으로 문학에 있어서 철학적이고 기법적인 요인으로 이해된다고 하였다.[5] 이는 서사에서 회상이나 기억이 내용상으로나 형식상으로 주요한 요인이 될 수 있음을 말하는 것으로, 이러한 관점은 오정희 소설의 탐구하는 데 매우 긴요하다.

필자는 오정희 소설을 분석하는 데 있어서 시간(혹은 시간성)의 문제는 매우 중요하다고 생각한다. 이는 그녀의 대부분의 소설이 존재론적인 회의와 그 원인을 탐색하는 것을 그 주제로 삼고 있고 또한 그 해결은 항상 회상의 시점에서 과거의 기억에 담긴 흔적들로 이루어지기 때문이다.

주지하다시피 서사는 대개 이중적인 시간으로 구성되어 있다. 이는 스토리 시간과 서사시간(담화 시간)을 이야기하는 것인데, 전자는 말해지는 사

---

5) 딥플, 앞의 책, 60-62쪽.

건의 시간을 의미하고 후자는 서사 내에서 구성되는 시간을 의미한다. '시간의 불일치'는 현대 서사의 '서사시간' 내에서는 거의 필연적으로 일어나는 것(물론 현대 서사에서도 연대기적으로 기술된 텍스트가 있다)으로 작가의 계획에 의해 사건의 시간적 순서를 섞어놓은 것을 말한다. 이러한 시간의 불일치는 대개 현재 사건의 소급제시(회상Analepsis)와 사전제시(예상Prolepses)에 의해 일어난다. 즉 이러한 시간의 간섭들은 기본 서사(일차 서사, first narrative)에 삽입되어 발생하는 것으로, 그것들은 기본 서사와의 관계 속에서 그 의미를 얻게 된다. 이러한 시간의 뒤섞임은 작가의 '플롯짜기(ploting)'의 한 방식으로 이해할 수 있다. 이렇게 서사의 시간을 구분하여 그 순서를 재구하는 것은 "서사와 스토리 사이에 완벽한 시간적인 일치 상태(zero degree)가 존재함을 암암리에 가정한 것"6)이다. 오정희 소설에서 빈번하게 삽입되는 서사는 소급제시에 의한 서사이다. 소급제시에 의한 효과는 다양하게 발생할 수 있는데, 오정희에게서는 현재의 사건을 이끌어 가는 기본 서사 보다 오히려 삽입 서사에 더욱 비중이 커지는 경우도 찾아볼 수 있다. 본고에서 다룰 문제는 기본 서사와 삽입 서사간의 관계와 그 의미형성과정이다.

오정희는 스토리-현재의 시간에서 끊임없이 과거의 흔적들을 되살리는, 그래서 '지금 여기'의 문제들을 '그때 거기'의 흔적들로 풀어 가는 서술적 전략을 세우고 있다. 이는 오정희 소설이 다분히 인물의 내면성을 중시하는 자의식적이고 반성적인 특징을 지니며, 이런 특징으로 인해 자신의 존재성을 확인하고자 하는 끊임없는 기억의 흔적들이 텍스트에 산재하는 것

---

6) 제라르 쥬네뜨, 『서사담론』(교보문고, 1992), 권택영 역, 26쪽.

과도 연관된다. 현재의 의식을 지배하는 과거의 기억이나 무의식의 산물들
은 오정희 소설을 지배하는 주요 동인인 바 본고는 이에 초점을 맞추어
이야기 할 것이다.

위와 같은 생각을 바탕으로 본 연구는 「옛우물」(1994)[7]의 플롯 분석을
통해 오정희 소설의 구성원리를 추정하고자 한다.

2. 의식의 흐름과 그 서사적 변주

「옛우물」은 마흔 다섯 번째 생일을 맞은 서술자 '나'가 어느 봄날부터
며칠 동안 겪는 사건 속에서 심리의 변화를 보이는, 즉 삶과 죽음에 대한
존재론적 성찰을 보이는 소설이다. 일견 간단해 보이는 이 이야기는 그 주
제적 무거움 때문이기도 하겠지만, 오정희 특유의 서술 방식에 의해 세밀
한 독법이 필요한 작품이다.[8]

------

7) 이 글에서 인용하는 텍스트는 『불꽃놀이』(문학과 지성사, 1995)에 실린 것을 기준으로 삼
   는다.
8) 오정희 소설의 서술 방식은 대개 '의식의 흐름 기법'을 취한다. '의식의 흐름' 소설이라는
   용어를 제일 먼저 사용한 사람은 로버트 험프리인데, 그는 주로 작중인물의 의식을 그려
   내기 위하여, 언어표현 이전 단계의 의식을 규명하는 데 중점을 둔 소설을 '의식의 흐름'
   소설이라 하였다.(아래 책, p.15) '의식의 흐름'은 대개 기억, 감각, 상상력을 통한 자유연
   상으로 표출되는데 「옛우물」의 경우 이러한 서술방식이 지배적이다. 의식의 흐름 소설이
   지닌 소설적 장치device는 일련의 심리학적 연상의 제법칙에 따라 의식 내용을 부유하게
   하고, 불연속성과 압축성을 지니며, 이미지와 상징에 의한 다양하고 극단적인 단계의 의
   미를 시사하는 것(아래 책, p.114)이다. 따라서 독자는 의식의 흐름 속에 숨겨진 일련의
   일관성을 찾아내야 하는데, 이 일관성을 찾아내는 것이 바로 오정희 소설의 플롯을 밝히
   는 것이라 하겠다.

「옛우물」의 기본 서사(first narrative)는 우선 1인칭 화자 '나'가 삶과 죽음, 혹은 생성과 소멸에 대한 존재론적 성찰을 하는 것이라 할 수 있다. 그 성찰을 하는 과정에 1인칭 화자 '나'가 의식하는 두 겹의 상실[9]이 있다. 하나는 화자인 '나'가 예전에 사랑했던 '그'의 죽음이고 다른 하나는 연당집의 사라짐이다. 이 두 사건은 화자의 심리를 조종하는 주요한 동인이다. '그'의 죽음이 '나'의 평범한 일상에 혼돈을 가져왔던 상실이라면 연당집의 사라짐은 '나'가 자신을 되돌아보는 주요한 계기를 마련해주는 상실이다. 또한 전자가 일상의 무사함을 지키는 평범한 주부 '나'가 기억의 심연까지 내려가 죽음에 대한 의식을 끄집어내게 한 상실이라면, 후자는 이야기 현재의 시간에 '나'의 존재론적 성찰을 마무리하게 하는 상실이다. 이 두겹의 상실을 두고 현재와 과거를 넘나들며 보여주는 많은 삶과 죽음의 이미지는 화자 '나'가 존재론적 성찰을 하게 되는 과정을 보여주는 것이다. 그리고 일상의 사건들을 겪으면서 하게 되는 무수한 기억의 반추들은 기본 서사를 보다 분명하게 설명할 수 있게 한다.

이 소설에서 삶과 죽음의 이미지는 화자 '나'의 의식을 끝없이 붙드는 것으로 소설 전반의 지배적인 이미지가 된다. 이 이미지는 직접적으로 드러나기도 하고 혹은 간접적 이미지로 제시되기도 하는데, 소설의 시작 부분은 의미 심장하다. 즉 일상의 생활에 길들여져 있는 화자가 생일날 아침 자신의 정체성에 대한 물음을 던지는 것은 앞으로 진행될 서사의 방향을

로버트 험프리, 『現代小說과 意識의 흐름』, 이우건·유기룡 공역, (형설출판사, 1984) 참조.

9) 정호웅, 「생명의 능동」, 『저녁의 게임』(오정희), 한국소설문학대계61,(동아출판사, 1996), 506쪽.

암시하는 주요한 단서가 되기 때문이다.

「옛우물」을 스토리 현재를 기준으로 나누어보면 대략 아홉의 이야기 단락으로 구분된다.[10] 그리고 그 아홉의 이야기 단락 내에선 무수한 시간의 역전이 반복된다. 그러나 시간 역전이 일어날 때 그것이 일어난 횟수가 중요한 것이 아니라, 그것이 서사의 의미를 만드는 데 어떠한 기능을 하는가가 중요하다.

우선 논의의 편의상 이야기 시간을 중심으로 사건의 진행과정을 살펴보면 다음과 같다.

(1) 마흔 다섯 살이 된 아침(이른 봄날) - 자신의 정체성에 대한 의문을 갖게 되는 화자.
(2) 며칠이 지난 날 - 시장에 가서 몇몇 사건을 경험하고 과거의 기억들을 떠올리게 됨.
(3) 그날 저녁 - 남편과 아들에 대한 현재 자신의 느낌을 서술.
(4) 며칠 후 - 예성아파트와 연당집에 대한 서술
(5) 시간을 정확히 알 수 없는 어느 때 - 목욕탕에서 과거를 기억함.
(6) 그 다음 날 - 예성아파트에서 연당집을 바라봄.
(7) 며칠 후(늦은 봄) - 바보의 모습과 자신의 모습을 동일시하는 화자.
(8) 그날 저녁 - 낮잠을 자고 난 후 노을이 물들 무렵 과거 '그'와의 만남을 기억함.
(9) 그날 밤 - 연당집이 사라지고 비로소 존재론적 탐구를 마무리 함.

---

10) 필자가 「옛우물」을 아홉 개의 시퀀스로 나눈 것은 소설 내에서 작가가 구분해 놓은 이야기 단락의 구분을 따른 것이다. 작가는 화자의 의식이 변해가는 과정을 아홉 개의 단락으로 나누어 놓았는데 이는 텍스트 문면에 명확히 드러난다.

위의 스토리 현재 시간을 중심으로 시퀀스를 나눈 것은 텍스트 상에 드러난 시간지표의 변화를 기준으로 나눈 것으로, 스토리 시간의 흐름은 이른 봄 생일날 아침에서 늦은 봄 연당집이 사라진 날까지 진행된다. 화자인 '나'에게 현재의 시간에서 일어난 사건은 크게 보면 일상의 생활에서 크게 벗어나지 않는 사건들이다. 화자인 '나'는 일상 생활의 질서에 충실한 인물이다. 그러면서 '나'는 그 일상성 속에 잠재해 있는 '낯선' 불안감의 정체를 끝없이 추구한다.

시퀀스 (1)에서는 화자가 생일날 아침 자신의 정체성에 대한 의문을 제기하는데, 이는 일상 속에 감추어진 불안한 심리의 단면을 보여주는 것이다. 그러면 '나'가 그 때까지 살아온 자신의 삶을 돌아보며 정체성을 회의하는 것은 어떤 연유에서였을까. 시퀀스 (1)에서 화자는 자신의 탄생과 동생의 탄생을 대비하면서 '옛우물'에 대한 기억을 떠올리고, 지금의 평범한 주부로서의 자신을 돌아본다. 또한 자신의 삶이 특별할 것 없이 평범한 일상임을 화자는 강조하면서도 그 속에 잠재된 원인 모를 불안감을 드러내고 있다. 즉 화자는 한 사람의 탄생은 〈영원한 암호〉이며 〈비밀일 수밖에 없는 세계와의 결별〉이라고 고백하면서 운명처럼 싸안고 가야할 자신의 미지의 삶을 예감하는 것이다. 사십 오 년의 삶, 그 시간은 무수히 많은 변형들을 만들 수 있는 삶이고 시간이었지만 현재의 화자에게 있어서 지나온 그 시간은 정지된 것처럼 느껴진다. 화자는 단지 "새로 보태어진 나이테에 잠깐 발이 걸"린 것뿐이라는 인식만을 가질 뿐이다. 그렇다면 화자의 내면에 잠재된 불안감의 정체는 무엇인가. 시퀀스 (1)의 마지막 단락에 그 단서가 있다.

집안을 치우고 나니 한결 호젓하고 조용한 것 같다. 찻물 주전자를 불에 얹고 나는 부엌 벽에 걸린 전화기의 송수화기를 떼어들었다. 지역번호를 누른 뒤 <u>빠르고 센 힘으로 번호 판을 꾹꾹 눌렀다</u>. 아득한 공간 속으로 신호음이 울렸다. 열 번 열 다섯 번, 스무 번. 송수화기를 제자리에 걸고 나는 더운물을 부은 찻잔을 천천히 휘저었다.(13-14쪽)

위의 인용된 부분은 일상 주부가 바쁜 아침을 마치고 혼자만의 시간을 갖는 한가로운 풍경이다. 화자는 생일 날 아침, 여느 날과 다름없는 집안 일을 하고 자신의 시간을 갖는 것이다. 위의 예문에서 문제가 되는 부분은 어디론가 전화를 거는 행위이다. 아무도 받는 사람이 없자 아무 일이 없는 듯 찻잔을 젓는 모습에서는 일상 그 이상의 것을 느낄 수 없다. 그러나 받는 사람이 없는 전화번호를 누르는 행위는 뒤에 가서 밝혀지지만 매우 의미 심장한 행위이다. 즉 이 소설에서 화자의 심리를 조종하는 두 겹의 상실 중 첫 번째인 '그'의 죽음과 이 전화 거는 행위는 관련이 있기 때문이다. 이 단락은 작가가 화자의 심리를 독자에게 노출시키는 첫 번째 흔적이다. 오정희 소설의 대개가 그렇듯 독자는 작가가 아무렇게나 흘려놓은 듯한 흔적들을 복잡한 과정 하에서 조합해야 한다. 흔적들은 각각의 조각난 그림들이고 결말로 치달을수록 그 조각그림들은 어렴풋한 한 그림의 모습을 띠게 되는 것이다.

위의 예문에서 '빠르고 센 힘으로' 전화번호를 누르는 행위는 인물의 심리를 그대로 보여주는 것이다. 즉 잘 아는 전화번호를 다급하게 누르는 인물의 모습을 노출시키는 것이다. 그러면서도 신호음만 울리고 받는 사람이 없자 아무 일이 없다는 듯이 찻잔을 젓는 모습은 무언가를 확인하고

안도감을 느끼는 모습이다. 마치 전화 거는 행위 또한 일상의 일부분인 것처럼. 소설이 진행되면서 전화 거는 행위에 대한 고백이 나오는데, 이는 '그'가 죽고 난 후에 '나'에게 생긴 무의식적인 습관 중 하나 이다. 이로 미루어 볼 때 시퀀스 (1)에서 화자의 생일날 아침 자신의 정체성에 대한 탐구를 하는 이유를 어렴풋하게 추측할 수 있다. 즉 그것은 일상 속에 내재된 화자의 무의식적 욕망이다.

시퀀스 (2)에서는 화자가 시장을 보고 낯선 몇몇 사건을 경험하고 '그'에 대한 몇 가지 기억을 떠올리게 된다. (2)의 부분에 와서 '그'에 대한 흔적이 구체적으로 드러나고, 독자는 '그'의 흔적들이 화자의 무의식을 지배하고 있음을 알 수 있다. 시퀀스 (2)에서 보이는 몇몇 기억이나 사건들은 '그'와 '그'의 죽음이 화자의 무의식을 강박적으로 지배하고 있는지를 보여주는 것이다.

화자는 시장을 보고 나오는 길에 두 사람을 보게 된다. 한 사람은 교통정리를 하다가 끌려가는 미친 여자이며 다른 한 사람은 남편이다. 미친 여자에 대해서는 후술하겠지만 그녀는 화자가 경험하는 죽음 이미지의 한 변형이다. 문제는 자신의 바로 옆을 지나는 남편을 보고 '낯섦'을 느끼는 화자의 심리이다. 그 낯섦은 화자 자신도 놀랄 만큼 무의식적인 것으로, 시장길을 돌아 '문득' 찾은 찻집의 '낯익음'과 대비를 이룬다.

나는 나 자신도 모르게 조금 남편의 시야에서 비껴 섰다. 남편은 나를 알아보지 못한 것 같았다. 똑바로 앞만 바라보고 있었다. <u>아침에 입고 나간 그대로의 차림인데도 집 밖에서 보는 남편은 낯설었다. 나는 순간적인 내 태도와 감정에 당황했다.</u> 내가 조금 더 그를 바라보았거나 아주 작은 소리로라도 불렀다

면 그는 알아차렸을 만큼 가까운 거리였다.(15쪽)

택시 정류장의 표지판을 찾아 망설이듯 느릿느릿 걷다가 옛날로부터 홀연히 나타난, **낯익은 찻집**의 문 앞에서 문득 멈춰 섰다.
<u>문득, 이라고 말하는 것은 옳지 않다.</u> 나는 집으로부터 이곳까지의 먼 길이 여러 해에 걸친 우회라는 것을 부인할 수 없다. …(16쪽)

위의 두 예문에서는 일상의 남편과 비일상의 '그'가 화자의 심리에서 대조되어 드러나고 있다. 화자는 남편의 '낯섦'을 순간적으로 당황한다. 의식적으로 그렇게 느낀 게 아니었기에 더욱 더 그러하다. 그러나 집으로 가는 지름길 대신 선택한 길에 홀연히 나타난 찻집은 매우 '낯익'다. 이 찻집은 화자와 '그'의 추억이 묻어있는 곳이다. 화자는 이 찻집을 오기 위해 여러 해에 걸쳐 우회했다고 고백한다. 이는 화자가 이 찻집을 찾은 것이 무의식적인 것이 아닌 의식적인 것으로 화자의 내면에 숨은 '그'의 그림자를 보고자 했던 것이었음을 말한다. 따라서 겉으로는 드러나지 않은 그러나 심리적으로는 너무나 확연한 사실이 남편을 낯설게 만들고 있었던 것이다. 찻집에서 화자는 〈영원한 과거 시제로 말해질 수밖에 없는 비인칭 명제〉 인 '그'를 기억[11] 속에서 만난다. 화자는 찻집에서 '그'의 흔적들을

---

11) 본 연구에서 사용되는 '기억'이라는 용어는 매우 중요한 의미를 지닌다. 앞서도 잠시 언급했지만 「옛우물」에서의 기억은 화자의 자아 성찰의 결과이면서 동시에 이 소설의 주요한 형식이 된다. 화자가 존재론적 성찰을 마무리하는 과정에서 '죽음'을 또 다른 '삶'으로 인식하게 되는 것은 '기억'이라는 의식적인 행위를 통해서이다. 그리고 텍스트 내에서 성찰의 과정은 끝없는 기억의 반추로 서술되기에 기억의 형식, 혹은 회상의 형식은 이 소설의 기본적 형식이 되는 것이다. '기억'이라는 용어 정의가 여기서 조금 더 구체화될 필요가 있겠으나 글을 진행시키면서 그 구체적 의미가 드러나도록 기술하겠다.

회상하면서 두 사람을 주의 깊게 바라본다. 하나는 창밖에 보이는 다리 위의 여자이고, 다른 한 사람은 공중 전화를 걸던 한 남자이다. 화자는 다리 위의 여자를 보고 죽음을 떠올리는데, 이는 단지 다리 위에서 많은 사람이 자살을 시도했었다는 사실과 연관되어 의식된다. 그러면서 화자는 어릴적 죽음을 '흰 봉투로' 기억했던 것과 아버지와 '그'의 죽음을 떠올린다. 화자의 의식에는 '그'와 '그'의 죽음에 대한 생각으로 가득 찬 것이다. 화자의 의식을 통해 독자는 이제 '그'의 정체를 어렴풋하게나마 알게 된다. '그'는 화자의 옛 남자였고 지금은 죽었다는 사실을 그리고 오랜 세월 화자의 무의식과 의식을 넘나들며 일상에서의 불안감을 조성했던 사람이라고 알게 된 것이다.

공중전화를 걸던 사람은 얼마 후에 간질 발작을 일으키는데 이는 일시적인 죽음을 의미한다. 이 소설에서 화자가 우연히 목도하거나 기억하는 일은 거의 죽음의 이미지와 연관되어 있다고 할 수 있다. 옛우물의 메워짐, 거리에서 우연히 보게 된 미치광이 여인, 옛날 '그'와 함께 갔었던 찻집에서 보게된 낯선 남자의 간질 발작[12], 찻집에서 바라본 다리 위의 여자, 그리고 연당집의 사라짐 등이 그러하다.

그가 죽은 후 오랫동안 나를 괴롭히던 귀울음은 나았다. … 이제 범상히 살아가는 내게 그의 흔적은 없다. 밥을 먹고 잠을 자고 혼자 있는 시간에 뜻

---

12) 하웅백은 오정희 소설에서 빈번히 등장하는 불구의 인물들을 현대인의 자폐적인 본모습의 상징이라고 말하면서 「옛우물」에서는 이들이 죽음을 암시한다고 했는데, 이는 소설에 드러난 이미지들을 고려해볼 때 타당한 지적이라 할 수 있다. 하웅백, 「소멸에의 저항과 모성적 열림」-옛우물 자세히 읽기, 『문학과 사회』(36호), (문학과지성사, 1996년 가을) 1493-1504쪽.

없이 내뱉는 탄식처럼 짧고 습관적인 성교를 한다. 그러나 모든 죽은 사람들이, 그들에 대한 기억이 소멸한 뒤에도 그들이 남긴 살아 있는 사람들의 유전자 속에 깃들이듯 그는 나의 사소한 몸짓과 습관 속에 남아 있다. 예기치 않았던 날 누구나 이용할 수 있는 신문의 부고란에서 그의 죽음을 보았을 때부터 내게는, 그의 떠도는 전화번호를 불러내어 꾹꾹 눌러대는 버릇이 생겼다. 어둠의 심부를 향해 신호음을 울리며 이제 그가 사용할 수 있는 일련의 숫자들은 캄캄한 공허 속으로 끝없이 퍼져갔다. <u>그가 왜, 어떻게 죽었는지를 묻는 것은 의미 없는 일이리라.</u> (20쪽)

어릴 땐 두렵고 낯선 비밀이었다가, 성인이 되면서 그것에 위엄을 부여하기도 했던 죽음은, 이제 사랑했던 '그'가 죽은 후 현실에서의 '나의' 모든 의식을 앗아간 실제적인 것이 된다. 특히 '그'가 죽었다는 사실을 일상처럼 아무렇지도 않게 신문의 부고란에서 보았을 때 '나'에게 생겼던 무의식적인 습관이나 강박증은 〈**사라진 뒤에야 비로소 드러나는 존재의 흔적**〉 (32쪽)으로 남은 것이다. 화자는 그가 죽은 후 "범상히 살아가는 내게 그의 흔적은 없다"고 고백을 하지만 '그'의 전화번호를 습관적으로 누르는 행위나 거울을 보는 행위, 나아가 죽음에 대한 온갖 기억들을 떠올리는 행위는 '그'의 흔적을 무의식적으로 더듬고 있음을 보여주는 것이다. 또한 '그'의 죽음이 화자에게 〈비개인적〉이고 〈심상히〉 통보되었다는 고백은, '그'의 죽음은 화자인 '나'에게 매우 개인적이고 심상치 않았던 일이라는 것을 말하는 것이다. 여기에 이르러 독자는 일상 속에 감추어진 혼돈의 소용돌이를 깨닫게 된다. 무의식 심연에 잠재한, 때로는 의식보다 앞서 나오는 그 정체를 알게 된 것이다.

시퀀스 (3)에서는 다시 일상의 질서로 돌아온 화자를 그리고 있다. 화자는 남편과 아들을 보면서 일상의 무사함을 행복하게 생각하면서도, 무의식 속에서 일어나는 불안의 공포를 느낀다. 그 무의식적 욕망이 일상의 표면으로 솟구치는 것을 두려워하며 화자는 무의식의 속으로 '잠수'하기를 두려워한다. 무의식적 욕망이 일상을 얼마나 혼란스럽게 휘저을까가 두렵기 때문인 것이다. 그리고 화자는 그저 "기나긴 습관의 미덕에 기대어" 그 고통을 이겨내려 할뿐이다. 이제 독자는 화자의 불안 심리를 분명히 알 수 있게 되었다. 일상의 그늘에 감추어진 일렁이는 무의식의 움직임들은 이제 서서히 의식의 표면으로 떠오르는 것이다.

> 저녁 설거지를 마치고 나서야 나는 다릿목 시장에서 산 채소를 찻집에 두고 왔다는 것을 <u>기억해냈다</u>.(p.27.)

시퀀스 (4)는 식구들이 '작은집'이라고 부르는 예성아파트에 대한 이야기와 거기서 내려다보이는 연당집과 그 풍경 속에 있는 '바보'에 대한 서술이다. 시퀀스 (4)에서는 화자에게 또 하나의 상실의 의미를 주는 연당집에 관한 이야기가 시작되는 부분이다. 화자는 자기 혼자만의 시간을 갖는 장소인 예성아파트에서 낮시간 동안 풍경을 바라보고 사색하며 일상의 굴레에서 어느 정도 거리를 두는 모습을 보인다. 예성아파트라는 공간은 화자에게 일상 생활에서 벗어나 보다 객관적인 거리를 두고 자신을 바라볼 수 있는 곳이다. 화자는 그곳에서 주로 연당집을 바라보며 그 속의 바보를 주시하고 혼자만의 시간을 만끽한다. 화자는 별반 쓸모 없는 아파트를 팔라는 남편의 말을 듣지만 그 일을 차일피일 미루고 '혼자만의 공간'이 필요했음을 고백한다. 혼자만의 공간이 필요한 것은 다름 아닌 스스로의 정리가 필요했던 것을 의미한다. 요컨대 화자 자신도 때로는 놀라는 무의식 속의 흔적들을 정리할 필요가 있었던 것이다. 따라서 예성아파트는 화자가 자신의 정체성을 생각하는 데 절대 필요한 공간이다.

이 시퀀스에서 중요한 것은 화자가 바보를 바라보는 행위이다. 후술하겠지만 바보를 바라보는 화자는 그 속에서 자신의 모습을 바라보고 있었던 것이다. 이는 바보를 바라보며 그의 행동을 자기 방식대로 해석하는 화자의 심리에서 알 수 있다.

> … 바보는 보이지 않는 끈에 매어 있는 것처럼 언제나 집 주위를 맴돌며 일을 하고 있었다. 그래서 창 밖, 내가 바라보는 풍경 속에는, 바람 속에는 언제나 바보가 있었다.(34쪽)

언제나 보이지 않는 끈에 매어 집 주위를 돌고 있는 것은 바로 화자 자신의 모습이다. 일상과 가정에서 쉽게 벗어나지 못하는, 그래서 과거 '그'와의 만남에서도 가정과 아이에 대한 생각 때문에 자신의 욕망을 숨길 수밖에 없었던 화자이다. 따라서 예성아파트에서 연당집과 바보를 내려다보는 화자의 행위는 자신의 내면을 자세히 들여다보는 행위와 같음을 알 수 있다.

시퀀스 (5)에서는 이 소설에서 화자의 의식을 지배하는 중요한 이미지인 옛우물과 금빛잉어에 대한 회상과 의식들이 나온다. 화자는 목욕탕에서 사우나를 하다가 수건으로 입을 막은 사람들을 보고 아우슈비츠의 죽음들을 떠올리고 '그'의 죽음을 떠올린다. '그'가 죽고 난 후 자신에게 생긴 거울을 들여다보는 습관을 생각하면서. 역시 '그'의 죽음이 화자의 무의식 속에서 움직이고 있는 것이다.

 존재하던 한 사람이, 그가, 이 세상에서 영영 사라졌다는 기미는 어디에도
없는, 여느 날과 다름없이 예사롭고 평온한 저녁 시간은 느릿느릿 흘러갔다.
 그가 죽고 내 안의 무엇인가가 죽었다. 그것이 무엇인지 나는 알지 못한다.
아마 알고자 하는 소망조차 없는 건지도 모른다. 내게는 문득 걸음을 멈추고
상점의 진열창에 슈퍼마켓의 거울에, 물위에 비치는 내 얼굴을 물끄러미 바라
보는 습관이 생겼다. 저녁쌀을 씻다가 문득 눈을 들어 어두워지는 숲이나 낙조
를 바라보는 시선 속에, 물에 떨어진 한 방울 피의 사소한 풀림처럼 습관 속에
은은히 녹아 있는 그의 존재와 부재. 원근법이 모범적으로 구사된 그림의 점점
멀어져가는 풍경의 끝, 시야 밖으로 사라진 까마득한 소실점으로 그는 존재한
다. (37쪽)

 화자의 일상 생활은 '그'의 죽음을 신문에서 보았던 때와 마찬가지로
'그'의 죽음에 대한 생각이 떠오른 날도 그대로 유지된다. 그러나 '그'의
죽음은 무의식에서 지워지지 않는 강박으로 남아 화자에게 몇몇의 습관을
남기고 요동한다. 습관 속에 은은히 녹아있는 '그'는 일상에서 거의 드러나
지 않는 '소실점'이지만 오히려 일상을 송두리째 흔들 흔적이기에 화자는
두려워하고 있는 것이다. 이는 화자가 '옛우물'을 회상할 때도 그대로 드러
난다. '옛우물'은 탄생을 위해 정성스럽게 물을 길어왔던 우물이면서 또한
친구 정옥의 죽음이 담긴 우물이다. 삶과 죽음이 공존하는, '까마득히 깊'
어 아무 것도 보이지 않는 '옛우물'을 화자는 끊임없이 상기하는 것이다.
'옛우물'은 화자에게 있어서 하나의 우주이다. 그 밑까지 다 들어내 보았지
만 그래도 알 수 없는, 아직도 금빛잉어가 살고 있을 것 같은 '옛우물'은

화자의 존재의 불안함을 그대로 담고있는 공간이자 이미지이다. 화자는 '추억이란 물 속에서 건져낸 돌과 같은' 거라고 생각하고 '옛우물'에 대한 생각을 지워보려 하지만 어른이 된 후에도 끊임없이 '옛우물'과 금빛잉어에 대한 꿈을 꾼다. 이는 이성을 넘어선 우주의 질서가 화자의 무의식에 어렴풋하게나마 새겨져 있음을 의미한다.

시퀀스 (6)에서는 화자가 연당집에 대해 가지는 집요한 관심에 대한 고백이 나온다. 화자는 자신도 이해할 수 없는 연당집에 대한 관심을 "오래된 것의 '사라짐'에 대한 안타까움"이라고 말하는데, 이는 소멸과 부재에 대한 불안감을 드러내는 것이다. 여기에 와서 '그'의 죽음, 부재와 연당집의 소멸, 사라짐이 화자의 심리 속에서 겹쳐짐을 알 수 있다. 따라서 연당집의 자리에서 끊임없이 무언가를 찾고있는 바보의 모습은 바로 현실에서 '그'의 존재를 확인하고 싶어하는 화자 자신의 모습인 것이다.

시퀀스 (7)은 연당짐의 사라짐에 대해 바보가 보이는 행위를 보고 화자가 자신의 현재의 불안한 심리를 생각해보는 내용으로 되어있다.

바보는 … 그가 태어나 살았고 유일하게 깃들였던 세계, 그것의 변모 사라짐에 불안해하는 것일까?
불안은 전염성이 있는 모양이다. 나는 파를 썰거나 두부 모를 자르는 하찮은 칼질에서도 자주 손을 베고 유리컵을 깨뜨린다. 더위 탓이라고, 두통 탓이라고 변명하지만 봄이 되면 심해지는 두통은 새삼스러운 것이 아니다. (p.46.)

위의 인용에서 바보가 연당집에 대해 가졌던 생각들과 화자가 '그'에 대해 가졌던 것이 동질의 것임이 드러났다. 화자는 바보의 행동이 불안해

보였고 그 불안이 자신에게 전염되었다고 느낀다. 결혼 후 일상 속에서 '그'의 존재는 없었지만 늘 무의식에서 화자의 욕망을 지배했던 것은 '그'였던 것이다. '그'는 늦은 봄에 죽었고 화자의 무의식은 그 봄을 담고 있었던 것이다.

시퀀스 (8)에서는 화자가 낮잠을 잠시 자고 노을이 질 무렵에 일어나 과거에 '그'를 만났던 것을 기억하는데 여기에서 독자는 화자가 이때까지 조금씩 남겨놓았던 흔적들의 전면을 보게 된다. 즉 화자가 우연하게 임의적으로 선택했던 모든 흔적들이 구조의 그물에 걸려들어 의미의 일관성[13]을 얻게되는 것이다. 즉 독자에게 연기되고 미루어둔 의미의 중요성이 한 순간에 드러나는 것을 의미한다.

화자는 예성아파트에서 잠깐 낮잠을 자고 일어나 노을 빛 하늘을 보며 어릴 적의 노을 무렵을 떠올리고 까닭 없이 서러워했던 자신을 기억해낸다. 화자는 그것을 "어찌해볼 수 없는 운명", "비겁하고 허약할 수밖에 없는 인간으로서의 열패감, 두려움 때문이 아니었을까"라는 추측을 하지만 사실 그러한 생각을 하게 된 심리의 근원에는 '그'가 있었다. 소설의 처음부터 조금씩 흘려왔던 '그'에 대한 무의식적인 흔적이나 기억은 여기에 와서 화자의 의식 표면으로 떠오르게 된다. 십여 년 전 화자는 젖먹이 아이를 들쳐 업고서 '그'의 전화를 받고 뛰쳐나갔으며, 그를 만나면서 일상의 제도와 질서 그리고 심리적 욕망 사이에서 매우 방황했었다. 결국 그 때 화자가 자신의 욕망을 감추면서 돌아설 수 있었던 것은 짙은 황혼 녘에 느꼈던 자신의 운명, 즉 어찌할 수 없는 모성, 그리고 그를 묶고 있었던 일상의

---

13) 제라르 쥬네뜨, 앞의 책, 46쪽.

제도와 질서였다. 그때 화자는 마음속으로는 '그'와의 시간을 조금이라도 늘려보고자 했지만 자신의 집으로 데려다 줄 배가 옴을 보고 '안도감'을 느꼈다고 고백한다. 결국 내적 욕망과 외적 현실 사이에서 갈등하던 화자는 손쉽게 선택할 수 있었던 현실의 문을 택했다. 그러나 이때의 갈등의 기억은 화자의 무의식 속에 오래 동안 잠재해 있었고, 화자가 '그'의 부고를 접한 후 그 무의식적 갈등은 또 한 번 의식과의 치열한 싸움을 벌였던 것이다.

시퀀스 (9)에서는 연당집의 사라짐과 함께 화자가 '그'의 부재를 받아들이며 존재론적 성찰을 마무리한다. 화자는 연당집이 사라진 후 무언가를 끊임없이 찾고 있는 바보를 보며, 눈물을 흘린다. 이는 '익숙한 것의 사라짐'에 대한 낯섦을 이해 못하는 것은 바보와 자신이 동일하다는 의미에서일 수도 있겠고, 바보를 통해 자신을 발견할 수 있어서 흘린 눈물일 수도 있다. 화자는 익숙한 것의 사라짐을 인정하고 낯섦을 그대로 받아들일 준비가 된 것이다. 화자는 연당집이 사라진 후 예성아파트를 내놓을 생각을 한다. 이제는 혼자만의 시간이 필요 없게 된 것이다. 그리고 '그'의 전화번호를 누르고 낯선 목소리를 듣게 된다. 이제 화자는 '그'의 죽음을, 부재를 인정하고 그 낯섦을 온전히 받아들인다.

…그가 오랫동안 소유했던 그 일련의 숫자들이 이제는 다른 사람에 의해 쓰여진다는 것이 기이했다. 그 일련의 숫자들은 그를 기억할까. 그의 음성과 말버릇, 말속에 담거나 숨겼던 무한히 복잡한 감정들을 기억할까. <u>어느 날 그들은</u> 까마득한 지난날로부터 들려오는 귀익은 소리에 문득 놀라고 그게 누구였지? <u>기억을 더듬어보지 않을까?</u>…(51쪽)

오동의 보랏빛 꽃이 어둠 속에서 나울나울 피고 있었다. <u>별과 꽃이 난만한</u>
<u>밤에 그는 죽었다. 내가 존재하지 않을 어느 시간대에도 이 나무에는 꽃이 피</u>
<u>고 잎이 피고 새가 깃들이겠다.</u>
　　나는 나의 생보다 오랠 산과 나무, 별들을 바라보았다. 비로소 먼 옛날 증조
할머니가 내게 해준 <u>정확히 기억해내었다.</u> 옛날 어느 각시가 옛우물에 금비녀
를 **빠뜨렸는데** 각시는 상심해서 죽고 금비녀는 금빛 잉어로 변해……(52쪽)

　　화자는 죽음과 소멸은 바로 살아있는 사람의 '기억'속에 다시 살아남을
것이라는 깨달음을 얻은 것이다. 죽음과 소멸은 어디에서 누군가의 기억으
로 남는다는 진실을 깨달은 화자는 이제 익숙했던 것의 낯섦을 두려워하지
않고 받아들일 수 있게 된 것이다. 그것은 '그'의 전화번호가 '그'를 기억하
지 않을까라는 물음에서, 또한 자신의 삶보다 오랠 산과 나무, 별을 바라보
는 행위에서 읽을 수 있다. 비로소 화자는 '옛우물'에 얽힌 이야기를 정확
히 기억하게 되는데, 그것은 화자의 무의식을 지배하고 있었던 혼돈의 마
감을 의미하는 것이다. '그'나 '연당집' 뿐 아니라 자신도 언젠가는 사라질
것이라는 두려움을 화자는 기억에 남은 금빛 잉어의 이미지로 극복하고
있는 것이다.
　　「옛우물」은 이제까지 살펴본 것처럼 화자의 회상을 통한 내면성의 추구
에 초점이 맞추어진 소설이다. 일상의 평온함 속에 잠재해 있던 흔적들을
화자는 기억을 통해 하나씩 들추어봄으로써 자신도 모르는 무의식의 영역
까지 볼 수 있게 된다. 이는 오정희 소설의 일반적인 서사구성 방식인 바,
현재 지금의 문제가 과거 그때의 원인에 의해 생긴 것이라는 작가 의식과
연결되어 있다고 할 수 있다. 이렇게 볼 때 오정희의 소설에서 과거에 대한
기억은 매우 중요한 역할을 하게 된다. 현재를 말할 수 있는 것은 바로

무의식에 겹겹이 쌓인 과거의 흔적들이기 때문이다.[14)

　「옛우물」에서 드러난 회상에 의한 서사 전개 방식이 중요한 것은 그것이 서사 구성의 방식일 뿐만 아니라 소설의 중심적인 내용이 된다는 데 있다. 화자는 사라진 것들은 결국 '기억의 심연'에 남을 것이라는 신념을 갖게된 것이다. 따라서 그 사라짐의 낯섦을 두려워하지 않을 수 있는 것은 누군가의 혹은 어딘가의 기억에 그 흔적이 남아있을 것이기 때문이다. 그런 의미에서 「옛우물」에서의 기억은 "현재와 과거를 칭칭 동여매고 있는 저주"[15)가 아닌 삶에 대한 새로운 깨달음으로서의 기억이 된다.

3. 대립적 세계인식의 경계 허물기

　플롯 차원에서 본 「옛우물」의 또 하나의 특징은 대립적인 가치를 지니는 것들이 끊임없이 갈등을 유발하며 의미를 만들어가고 있다는 점이다. 존재와 부재, 과거와 현재, 실재와 환상, 무의식과 의식 등의 대립적 가치들

---

14) 오정희의 소설에서 빈번하게 보이는 과거의 기억에 집착하는 행위를 분석하는 것은 정신분석의 개인사적 방법과 매우 흡사하다. 이는 완전히 망각되었다가 어른이 되어 기억으로 되살아나는 유년시절의 체험을 재구한다는 점에서 그러하다. 허창운 외 3인, 『프로이트 문학예술이론』, (민음사, 1997). 207쪽 참조.

15) 정호웅, 앞의 논문, 497쪽.
　　정호웅은 오정희 문학의 큰 특징 중 하나는 과거의 주박에 묶여 있는 인물들의 내면 탐구라고 하고 그들에게 있어서 기억은 현재와 과거를 동여매고 있는 저주라고 하였다. 그러나 그는 오정희 소설에서의 '기억'은 저주에서 위안으로 다시 생명의 지속으로 변모하고 있음을 주목하고 「옛우물」의 기억은 금빛 잉어의 이미지로 영속할 삶을 노래한다는 의미에서 이전 오정희의 세계관과 다른 면을 보인다고 하였다.

은 이 소설의 갈등을 만들어 내는 주요한 대립항들이다. 그러나 「옛우물」
에서 위의 대립항들은 갈등인 동시에 경계가 없음을 말하기도 한다. 과거
는 현재에 대해 끝없이 영향을 미치는 동인인 동시에 현재와 더불어 미래
를 만드는 것이다. 의식·무의식, 실재·환상, 존재·부재 또한 마찬가지
의 의미를 지니게 된다.

　위의 대립항들 중 서사가 진행되는 가운데 중요시되는 부분은 '부재, 과
거, 무의식, 환상'의 부분들이다. 「옛우물」에서 보이는 일상의 무사함과 그
속에 내재된 개인의 욕망이나 상흔들은 전반적인 서사를 이끌어 가는 기본
적인 요소가 된다. 그 속에 현재와 과거의 대립이 있고 무의식과 의식의
대립이 있다. 또한 현재의 뚜렷한 사건이 있는 반면 인물의 의식 위에 그
현실보다 더 뚜렷하게 각인되는 환상이 있다. 과거의 기억은 늘 현재의 일
상보다 앞서 인물의 심리를 조종하고, 현재의 인물을 결정하는 주요한 동
인으로 작용한다. 오정희 소설 전반에서 보이는 이러한 서술 전략들은 전
장에서 말한 기억의 기능과도 연관된다고도 할 수 있다.

　「옛우물」에서 화자의 의식을 지배하는 '그'의 죽음에 의해 화자가 경험
하고 회상하는 무수한 의식들은 바로 이 대립항들의 갈등을 극대화시키는
과정이라 할 수 있다. 오정희 소설에서 현재의 모습을 이야기하기 위해 동
원되는 것은 과거의 기억이다. 그리고 의식의 표면을 뚫고 나오는 무의식
의 반복적 강박 증세는 현실을 보다 분명하게 이야기하도록 한다. 또한 화
자가 반복적으로 보이는 강박증세는 "실현되지 않은 욕망의 지속적 살풀
이"16)인 셈이다. 이는 독자가 정보를 얻는 과정에서도 그렇지만 인물 스스

---

16) 허창운 외, 앞의 책, 213쪽.

로 자신의 심리적 갈등을 성찰하는 데도 이용된다. 화자는 마치 정신과 의사가 환자를 치료하듯이 스스로 의사가 되기도 하고 환자가 되기도 하면서 서사를 이끌어 가는 것이다. 즉 끊임없는 기억의 반추는 진단의 과정이며 현재의 자신을 돌아보는 행위는 치료 정도의 확인으로 볼 수 있다. 또한 연당집에서 바보를 내려다보며 그의 심리를 추측하는 것은 이러한 단면을 잘 보여주는 것인데, 즉 바보를 자기와 동일시하면서 의사의 역할과 환자의 역할을 화자가 동시에 행하고 있다고 볼 수 있다.

> 그러나 바보는 자신이 찾는 것이 무엇인지 알 수 없을 것이다. 익숙한 것의 사라짐, 그 낯섦을 이해하지 못할 것이다.
> <u>나는 조금 울었던가. 아마 그랬을 것이다.</u>(51쪽)

전장에서도 분석한 것처럼 화자가 눈물을 흘리는 행위는 바보의 행위에 대한 연민이었을 수도 있겠지만 나아가 바보의 모습 속에 있는 자신의 모습을 본 까닭이다.

서사시간을 중심으로 볼 때 「옛우물」에서 스토리 현재의 시간의 변화는 큰 중요성을 지니지 못한다. 단지 중요한 점이 있다면 '봄'이라는 계절적 의미가 '그'의 죽음과 연결되어 화자의 무의식에 영향을 미치는 것 정도일까. 따라서 스토리 현재 시간의 변화 지표는 분명치 않다. 이른 봄 생일날 아침부터 시작되는 스토리 현재의 시간은 늦은 봄이라고 추측할 수 있을 정도에까지 진행된다. 이것은 이 소설이 인물의 심리를 중시하는 소설인 바 인물이 심리에서 보이는 무수한 시간의 변주가 만들어 내는 의미가 중요하기 때문이다.

또 「옛우물」을 실제와 환상의 측면에서 볼 때 실제보다 환상적인 측면이 더 본질적인 것으로 인식되기도 한다.[17] 다음의 예를 보자.

> 야삼경 지붕 위에 올라가 망자의 흰 저고리를 흔들며 캄캄한 천공에 외치는 초혼제를 지낼 때 <u>나의 어린 아들은</u> 아주 커다랗고 하얀 새가 날개를 펄럭이며 <u>어두운 하늘로 날아가는 것을 보았다.</u> (20쪽)

> 어둠이 깃들이는 숲에 발걸음을 멈추고 서 있으면 현자(賢者)가 된 느낌이 든다. 나무의 몸체에 가만히 귀를 대어보기도 한다. 그러나 <u>나는 나무의 말을 알아듣기에는 너무 나이를 먹었다.</u>(52쪽)

첫 번째 예문은 아들이 아버지의 초혼제를 지낼 때 보았다는 환상의 이야기이다. 이 장면은 화자의 기억 속에 나오는 진술로 오히려 어린 아들이 죽음의 본질을 더 쉽게 알아차릴 수 있었음을 말하고 있다. 전장에서 본 것처럼 죽음이나 소멸은 사라지는 것이 아닌 누군가의 기억 속에 다시 살아나는 것이라는 화자의 깨달음을 상기해 볼 때 오히려 어린 아들의 눈으로 본 환상은 실제 현실로 드러난 것보다 본질에 가까웠다는 것을 말하는 것이다. 이는 두 번째 예문의 밑줄 친 부분과도 연관된다. 오정희의 소설에서 빈번히 사용하는 환상에 의한 서술 방식은 이처럼 인물이 깨달음을 갖는 과정에서 발생한다.

이제까지 설명한 것처럼 오정희의 소설에서는 과거의 흔적(특히 상흔),

---

17) 캐더린 흄에 의하면 환상은 우리가 받아들였던 순수한 물질세계를 초월할 가능성을 지닌 것으로 때로는 실제 세계보다 오히려 모방적 측면이 강한 것으로 인식된다.
Kathryn Hume, Fantasy and Mimesis, methuen, 1984. p.196.

환상, 무의식 등이 현재, 실재, 의식들과 마찬가지로 인물의 현재를 결정하며, 때로는 더 본질적인 부분까지 이야기 할 수 있는 자질로 작용한다. 우리가 일상적으로 더 분명하다고 여기는 기준들과는 반대의 모습을 보이는 것이다. 이는 과거, 무의식, 환상들이 오히려 현실을 더 분명하게 할 수 있지 않은가라는 작가적 질문이기도하다.

4. 맺음말

오정희의 소설은 세밀한 독법을 요한다. 그리고 그 세계 속에 켜켜이 쌓인 흔적들을 정리하는 것은 많은 지적인 노력을 요구한다. 「옛우물」은 일견 간단해 보이는 소설이다. 그러나 시적인 문체로 이루어진 이미지들의 변주들은 독자를 곤혹스럽게 만든다. 이 글은 이러한 곤혹스러움을 몇 차례 겪으며 플롯의 짜임을 중심으로 「옛우물」을 읽어보았다.

현대에 와서 플롯이라는 용어가 매우 다양하게 쓰이고 있고 그 의미도 쉽게 정리되지 않는 바, 이 글에서는 플롯의 기본적인 개념을 염두에 두고 문제를 풀어갔다. 즉 작가가 텍스트를 구성하는 방식을 기본적인 플롯 개념으로 보고 「옛우물」을 스토리 시간의 흐름에 따라 갈라지는 시퀀스를 나누어 분석했다. 텍스트는 총 아홉의 시퀀스로 나뉘어지는데, 그 속의 무수한 담화 시간의 변주들은 이 소설의 기본적인 짜임, 즉 플롯이 된다. 「옛우물」에서 스토리 시간과 담화 시간의 변주를 가능케 하는 것은 회상이다. 1인칭 화자의 반성적reflective 자각, 즉 의식의 흐름에 의해 서술되는 이 소설은 그 시간의 넘나듦이 자연스럽게 이루어지는 바 스토리 시간과 담화 시간 사이에서 발생하는 구조적 원리를 찾는 것이 이 소설의 플롯을 밝히는 기본이 된다.

「옛우물」은 일인칭 화자 '나'가 경험한 '그'의 죽음을 통해 자신의 존재론적 성찰을 하는 과정을 기본 서사로 하고 있다. 화자는 현재의 일상 속에 감추어진 과거의 흔적을 의식적으로 혹은 무의식적으로 지각하며 갈등을 일으킨다. 「옛우물」에서 화자가 혼돈의 심리를 정리해 가는 과정은 주로 기억에 의해 이루어진다. 따라서 화자의 의식에서 기억에 의해 수없이 반복되는 현재와 과거의 넘나듦은 이 소설이 지닌 기본적 구조가 된다. 작가는 화자의 의식 속에 잠재하는 수많은 갈등 요소들을 시간의 변주를 통해 하나씩 밝혀내고 있는 것이다. 회상에 의해 기억되는 사건은 그 자체가 본질상 유추반복이다.[18] 즉 화자가 계속해서 특정 기억이나 무의식에 집착하는 행위는 자기 과거의 한 사건에 대해 암시적으로 서술하는 것이다. 따라서 화자의 의식 속에서 우연히 임의적으로 기억되는 일들은 어느 순간 구조의 '그물'에 걸리게 되는 것이다.

그리고 「옛우물」에서 화자가 삶과 죽음에 대한 존재론적 성찰을 마무리하는 과정은 과거의 기억('그'의 죽음)과 현재의 사건(연당집의 사라짐)이 하나로 겹쳐지면서 완성된다. 죽음과 소멸에 대한 강박증을 지니고 있던 화자가 연당집의 사라짐을 통해서 깨달음을 얻은 것이다. 즉 죽음이나 소멸은 사라지는 것으로 끝나는 것이 아니라 누군가의 혹은 어딘가의 '기억'으로 남을 것이라는 깨달음을 화자는 얻게된 것이다. 따라서 「옛우물」에서

---

18) 제라르 쥬네뜨, 앞의 책, 53쪽.

‘기억’은 구조적 원리이자 주제가 된다.

또 「옛우물」의 플롯 중 주요한 특징 중 하나는 대립적 자질들의 경계를 허물어뜨림이다. 이 소설에서 중요한 의미를 띠는 과거, 무의식, 환상들은 일반적으로 생각할 때 현실, 의식, 실제보다 덜 중요하다는 생각을 허물어뜨리는 것이다. 「옛우물」에서는 과거의 흔적, 환상, 무의식 등이 현재, 실제, 의식들과 마찬가지로 인물의 현재를 결정하며, 때로는 더 본질적인 자질로 작용한다. 이는 우리의 일반적 기대와는 달리 과거, 무의식, 환상들이 오히려 현실을 더 분명하게 할 수 있지 않은가라는 작가적 질문이기도 하고, 현실에서 화해 불가능한 요소들을 화해시키고자하는 작가적 노력이기도 하다.